ROHMATERIAL

EIN BEATRICE STUBBS KRIMI

JJ MARSH

Übersetzt von
FLORIAN BIELMANN

Rohmaterial

Autor: JJ Marsh

Umschlaggestaltung: JD Smith
Korrektorat: Martina Dick
Übersetzung: Florian Bielmann

Anfragen: admin@jjmarshauthor.com
Zuerst erschienen bei Prewett Bielmann GmbH, 2021
eBook
ISBN: 978-3-906256-11-5
Taschenbuch
ISBN:978-3-906256-12-2

Für Janet und Terry Marsh

1

―――――

Zwanzig Minuten nachdem der Wecker sie aus einem tiefen Schlaf gerissen hatte, zupfte Fernanda die mechanisch angezogene Uniform zurecht und schloss die Wohnung ab. Ihre Augen waren offen, aber noch nicht wach. Sie stapfte in der Dunkelheit den Pfad hinunter und zwängte sich an den Mülltonnen vorbei, hinaus auf die Biggerstaff Street. Der Betriebshof der Reinigungsfirma war eine gute halbe Stunde entfernt. Dreißig Minuten Fußmarsch in der Kälte würden sie munter machen, wie jeden Morgen. Auf der Fonthill Road war alles still. Nach einem ausgedehnten, lautstarken Gähnen marschierte sie entschlossenen Schrittes Richtung U-Bahn-Station. Ihr Lehrer hatte der Klasse diese Woche einen neuen Ausdruck beigebracht – *Das Böse schläft nie.* Das gefiel ihr. Es hörte sich spannend an.

Trotz ihrer Müdigkeit war sie erleichtert und voller Optimismus. Luis würde bei ihrer Rückkehr immer noch im Bett sein. Sein Fieber war gesunken, das Schlimmste vorüber. Und Rui passte ja auf ihn auf. Er war so fürsorglich. Ein guter Vater und liebenswürdiger Ehemann, der darauf bestand, dass sie um Mitternacht ins Bett ging und ihm die Kindsbetreuung übergab. Sie war dankbar dafür; drei Stunden Schlaf waren besser als gar keiner.

Als die Eisenbahnbrücken über ihr auftauchten, beschleunigte Fernanda ihr Tempo. Die neue Beleuchtung erhellte den Tunnel auf der ganzen Länge, was ihr die Gewissheit gab, dass niemand im Schatten wartete oder wenige Schritte hinter ihr herging. Aber richtig entspannt war Fernanda trotzdem nie. Sie wollte diese Brücken immer so schnell wie möglich hinter sich bringen. In regelmäßigem Takt rieben sich ihre Jeans an den Innenseiten der Beine aneinander, die Absätze klackerten im Gleichklang dazu. Am anderen Ende bei den Straßenlaternen würde sie sich wieder sicherer fühlen. Ihr Atem ging schnell, sie war jetzt wach – Augen, Ohren, alles. Als sie die letzte Brücke passiert hatte, löste sich ihre Anspannung ein wenig und sie begann, den Aufgang zur Hauptstraße hochzusteigen. In diesem Moment hörte sie die Stimme.

»Hallo. Ich habe auf dich gewartet.«

Sie drehte sich ruckartig herum, ihr Atem winzige, ängstliche Luftstöße. Es war niemand hinter ihr. Auch vor ihr konnte sich im hellen Natriumlicht des Aufgangs unmöglich eine menschliche Gestalt verborgen halten. Elektrische Pulse schossen durch ihren Körper, bis in die Fingerspitzen. Sie ging eiligen Schrittes weiter, kurz davor, loszurennen.

»Willst du nicht mal hallo sagen?«

Sie zuckte zusammen, die Stimme so nah, so intim. Mit einem Klick ging ein Licht an. Ihr Blick flog nach oben. Auf der Eisenbahnbrücke balancierte ein Mann mit einer Taschenlampe hinter den Überwachungskameras. Eine Baseballkappe hielt sein Gesicht im Dunkeln, aber seine weißen Oberschenkel und sein entblößter Unterleib erstrahlten im Lichtkegel. Die eine Hand sorgte für die Beleuchtung, die andere bearbeitete seine Leistengegend in rhythmischen Bewegungen. Das Bild brauchte seine Zeit, um Fernandas Bewusstsein zu erreichen. Er grunzte wie Luis beim Stuhlgang, mit einem leisen Platschen landete etwas auf dem Asphalt neben ihren Füßen. Ihr verängstigter Verstand fügte die Elemente zu einem Ganzen zusammen und sie begriff, was sie da sah.

Ihr Magen zog sich zusammen und Galle stieg auf. Sie drehte sich um und wollte weglaufen, Tränen der Scham in den Augen, als sie seine zufriedene Stimme hörte.

»Danke, Darling. Bis morgen?«

Als sie endlich aufhörte zu rennen, war sie bereits auf der Seven Sisters Road, wo sie sich an einer Bushaltestelle übergab. Vögel zwitscherten.

2

B randung und Schnarchen in perfektem Frage- und Antwortspiel. Rauschen und Seufzer, Atemzüge und Brecher. So beruhigend. Das Knarren der Holzdecke fügte der Sinfonie eine unregelmäßige Tonfolge hinzu. Nichts konnte der Entspannung förderlicher sein. Ein langes Wochenende am Meer, Matthew schlafend an ihrer Seite und eine makellose Wettervorhersage für den Tag. Beatrice schaute auf die Uhr. 05:03. Sie hatte volle sechs Stunden geschlafen. Die Meeresluft tat ihre Wirkung.

Sie drehte sich auf die Seite und betrachtete die mondbeschienenen Konturen von Matthews Profil. Die Neigung seiner Stirn, die Nasenwölbung und die Beule seines Kinns waren in blasses Grau getaucht; Augenhöhlen, Wangen und Mund lagen im Schatten. Sie kniff die Augen zu feinen Schlitzen und fragte sich, wie er wohl wirken würde, wenn sein Profil nicht so angenehm vertraut wäre. Das Chiaroscuro erinnerte an Radcliffes mörderischen Mönch oder an Brontes grüblerischen Heathcliff, oder an einen hohlwangigen Haudegen namens Cliff Hanger ... Er hörte auf zu schnarchen. Seine Augen blieben geschlossen, als er sprach.

»Warum starrst du mich an?«

»Ich hab mir dich als Held eines romantischen Schauerromans vorgestellt.«

Er öffnete die Augen, sah an ihr vorbei zu den Ziffern auf der Uhr und richtete seinen blinzelnden Blick wieder auf sie. »Wie habe ich mich geschlagen?«

»Hervorragend. Mord, Leidenschaft und Schwertkämpfe, aber tragischerweise bist du von einer Klippe gestürzt.«

»Könnte schlimmer sein. Kannst du nicht schlafen?«

»Nein, aber du kannst. Ich stehe auf und lese eine Weile. Es wird bald hell.« Sie warf die schwere Daunendecke zurück und zog sich den Bademantel über. Kühle Luft strömte um ihre Knöchel.

Matthew stemmte sich auf die Ellbogen, um aus dem Fenster zu schauen. »Das könnte ein herrlicher Sonnenaufgang werden. Sollen wir runter an den Strand gehen und *carpe diem quam minime credula postero?*«

»Was für eine großartige Idee! Ich bin dabei, nutzen wir den Tag. Den Glauben an die Zukunft wollen wir deswegen aber nicht gleich aufgeben.«

Er streckte sich und gähnte. »Da du gerade davon fantasiert hast, mich von einer Klippe zu stoßen, klingt das ziemlich zweifelhaft.«

»Ich habe dich nicht gestoßen, du bist gefallen.«

»Das sagen sie alle.« Der märtyrerhafte Ausdruck auf seinem Gesicht ließ Beatrice schallend lachen.

Die Expedition war gefährlich. Obwohl der Pembrokeshire Coastal Path tadellos gepflegt war, hatte man wohl eher das Wandern bei Tageslicht im Sinn gehabt. Ein heller Blitz am Himmel ließ sie beide innehalten und nach dem Donner lauschen, aber es folgte keiner. Wahrscheinlich waren es doch eher Autoscheinwerfer auf der anderen Seite der Bucht. Im

Dunkeln auf einer walisischen Klippe in ein Gewitter geraten ... Beatrice sah die Schlagzeilen von den ›leichtsinnigen Touristen‹ bereits vor sich.

Vogelgezwitscher kündigte die Morgendämmerung an, doch der sandige Pfad und seine Hindernisse wurden nur vom Mond und Matthews Maglite Taschenlampe beleuchtet. Beatrice schätzte das zusätzliche Licht, als sie die Metallstufen hinunter zur Bucht navigierte. Der Geruch der Brandung schlug ihr ebenso entgegen wie die salzige Feuchtigkeit der Luft. Ihr Haar würde nicht mehr zu kontrollieren sein. Sie verwarf den Gedanken und gab sich ihrer kindlichen Freude, dieser unglaublichen Anziehungskraft des Meers, hin. Als sie endlich die sandige Bucht erreichten, schlüpfte Beatrice aus ihren Schuhen und spürte die kalten, feuchten Sandkörner zwischen ihren Zehen. Sie stemmte sich gegen den Wind und lächelte Matthew an.

»Ich fühle mich verbunden mit den Elementen, wie eine Heidin der Antike.«

Er schüttelte den Kopf und grinste. »Versteh das bitte nicht falsch, meine Liebe, aber im Moment siehst du auch so aus.«

Beatrice lachte, schmiegte sich in seine Arme und betrachtete den verblassenden Mond, dessen Spiegelbild sich mit dem unruhigen Meer bewegte. Die weißen Spitzen der Wellen, die schwarze Landzunge und der schillernde Mond vermittelten den Eindruck einer silbernen Lithografie, die sich in ständiger Bewegung befand. Der Himmel schien zu wachsen, und das Meer begann von Schwarz auf Grau zu wechseln, als ob jemand die Helligkeit eines Bildschirms adjustieren würde. Die Klippen nahmen Formen an, die dunkle Masse löste sich in einzelne Felsen auf, sogar die Wolken am Horizont sonnten sich in rosigem Licht. Dampfschwaden glühten safranfarben über der Klippe. Die rauchartigen Wolkenwirbel, die riesige Leinwand aus Farben, die Atmosphäre des hoffnungsvollen Tagesanbruchs riefen unweigerlich Gemälde von Turner in

Erinnerung. Beatrice beschloss, auf ihrer Heimreise das Tate Museum zu besuchen. Als die Sonnenstrahlen schließlich auf das Meer trafen, tanzten ihre Reflektionen in Edelmetallfarben über dem Wasser und tauchten den Strand in ein flirrendes Licht. Die heiseren Rufe von Seevögeln kündigten den Beginn des Tages an.

»Dafür lohnt es sich aufzustehen, würde ich sagen«, murmelte Matthew. »Würdest du mir die Kamera reichen?«

Sie kramte in ihrer Tasche und streckte ihm das winzige Gerät entgegen. »Unmöglich, dem hier gerecht zu werden.«

»Gewiss. Aber vielleicht gelingt es mir, die Essenz der heidnischen Stubbs einzufangen. Schau mich an.«

Beatrice blickte in die Kamera, ihr Lächeln überbordend. Er stand breitbeinig im Sand, machte eine Aufnahme, fummelte an den Einstellungen herum und schoss eine weitere. Der Wind wehte sein Haar in einer spektakulären Welle nach oben und verlieh ihm etwas Verwegenes.

»Ich bin dran«, rief sie und fing ein paar ungeschickte Aufnahmen mit ihrem Handy ein. Matthew mit verrücktem Haar, der sonnenüberflutete Strand, ein Boot in der Ferne und eine Möwe in der Luft. Perfekt.

Sie verglichen die Ergebnisse. Beatrice war von ihren fotogenen Qualitäten nicht beeindruckt – das Gesicht einer keltischen Kriegerin im billigen Kaufhaus-Pullover.

Matthew untersuchte das kleine Bild von sich selbst auf dem Bildschirm. »Oh je.«

Ihr Magen gluckste. »Ja. Der fotografische Beweis, dass auch Professor Bailey Bad-Hair-Days hat. Wollen wir zurückgehen? Ich habe mir einen gewaltigen Appetit erarbeitet.«

»Wie untypisch von dir. Würdest du die Taschenlampe in deine Handtasche stecken? Ich behalte die Kamera.«

»Packesel zu Diensten.«

»Ich würde dich eher als Känguru sehen. Ein Weibchen mit praktischem Beutel.«

Sie nahmen den Weg über die Metalltreppe zurück, der heller, wärmer und viel steiler war. Die Konversation beschränkte sich auf ein gelegentliches Grunzen, als sie sich hochkämpften. Während der letzten Etappe hielt ein Fahrzeug auf der Straße oberhalb an. Sekunden später erschien ein Jugendlicher in Kapuzenpullover, der sich einen Weg an Matthew vorbei nach unten bahnte. Sein Gesicht war kaum zu erkennen. Heiß und außer Atem, bot Beatrice nicht mehr als ein Nicken zur Begrüßung an, als er vorbeihastete. Ein plötzlicher Ruck warf sie zur Seite und sie rutschte einige Stufen hinunter. Ihre Hüfte fiel auf Stahl und sie stieß einen Schrei aus. Matthew eilte zurück.

»Beatrice! Bist du verletzt? Was ist passiert, bist du gestürzt?«

»Meine Handtasche! Matthew, er hat meine Handtasche!«

Beatrice lag wach und runzelte die Stirn.

Ich rede immer gerne mit Fahrern und Leuten, wenn ich hier bin. Sehr walisische Art.

Es war 03.22 Uhr, stockdunkel, und eine Zeile aus ihrem Buch schoss ihr durch den Kopf. Neben ihr schlief Matthew den Schlaf der Gerechten.

Ich rede immer gerne mit Fahrern und Leuten, wenn ich hier bin. Sehr walisische Art.

Amis hatte recht; in London hatte sie weder Zeit noch Lust, Smalltalk zu machen, aber sobald sie im Urlaub war – Barpersonal, Ladenbesitzer, Taxifahrer –, wurde sie ausgesprochen redselig.

Besonders mit diesem Polizisten. PC Johns von der Polizei in Fishguard war eine gute Stunde geblieben, hatte Tee getrunken und über Unterschiede in ihren Jobs gefachsimpelt. Jemand hatte ihre Handtasche in einem Abfalleimer gefunden und sie aufs Revier gebracht. PC Johns gab sie hocherfreut an die Besitzerin zurück und meinte nicht ohne Stolz, dass dies einen Präzedenzfall darstelle, da er noch nie einen körperlichen Überfall erlebt habe. Beatrice durchwühlte ihre Tasche, die noch mitgenommener aussah als vorher. Außer achtzig Pfund in bar fehlte nichts. PC Johns war ein freundlicher Mann mit einem Hang für korrekte Abläufe und nahm den Earl Grey mit einem Keks erst an, nachdem der offizielle Papierkram erledigt und er zu den faszinierenden Fragen zum Leben bei der Metropolitan Police übergegangen war.

Beatrice seufzte und dachte noch einmal über das Erlebnis nach. Ein Straßenräuber, an einem abgelegenen walisischen Strand kurz nach Sonnenaufgang. Verfolgte das Pech sie einfach so? Warum sie? Warum in diesem Moment? Einheimische Kapuzenmänner, die dämliche Touristen ausnutzten. *Der erste Fall eines körperlichen Überfalls, den ich erlebt habe.* Nein, das machte überhaupt keinen Sinn. Jemanden auf den Stufen der Klippen anzugreifen war unnötig waghalsig. Ein einfacher Handtaschenraub könnte zu schweren Verletzungen führen, oder sogar zu einem Sturz und einer anschließenden Mordanklage. Es musste etwas Persönliches dahinterstecken. Der Kapuzenmann wollte ihre Handtasche und ging ein großes Risiko ein, um sie an sich zu reißen. Warum in aller Welt? Ihre Augenlider wurden schwer. Matthews Atemgeräusche hatten eine einschläfernde Wirkung, also schaltete Beatrice ihren Verstand auf Stand-by und kroch zurück unter die Bettdecke. Der verdammte Straßenräuber würde ihr neben den achtzig Pfund nicht auch den Schlaf rauben.

Ihre Augen flogen bei einem Geräusch aus der Küche wieder auf. Etwas ging zu Bruch. Oder besser gesagt, jemand machte etwas kaputt.

Beatrice spannte sich an und holte flach Luft. Sie spielte das Geräusch innerlich noch einmal ab, um eine Erklärung zu finden, während sie nach mehr lauschte. Ganz sicher zerbrochenes Glas, aber eher ein Knirschen als ein Zerbersten. Draußen rauschten die Wellen, doch im Haus blieb es still. Es war nicht ihre Einbildung; sie hatte es gehört, während sie hellwach war und diese Zeile aus *The Old Devils* wiederholte. Sie stupste Matthew an und flüsterte ihm ins Ohr, für den Fall, dass er mit einem seiner lazarusartigen Atemzüge erwachte.

»Steh auf. Ganz leise. Da ist jemand in der Küche.«

Matthew blinzelte für einen Moment und stieg dann aus dem Bett, um seine Maglite aus ihrer Tasche zu holen. Sie nahm ihr Telefon und folgte ihm auf den Treppenabsatz. Kein Licht, keine Bewegung, kein Geräusch drang herauf. Aber sie wusste mit absoluter Sicherheit, dass jemand dort unten war. Matthew umklammerte die schwere Taschenlampe mehr als Waffe denn als Lichtquelle, und sie lauschten und warteten. Beatrice atmete so leise es ging durch ihren Mund.

Jemand knallte gegen einen Stuhl. Unverkennbar! Das Knirschen eines Holzbeins auf dem Fliesenboden, gefolgt von einem Atemzug. Die Härchen auf ihrer Kopfhaut sträubten sich vor Angst und Wut, als Matthew die Treppe hinunterstürmte, seine Taschenlampe schwingend und brüllend.

»Raus aus meinem Haus, Mistkerle!«

Als sie um die Ecke zur Küche kamen, flüchtete eine Gestalt durch die Tür und stieß dabei einen Stuhl um. Er warf einen Blick über die Schulter und entpuppte sich als ein verängstigter junger Mann mit Rattengesicht, schwachem Kinn und sonderbarsten Haarschnitt. Vorne kurz und dunkel, hinten lang mit blonden Strähnchen. Er sah lächerlich aus. Wie ein Popstar aus den 80ern.

Matthew setzte zu einer halbherzigen Verfolgung an, aber Beatrice packte sein Pyjama-Oberteil. Sie standen still, keuchend, als das Geräusch der rennenden Schritte langsam verklang. Obwohl ihre Hände immer noch vom Adrenalinausstoß zitterten, war Beatrices Angst verflogen, als sie das Gesicht des Eindringlings gesehen hatte.

Matthew schloss die Tür mit einem schiefen Blick ab. Sie hatte den Schlüssel im Schloss stecken lassen. Der Einbrecher brauchte nur das Glas einzuschlagen und er war drin. Wie unglaublich dumm von ihr. Sie richtete den Stuhl auf und prüfte, ob etwas gestohlen worden war, während sie zum zweiten Mal an diesem Tag die Polizei anrief. Ihre Handtasche und ihr Laptop waren oben in Sicherheit; ihre Schlüssel, ihr Kindle, Matthews iPod und sein Handy lagen noch auf dem Küchentisch. Aber die Kamera war verschwunden.

»Dyfed-Powys Police?«

»Guten Morgen. Ich würde gern einen Einbruch melden. Mein Name ist Detective Inspector Beatrice Stubbs.«

3

»Wie war dein Wochenende, Beatrice? Konntest du es genießen?«

»Nicht wirklich. Wie war deins?«

Melanies Gesicht wurde weicher. »Oh, es war herrlich! Am Samstag waren wir in Bluewater und haben uns Brautjungfernkleider angesehen. Am Sonntag waren wir bei meiner Mutter zum Mittagessen und haben endlich die Gästeliste ausgearbeitet. Am Montag habe ich dann Einladungen entworfen. Ich bin so aufgeregt, es wird jetzt langsam aber sicher ernst.«

Beatrice lächelte die Teamsekretärin an. Melanie war nie etwas anderes als dauerentzückt. Ein nimmermüder Sonnenschein, dessen Leben vollständig mit Plänen, Hoffnungen und Glück ausgefüllt war. Das Strahlemädchen von Scotland Yard.

»Tatsächlich. Sind ja nur noch vierzehn Monate. Wollen wir einen Kaffee trinken, und du kannst mir alles darüber erzählen, bevor ich meine E-Mails durchgehe?«

»Du hast keine Zeit. Hamilton will um neun eine Sitzung.« Melanie zeigte mit einem dekorierten Nagel auf das Whiteboard.

COOPER, RANGARAJAN, STUBBS, WHITTAKER –
SITZUNG DIENSTAG, PUNKT 9 UHR –
NEUVERTEILUNG RESSOURCEN

Beatrice schwante nichts Gutes.

Dawn Whittaker war die einzige Person im Besprechungszimmer. Ein Glücksfall. Dawn war mit dem Verfassen einer Textnachricht beschäftigt, blickte von ihrem Handy auf und begrüßte Beatrice mit traurigem Lächeln. Wie immer sah sie aus wie ein ausgesetzter Labrador. Nur ein paar Jahre jünger als Beatrice, aber mit einer Fülle von persönlichen Problemen belastet, war Dawns Gesicht vorzeitig gealtert. Trotz der Sorgenfalten hatte sie eine sanfte Ausstrahlung, der man sich kaum entziehen konnte. Ihr grauer Bob und der elegante Anzug hätten einschüchternd wirken müssen, aber ihr Gesicht strahlte Freundlichkeit und Sympathie aus. Kein Wunder hatte sie mit ihrer Kampagne, Vergewaltigungsopfer zur Meldung zu ermutigten, so viel Erfolg. Dawn war am nächsten zu dem, was Beatrice eine Freundin beim Dezernat genannt hätte.

»Hallo Beatrice. Na, super Wochenende gehabt?«

Die Schürfwunden und blauen Flecken an Beatrices Hüfte schienen als Erinnerung, wie ›super‹ ihr Wochenende gewesen war, wieder aufzuflammen. »Frag nicht. Und du?«

»Ähnlich. Hast du eine Ahnung, worum es hier geht?« Sie stopfte ihr Handy in ihre Tasche, während Beatrice sich neben sie setzte.

»Keinen Schimmer. Ich war in den letzten Wochen mit Cooper und Ranga zusammen. Vielleicht sind sie das zusätzliche Paar Hände, das wir für die Stichwaffen Operation brauchen?« Wie alle anderen Beamten, die an der Operation teilnahmen, weigerte sie sich, den offiziellen Namen zu verwenden.

Die Tür öffnete sich und Cooper trat ein, gefolgt von Rangarajan. Beide hoben die Augenbrauen, sagten aber nichts – ein stilles Signal, die Anwesenheit einer Autoritätsperson anzuzeigen. Hamilton schritt hinter ihnen herein, schloss die Tür und begann die Besprechung, während er zu seinem Platz ging.

»Guten Morgen allerseits, ich hoffe, Sie sind alle erfrischt nach dem verlängerten Wochenende. Danke, dass Sie so pünktlich erschienen sind. Die Situation ist, dass wir das Personal umstellen müssen. Whittaker, ich ziehe Sie vom Fall der vermissten Zwillinge ab. Sie werden Operation ›Scheidenhülse‹ zugeteilt.«

Dawn schien um Worte verlegen; ein Zustand, den Russell Cooper offensichtlich noch nie erlebt hatte. Er lehnte seinen Arm über die Rückenlehne seines Stuhls. »Das sind zur Abwechslung mal gute Nachrichten. Ich danke Ihnen, Sir.«

Hamilton fixierte Cooper mit kalten Augen. »Sie bleiben ein Dreierteam. Stubbs schließt sich einem Sonderprojekt der British Transport Police an.«

»Aber Sir!« Alle vier Stimmen erhoben sich im Protest. Cooper, die lauteste und tiefste, gewann.

»Sir, bei allem Respekt, wenn die BTP eine unserer Detectives braucht, warum nicht Whittaker? Es macht keinen Sinn, Stubbs in diesem Stadium zu ersetzen. Nichts für ungut, Dawn.«

»Schon gut. Ich bin derselben Meinung. Gibt es einen Grund dafür, Sir?«

Tiefe Falten erschienen zwischen Hamiltons Brauen, und seine Stimme war tief und säuerlich. »Was denken Sie, Whittaker?«

Dawn sah weg und warf Beatrice einen mitfühlenden Blick zu, während Hamilton auf weitere Proteste wartete. Beatrice bemerkte seinen steinernen Gesichtsausdruck und akzeptierte die Niederlage. Jegliche Argumente wären verschwendete Zeit. Genau das, was sie nach diesem furchtbaren Wochenende brauchte.

Ranga hatte noch nicht aufgegeben. »Sir, obwohl Whittaker einer unserer klügsten Köpfe ist, wird es sehr zeitaufwendig sein, sie auf den neuesten Stand zu bringen. Wir haben in diesem Fall große Fortschritte gemacht und bereits drei Verdächtige verhaftet. Es wäre ein ziemlicher Schlag, Stubbs jetzt zu verlieren.«

Hamilton schien ungerührt. »Ich bin sicher, Sie schaffen das. Im Übrigen sind drei Verhaftungen in sechs Wochen nicht gerade das, was ich einen bedeutenden Fortschritt nennen würde. Hören Sie, Stubbs ist aus zwei Gründen die richtige Person, um an diesem Transportfall zu arbeiten. Erstens hat sie eine Erfolgsbilanz in der Zusammenarbeit mit anderen Behörden. Und zweitens, ihr Gegenpart in dieser Untersuchung ist Virginia Lowe. Weitere Erklärungen erwünscht?«

Ranga, Dawn und Beatrice ließen ihre Köpfe in verlegenem Schweigen sinken. Cooper, der erst vor einem Jahr zu Scotland Yard befördert worden war, schaute verwirrt von einem Gesicht zum anderen.

Nachdem die Bombe geplatzt war, erhob sich Hamilton von seinem Platz und stützte sich auf seine Hände ab. »Dachte ich mir schon. Ich schlage vor, Sie weisen Whittaker sofort ein, damit sie heute Nachmittag mit Ihnen zusammenarbeiten kann und ab morgen bereit ist, den Fall zu übernehmen. Stubbs, nach dem Mittagessen in mein Büro. Sagen wir ein Uhr?«

Ein Uhr war *nach* dem Mittagessen? Wes Brot ich fress, des Fiedel ich stimm.

»Ja, Sir.« Sie wusste, dass sie wie ein schmollendes Kind klang.

Hamilton erfüllte seinen Teil, indem er ihr einen schulmeisterlichen Blick zuwarf. »Und weihen Sie Cooper noch ein. Viel

Erfolg, allerseits.« Er sammelte seine Papiere auf und verließ den Raum.

Beatrice verspürte Mitleid mit Dawn. Wie oft würde es sie noch einholen?

Cooper blickte über den Tisch hinweg auf die beiden Frauen, während Ranga unbeholfen neben ihm auf dem Stuhl umherrutschte. Dawn stieß einen großen Seufzer aus.

»Ich bin sicher, dass sich diese Geschichte sogar bis nach West Yorkshire herumgesprochen hat.«

Cooper runzelte die Stirn und schüttelte den Kopf. Seine Verwirrung war echt, das konnte Beatrice sehen.

Dawn seufzte erneut. »2008 wurden die Police Bravery Awards in London verliehen, im Dorchester Hotel. Chief Superintendent Davenport war nach seiner Knieoperation auf Krücken unterwegs. Also benutzte er die Behindertentoilette. Als er die Tür öffnete, entdeckte er einen Mann mit heruntergelassener Hose und eine Frau vor ihm kniend, mit vollem Mund. Die Frau war Virginia Lowe. Und der Mann war Ian Whittaker. Mein Ehemann.«

Cooper zuckte zusammen. »Scheiße. Tut mir leid.«

Dawn zuckte mit den Augenbrauen. Ranga und Beatrice hielten ihre Köpfe gesenkt.

Im Versuch, die Szene zu entschärfen, ergriff Cooper das Wort. »Ehrlich, Dawn, davon hatte ich noch nie gehört, aber danke für die Erklärung. Hamilton denkt also, er tut dir einen Gefallen, wenn er Beatrice den Auftrag gibt?«

»Eher tut er Lowe einen Gefallen. Er weiß, dass ich sie unter einen Zug werfen würde.«

Beatrice sah mit einem Grinsen auf. »Aber du würdest es wie einen Unfall aussehen lassen?«

Dawn begegnete ihren Augen. »Ganz bestimmt. Das Fachwissen dazu habe ich. Und du übrigens auch. Beatrice, wir sind schon lange befreundet. Ich kann dir nicht gerade viel Geld bieten, aber wenn du dich dazu durchringen könntest, diese räuberische Schlampe irgendwo auf elektrische Schienen zu stoßen, würde ich dich als eine wahre und treue Freundin betrachten.«

Ranga lachte, und die Spannung löste sich. »Sollen wir uns einen Kaffee holen und mit der Übergabe beginnen? Beatrice, bist du damit einverstanden?«

»Nein. Aber welche Wahl habe ich denn? Hamilton hat recht, so sehr es mich auch schmerzt, das zu sagen. Und Dawn wird eine echte Bereicherung für euch sein. Haltet ihr mich auf dem Laufenden? Ich habe eine Menge in diese Operation investiert.«

Dawn klopfte ihr auf die Schulter. »Glaube mir, du wirst derart ›auf dem Laufenden‹ gehalten, dass du dir wünschen wirst, ich wäre nie geboren worden. Übrigens, ich finde, du solltest für diesen Einsatz dein Damenkostüm anziehen.«

»Mein Kostüm? Wieso das denn?«

»Sie nimmt alles in Hosen. Das sagt man über Virginia.«

Beatrice grinste und schüttelte den Kopf. »Hat es jemals eine Frau mit einem derart unglücklichen Namen gegeben?«

Ein Uhr war eine absurde Zeit für eine Besprechung. Statt mit ihren Kollegen in der Kantine zu Mittag zu essen, schnappte sie sich ein Sandwich und kehrte an den Schreibtisch zurück, um ihren Papierkram zu erledigen. Sie hasste es, an ihrem Schreibtisch zu essen. So unzivilisiert. Und unordentlich. Um eine Minute vor eins klopfte sie an seine offene Bürotür. Hamilton deutete auf einen Stuhl und begann ohne Höflichkeitsfloskeln.

»Ja, wirklich eine peinliche Angelegenheit. Ich würde Sie sonst nicht von Operation ›Scheidenhülse‹ abziehen.«

Beatrice wusste, dass das so nah an Reumütigkeit war, wie er wohl je kommen würde.

»Schon gut, Sir. Was sein muss, muss sein. Der Fall der British Transport Police?«

Hamilton räusperte sich und schob einige Papiere hin und her. Er sah höchst unbehaglich aus. Was war nur los mit dem Mann?

»Also, das ist alles ziemlich unangenehm. Haben Sie in den Medien irgendetwas über den Finsbury Park Exhibitionisten gehört?«

Beatrice biss die Zähne zusammen. Er zog sie wegen eines schmutzigen alten Mannes von einem wichtigen Fall mit Stichwaffen ab? »Kann ich nicht behaupten, Sir.«

»Es ist so, dass dieser Kerl ein bisschen mehr tut, als sich zu entblößen. Er scheint seine Opfer ganz gezielt anzusprechen und droht manchmal sogar mit einem erneuten Auftritt. Der Kollege vom psychologischen Dienst sagt, dass sich ein Muster abzeichnet. Es sieht so aus, als ob dieser Mann immer selbstbewusster wird und mit hoher Wahrscheinlichkeit einen schweren sexuellen Übergriff begehen wird. Wir haben zugestimmt, mit der BTP bei einer Präventivmaßnahme zusammenzuarbeiten. Sehen Sie, Stubbs, es ist politisch. Nach dem Reid-Fall, ganz zu schweigen von diesem Taxifahrer, muss der vorliegende Fall richtig behandelt werden. Whittaker wäre die offensichtliche Wahl gewesen. Sie ist es gewohnt, mit Opfern sexueller Übergriffe zu arbeiten, aber unter diesen Umständen ...«

»Sie glauben nicht, dass es nur um Überwachung geht, Sir?«

»Sie glauben nicht, dass es sich um eine dämliche Fragestunde handelt, oder, Stubbs? Würde ich einen Senior Detective von einem wichtigen, um nicht zu sagen medienwirksamen Fall abziehen, wenn es so wäre? Nein, ich glaube nicht, dass es nur eine Frage der Überwachung ist. Es ist ein Fall für erfahrene, intelligente Köpfe, die ihn analysieren und lösen. Also Sie selbst. Nehmen Sie bitte die Akte und studieren Sie sie gut. Ein Treffen wurde zwei Straßen weiter arrangiert, BTP Hauptquartier, morgen um Punkt neun Uhr. DI Lowe wird Ihnen den Hintergrund erläutern.«

»Ja, Sir. Werde ich dort stationiert sein?«

»Das werden Sie und DI Lowe entscheiden müssen. Dies ist ein gemeinsamer Einsatz, sollten Sie also hier arbeiten wollen, ist das akzeptabel. Hören Sie zu, Stubbs, ich hoffe, Sie lassen nicht zu, dass persönliche Gefühle diesen Fall trüben. Wir alle machen Fehler, und Lowe hat für ihre Verfehlung gebüßt.«

Beatrices Wangen glühten vor Hitze. »Ein offizieller Verweis und eine verpasste Beförderung? Tut mir leid, aber ich sehe das nicht als Sühne an, Sir. Nicht nur, dass DI Whittakers Ehe ruiniert wurde, sie muss seitdem mit der Demütigung leben. Sie war zum Beispiel gezwungen, es heute wieder aufzuwärmen.«

»Verzichten Sie auf die Dramatik, Stubbs. Whittaker ist nicht an diesem Fall beteiligt, sondern Sie. Glauben Sie, Sie werden unparteiisch bleiben können?«

»Ja, Sir. Meine professionelle Meinung wird nicht von meiner persönlichen Meinung über diese Frau beeinflusst werden.«

Hamilton studierte sie einen Moment lang, atmete aus und schüttelte den Kopf. »Die Fallakte, bitte sehr. Und Sie werden diese Frau morgen um Punkt neun Uhr treffen. Ich wünsche Ihnen einen schönen Tag.«

Beatrice wünschte es ihm ebenso, hob die Akte auf und ging zurück zum Schreibtisch. Verdammter Hamilton. Verdammter Exhibitionist. Und verdammte Virginia Lowe.

4
___

Nach einem langen Wochenende mit Matthew bargen die ersten paar Abende zu Hause immer das Risiko eines emotionalen Tiefs. Heute war es nicht anders. Die Wohnung schien leer, die Arbeit sah trostlos aus und sie fühlte sich durch den Taschendiebstahl und den Einbruch immer noch um ihren erholsamen Feiertag betrogen. Das Leben konnte manchmal sehr ungerecht sein.

Um einer Selbstmitleidsspirale vorzubeugen, machte sie einen Ausflug zu *Marks and Spencer's*, wo sie viel zu viel Essen und eine Flasche anständigen Chardonnay kaufte. Nachdem sie das Minimum an Haushaltspflichten erfüllt hatte, bereitete Beatrice ihr Essen zu und hörte *The Archers* auf BBC4, während sie Pasta Puttanesca genoss. Sie hatte eben widerwillig ihren Papierkram hervorgezerrt, als es an der Tür klingelte. Sie sprang vor Erleichterung auf. Alles war ihr recht, das Studium der Exhibitionisten-Akte hinauszuzögern.

»Hal-lo?«

Adrians vertraute Stimme knisterte durch die Gegensprechanlage. »Ich bin's. Ist *Archers* fertig?«

»Hallo du. Ja, ist es. Aber ich habe noch zu tun.«

»Kann ich für eine halbe Stunde hochkommen? Ich habe dir etwas Wein mitgebracht, um das zu ersetzen, was ich gestern Abend hinuntergestürzt habe, und außerdem hatte ich eine Idee.«

Beatrice strahlte und drückte auf den Türöffner. Adrian war ein Geschenk des Himmels. Gestern Abend hatte der arme Kerl geduldig zugehört, wie sie sich über ihr vermasseltes langes Wochenende ausgelassen hatte. Sie stellte sicher, dass sein Glas stets gefüllt war, er bot je nach Bedarf Mitgefühl oder Empörung als Gegenleistung und war selbstverständlich immer auf ihrer Seite.

Sie hatte die Tür schon geöffnet, als er die Treppe hochkam. Er beugte sich vor, um ihr einen Kuss auf die Wange zu geben, und sie spürte den leichtesten Ansatz von Stoppeln, begleitet von etwas Frischem und Zitronigem.

»Ich werde wirklich nur eine halbe Stunde bleiben. Um halb neun ist Chorprobe, und vorher muss ich noch duschen. Hier.«

Er drückte ihr eine Tüte von *Oddbins* in die Hand.

»Ooh, zwei Flaschen. Danke schön.«

Adrian hängte seinen Mantel auf. »Sag' nicht einfach ›zwei Flaschen‹ – schau dir das Etikett an.«

»Entschuldigung. Ooh, zwei Flaschen Chablis Premier Cru Beauroy. Wunderbar.«

»Es *ist* ein wunderbarer Tropfen. Tolle Frische, mit Komplexität. Ich möchte, dass du mindestens eine Flasche aufhebst, um sie mit Matthew zu trinken. Am besten mit Meeresfrüchten oder Käse. Wie war die Arbeit?«

»Scheußlich. Lass uns nicht darüber reden. Danke für den Wein. Wie war dein Tag?«

»Gut. Feiertagswochenenden sind immer gut für den Handel. Aber ich habe die meiste Zeit des Tages damit verbracht, über dein Abenteuer nachzudenken.« Er richtete sich auf dem Sofa ein und sah sie erwartungsvoll an.

»Was? Oh. Möchtest du ein Glas Wein, Adrian?«

»Ja, das wäre wunderbar, Beatrice. Danke. Mach den Chablis aber nicht auf. Du hast bestimmt irgendwelchen Ramsch vom Supermarkt im Kühlschrank, ich werde mich zu einem Glas durchringen.«

Beatrice lachte, als sie ihm ihren Chardonnay einschenkte, seine gerümpfte Nase und seinen gequälten Gesichtsausdruck bereits vorausahnend. Es war furchtbar praktisch, ihn zu kennen, nicht nur, weil er die örtliche *Oddbins* Weinhandlung führte, sondern auch als netten, unterhaltsamen Nachbarn. Er war vor sechs Jahren unten eingezogen, und sie hatten noch nie ein böses Wort miteinander gewechselt. Sie kehrte ins Wohnzimmer zurück, reichte ihm sein Glas und setzte sich in den Sessel gegenüber.

»Du hast von einer Idee gesprochen«, forderte sie ihn auf.

Er nippte, verzog aber keine Miene. »Woher ist das?«

»M und S. Fang nicht damit an.«

»Tue ich nicht. Es ist tatsächlich trinkbar. Im Gegensatz zum verdorbenen Gebräu, mit dem du mich gestern Abend abgefüllt hast. Kein Wunder, dass mein Kopf bis mittags Matsch war.«

»Das hatte wohl mehr mit der Quantität als mit der Qualität zu tun. Also, was wolltest du mir sagen?«

»Ja. Siehst du, ich habe nachgedacht.« Er schob seine graue Hose hoch und beugte sich vor. Adrian war immer gut gekleidet. Es half, dass er groß, schlank und katalogmäßig gutaussehend war, aber er besaß auch einen natürlichen Stil. Sein Anzug war heute marmorgrau, und der schwarze Rollkragen darunter umrahmte sein kräftiges Kinn. Er erinnerte Beatrice an den Gewinner einer Hundeshow. Schön anzusehen, aber für den Alltag unpraktisch.

»Der Verrückte, der deine Tasche gestohlen hat. Derjenige, der eingebrochen ist und die Kamera klaute.«

»Wir können nicht sicher sein, dass es derselbe Mann war.

Ich habe das Gesicht unter der Kapuze nicht richtig gesehen und wir haben nur einen kurzen Blick auf unseren Eindringling erhascht.«

»Ich bin mir ziemlich sicher, dass es derselbe Mann war. Und ich glaube, er hat nach etwas gesucht. Schau, der Überfall war kurz nach Sonnenaufgang. Was hat er um diese Zeit dort gemacht? Hmm? Arbeiten wir rückwärts. Du und Matthew kommen am Strand an, machen ein paar Fotos und klettern zurück auf die Klippen. Plötzlich taucht ein Mann aus dem Nichts auf und entreißt dir die Handtasche. Warum sollte er das tun?«

Die Gedanken waren auch ihr gekommen, und Matthew, und der Polizei von Dyfed Powys. Aber sie spielte Teufels Advokat, nur um zu sehen, zu welchen Schlussfolgerungen Adrian kommen würde.

»Du machst zu viel daraus. Ich weiß nicht, was in ihm vorging, aber ich bin mir ziemlich sicher, dass der Überfall Opportunismus war.«

Adrian stieß ein verächtliches Schnauben aus. »Sie enttäuschen mich, Detective Inspector Stubbs. Denk doch mal nach. Was habt ihr gemacht, bevor dich dieser Punk überfallen hat?«

Beatrice lächelte über seinen hartgesottenen Tonfall. »Wir haben uns den Sonnenaufgang angesehen. Fotos geschossen und sonst nichts.«

»Genau. Ihr macht also ein paar Fotos am Strand. Dann, kurz nachdem die Sonne aufgegangen ist, fährt zufällig ein Auto an der Spitze der Klippe entlang und hält just an jener Stelle, wo sich die Straße mit eurem Weg kreuzt. Sie setzen einen Auftragskiller ab, der deine Tasche stiehlt und versucht, dich von der Treppe zu stoßen. Er rennt mit seiner Beute zum Strand hinunter, trifft seinen Komplizen in einer Höhle und sie durchsuchen das Diebesgut. Erfolglos.« Adrian nahm einen Schluck Wein und schaute Beatrice eindringlich an. Seine dunklen Augen waren voller Dramatik. »Und sie haben immer noch nicht gefunden, wonach sie suchen.«

»Adrian ...«

»Warte, ich bin noch nicht fertig. Obwohl sie fast eine unschuldige Frau getötet hätten, weigern sich diese Leute, aufzugeben, und sie kommen zurück, mitten in der Nacht. Rücksichtslos bricht einer von ihnen in das Häuschen ein, erschreckt die arme Frau darin – das wärst dann du – und schnappt sich seine Beute. Schließlich gelingt es ihm, sich der Kamera zu bemächtigen. Das Beweismaterial.«

Sie nahm denselben zynischen Ton an, den Matthew immer anschlug, wenn sie sich aufregte. »*Was in aller Welt* hast du dir denn da zusammengereimt? Erstens hat er mich lediglich gestreift. Zweitens hatte ich keine Angst. Drittens gibt es keinen Grund zu glauben, dass der Einbrecher derselbe Mann war. Und selbst wenn er es wäre, warum sollte er Matthews Kamera wollen? Die ist doch nichts Besonderes.«

Adrian lehnte sich auf dem Sofa zurück und presste die Fingerspitzen aneinander, als wäre er ein Staatsanwalt, der sein Plädoyer halten wollte.

»Die Kamera mag nichts Besonderes sein, aber was ist mit ihrem Inhalt? Habt ihr ein paar sorglose Schnappschüsse von etwas gemacht, das nicht ganz so unschuldig ist? Leider werden wir das nie erfahren, denn alle belastenden Bilder schwimmen wahrscheinlich mit den Fischen.« Seine Augen blitzten, er schlug die Beine übereinander und verschränkte zufrieden die Hände. Beatrice starrte ihn amüsiert an. So ein wunderbar aussehender Mann, ganz scharfe Konturen und dunkle Züge, ein bisschen wie Montgomery Clift. Doch sein Benehmen erinnerte sie an niemanden anders als den schottischen Komiker Ronnie Corbett.

Sie blickte ihn ernst an. »Du denkst wie ein Ermittler, Adrian. Das habe ich mich auch schon gefragt. Aber es ist noch nicht alles verloren. Wir können deine Theorie testen. Ich habe die Bilder auf den Laptop heruntergeladen, bevor wir an jenem Abend ins Bett gingen.«

Sein Mund öffnete sich, seine Augen wurden weit und er brach in ein triumphierendes Grinsen aus.

»Beatrice! Ich vergesse immer dein Training. Du bist ein Star! Lass sie uns jetzt untersuchen, ich habe unten ein Bildverarbeitungsprogramm, damit werden wir herausfinden, was sie zu verstecken versucht haben.«

»Ich habe schon nachgesehen. Ich kann nichts sehen. Aber wer weiß, vielleicht bringt deine schlaue Technologie etwas Licht ins Dunkel. Da könnte etwas dran sein, nehme ich an. Aber lass es uns morgen angehen. Ich bringe sie auf einem Speicherstick runter. Aber heute Abend ist Schwulenchor und du wirst zu spät kommen. Ganz zu schweigen davon, dass ich mich mit einem Exhibitionisten vertraut machen muss.«

Er schaute auf seine Uhr, hin- und hergerissen. »Okay. An jedem anderen Tag würde ich es für so etwas Aufregendes sausen lassen. Aber *Oklahomo!* hat am Samstag Premiere, und heute Abend ist eine wichtige Probe für die Solisten. Ich muss hingehen. Morgen Abend werden wir das düstere Komplott hinter all dem aufklären. Als Anfänger möchte ich von deiner Erfahrung profitieren, selbstredend, aber keine Sorge, Boss, ich weiß, wann ich den Mund halten muss.«

Adrians Akzent war kläglich. Beatrice hoffte, dass sein Midwest-Cowboy besser war als sein Detroit-Ermittler.

»Danke, Cagney.«

Sein Gesicht senkte sich. »Ich hatte eher auf Jimmy Stewart als auf Jimmy Cagney abgezielt.«

Sie hob seinen Mantel auf und küsste ihn auf die Wange. »Und ich zielte mehr auf Cagney als auf Lacey.«

Adrian schenkte ihr ein strahlendes Lächeln. »Das ändert alles!«

»Ich wünsche dir eine erfolgreiche Probe und danke für

den Wein. Übrigens, du riechst umwerfend. Mach dir keine Sorgen wegen der Dusche.«

Er schüttelte mit einem teuflischen Grinsen den Kopf. »Ich dusche immer. Denn man weiß nie, was alles passieren könnte, Beatrice. Gute Na-acht.«

»Schönen Abend, Adrian.« Dankbar für sein Interesse aber gleichzeitig erleichtert über das geglückte Ablenkungsmanöver schloss sie die Tür. Nachdem sie ihr Glas wieder aufgefüllt hatte, fand sie sich damit ab, den Abend mit einem schmutzigen alten Mann zu verbringen. Sie würde wahrscheinlich selbst eine Dusche brauchen. Vielleicht erst einmal ein kurzes Telefonat.

5

»Inspector Howells, wie kann ich Ihnen helfen?«

»Guten Abend, Inspector. DI Beatrice Stubbs hier, von der Met. Wir sprachen am Wochenende, wenn Sie sich erinnern.«

»Oh ja. Ich erinnere mich. Der Taschendiebstahl und der Einbruch. Ist etwas Neues ans Licht gekommen, Detective Inspector?«

»Nein, in dieser Hinsicht nichts Neues. Ich habe nur angerufen, um zu erfahren, ob Sie in diesem Fall weitergekommen sind. Ihren letzten Bericht hören, sozusagen.«

Keine Antwort.

»Inspector Howells? Sind Sie noch da?«

»Wenn Sie meinen, ob ich noch bei der Arbeit bin, dann nein, bin ich nicht. Es ist fast acht Uhr abends. Ich bin zu Hause und will gerade zu Abend essen. Wie ich Ihnen am Sonntag gesagt habe, werde ich Sie anrufen, wenn wir etwas finden, das in Verbindung mit den fraglichen Ereignissen steht. Bis dahin gibt es keinen Fall, und somit auch keinen Bericht. DI Stubbs, Sie waren an diesem Wochenende in zwei verschiedene Vorfälle verwickelt. Ich habe Verständnis, dass Sie versucht sind, sich persönlich zu involvieren, aber ich mache es mir nicht zur Gewohnheit, Zeugen anzurufen, um sie über meine Ermittlungen auf dem Laufenden zu halten. Unabhängig von ihrer Position.«

Hitze flammte in Beatrices Wangen auf.

»Die Störung tut mir leid. Ich würde mich jedoch eher als Opfer zweier zusammenhängender Vergehen bezeichnen, denn als Zeugin zweier getrennter Vorfälle. Ich glaube nicht, dass Sie mehr über die beiden Ereignisse herausfinden werden, wenn Sie sie als unabhängige Bagatelldelikte behandeln. Sie haben selbst gesagt, dass der Dieb oder die Diebe den Inhalt der Kamera haben wollten. Daher könnte, wie gesagt, eine regelmäßige Überwachung des Strandes durchaus etwas Konkreteres zu Tage fördern. Ich würde in dieser Situation dringend zu einem proaktiven Vorgehen raten, Inspector.«

»Danke für den Ratschlag. Wir Bauerntrampel sind Ihnen auf ewig dankbar. Nun, wenn es Ihnen nichts ausmacht, würde ich gerne essen. Schönen Abend noch, DI Stubbs. Und das nächste Mal rufe ich Sie an.«

Beatrice stapfte in die Küche, öffnete den Kühlschrank und schloss ihn wieder. Sie marschierte zurück ins Wohnzimmer, nahm den Hörer ab und legte ihn wieder auf. Während sie in der Wohnung umherging, rang sie mit ihrer Empörung.

Es war grob unfair anzunehmen, dass sie sich einmischen würde. Als Opfer von zwei Raubüberfällen innerhalb von vierundzwanzig Stunden hatte sie ein Recht darauf zu erfahren, wohin die Ermittlungen führten. Howells war unhöflich, so mit ihr zu sprechen. Alles, was sie wollte, waren Informationen.

Sie drückte ihre Stirn an das Fenster und schäumte vor sich hin. Das geschäftige Treiben in der Boot Street blieb unbemerkt, während sie das Gespräch zurückspulte. Natürlich verstand sie, dass hartnäckige Betroffene ein Ärgernis darstellen konnten. Und es wäre vielleicht klüger gewesen, ihn auf der Station anzurufen anstatt zu Hause. Aber sie als hochmütige Wichtigtuerin abzutun, war dann doch ein ziemlich dicker Hund. Schließlich versuchte sie nicht, dem Mann seinen Job beizubringen.

Ich würde in dieser Situation ein proaktives Vorgehen empfehlen.

Sie nahm den Hörer wieder ab, zauderte und drückte schließlich die Kurzwahltaste eins.

»Guten Abend. Hier ist Professor Bailey.«

»Matthew, hältst du mich für herablassend? Eine alte Schachtel, die sich einmischt? Bin ich unangemessen anspruchsvoll in meiner Neugierde?«

»Nun, das ist nur meine subjektive Meinung, wie du weißt. Aber ich persönlich würde die erste Frage sicherlich verneinen, die zweite ebenso, und die dritte sehr wahrscheinlich. Allerdings hängen die Antworten stark davon ab, wen du fragst. Was ist los, altes Ding? Hast du jemanden verärgert?«

»Nein. Ja. Ich weiß es nicht. Aber dieser Inspector in Wales war heute Abend sehr kurz angebunden und sagte, dass er mich beim nächsten Mal anrufen würde.«

»Da hast du es. Ruf ihn nicht mehr an und lass die Leute ihre Arbeit machen.«

»Schön und gut, kann man so sagen. Was ist, wenn sie es nicht richtig machen? Sie sollten jeden Morgen Leute am Strand stationieren. Es ist offensichtlich, dass dort irgendetwas abläuft. Warum will er es nicht ernst nehmen?«

Sie konnte hören, wie Matthew sich streckte und gähnte. »Wenn ein Polizist aus, sagen wir mal, New York übers Wochenende in London wäre, ein Verbrechen melden und dich dann täglich anrufen würde, um sich auf den neuesten Stand zu bringen – was wären deine Gefühle ihm gegenüber?«

»Du bist mir eine solide Stütze.«

»Aber du versteht, worauf ich hinauswill? Lass sie in Ruhe weitermachen. Du hast genug mit den Stichwaffen zu tun.«

Beatrices Stimmung sank noch tiefer. »Nein, die Stich-waffen habe ich abgegeben. Stattdessen arbeite ich mit der British Transport Police zusammen, um einen Exhibitionisten zu fassen. Und meine Partnerin in diesem Fall ist keine gerin-gere als die menschenfressende Virginia Lowe. Ich sage dir, mir graut vor jeder Minute, besonders wenn ich in Südwales oder Lewisham sein könnte, um bei ernsthaften und lohnenswerten Ermittlungen zu helfen.«

»Ein Exhibitionist? Ich dachte, die wären eher aus der Mode gekommen. Geht es heutzutage nicht ausschließlich um Stalking und Cyber-Porno? Und ich bin mir sicher, dass die walisische Polizei ihre Ermittlungen unter Kontrolle hat. Nach dem, was ich gesehen habe, sind sie eifrig, jung und enthusias-tisch. Mach du deinen Job und überlasse sie ihrem.«

»Sieht nicht so aus, als hätte ich eine Wahl, oder? Dieser Inspector hat eine Art regionalen Minderwertigkeitskomplex, aber was soll's. Soweit ich das mitbekommen habe, ist dieser Exhibitionist auch ein Stalker und hat vielleicht sogar eine Vorliebe für Cyber-Pornos. Ich sollte mich wirklich hinter diese Akte machen. Merkst du es? Ich habe angerufen, um mein Gewissen zu beruhigen, und jetzt fühle ich mich doppelt schuldig.«

»Fabelhaft! Es war mir ein Vergnügen. Jetzt sollte ich anfangen, mein Wok-Gemüse zu schnippeln und den Reis aufzusetzen. Und du solltest dich auf die anstehende Aufgabe konzentrieren. Gute Nacht, altes Ding. Ich rufe dich morgen an, um zu hören, wie dein erster Tag war.«

Beatrice sagte gute Nacht, machte sich einen Kräutertee und kehrte zur Akte zurück, immer noch vage entrüstet.

Eifrig, jung und enthusiastisch war schön und gut, aber kein Ersatz für erfahren.

6

————

»**K**eine Horrorfilme heute Abend, hast du gesagt. Nun, das war das Schlimmste, was ich je gesehen habe. Diese 90 Minuten meines Lebens kriege ich nie mehr zurück ...«

Laure fing Ayakos Blick ein und grinste; man konnte Urtza nicht davon abhalten, ihre Meinung zu verkünden, ob positiv oder negativ. Ayako umarmte ihre Knie und lachte. Kleine, klimpernde Geräusche kamen sowohl aus ihrem Mund als aus ihrer Kleidung. Urtza schritt die zwei Meter des Wohnzimmers ab und klatschte mit verärgerter Hand auf den Fernseher, während sie schimpfte. Laures Wohnung wirkte immer kleiner, wenn Urtza in ihr war.

Es war vier Minuten nach zehn.

» ... eine schreckliche Verschwendung von so viel Talent! Das ist die wahre Schande. Billig, und ein Nachahmer. Das macht es noch schlimmer! Wenn man so einen Abklatsch dreht, soll man doch bitte einen brillanten Film als Vorgabe wählen. *Tatsächlich... Liebe* ist kein brillanter Film, er ist durchschnittlich. Und ein großer Teil des Drehbuchs ist grottenschlecht. *Tatsächlich… Liebe* wurde von den Schauspielern gerettet. Hier allerdings, ist die Schauspielkunst …«

»Komm schon, Urtza«, unterbrach Laure. »Eric Dane war fantastisch. Und Jessica Biel hat mich überrascht.«

Urtza blieb stehen, blickte die beiden auf dem Sofa an und stemmte die Hände in die Hüften.

»Laure. Oh Laure. Wollen wir schon wieder denselben Streit anfangen? Schönheit ist nicht gleich Talent. In *Valentinstag* gab es viel Schönes, aber was das Talent angeht? Ayako, sag nicht, dass du ihr zustimmst?«

Die winzige Ayako mit ihrem asymmetrischen Bob, den üppigen Haarspangen und ihrer Vorliebe für Rosa schmiegte sich tiefer in die Kissen. Ihre Overknees waren rosa und lila gestreift, weiße Strümpfe bedeckten dezent die Oberschenkel unter dem gerüschten Minirock. Sie lehnte den Kopf auf eine Seite und weitete ihre Augen.

»Ich mochte ihn. Lustig und schön anzuschauen. Nicht jeder Film muss Kunst sein, Urtza. Und was hast du erwartet? Er heißt *Valentinstag*, nicht *Valentinstag-Massaker*.« Sie kicherte über Urtzas empörten Gesichtsausdruck.

Das ungleiche Duo zog unweigerlich Aufmerksamkeit auf sich, und Laure fragte sich immer noch, was ihre Freundschaft begründete. Urtza, Größe 18, wortgewandt, leidenschaftlich, engagiert, in klassischem Schwarz und Silberschmuck. Ayako, Größe 6, schüchtern, präzise, fast versteckt unter mehrfarbigen Harajuku-Schichten und kindlichen Accessoires. Sie teilten sich nun eine Wohnung in Highbury und verbrachten ihre gesamte Freizeit damit, im Camden Market einzukaufen oder Filme zu schauen und sich zu streiten.

»Selbst jetzt, nachdem ich dich seit über einem Jahr kenne, schockierst du mich immer noch, Ayako. ›Lustig und hübsch anzuschauen?‹ Das ist die Meinung eines Teenagers.«

Ayakos pfeifendes Lachen schallte durch den überfüllten

Raum. »Ich bin ein Teenager! Und du bist es auch, aber insgeheim willst du im mittleren Alter sein.«

Urtza versuchte, die Empörung auf eine opernhafte Ebene zu heben, aber der Effekt war zu komisch. Auch sie erlag dem Lachen und ließ sich auf das Sofa zwischen ihnen fallen. Laure lachte und lachte und zwang sich, länger zu lachen, als es sich natürlich anfühlte. Lachen war gut.

Es war zwanzig nach zehn.

In gewisser Weise hätte die Nähe zwischen den dreien nirgendwo anders entstehen können. In London hatte sie die freie Wahl, Freunde auf der Basis gemeinsamer Interessen und Persönlichkeiten zu finden. Da war es egal, ob es sich um eine schrullige Japanerin mit ausgefallenem Kleidungssinn und eine große, laute Spanierin mit angeborener Theatralik handelte. Beide mochten Kino, Essen und Märkte, also waren sie die perfekten Menschen, um ihre Freunde zu sein. In Lille hatte Laure einen engen Kreis von gut gekleideten, belesenen und unauffälligen Kollegen, zusammengestellt aufgrund ihrer Bildung und familiären Verbindungen. Nahezu alle waren blond. Sie Ayako und Urtza vorzustellen, war undenkbar. Laure begann wieder zu lachen.

Urtza leerte ihr Glas und Laure griff nach der Weinflasche. Mit vollem Mund legte Urtza ihre Hand über ihr Glas und schüttelte den Kopf.

Ayako hob ihre Tasche hoch. Sie war so sehr mit Kugeln und Schmuckstücken geschmückt, dass sie praktisch ein Percussion-Instrument war. »Ja, wir sollten jetzt gehen, Laure. Vielen Dank für das Essen. Du bist eine fantastische Köchin. Und ich habe den Film genossen, auch wenn sie es nicht getan hat.«

Panik stieg in ihr auf.

»Hört zu, Ayako, Urtza, vielen Dank fürs Kommen. Es ist unmöglich zu sagen, wie sehr ... es ist so wunderbar für mich, wisst ihr, einfach ... einfach mal nicht zu denken.«

Urtza öffnete ihre Arme in einer dramatischen Umarmung. Der Duft von Zigaretten, Narciso Rodriguez und Schweiß trieb Laure die Tränen in die Augen, als sie ihre Wange gegen Urtzas Dekolleté drückte.

Ayakos kindliche Hand streichelte ihre Schulter. »Laure, wir werden morgen wiederkommen. Wir werden jeden Abend kommen, bis du bereit bist, auszugehen. Wir sind deine Freunde.« Ihre süße Stimme wurde von den Miniaturglöckchen ihrer weißen Lederjacke begleitet.

Laure schluckte und stoppte die Flut. »Ich danke euch. Ihr zwei seid so gut zu mir. Okay, ihr solltet gehen. Ihr müsst den Bus erwischen. Wir sehen uns morgen. Kommt gut heim!«

Es war genau halb elf.

Sie sah ihnen nach, wie sie die Treppe hinuntergingen, lauschte dem Klimpern und hörte, wie sich die Haustür schloss. Dann verriegelte sie ihre Wohnungstür. Zum fünfzehnten Mal an diesem Tag fragte sie sich, wie sie eine Mitbewohnerin finden und eine Freundschaft wie mit den anderen beiden aufbauen konnte, ohne sich noch mehr Psychos auszusetzen.

Sie nahm das Glas mit dem Rest ihres Weins in die Hand, ging zum Fenster und beobachtete, wie Ayako den Wohnblock verließ. Tränen füllten Laures Augen. Schon wieder. Wenn sie nur bleiben könnten. Die puppenhafte Gestalt blieb stehen, um etwas vom Weg aufzunehmen. Wo war Urtza? Ayako drehte sich um und streckte ihren Arm aus. Eine Hand tauchte aus der Schwärze auf und nahm das Objekt an sich. Urtzas Tarnfarbenkleider würden sie zu einer perfekten Fassadenkletterin machen. Laure lächelte bei dem Gedanken. Ayako lachte, und Laure wünschte, sie könnte es hören. Sechs Stockwerke hoch und mit Doppelverglasung, da gab es keine Chance.

Ayako trat auf die Straße, ihre Farben leuchteten schrill unter dem Natriumlicht. Laure konnte gerade noch Urtza ausmachen, die immer noch im Schatten der Hecke stand und den Deckel eines Mülleimers anhob. Was hatten sie gefunden? Sie würde morgen auf dem Weg zur Schule nachsehen.

Auf der anderen Straßenseite bewegte sich eine Gestalt. Laure erkannte ihn, tat es als Überreaktion ab, gab sich dann aber doch recht – alles in weniger als einer Sekunde. Im Reflex ballte sie ihre Hände. Das TK-Maxx-Glas zersplitterte, irgendwo registrierte sie Schmerz und Nässe, während ihre Augen angestrengt auf die Straße blickten.

Er überquerte die Straße mit einem klaren Ziel und näherte sich Ayako. Blut und Wein befleckten die Scheibe, als Laure sich abmühte, den doppelt verriegelten Fensterverschluss zu öffnen. Die Zeit reichte nicht. Sie begann, gegen das Glas zu schlagen, zu Schreien und zu Toben, und verwischte ihre Sicht mit Tränen und Blut.

Er sagte etwas zu Ayako. Wo war Urtza, wo zum Teufel war Urtza? In diesem Moment öffnete er seinen Mantel. Ayako wich vor seinem zuckenden Körper zurück, der ihr entsetzlich nahe war. Sie fast berührte. Oh Gott, wenn er käme, würde es sie treffen.

Sechs Stockwerke entfernt und doppelt verglast, aber sie konnte Ayakos Schrei hören; er mischte sich mit ihrem eigenen. Ihre Harmonie entwickelte einen brüllenden Basston. Sein zuckender Körper sprang nach hinten, als eine schwarze Masse mit fuchtelnden Armen aus dem Tor schoss. Urtza verfehlte ihn und wirbelte herum, um seinen Mantel zu packen, aber er hatte bereits angefangen zu rennen. Sie stürmte hinter ihm her, schrie Flüche auf Spanisch, aber Laure wusste bereits mit beklemmender Sicherheit, dass er entkommen würde.

Schon wieder.

Sie wählte 999 mit der linken Hand auf ihrem Handy, schloss die Tür mit der blutverschmierten Rechten auf und rannte die Treppe hinunter zu Ayako. Er. Vor ihrem Haus. Am Warten. Er wusste, wo sie wohnte.

Keine Horrorfilme heute Abend, hatte sie gesagt.

7

Mittwochmorgen, und das Wetter weigerte sich, mit Beatrices Stimmung zu harmonieren. Die Fahrt mit der Northern Line zur Stoßzeit, inklusive Umsteigen in Bank, hatten ihren Groll über die Ungerechtigkeiten dieser Welt nur noch verschlimmert. Doch als sie von der Station St James's Park hinaufstieg, ihr Fremde zulächelten und der strahlende Sonnenschein die Straßen erhellte, war ein Festhalten an ihrer schwarzen Wolke dann doch zu anstrengend.

Sie war früh dran, also setzte sie sich ans Fenster des *Prêt-a-Manger* und trank einen Überschuss an Kaffee. Ihre Augen saugten den Strom aus Menschen auf – kurze Ärmel und Sommerkleider, Sandalen und entblößte Haut, Sonnenbrillen und bereits verschwitzte Hemden – aber ihr Verstand kratzte an einem Problem wie ein Kind an einem Schorf.

Sie nahm an, dass der Mann mit dem Rattengesicht und den schrecklichen Haaren entweder dieselbe Person war wie der Straßenräuber oder ein enger Kompagnon, und dass er entschlossen war, diese Fotos vom Pembroke Strand zu bekommen. Diesen Wunsch hatte er sich erfüllt. Sein erster

Versuch war gescheitert, also kam er in der Nacht zurück. Nachdem er die Kamera erfolgreich in seinen Besitz gebracht hatte, war er frei, alles zu zerstören, was ihn belastete. Er konnte unmöglich wissen, dass sie den Inhalt bereits heruntergeladen hatte, also war das das Ende der Geschichte. Dennoch kam ein leises Unbehagen vom Bewusstsein, dass der Dieb Bilder von ihr und Matthew am Strand hatte, von Matthews Familie, von Matthews Arbeit. Nichts Enthüllendes auf diesen Aufnahmen, also sollte es keinen Unterschied machen. Aber sie konnte das Gefühl nicht abschütteln, dass es das tat.

Fünf vor neun. Sie sollte sich aufmachen. Sie leerte den Kaffee und eilte in Richtung des Hauptquartiers der British Transport Police am Broadway, in der Hoffnung, dass es Hamilton war, der auf Punkt neun Uhr bestanden hatte, und nicht Lowe. Sie wollte wirklich nicht zu spät kommen. Zum Teil aus Höflichkeit, aber vor allem, weil sie die moralische Oberhand behalten wollte. Es ist schwer, auf jemanden herabzusehen, wenn man mit einer Entschuldigung beginnen muss.

Sie wartete siebzehn Minuten an der Rezeption, bevor ein großer hellhäutiger Mann mit Bürstenhaarschnitt grinsend auf sie zukam. Beatrice vermutete, dass er eine Kontaktsportart betrieb.

»DI Stubbs, schön, Sie kennenzulernen. Ich bin Sergeant Ty Grant.«

Sie schüttelten sich die Hände und er deutete den Korridor hinauf. Was war das denn für ein Vorname? Und seine schweißnassen Hände.

Er blickte zurück. »Muss mich für Virginia entschuldigen. Mehrere Vorfälle über Nacht, morgendliche Einsatzbesprechung komplett aus dem Ruder. Ergebnis? Sitzung überzogen. Stößt schnellstmöglich zu uns. Kaffee?«

Beatrice griff nach ihrer Tasche, ihre Gereiztheit am Siedepunkt. War er nicht in der Lage, in ganzen Sätzen zu sprechen?

»Danke, nicht im Moment. Ich habe mein Koffeinlimit bereits vor einer halben Stunde erreicht. Haben Sie eine Ahnung, wie lange DI Lowe noch brauchen wird?«

Sein Sicherheitsausweis entriegelte eine Tür zu einem Großraumbüro, das mit unordentlichen Schreibtischen und Leuten, die auf Computer starrten, gefüllt war. Niemand sah auf. Grant deutete auf Virginia Lowes Büro am Ende des Raumes und hob seine kräftigen Schultern.

»Fünf? Zehn Minuten? Warum machen Sie es sich nicht bequem? Sie wird so schnell wie möglich kommen. Sie wollen wirklich nichts? Ich hole mir nur einen Espresso. Bin zackig zurück.«

Passende Wortwahl.

Offensichtlich ein unsensibler Rüpel, der sich nur in Kurznachrichtenmanier unterhalten konnte. Man sollte nicht nach dem Äußeren urteilen, aber er sah genauso aus wie einer, der zielstrebig in jedes noch so verborgene Fettnäpfchen trat.

Alles in allem ein denkbar schlechter Start. Beatrice zog ihre Fallnotizen hervor, zückte einen Stift und übte Variationen eines verärgerten Gesichtsausdrucks. Ihre Augen scannten die Anzeigetafel zu ihrer Rechten und sie nahm die Karte wahr mit den Standorten der Frauen, die Vorfälle gemeldet und das identische Bild jenes schattenhaften Widerlings gezeichnet hatten. Übereinstimmend aber wenig ergiebig. Er sah aus wie ›irgendein Kerl‹. Ihre Verärgerung verringerte sich und ihr Interesse wuchs.

Wer ist er? Was um alles in der Welt bringt solche abscheulichen Männer dazu, ihre Genitalien vor Fremden zu entblößen? Warum tun sie das einsamen Frauen in dunklen Ecken der Stadt an? Sie müssen wissen, wie sehr sie ihre Opfer erschrecken, wie sie ihnen Angst vor der Straße einflößen. Sie werfen einen hässlichen Schatten auf das Leben anderer, wozu? Welchen Nutzen konnte dieser dreckige kleine Penner daraus ziehen, sich vor müden Putzfrauen, gestressten Lehrerinnen, ausländischen Studentinnen und Café-Angestellten einen runterzuholen? War deren Leben nicht schon hart genug? Beatrice versuchte, sich die sexuelle Frustration hinter der Tat vorzustellen. Der Mann sucht sich absichtlich die Schwachen aus, diejenigen, die schon auf dem Zahnfleisch gehen. Er weiß es. Keine der Frauen, die seinen Auftritt erdulden mussten, waren starke, selbstbewusste Frauen, die ihm ins Gesicht lachen, nachrennen oder sich hätten wehren können. Er ist ein unbeholfenes Individuum, mit der Überzeugung, dass er gesehen werden muss, auch wenn er es erzwingen muss. Schwach und ignoriert in seinem Alltag, findet er einen anderen Weg, sich zu profilieren.

Die Tür flog auf und ließ Beatrice zusammenzucken. Die große Frau, die nach ihrer Hand griff, sah völlig unbekannt aus. Kurze peroxidfarbene Spitzen, ein weißes Blusenkleid und Pumps erinnerten Beatrice zum zweiten Mal innerhalb einer Woche an die 80er Jahre.

»Beatrice! Du wartest schon ewig. Es tut mir so leid!«

»Virginia Lowe?«

»Ja, das bin ich. Wir sind uns schon einmal begegnet. Du erinnerst dich nicht?«, fragte sie sichtlich ungläubig.

»Natürlich erinnere ich mich. Aber ich hätte dich nicht wiedererkannt.«

»Oh, die Haare! Ja, das Zeug von Veronica Lake habe ich mir vor zwei Jahren abzwacken lassen. Ich werde grau, verstehst du. Also stehen Bleiche und Haargel wieder im Badezimmerschrank, nach über zwanzig Jahren. Hat dir denn niemand einen Kaffee gebracht?«

»Alle haben es angeboten, aber ich hatte bereits genug, danke.«

Virginia setzte sich gegenüber und hielt den Blickkontakt. Sie war seit ihrem letzten Treffen ein wenig gealtert, ihr

Gesicht etwas voller und auf ihrer Stirn zeichneten sich deutliche Furchen ab, doch sie hinterließ immer noch Eindruck. Blaue Augen, aufrichtiger Blick.

»Verstehe. Du wartest schon eine halbe Stunde. Bitte entschuldige. Wir hatten heute Morgen eine längere Besprechung. Unter anderem sieht es so aus, als wäre unser entblößende Freund wieder am Werk gewesen. Schau, Beatrice, es ist ein beschissener Start und es tut mir leid, dass ich dich habe warten lassen. Es war ehrlich keine Absicht. Lass uns also keine Zeit mehr verlieren und zur Sache kommen.«

Ihre offene Art nahm Beatrice den Wind aus den Segeln. »Schon gut. Ich weiß, wie es ist. Ja, legen wir endlich los.«

»Alles klar, danke. Also, wir gehen davon aus, dass dies eine präventive Übung darstellt. Es besteht die ernste Gefahr, dass es zu einem Sexualdelikt kommt, wenn wir nicht schnell handeln. Er ist gestern Abend einen Schritt weiter gegangen ...«

Die Tür öffnete sich und der Rugbyspieler kam zurück.

»Da bist du ja! Ich habe dir einen Kaffee mitgebracht. DI Stubbs wollte nichts. Kann ich noch etwas für Sie tun, meine Damen?«

Beatrice beobachtete die Verwandlung mit Erstaunen. Virginias Bewegungen wurden träge und langsam und sie sah ihn von der Seite an. Mit gesenkter Tonlage und leicht geöffneten Lippen streckte sie ihre Hand nach dem Pappbecher aus, lächelte. »Das ist süß von dir, Ty. Aber ich denke, Beatrice und ich kommen im Moment ganz gut zurecht.«

Der Blick, der zwischen dem bulligen Anzugträger und seiner Chefin wechselte, machte Beatrice unbehaglich. Es erinnerte sie an das Gefühl, das sie hatte, als sie einmal in einem Hotelzimmer beim Zappen auf einem Kanal landete, der Stöhnen, klatschendes Fleisch und rosa Nahaufnahmen zur Schau stellte. Der Brocken zog sich mit dem Anflug eines Grinsens zurück. Beatrices Nackenhaare stellten sich auf. Doch als sich die Tür schloss, schnappte Virginia wie ein Gummiband zurück zur Sache.

»Die Akte, die ich Hamilton gegeben habe, enthält alle Details zu den bisherigen Vorfällen. Aber wir glauben, dass er es gestern Abend wieder getan hat. Anscheinend wurde eine Schülerin der internationalen Schule in der Lennox Road von einem Mann angesprochen, der ihr erzählte, dass er überfallen worden sei. Sie bot ihre Hilfe an und fragte, was gestohlen worden sei. Sein Stichwort, natürlich. ›Sie haben alle meine Klamotten genommen!‹. Er öffnete seinen Mantel und begann zu masturbieren. Das Mädchen schrie auf und ihre Freundin, die noch ein Stück hinter ihnen war, rannte auf ihn zu. Sie kam ihm nicht sehr nahe, aber es muss ihm einen Schrecken eingejagt haben. Daraus ergeben sich zwei schwerwiegende Bedenken. Erstens – bisher hat er es nie mit mehr als einer Person versucht. Ein schlechtes Zeichen. Zweitens – sie kamen aus der Wohnung einer Freundin.«

»Und warum ist das ein weiteres schlechtes Zeichen?«, fragte Beatrice.

Der weißblonde Kopf beugte sich vor, um in den Akten nachzusehen. »Die Freundin, Laure Marchant, war die dritte Person, die einen Vorfall gemeldet hat. Die Opfer der letzten Nacht waren zu Besuch in ihrer Wohnung – sie ist Schülerin an der selben Schule. Oder zumindest war sie es. Nach dem, was gestern passiert ist, hat sie beschlossen, nach Frankreich zurückzukehren. Er scheint also bestimmten Frauen zu folgen, entblößt sich mehr als einmal vor der gleichen Person, oder ihren Freunden und Verwandten. Er ist nicht nur ein Exhibitionist, sondern er stellt seinen Opfern nach, und das lässt uns zum Schluss kommen, dass er früher oder später noch weiter gehen wird.«

»Ist das so?«

»Nicht immer. Aber bei Wiederholungstätern ist es wahrscheinlicher, dass es zu Übergriffen oder Vergewaltigungsversuchen kommt. Dieser Kerl folgt dem Muster, als ob er das Handbuch gelesen hätte.«

Beatrice drehte sich um und betrachtete die Karte. »Lennox Road. Nur einen Katzensprung von der Finsbury Park Station entfernt. Er ist nicht allzu abenteuerlich, oder?«

Virginia schüttelte den Kopf, trank einen Schluck Kaffee und ging zum Besprechungstisch und der Anzeigetafel.

»Nein, ist er nicht. Auf der kartierten Fläche bedeuten die roten Punkte Vorfälle. Fast alle davon sind bei den Bahngeleisen auf der Seite des Parks passiert, aber Marchants Erlebnis und das ihrer Mitschülerinnen gestern Abend fand auf der anderen Seite statt. Ich muss das noch hinzufügen.«

Als sie sich über den Schreibtisch beugte, um ihre Aufkleber hervorzuholen, bemerkte Beatrice, dass Virginias weißes Blusenkleid aus Leinen war, wodurch ihre Unterwäsche durch den Stoff deutlich sichtbar war. So deutlich, dass Beatrice bemerkte, dass sie einen dieser ausgeschnittenen String Tangas trug, die furchtbar unbequem aussahen. Sicherlich musste ihr klar sein, dass ein weißer Schlüpfer durch ihr Kleid zu sehen sein würde. Warum hatte sie nicht etwas Fleischfarbenes gewählt? Ein Schelm, wer hier böses vermutete.

Virginia klebte den Punkt auf die Karte. »Genau hier. Also sagt uns dieses Muster, dass er wahrscheinlich irgendwo zwischen dem Park und den Stauseen wohnt und definitiv in der Nähe der U-Bahn.«

»Und nicht ein einziges Mal ist er auf dem Überwachungsvideo aufgetaucht?«

»Nein, er ist nicht dumm. Ich lasse Fitch in diesem Moment die Daten der Lennox Road durchsehen, aber bis jetzt konnte der Kerl sicherstellen, niemals auch nur ansatzweise von einer einzigen verdammten Kamera aufgezeichnet zu werden.«

»Was ist mit den Opfern? Gibt es irgendeinen Zusammenhang, der darauf hinweisen könnte, wie er sie auswählt?«, fragte Beatrice.

»Ich kann nichts erkennen, aber vielleicht sind zwei Köpfe besser als einer. Wollen wir die Notizen zusammen durchgehen?«

»Ich denke, das sollten wir.«

Sie setzten sich nebeneinander an den Tisch und breiteten die Akten aus. Virginia roch nach blumigem Parfüm und starkem Kaffee. Ihre Nägel waren perfekt manikürt, lang und weiß. Beatrice fragte sich, wie sie es schaffte, zu tippen.

»Wahrscheinlich wissen wir nicht mal von der Hälfte.« Virginia stützte das Gesicht auf ihre Hand und starrte auf den Papierberg, ihr Ausdruck untröstlich.

»Das habe ich mir auch gedacht. Wenn die Dunkelziffer der Vergewaltigungen so hoch ist, muss die Zahl derer, die einen Exhibitionisten einfach abtun, noch viel höher sein.«

»Und wir alle haben schon mal einen Fall von Exhibitionismus einfach abgetan, oder? Ich weiß, dass ich das getan habe. Wir erhalten eine auffällige Anzahl von Berichten, was bedeutet, dass er außerordentlich oft belästigt.«

Neben Dankbarkeit verspürte Beatrice ein klein wenig Ausgrenzung, als sie feststellte, noch nie von einem Exhibitionisten belästigt worden zu sein. Sie öffnete die Details des ersten Vorfalls.

»Es wird Zeit, dem ein Ende zu setzen.«

Die Bar war bereits mit Zivilbeamten und Polizisten außer Dienst gefüllt, als Beatrice die Tür zu The Speaker aufstieß. Zu ihrer Erleichterung hatte Dawn einen Tisch am Fenster ergattert, wo die späte Nachmittagssonne zwei große Gläser mit Weißwein beschien.

»Ein Bild für die Götter!«, sagte Beatrice und verstaute ihre Laptoptasche unter dem Tisch.

Dawn lächelte und reichte ihr ein Glas. »Prost.«

»Prost.« Beatrice nahm einen Schluck. »Genau was ich brauche. Danke schön.«

»Danke dir fürs Zeit nehmen. Ich habe dir ja gesagt, dass ich eine Nervensäge sein werde, bis ich Fuß gefasst habe.«

Beatrice tat weiterhin so, als sei das Treffen beruflich bedingt. »Ganz und gar nicht. Wie ich schon am Telefon sagte, kannst du mich jederzeit ausquetschen, wenn du das Bedürfnis hast.«

Dawn warf ihr einen verlegenen Blick zu. »Um die Wahrheit zu sagen, ich bin eher neugierig, wie du mit diesem Raubtier zurechtkommst.«

»Darauf wäre ich nie gekommen«, lachte Beatrice. »Es ist nicht mal so schlimm. Sie ist wie eine gespaltene Persönlichkeit. Konzentriert, intelligent und professionell, es sei denn, es ist ein Mann im Raum. Gibt es so etwas wie eine pathologische Flirterin?«

»Sie war schon immer so, anscheinend. Aber ich habe gehört, dass sie letztes Jahr vierzig geworden ist und kürzlich geheiratet hat. Hat das keine Auswirkungen gehabt?«

»Keine offensichtlichen, soweit ich es beurteilen kann. Die Kollegen, die höheren Beamten, der Typ, der in der Kantine Pizza serviert, sie scheint einfach nicht anders zu können. Und sie stößt keineswegs auf taube Ohren.«

»Oh, Wunder. Gewisse Dinge ändern sich wohl nie.« Dawn riss eine Ecke ihres Bierdeckels ab.

Ein seltsames Bedürfnis, ihre neue Kollegin zu verteidigen, trieb Beatrice an.

»Vielleicht ist es ihre Art der Bewältigung. Wir alle haben unsere Strategien, in männerdominierten Gebieten zu arbeiten. Eiskönigin, Kumpel, Eier-Treterin, Tussi ... Jessica Rabbit könnte Virginias Berufs-Persona sein.«

»Ich wette, sie ist auch in ihrer Freizeit ein Karnickel. Was ist mit dem Fall?«

»Wir müssen ihm zuvorkommen. Ihn fassen, bevor er weitergeht, was gute Presse für beide Sektionen bedeuten würde. Wer weiß, vielleicht bringt uns das sogar einen Tilley Award für präventive Verbrechensbekämpfung ein.«

Dawn hob ihren Blick vom zerfetzten Bierdeckel. »Super. Wir alle wissen, wie sehr Virginia Preisverleihungen genießt.«

»Sie haben einen grimmigen Sinn für Humor, DI Whittaker. Bring mich auf Vordermann in Sachen Messerkriminalität.«

Auf dem Rückweg von der Toilette warf Beatrice einen Blick auf ihre Uhr. Es würde acht werden, bis sie zu Hause ankäme, um einen ungeduldigen Adrian zu treffen. Sie musste sich sputen. Sie schob sich durch die überfüllte Bar zurück zu ihrem Tisch. Dawn blickte mit einem süffisanten Lächeln aus dem Fenster.

»Was amüsiert dich?« Beatrice leerte stehend ihr Glas.

»Ich fühle einfach mein Alter und beobachte den neuesten Trend bei den Frisuren – was denken die sich bloß dabei? «

»Da fällt mir ein, dass ich noch eine Geschichte zu erzählen habe. Aber ein andermal, ich muss mich beeilen. Die nächsten Drinks gehen auf mich. Bis am Donnerstag. Viel Glück bei der Überwachung morgen.« Sie hängte sich ihre Handtasche über und griff unter den Tisch nach ihrer Laptoptasche.

»Danke. Das wird ein langer, langweiliger Tag, voll mit Coopers Schwachsinn und … Beatrice? Was ist denn los?«

»Mein Computer. Er ist nicht da.«

Es brauchte eine gründliche Suche, einen Appell an das Barpersonal und die Kontrolle, dass keiner ihrer Nachbarn einen unschuldigen Fehler gemacht hatte, bevor Beatrice den Tatsachen ins Auge sah. Aus dem Pub, der als Stammkneipe der Metropolitan Police bekannt war, vor den Augen zweier leitender Ermittlerinnen, hatte jemand ihren Laptop gestohlen.

8

———

Amber redete immer noch. Zahra drückte den Knopf an der Pelikan-Kreuzung, hängte sich ihre Tasche über die Schulter und lauschte. Es war nicht so, als hätte sie eine Wahl gehabt.

»... fragt mich, ob ich sie vermissen werde. Also sage ich, ich denke schon. Und sie sagt, ist das alles? Also sage ich, ja, so ziemlich. Und sie wird ganz still und geht weg. Ganz wie sie will.«

»Sie hat manchmal so ihre Phasen.« Die Pieptöne signalisierten, dass es sicher war, die Straße zu überqueren. Zahra hielt Ausschau nach rasenden Radfahrern. »Sie wird bis nächste Woche wieder ganz die alte sein.«

Sie überquerten Green Lanes ohne Zwischenfälle und machten sich auf den Weg zum Fluss. Sie waren fast zu Hause, und heute Abend veranstaltete Papa ein Grillfest. Zahra ging schneller.

Amber redete immer noch. »Es ist mir egal, ob sie es ist oder nicht. Ich meine, was denkt sie sich bloß? Will sie, dass ich mir die Augen ausweine und sie anflehe, nicht zu gehen? Als ob. Ich meine, ja, ich werde sie vermissen, aber das Leben geht weiter und außerdem ist es nicht so, dass wir keine Kontakt-möglichkeiten haben. Ich sehe das Problem echt nicht.«

Als sie auf den Flussweg einbogen, ließen sie den Verkehrslärm hinter sich. Grüne Ränder, Gänseblümchen und Löwenzahn. Man konnte sich glatt vorstellen, dass man auf dem Land war. Sie waren fast zu Hause. Die einzige Wolke am Horizont war Amber. Das Gezicke ihrer Freundin konnte wirklich einen guten Tag ruinieren.

Zahra wechselte das Thema. »Wirst du nicht nervös wegen der Show? Ich glaube, ich bin so nervös wie noch nie wegen irgend etwas in meinem ganzen Leben. Aber es ist auch mein erstes Solo.«

»Wenn du erst mal ein paar Solos hingelegt hast, wirst du nicht mehr nervös sein. Und weißt du was? Frau Rice hat mir gesagt, dass ich nicht zu selbstsicher sein soll. Sie sagte, ein paar Nerven sind gut für dich. Und ich dachte mir, was weiß die schon? Ich meine, wenn sie eine gute Tänzerin wäre, würde sie tanzen. Und nicht unterrichten. Sie geht mir auf die Nerven, wenn sie immer von ihren Auftritten schwärmt. Als würde sie in der Vergangenheit leben, weißt du, was ich meine?«

Die Sonne versank hinter den Häusern und lange Schatten spannten sich über den Fluss. Das Wasser, eben noch glitzernd und frisch im Sonnenschein, entpuppte sich nun als dunkel und schmutzig, übersät mit Bierdosen, Styropor und einer schwimmenden Windel.

»Und überhaupt, wenn du so viel geprobt hast wie wir?« fuhr Amber fort. »Wie. Jeden. Verdammten. Tag? Wir sollten selbstbewusst sein. Weißt du, was ich meine? Ich bin voll dabei, das bin ich wirklich. Gott, ich hoffe, du bekommst kein Lampenfieber, Zahra. Das wäre SO peinlich.«

Ihre Worte taten ihr weh. »Natürlich nicht. Ich werde auf jeden Fall meinen besten Auftritt überhaupt hinlegen. Wenn ich das mega gut mache, denken meine Eltern vielleicht darüber nach, mich auf die Bühnenkunstschule gehen zu lassen.«

»Bühnenkunstschule! Du bist so witzig. Wie auch immer. Ich gebe alles, was ich habe, falls irgendwelche Casting-Agenten im Publikum sind. Auf jeden Fall. Ich meine, nächstes Jahr werde ich vierzehn und ich muss Entscheidungen über meinen beruflichen Werdegang treffen.«

Sie bogen um die Kurve des Weges. Auf halber Strecke hockte ein Mann und schaute auf den Boden.

»Victoria Beckham war auf der Bühnenkunstschule«, antwortete Zahra und kickte einen Stein ins Wasser.

»Victoria Beckham hat auch an jedem Vorsprechen mitgemacht. Ohne Ehrgeiz kommst du nirgendwo hin, Zahra. Was macht der Kerl da?«

Zahra blickte auf. Der Mann starrte auf das Gras und machte kleine Kussgeräusche. Er schien auf der Suche nach etwas zu sein, obwohl Tiere, die man am Kanal finden konnte, normalerweise bereits ranzig waren. Er trug einen dicken schwarzen Mantel, der ziemlich ramponiert war; seine Beine waren nackt, abgesehen von ein paar total ausgelatschten Turnschuhen und er hatte eine Baseballkappe tief heruntergezogen. Als sich die Mädchen näherten, stand er auf.

»Hallo, Mädels. Ich nehme an, ihr habt hier kein Frettchen gesehen? Ich habe Ginny, meinen kleinen pelzigen Freund, verloren.«

Zahra wollte nicht mit dem Kerl sprechen. Amber störte das offensichtlich nicht.

»Ein Frettchen? Nein. Was machst du überhaupt hier draußen mit einem Frettchen?«

»Sie kommt mit mir mit, wenn ich fischen gehe. Normalerweise schläft sie um meinen Hals, aber sie ist weggelaufen und ich kann sie nicht finden. Ich mache mir ein bisschen Sorgen. Es wird bald dunkel.«

Seine Worte wirkten wie ein Auslöser für Zahra. »Hoffentlich findest du sie. Wir müssen nach Hause. Tschüss.«

Amber rührte sich nicht.

»Am-ber!« Sie sprach durch zusammengebissene Zähne und kniff die Augen zusammen.

»Zah-ra!« Amber ahmte sie nach. »Lass uns dem Kerl helfen, sein Frettchen zu suchen. Wir tun eine gute Tat.«

»Nein. Frettchen beißen. Und ich will nach Hause.«

»Die hier ist zahm, Liebes. Ich hatte sie vier Jahre und sie hat mich nicht einmal gekniffen.«

Zahra schaute ihn nicht an. »Amber, ich gehe. Komm schon!«

»Dann tschüss.« Amber stellte ihre Tasche auf den Weg und begann, sich am Wegrand umzusehen. Der Mann gesellte sich zu ihr und machte wieder die Kussgeräusche. Zahras Frust wuchs. Sie sollte einfach gehen. Es würde ihr eine Lektion erteilen. Aber sie konnte und wollte es nicht. Ihre Freundin am Fluss zurücklassen, mit irgendeinem Spinner? Auf keinen Fall. Aber sie würde ihnen sicher nicht bei der Suche nach diesem beschissenen Frettchen helfen.

Der Geruch eines Grills wehte von den Hintergärten des gegenüberliegenden Ufers herüber. Zahra hörte Stimmen, Lachen. Sie war hungrig. Sie wollte nach Hause gehen. Die Frettchen-Freunde entfernten sich weiter von ihr. Amber unterhielt sich immer noch, feuerte Fragen über die Farbe, die Wohnverhältnisse und die Essgewohnheiten des Tieres ab. Zahra runzelte die Stirn. Warum brauchte er diesen langen schwarzen Mantel? Wenn es warm genug war, um Shorts zu tragen, warum brauchte er dann einen massiven großen Mantel darüber? Wo waren seine Angelsachen? Er sollte eine Rute haben, und Köder und so. Und was erwartete er in New River zu fangen? Eine Windel? Der Mann stellte sich vor Amber auf.

»Also, danke für die Hilfe, aber ich glaube, sie hat sich

verlaufen.« Er steckte die Hände in die Taschen und brach in ein Lachen aus. »Ich glaube es nicht! Hier ist sie! Sie war die ganze Zeit schlafend in meiner Tasche eingerollt!«

Ambers Gesicht brach in ein neugieriges Grinsen aus. »Und du hast es nicht bemerkt?«

»Sie ist so leicht. Wenn du deine Hand hineinsteckst, kannst du sie fühlen. Du kannst sie streicheln.« Er gestikulierte zu seinem Mantel. Seine Augen hatten etwas Komisches an sich.

Zahras ganzer Körper wurde von Angst durchflutet. »Nein! Amber, nein!«

Amber starrte sie an. »Zahra! Wer ist gestorben und hat dich zu meinem Boss gemacht?« Sie ging auf den Mann zu, der lächelnd seine Tasche aufhielt.

»Sie ist ganz warm und pelzig«, sagte er. »Komm und fühl mal. Sie wird nicht beißen.«

Amber zögerte. Das Blut pochte in Zahras Brust. Sie stürzte nach vorne und schnappte nach Ambers Arm. »Wir gehen. Jetzt!«

Die Stimme des Mannes veränderte sich. »Das glaube ich nicht.«

Er schubste Zahra weg, packte Ambers Handgelenk und versuchte, ihre Hand in seine Tasche zu zwingen.

In ihrer Familie war Zahra als der Schreihals bekannt. Als sie zarte achtzehn Monate alt war, konnte ihr schriller Schrei beide Brüder dazu bringen, mit den Händen über den Ohren aus dem Raum zu fliehen. Mit dreizehn Jahren war ihre Stimme lauter, länger und konnte Glas zum Bersten bringen. Als sie neben dem Fluss auf ihrem Hintern landete, schrie sie los.

Das Geräusch stoppte den Mann für eine Sekunde, bevor er seinen Mantel aufriss und Ambers Hand in seine Leistengegend zwang. Unter dem Mantel trug er ein Sweatshirt und sonst nichts. Zahras Tonlage ging nach oben.

»He!«

Am gegenüberliegenden Ufer tauchte der blonde Kopf eines Mannes über einer Gartenmauer auf. Der Frettchenmann trat zurück, ließ Amber los und rannte in Richtung Green Lanes. Der blonde Mann kletterte über die Mauer und rief den Leuten hinter ihm etwas zu. Amber brach schluchzend zusammen, hielt sich den Arm, aber die Hand auf Abstand.

Zahra schrie immer noch.

9

───────

Als sie die Haustür zuschlug, hörte Beatrice Adrians Stimme aus seiner Wohnung.

»Das wurde aber auch langsam Zeit! Ich dachte schon, du hättest es vergessen. Jetzt hoffe ich, dass du noch nicht gegessen hast, denn ich habe Pollo Cacciatore gekocht und einen Roten zum Sterben aufgemacht.« Er erschien im Gang und trug ein gestreiftes Oberteil im bretonischen Stil mit schwarzen Jeans. Er stützte die Hände in die Hüften und bemerkte ihren Gesichtsausdruck. »Oh nein. Was ist denn jetzt passiert?«

»Irgendein Bastard hat meinen Laptop geklaut.«

Adrian klatschte sich die Handflächen an die Wangen und seine Kinnlade fiel herunter. Alles was er brauchte, war ein bisschen weißes Paniermehl und er wäre als französischer Pantomime durchgegangen.

»Nicht der mit den Fotos drauf?«

»Ich habe nur einen Laptop. Und der ist Polizeieigentum. Das Ärgerliche daran ist, dass derjenige, der ihn gestohlen hat, ihn unmöglich benutzen kann. Er hat eine Sicherheitssperre und wird alle Daten löschen, bevor er Unbefugten Zutritt gewährt.«

»Aber wenn du nur die Bilder loswerden wolltest, die da drauf sein könnten, würde dich diese Tatsache nicht stören. Das kann kein Zufall sein, Beatrice. Jemand wollte sicherstellen, dass jede Spur dieser Bilder verschwindet.«

»Ja, das ist mir schon klar.«

»Siehst du, wir hätten sie uns gestern Abend ansehen sollen. Jetzt haben wir sie verloren.« Seine Stimme klang vorwurfsvoll.

»Falsch. Ich habe dir gesagt, dass ich sie auf einen Speicherstick übertrage und heute Abend mitbringe. Was ich auch getan habe. Ich gehe und hole ihn. Es wird ein paar Minuten dauern, ich muss Matthew anrufen, um zu sehen, ob alles okay ist.«

Das Hähnchen schmeckte vorzüglich. Eine reichhaltige Tomatensoße mit Knoblauch und Oregano, ein großzügiger Spritzer Wein und grüne Paprika im knackigen Stadium harmonierten perfekt mit dem zarten Fleisch. Begleitet von einem Glas portugiesischen Dão, ließen Essen und Gesellschaft Beatrices miese Laune schwinden.

»Wer auch immer den Laptop gestohlen hat, war fest entschlossen, diese Bilder zu zerstören. Deshalb solltest du dich glücklich schätzen, dass nichts Schlimmeres passiert ist.« Adrian deutete mit seiner Gabel auf sie.

»Ja, da hast du recht. Aber es ist so verdammt peinlich, zu allem Überfluss.«

»Wenigstens ist er jetzt davon überzeugt, dass er die Bilder hat. Also wird er dich in Ruhe lassen.« Er füllte ihr Glas wieder auf.

»Stell keine geschlechtsspezifischen Vermutungen an. Billige Polizeiarbeit. Aber wie konnten sie wissen, dass die Fotos auf meinem Rechner waren, ich verstehe das einfach nicht. Natürlich kamen sie einfach an meine Adresse – alle meine Ausweise waren in der Handtasche. Weiß Gott, sie hätten Abdrücke von meinen Schlüsseln und allem Möglichen machen können. Den Führerschein kopiert und meine Adresse notiert haben. Ich muss die Schlösser auswechseln lassen und die Sicherheitskette benutzen. Aber woher wussten sie, dass ich die Bilder bereits heruntergeladen hatte?«

»Die einzige Person, die du bisher gesehen hast, war männlich, also ist an dieser Vermutung nichts billig. Wenn er das Haus beobachtet hat und darauf gewartet hat, dass du ins Bett gehst, könnte er dich gesehen haben. Es war auf dem Land. Du kannst dich an ein Haus heranschleichen und selbst aus einiger Entfernung würdest du sehen, wenn jemand auf einen Bildschirm schaut.« Adrian schauderte.

Beatrice rollte mit den Augen. »Und er ist mir den ganzen Weg nach London gefolgt, zur Arbeit und in den Pub, um diese Fotos zu kriegen?«

»Sieht so aus. Ist mit Matthew alles in Ordnung?«

»Ich weiß es nicht. Er war nicht zu Hause. Ich rufe gleich nochmal an.« Sie legte ihr Besteck ab, ihr Magen war übersäuert. Sie verspürte einen starken Drang, nach oben zu gehen, um allein zu sein, aber das wäre zu unhöflich gewesen.

»Schauen wir uns die Bilder an.«

Während Adrian das Programm startete, schaute Beatrice besorgt aus dem Fenster. Es war wirklich an der Zeit, dass sich Matthew ein Handy zulegte. Sturer alter Technikfeind. Es war nicht mehr charmant exzentrisch, sondern eine Plage. Sie würde mit seinen Töchtern reden; Tanya und Marianne würden ihn überzeugen.

»Beatrice? Die meisten dieser Fotos sind von irgendeinem Kind.«

»Das ist Luke, Matthews Enkel. Die vom Strand sind ganz am Ende.«

»Danke, das habe ich mir selbst ausgerechnet. Aber am Strand gibt es nur zwei von euch.«

Schlechtes Gewissen stach Beatrice. »Ich habe ein paar gelöscht. Waren etwas unvorteilhaft.«

»Vom Strand?«

»Ja, ja, genau wie die anderen. Ich stand still, Matthew hat einfach drauflos geknipst.«

»Das Einzige, was im Hintergrund zu sehen ist, ist die Klippe.«

Ihr Handy klingelte. Matthew. Sie seufzte in den Hörer. »Gutes Timing. Ich habe dich vor einer halben Stunde angerufen und angefangen, mir Sorgen zu machen. Hast du so lange gearbeitet?«

»Nein. Marianne und ich haben eine Ausstellung besucht. Ziemlich grotesk. Diese befreundete Künstlerin hat irgendeine Krankheit und macht Bilder aus ihrer toten Haut.«

»Wie verstörend. Sonst alles in Ordnung?«

»Absolut. Wie geht es deiner Hüfte?« Seine Stimme klang entspannt und glaubwürdig. Aber sie wusste, dass er darin geübt war, seine Sorgen zu verbergen, wenn er sie nicht beunruhigen wollte.

»Gut. Es juckt wie verrückt, was ein sicheres Zeichen dafür ist, dass es heilt. Also keine Probleme bei dir?« Beatrice schämte sich für ihre nicht sehr subtilen Fragen.

»Nichts Erwähnenswertes. Ich habe gerade in deiner Wohnung angerufen. Warum bist du nicht zu Hause? Und wie war dein erster Tag mit der männermordenden Kollegin?«

»Produktiv. Sie ist ein interessantes Individuum, aber immer noch mit ungebremstem Appetit. Ich bin unten bei Adrian zum Abendessen. Pollo Cacciatore mit einem spektakulären portugiesischen Roten.«

»Ich bin grün vor Neid. Vor allem wegen des Weins. Hast du dich bei ihm für den Toro Termes bedankt? Wie steht er zum Amarone?«

»Ja, habe ich. Ich habe noch nicht nachgefragt. Aber zu Hause ist alles ruhig?«

»Natürlich. Warum sollte es das nicht sein? Geht es dir gut, altes Ding? Du klingst ein bisschen neben der Spur. Und du rufst normalerweise auch nicht an zwei aufeinanderfolgenden Nächten an.«

»Nein, aber normalerweise werden wir auch nicht an einem Wochenende überfallen und ausgeraubt. Mir geht es gut. Ich wollte mich nur nach dir erkundigen. Gut, ich sollte meinen Gastgeber nicht länger vernachlässigen. Ich werde dich morgen wieder anrufen, ob du willst oder nicht.«

»Das freut mich. Normalerweise machst du nicht so viel Aufhebens. Ich genieße die Aufmerksamkeit. Grüß Adrian von mir und wünsch ihm viel Glück für das Cowboy Lager am Samstag. Ich wünsche dir eine gute Woche, mein Schatz.«

»Dir auch. Bye-bye.«

Adrian blickte nicht vom Bildschirm auf, als sie sich zu ihm gesellte.

»Ich soll dir von Matthew für den spanischen Roten danken. Wir hatten ihn zu marinierten Spießen.«

»War mir ein Vergnügen. Und wenn du das nächste Mal sprichst, dann bedanke dich bei ihm für den Elsässer Weißburgunder. Er hatte recht mit dem Spargel. Den Amarone hebe ich mir für die richtige Gelegenheit auf.«

»Wenn wir schon beim Thema sind, ihr könnt aufhören, euch gegenseitig Flaschen über mich zu schicken. Ich fühle mich wie ein Wein-Packesel. Haben wir schon etwas gefunden?«

»Ich bin noch am Verfeinern.« Er zögerte. »Beatrice, es geht mich ja nichts an, aber ich würde sagen, dass es in diesem Gespräch ein Versäumnis gab.«

»Du hast völlig Recht. Es geht dich absolut nichts an.«

»Wenn jemand, den ich liebe, ausgeraubt würde, vor allem zum dritten Mal in einer Woche, würde ich das wissen wollen.«

Stresspegel und Unsicherheit waren unnatürlich hoch und Beatrice war nicht in der Stimmung, sich belehren zu lassen. Ihr Geduldsfaden riss. »Erstens: Das ist *dein* Gefühl. Es hat hiermit nichts zu tun. Zweitens: Matthew lebt in Devon. Das Einzige, was er aus dieser Entfernung tun kann, ist, sich Sorgen zu machen. Drittens werde ich es ihm nächstes Wochenende sagen, wenn ich ihm in die Augen sehen und ihn beruhigen kann. Und ihm erklären, wie ich mich dank meines beschützenden, besorgten und leicht einmischenden Nachbarn von unten so sicher fühle wie ein behütetes Rind.«

Adrian klickte mit der Maus und drehte sich zu ihr um. »Fertig. Es tut mir leid. Ernsthaft, es tut mir leid. Ich sollte mich wirklich raushalten und ich entschuldige mich. Ich glaube, wir hatten gerade unseren ersten Streit. Vielleicht sollten wir einen Toast aussprechen?«

»Kaum ein richtiger Streit. Ja, das sollten wir wohl. Prost. Ich bin dir sehr dankbar.«

»Prost. Ich bin froh, wenn ich helfen kann. So fühle ich mich nützlich. Wollen wir es uns ansehen, mein Rindlein?«

Nichts.

Im Hintergrund: Felsen, Klippe und Sand.

Im Vordergrund: Beatrice, die genauso grimmig aussah, wie sie es in Erinnerung hatte. Sie spielte die Strandszene in ihrem Kopf noch einmal durch. Sonnenaufgang, Möwen, rauschende Wellen, sandige Zehen, Wind und wildes Haar. Sie schüttelte den Kopf und sah Adrian an.

»Ich bin ausgesprochen langsam heute. Natürlich ist er nicht auf der Kamera. Ich habe mit meinem Handy ein paar Bilder aus der anderen Richtung gemacht.«

Adrians Augen weiteten sich und er rieb seine Hände aneinander. »Kommen Sie, Detective, wir haben noch zu tun.«

»Ja, das haben wir. Aber denkst du, wir könnten die ganze Bildaufbereitungsarbeit morgen erledigen? Ich bin furchtbar müde und habe es wirklich nicht eilig.«

»Ganz wie du willst. Lass mich wenigstens die Bilder runterladen, damit ich anfangen kann.«

Beatrice holte ihre Handtasche. »Weißt du, ich kann das auf keinen Fall erledigen, während ich an der Sache mit der British Transport Police arbeite. Ich muss zurück zum vorherigen Fall. Ich gehe jetzt nach oben, fahre meinen alten Computer hoch und schreibe einen Bericht, der mich von diesem Exhibitionisten befreit. Vielleicht kann ich mich dann auf verdächtige Vorkommnisse an einem walisischen Strand konzentrieren. Morgen wird wieder ein schwieriger Tag.«

»Und morgen wird es auch wieder ein aufregender Abend. Ich werde alles für dich vorbereiten und bis zum Schlafengehen werden wir uns eine Theorie zurechtgelegt haben. Ich koche.«

»Nein, das wirst du nicht. Und ich auch nicht. Aber ich werde auf dem Heimweg etwas entsprechend Anspruchsvolles für uns besorgen.«

Adrian hob die Augenbrauen. »Ich kenne deine Definition von anspruchsvoll. Aber was soll's, es ist ewig her, dass ich Fish 'n' Chips gegessen habe. Kann ich jetzt bitte dein Handy haben?«

Beatrice seufzte und reichte es herüber. »Du hast alle Qualitäten eines ausgezeichneten Polizisten. Enthusiasmus und an Sturheit grenzenden Durchhaltewillen. Hast du nie daran gedacht, der Polizei beizutreten?«

Adrian war damit beschäftigt, das Telefon mit dem Computer zu verbinden, schenkte ihr aber ein überlegenes Lächeln.

»Ich weiß, es ist ein schwules Klischee, auf Männer in Uniform zu stehen, aber es ist nichts für mich. Ein derartiges Outfit schreckt mich sofort ab, vor allem mit dem ganzen Zubehör. Willst du überprüfen, ob es keine peinlichen Aufnahmen gibt, bevor ich sie runterlade?«

»Nein, mach ruhig. Für peinliche Aufnahmen nehme ich lieber eine Kamera. Was meinst du mit Zubehör?«

»Hmm? Oh, du weißt schon, Handschellen, Schlagstöcke, große hässliche Walkie-Talkies. So angezogen könnte ich mich nicht in der Öffentlichkeit sehen lassen. Stell dir vor, wenn mich jemand sehen würde! Ich käme mir vor wie ein billiger Stripper und würde nie wieder aus dem Haus gehen. So! Alles erledigt.«

Kopfschüttelnd und lächelnd nahm Beatrice ihr Telefon, bedankte sich für das Abendessen und stapfte die Treppe hinauf, wobei sie die Melodie zu *Dedicated Follower of Fashion* summte. Als sie die Haustür aufschloss, klingelte ihr Handy.

»Hallo Virginia?«

»Hi Beatrice, tut mir leid, dass ich dich so spät störe, aber ich dachte, es würde dich interessieren. Er hat es wieder getan.«

Adrian nippte an seinem Dão und erweckte den Bildschirm mit einer Bewegung der Maus wieder zum Leben. Matthews Haare sahen absurd aus. Aber viel wichtiger war, dass im Hintergrund mehr zu sehen war als Strand, Klippen und Möwen. Ein Boot.

Er zoomte hinein. Trotz der schlechten Auflösung konnte er feststellen, dass das Boot dunkelblau und die beiden Gestalten, die es auf den Strand zusteuerten, schwarz gekleidet waren. Beide trugen irgendeine Art von Paket. Es erinnerte ihn an etwas. Er zoomte erneut, aber die Qualität war zu schlecht, um etwas zu erkennen. Er klickte auf die zweite Aufnahme.

Der Ausschnitt hinter Matthews Clownfrisur zeigte, dass die beiden Bootsmänner auf eine einsame Gestalt zusteuerten, die am Strand stand. Der Wind hatte auch ihre Haare durcheinander gebracht und zu einer wilden Strähne geformt. Es waren keine Gesichtszüge zu erkennen, aber es handelte sich zweifelsfrei um eine Frau. Dies war Beweismaterial!

Adrian schlug die Hände zusammen und warf einen Blick

auf das Telefon. Beatrice war den ganzen Abend über zappelig, gestresst und angespannt gewesen. Der Instinkt sagte ihm, dass sie nicht erfreut sein würde, wenn er sie jetzt störte, während sie arbeitete und er voller Aufregung war. Das konnte bis morgen Abend warten.

Er studierte die Fotos noch einmal. Es gab keinen Zweifel. Irgendetwas war definitiv im Gange und Beatrice hatte den visuellen Beweis. Er fragte sich, ob sie jemals etwas im Hintergrund von Matthews komischen Haarfotos bemerkt hätten, wenn diese zwielichtigen Gestalten nicht so wild darauf gewesen wären, die Bilder abzufangen. Mit einem zufriedenen Lächeln lehnte er sich zurück. Fantastisch! Detektivarbeit machte so viel mehr Spaß als Fernsehen.

10

»Stubbs, Sie verschwenden absichtlich meine Zeit. Dies ist kein Fußballspiel, bei dem ich Spieler nach Belieben auswechseln kann.« Hamiltons Stirn legte sich derart in Falten, dass man darauf ›Drei gewinnt‹ hätte spielen können. »Ich kann nicht an einem Tag das Personal auswechseln und am nächsten Tag meine Entscheidung rückgängig machen, ohne dass einer oder beide von uns als ziemlich bescheuert rüberkommen.«

»Mein Punkt, Sir, ist quasi eine Erweiterung Ihrer Entscheidung. Sie haben eine leitende Ermittlerin geschickt, um die Wichtigkeit des Falles zu beurteilen. Ich habe Ihnen einen Bericht ausgearbeitet, in dem ich meine Ansicht darlege. Die lautet …«

»Ich habe Sie bereits beim ersten Mal verstanden. Den Bericht habe ich gelesen. Meine Antwort bleibt unverändert. Ich dachte, ich hätte mich bei Ihrem ersten Briefing klar ausgedrückt – in diesem Fall geht es um viel mehr, als darum einen alten Sittenstrolch von der Straße zu holen. Es ist wichtig, dass die Polizei proaktiv zusammenarbeitet, um ein positives Bild der Ordnungshüter zu fördern, angesichts der Anfeindungen in den Medien. Beschwerden über Belästigungen nachzugehen, ist nicht ausreichend. Vergewaltigungsopfer ernst zu nehmen, reicht nicht aus. Dem Vorwurf der unabhängigen Beschwerdestelle, bei Serien-Sexualstraftätern nachhaltig versagt zu haben, kann man nur mit einer Übung wie dieser begegnen.«

»Wenn aber jemand anders die unsittlichen Entblößungen untersucht, wie zum Beispiel Detective Sergeant Reynolds, könnten wir zusammen mit den Ergebnissen bezüglich Messerkriminalität einen doppelten Mediencoup landen. Ich bitte nur darum …«

»Wir lassen die Frauen im Stich, Stubbs. Und wenn nicht mal mehr Sie als ebenjene bereit sind, persönliche Bedenken beiseitezuschieben, erschüttert das meinen Glauben in die Menschheit zutiefst. Ehrlich gesagt, nach den gestrigen Ereignissen sollten Sie lieber einen Gang höher schalten, als Ihre Energie mit einem Überredungsversuch zu verprassen; ich werde nicht jemand Jüngeren schicken.«

»Sir, wenn ich Ihnen einfach meine Beweggründe erklären darf …«

»Ich habe schon mehr als genug gehört. Und darf ich Sie daran erinnern, dass dies als Präventivmaßnahme geplant war, will heißen, Sie erwischen den Mann, bevor er zu weit geht. Wenn Sie mich fragen, hat er diese Grenze gestern mit dem kleinen Mädchen überschritten. Kommen Sie endlich in die Gänge, Stubbs. Lassen Sie ihr Telefon zum Hauptquartier umleiten und sorgen Sie dafür, dass der Verlust des Laptops ordnungsgemäß gemeldet wird. Datenschutz und so weiter, Sie wissen schon. Schönen Tag noch.«

Gegen das Badezimmermobiliar in der Damentoilette der British Transport Police zu treten trug wenig dazu bei, Beatrices Wut zu besänftigen, und führte lediglich zu Fußschmerzen. Sie lehnte sich gegen das Waschbecken und grollte, wobei sie Hamilton mit jedem boshaften Ausdruck verfluchte, der ihr in den Sinn kam. Die Tür öffnete sich.

»Schon zurück? Ich dachte, wir würden dich erst in der Kaffeepause wiedersehen.« Virginia trug ein hellblaues Kleid, dezent unterhalb der Knie geschnitten, mit einer passenden Jacke. Das Enteneiblau betonte die Farbe ihrer Augen. Ihre Absätze waren niedrig und ihre Beine gebräunt und nackt. Sie sah reizend aus, was Beatrice noch mehr irritierte.

»Ich habe die Länge meiner Audienz bei Scotland Yard überschätzt. Aber jetzt bin ich hier. Hast du Lust, einen Kaffee zu trinken und den letzten Vorfall zu besprechen?«

»Ich weiß was Besseres. Ich habe mit dem Familienzentrum geredet und die Erlaubnis bekommen, die Gespräche mit den beiden Mädchen heute Morgen zu beobachten. Die Spezialisten werden sich mit ihnen unterhalten und versuchen, ihnen Aussagen zu entlocken, während wir beobachten dürfen, um hoffentlich etwas aus den Geschichten herauslesen zu können. Wenn wir jetzt losgehen, können wir die Spezialisten vorher noch einweisen. Bist du bereit? Oder brauchst du noch ein bisschen Zeit, um die Einrichtung zu traktieren?«

Beatrice entdeckte die dunklen Flecken an der Tür des Wandschränkchens. »Dann lass uns gehen. Ich komme später nochmals zurück; man will das ja nicht einfach dem Reinigungspersonal überlassen.«

Virginia schenkte ihr ein verständnisvolles Lächeln. »Glaube mir, es wäre nicht das erste Mal, dass sie Schuhleder von den Schränken entfernen müssen. Ich habe mir sogar mal einen Zeh gebrochen.«

Das Familienzentrum am Piccadilly erinnerte Beatrice an eine Arztpraxis. Ein freundlicher, einladender Empfang, alles in Pastellfarben, Kiefernholz und Glas. Nachdem sie sich am Empfang angemeldet hatten, warteten sie im Vorraum. Keine von ihnen wollte sich zu den blassen Gesichtern und hohlen Augen im Wartezimmer gesellen. Eine Frau schritt auf sie zu, mit wirrem roten Haar, Jeans und einer ausgestreckten Hand. Ein Gesicht, das gewohnt war zu lächeln.

»Hallo, ich bin Doktor Maggie Howard, entschuldigen Sie die Verspätung. Sie sind die Detectives Stubbs und Lowe?«

Virginia reichte ihr die Hand. »Ich bin Virginia Lowe, von der British Transport Police. Meine Kollegin ist Beatrice Stubbs, von der Met. Freut mich, Sie kennenzulernen, Doktor Howard.«

Beatrice bemerkte Virginias Gebrauch von Vornamen und die Tatsache, dass sie die Ärztin nicht für das Auslassen von »Inspector« in ihren Titeln korrigierte. Sie verstand. In einer solchen Umgebung hatte eine freundliche Atmosphäre Vorrang vor dem Protokoll. Die Ärztin schüttelte ihre Hände. Ihr Griff war fest, aber ihre Haut weich und sie roch vage nach Anis. »Gleichfalls. Und bitte nennen Sie mich Maggie. Wir haben Zeit für ein Gespräch, bevor unsere Zeuginnen eintreffen. Kann ich Ihnen eine Tasse Tee anbieten?«

Beatrice entschied sich, dem Interview mit Zahra Esfahani beizuwohnen, während Virginia bei Amber Clarke, die den körperlichen Übergriff erlitten hatte, zusah. In der Dunkelheit sitzend, hinter dem Einwegspiegel, hatte Beatrice den Eindruck, dass sie fast mit Maggie und Zahra im Raum war. Sie saßen in zwei nebeneinanderstehenden Sesseln, als wäre es ein gemütliches Wohnzimmer, was den Druck des Blickkontakts erheblich verringerte. Zeitschriften, Spielzeug und Spiele waren über den Couchtisch vor ihnen verstreut. Das Mädchen hatte die typischen fohlenhaften Proportionen einer Dreizehnjährigen. Dünne, mit Jeans bekleidete Beine, ein lila T-Shirt mit einem Pineapple Dance Studio Logo auf der Vorderseite und weiße Leder Ballerinas. Sie trug ihr Haar in einem hohen Pferdeschwanz. Ihr Knochenbau würde ihr in der Zukunft gute Dienste leisten, ebenso wie ihre großen schwarz-braunen

Augen, mit denen sie gelegentlich vom Boden nach oben blickte.

Maggie Howards Technik war beeindruckend. Sie schaffte es, innerhalb weniger Wortwechsel eine Atmosphäre der Zusammenhörigkeit zu schaffen, wie beim Schwatz mit der Lieblingstante. Fasziniert vom heiklen Prozess, eine verlässliche Aussage von einem Kind zu erhalten, erkannte Beatrice das Muster. Geschlossene Frage, offene Frage, wohlwollender Kommentar, geschlossene Frage, subjektive Frage, positive Verstärkung, Formulierung der Bestätigung.

»Du bist also von den Proben nach Hause gekommen. Probst du jeden Abend, Zahra?«

»Ja. Für unsere Aufführung.«

»Ah ja, eure Aufführung. Worum geht es denn bei der Aufführung?«

»Es ist eine Art moderner Tanz. Ensemble- und Solostücke zum Thema ›Die Elemente‹. Uraufführung ist am Freitagabend.«

»Ich wette, du bekommst Schmetterlinge im Bauch! Mir ginge es definitiv so!«

Ein schüchternes Lächeln. »Bei mir auch ein bisschen.«

»Du und Amber wohnen ganz nah beieinander, nicht wahr?«

»Dieselbe Straße. Wir gehen immer zusammen nach Hause.«

»Als du gestern nach Hause gegangen bist, was war da anders als sonst?«

Sie dachte einen Moment lang nach und zuckte mit den Schultern. »Nichts. Amber hat genörgelt, wie immer. Der Fluss war schmutzig, wie immer. Das Einzige, was anders war, war dieser Perverse auf dem Weg.« Die Stimme des Mädchens verfinsterte sich und ihre Finger fummelten am geflochtenen Armband ihres linken Handgelenks herum.

»Okay. Du machst das sehr gut, Zahra. Ich habe das Gefühl, dass du eine sehr hilfreiche Zeugin sein könntest.«

Trotz ihrer Unsichtbarkeit nickte Beatrice zustimmend. In den ersten dreißig Sekunden hatte sie bereits entschieden, dass der Teenager intelligent und zuverlässig war.

Als ob Maggie ihre Zustimmung gespürt hätte, fuhr sie fort. »Die ganze Polizei ist sehr froh, dass du und Amber euch gemeldet habt. Ohne Leute wie ihr wäre es viel schwieriger, ihn zu fassen. Aber mit euren Zeugenaussagen stehen die Chancen gut.«

Das Mädchen sah zu Boden, versuchte aber zu lächeln.

Maggie kam zum Punkt. »Kannst du mir jetzt in deinen eigenen Worten erzählen, was genau passiert ist, von dem Moment an, als du den Mann zum ersten Mal gesehen hast? Lass dir Zeit, und ich möchte, dass du diese Stoffpuppen zur Demonstration benutzt. Nur um mir zu helfen, zu verstehen, wer wo war und so weiter.«

Beatrice ertappte sich wieder dabei, dass sie nickte. Indem sie die harmlos aussehenden Puppen benutzte, konnte Zahra vermeiden, Worte zu verwenden, die sie in Verlegenheit bringen könnten. Zeigen war einfacher als erzählen, und Maggie ließ es so klingen, als ob es zu ihrem eigenen Vorteil wäre. Zahras zittrige, aber schlüssige Beschreibung der Begegnung baute in Beatrice ein Gefühl des Unbehagens auf. Maggie stellte häufig offene Fragen über seinen Akzent und sein Aussehen und ermutigte das Mädchen, Vergleiche mit Berühmtheiten anzustellen, von denen Beatrice noch nie gehört hatte. Als Zahra die Puppen zur Hilfe nahm, um genau zu zeigen, was er Amber angetan hatte, überkam Beatrice ein ohnmächtiger Ekel. Gefolgt von einer Woge der Wut. Ihre Zehen und Fäuste ballten sich, und zum ersten Mal wollte sie diesen dreckigen Bastard wirklich von der Straße haben. Zahra legte die Puppen hin und schien sich in sich selbst zurückzuziehen.

Beatrice wollte das Kind in den Arm nehmen, aber Maggie machte keine Anstalten, sie zu berühren. Natürlich nicht. Wohl ziemlich das Falsche unter diesen Umständen. Beatrices Bewunderung für Maggies Professionalität stieg stetig. Es musste eine erschütternde Arbeit sein, mit diesen verängstigten Opfern von Übergriffen und Missbrauch umzugehen und den verletzten jungen Menschen Details zu entlocken. Da Beatrice wusste, dass sie so einen Job niemals machen könnte, war sie jenen Menschen, die es taten, umso dankbarer. Maggies Stimme wurde weicher und sie begann, Fragen über Zahras Rolle und die Kostüme für ihre Show zu stellen. Allmählich leitete sie auf eine Beschreibung des Angreifers über.

»Klingt umwerfend. Ich kann das Kleid schon fast sehen. Du bist sehr gut im Detail beschreiben, Zahra, das muss ich sagen. Noch etwas, was ich fragen wollte: Du hast die ›schmuddeligen Turnschuhe‹ des Mannes erwähnt. Kannst du mir mehr Details zu diesen Schuhen nennen, die er trug?«

Zahras Begeisterung verblasste, aber sie nickte verständnisvoll. »Sie waren halt einfach alt. Grau und schmuddelig aussehend. Ich konnte kein Logo erkennen. Ich fand es komisch, einen dicken Mantel und Turnschuhe ohne Socken zu tragen.«

»Keine Socken?«

»Ich konnte keine sehen. Aber ich habe ihn nicht lange angeschaut, wissen Sie.«

»Nein, natürlich hast du das nicht. Ich finde es aber immer wieder erstaunlich, wie Menschen die kleinsten Details mit einem kurzen Blick aufnehmen können. Unser Verstand ist unglaublich. Jüngere Menschen haben meiner Erfahrung nach das beste Erinnerungsvermögen. Okay, Zahra, du hast also bemerkt, dass seine Turnschuhe alt waren und er keine Socken trug. Was war mit seinem Sweatshirt, kannst du dich an die Farbe erinnern?«

Das Mädchen errötete und schüttelte den Kopf. Nein, das

war keine Überraschung. Als er seinen Mantel öffnete, wurde ihr Blick nach unten gezogen, nicht nach oben.

»Schon gut, ich verstehe. Und noch etwas: Du sagtest, er trug eine Baseballkappe. Ich nehme an, du kannst dich nicht an diese Farbe erinnern?«

Das Mädchen neigte den Kopf nachdenklich zur Seite. »Sie war dunkel, vielleicht schwarz oder marineblau, und es war eine Schrift auf der Blende. Aber keine Schrift, die man lesen kann, sondern …« Sie stockte.

»Keine Schrift, die man lesen kann. Vielleicht war es in einer anderen Sprache?«

»Nein, keine andere Sprache, sondern eher Symbole.« Sie schloss die Augen und dachte nach. »Wie drei Streifen horizontal, drei vertikal und so weiter. Ein bisschen wie Fliesen, verstehen Sie?«

»Hmm. Wenn du diesen Mann wiedersehen würdest, Zahra, meinst du, du würdest ihn wiedererkennen?«

»Ganz bestimmt. Seltsame Augen.« Ihr Gesicht verblasste. »Das muss ich doch nicht, oder? Sie werden uns nicht zwingen, ihn bei so einer Gegenüberstellung zu identifizieren?«

»Nein. Wie ich schon auf dem Weg hierher erklärt habe, musst du gar nichts tun. Wir haben dich um Hilfe gebeten und du hast sie uns gegeben. Wenn wir den Mann verhaftet haben, können wir euch bitten, ihn anhand eines Fotos zu bestätigen. Das ist alles. Ich denke, wir sollten uns etwas zu trinken holen und schauen, ob Amber fertig ist. Während ich rausgehe, würdest du mir einen Gefallen tun und versuchen, dieses Baseballkappen-Symbol für mich zu zeichnen? Cola, Saft, Wasser …?«

»Wasser, bitte.«

Sekunden nachdem Maggie die Tür hinter sich geschlossen hatte, betrat sie mit einem kurzen Lächeln Beatrices Beobachtungsraum.

»Sie ist gut, nicht wahr? Ich wollte nur kurz nachsehen, bevor wir aufhören – soll ich sonst noch etwas fragen?«

»Ich glaube nicht. Du hast Alter, Akzent, Körperbeschreibung und Kleidung abgedeckt. Ich habe mich nur gefragt, ob du sie bitten könntest, die ›seltsamen Augen‹ näher zu beschreiben?«

»Kein Problem.«

Maggie huschte zurück und Beatrice stand auf, um sehen zu können, was Zahra zeichnete. Sie verstand, was das Mädchen meinte. Es sah aus wie ein Parkettboden; Fliesen mit drei Rillen, eine waagerecht, die nächste senkrecht. Sie skizzierte eine Baseballkappe, notierte die Farbe und markierte die Stellen, wo sie das Symbol gesehen hatte, bevor Maggie mit zwei Bechern zurückkkam.

»Das ist fantastisch, Zahra, danke. Hier ist dein Wasser. Als Nächstes werde ich von der Aufnahme unseres Gesprächs eine Abschrift erstellen. Dann möchte ich, dass du den Text überprüfst und sicherstellst, dass ich nichts falsch verstanden habe, bevor wir es der Polizei übergeben. Hast du noch irgendwelche Fragen, die du stellen möchtest?«

Zahra trank nicht, sondern hob ihren Blick zu Maggie. »Glauben Sie, dass er bald gefangen wird? In den Zeitungen steht, dass er meistens zurückkommt.«

»Das ist eine Übertreibung. Du weißt doch, wie die Zeitungen sind. Außerdem haben wir die Beamten in deinem Bezirk und die Nachbarschaftswache gebeten, in den nächsten Wochen besonders aufmerksam zu sein. Die Polizei wird ihn fangen, ja, und es wird nicht mehr lange dauern. Ich kann dir nichts versprechen, aber glaube mir, wenn ich sage, dass ihn alle so schnell wie möglich aufhalten wollen. Und du hast uns eine Menge Hinweise gegeben.«

Das Mädchen nickte. Sie sah nicht ganz beruhigt aus, aber es war klar, dass sie Maggie glaubte und vertraute.

»Bevor wir zum Ende kommen, Zahra, kann ich dich noch

etwas fragen? Du sagtest, der Mann auf dem Weg hätte ›seltsame Augen‹ gehabt. Wie meinst du das?«

Zahra zupfte an ihrem Armreif. »Ich weiß nicht. Seltsam. So richtig schwarz, irgendwie leuchtend. Unheimlich.«

»Aha. Ich verstehe. Du warst mir eine große Hilfe. Danke. Ich würde jetzt gerne mit deiner Mutter und deinem Vater sprechen, sollen wir sie suchen gehen?«

Zé's kristallisierte sich als der bevorzugte Ort für das Mittagessen heraus. Als Beatrice ihre Suppe und ihr Sandwich bezahlte, hatte Virginia ihr Tablett bereits draußen in der Sonne abgestellt, war aus ihrer Jacke geschlüpft und in Blickkontakt mit dem Schlipsträger des Nachbartischs. Beatrice setzte sich mit einem Seufzer der Erleichterung zu ihr. Die Anspannung der letzten zwei Stunden, die extreme Konzentration und das Fehlen natürlichen Lichts hatten sich auf ihre Stimmung ausgewirkt. Sie lehnte sich zurück und neigte ihr Gesicht zur Sonne. Entlang der Straße wimmelte es von Touristen und Büroangestellten, die ihr Mittagessen im Freien genossen.

»Das einzige Problem mit diesem Lokal ist, dass sie die Mayo so dick auftragen.« Virginia schabte weiße Masse von ihrem Baguette auf eine Serviette.

»Wie seltsam. Das ist einer der Gründe, warum ich es mag.« Beatrice hörte, wie der Stuhl hinter ihr zurückgeschoben wurde und beobachtete, wie Virginias Blick dem Schlipsträger folgte. Sie bemerkte es und ging in die Offensive.

»Gut. Er ist weg. Dann können wir jetzt reden. Ich bin mir nicht sicher, ob dieses Clarke-Mädchen von Nutzen war, um ehrlich zu sein. Wahnsinnig dramatisch. Die Hälfte der Zeit war ich mir nicht sicher, ob sie nur schauspielert oder ernsthaft verzweifelt ist.« Virginia nahm einen Bissen ihres schlanken Sandwichs.

»Da sie gestern Nachmittag sexuell angegriffen worden war, würde ich zu Letzterem tendieren«, sagte Beatrice.

Virginia hörte auf zu kauen. »Okay. Das klang wahrscheinlich unfair. Aber die Spezialistin stimmte mir zu. Eine Menge Theatralik. Ich schätze, deine Esfahani war echter.«

»Ja. Was sie erlebt hat, hat Zahra tief erschüttert. Und es zu hören, hat auch bei mir etwas bewirkt.« Beatrice rührte in ihrer Suppe.

»Ich glaube, ich kann es mir denken.« Virginia legte ihr Sandwich weg und wischte sich die Finger ab. »Sie ist das erste Opfer, das du direkt erlebt hast. Dieser Fall wurde für mich persönlich, nachdem ich das französische Mädchen befragt hatte. Weißt du, was ich gefühlt habe? Scham. Es war mir peinlich, dass dieses reizende Mädchen nicht hierbleiben, unsere Sprache lernen und in Ruhe ihren Lebensunterhalt verdienen konnte, ohne dass ihr ein dreckiger Scheißkerl Angst vor London einjagte. Und deshalb geht mir auch diese ›Vorstellung‹ einer Traumatisierten auf den Keks, wenn ich an die wirklichen Umstände denke.«

»Na gut. Ich habe Amber Clarke nicht getroffen. Aber im Grunde hast du recht. Wenn ich ehrlich bin, war ich bisher nur halbherzig bei der Sache. Jetzt will ich mir diesen widerlichen Bastard schnappen und ihn wegsperren.«

Virginia nickte begeistert. »Ich will diesen Wichser so sehr, dass ich nicht mehr schlafen kann. Er bereitet schon sein nächstes Opfer vor, Beatrice. Wenn er so weit kommt, haben wir sie im Stich gelassen. Aus allen möglichen Gründen; beruflich, politisch und einfach vom Standpunkt des Geschlechts her, wir müssen ihn festnageln. Und ich denke, wir werden effizienter sein, wenn wir auf der gleichen Seite stehen.«

Ihre kühlen blauen Augen waren intensiv. Beatrice legte ihren Löffel ab und streckte ihre Hand aus.

»Wir sind auf der gleichen Seite.«

Sie gaben sich den Handschlag, tauschten ein Lächeln aus und kehrten zu ihrem Mittagessen zurück.

Virginia nahm einen Schluck ihres Saftes. »Ich dachte, wir könnten nachher das Briefing für morgen vorbereiten. Der Truppe soll bewusst werden, wie wichtig es ist. Ich werde den psychologischen Profiler hinzuziehen.«

»Gute Idee, aber ich habe um zwei einen Arzttermin, also bin ich vielleicht erst gegen vier zurück.« Beatrice behielt eine offene Miene.

»Oh. Tut mir leid, das zu hören. Nichts Ernstes, hoffe ich?«

»Nein, nein. Nur eine Kontrolluntersuchung. Sollen wir um vier Uhr unseren Plan aushecken?«

»Gut. Ich werde die Daten aus den Befragungen der Mädchen hinzufügen und abgleichen. Kam bei deinem viel heraus?«

Beatrice war erleichtert und hatte gleichzeitig ein schlechtes Gewissen bezüglich Virginias Flexibilität, schob es aber beiseite. Die Arbeit ging vor.

»Zahra sagte, er habe ›seltsame Augen; schwarz, leuchtend und unheimlich‹. Ich denke an Drogen.«

Virginia riss sich ein Stück Baguette ab und überlegte. »Könnte sein. Aber meiner Erfahrung nach sind Drogenkonsumenten schlampig. Dieser Typ scheint akribisch zu sein. Ich vermute, es könnten Poppers sein, um das sexuelle High zu steigern.«

»Hast du überhaupt etwas Brauchbares von Amber erfahren?«

»Nicht wirklich. Sie sagte, er riecht. Schlechter Körpergeruch anscheinend. Aber was die Beschreibung angeht, unbrauchbar.«

Beatrice legte den Kopf schief. »Das birgt Potenzial. Wir sollten das in den Profilmix einbauen. Ich habe viele Details zum Aussehen und ein Bild von einem Logo, das er auf seinem Käppi hatte.« Beatrice griff in ihrer Tasche nach Zahras

Zeichnung. Seit dem Diebstahl im The Speaker bewahrte sie alles in Griffnähe auf.

Virginia spitzte ihren Mund. »Sagt mir nichts. Aber wir lassen es überprüfen. Wie schmeckt deine Suppe?«

»Kalt«, sagte Beatrice und nahm einen Löffel voll.

»Tut mir leid. Wir sollten erst essen und danach reden.«

»Nein, das soll so sein.«

»Kalte Suppe?«

»Gazpacho.«

»Gesundheit!«

Beatrice lachte herzhaft und zog damit die Aufmerksamkeit amüsierter Passanten auf sich. Trotz aller Bemühungen mochte sie Virginia Lowe immer mehr.

11

———

»**J**ames, es tut mir leid, dass ich zu spät komme. Die Piccadilly Linie ist ausgefallen.«

»Du brauchst dich nicht zu entschuldigen. Das sind die Londoner Verkehrsmittel. Aber wir müssen trotzdem pünktlich fertig machen, ich hoffe du verstehst das?«

»Natürlich.« Beatrice ließ sich in den Sessel fallen und holte eine Flasche Wasser aus ihrer Tasche. »Ich glaube sowieso nicht, dass wir heute die volle Stunde brauchen werden. Es gibt nicht viel zu erzählen.«

»Warten wir mal ab. Sollen wir mit den praktischen Dingen beginnen, oder gibt es ein bestimmtes Thema, an dem du gerne arbeiten möchtest?«

Wie so oft schenkte er ihr jenes einlullende Lächeln, das ihr ein Gefühl des bedingungslosen Rückhalts gab. Sein kurzes graues Haar glänzte blond im Sonnenlicht und seine Haut wies eine gut erhaltene Urlaubsbräune auf. Weiße Gardinenschals dämpften den Blick auf den gegenüberliegenden Büroblock, der Parkettboden und die cremefarbenen Teppiche vermittelten einen Eindruck von Sauberkeit und Ruhe. Die klimatisierte Kühle und die ruhige Atmosphäre des Raumes begannen sofort auf Beatrice zu wirken.

»Nein, da ist nichts … nun, ich lüge Matthew an.« Es platzte heraus, bevor sie den Gedanken überhaupt formuliert hatte.

James' Kopf hob sich fragend.

»Nicht wirklich lügen. Ich bin nur sparsam mit der Wahrheit. Mein Laptop wurde gestohlen und ich habe es ihm nicht gesagt. Die Sache ist …«

Es sah so aus, als würden sie doch noch die volle Stunde brauchen. James saß absolut still und hörte sich ihre komplexe Erklärung an.

»Also will ich die Sache untersuchen, ohne Hamilton, ohne Matthew und ohne diesen verdrehten Snob Howells. Ich will ihnen zeigen, dass dies keine Hysterie ist, oder Paranoia oder gar eine neuartige Demenz. Es geht etwas Ungewöhnliches in Wales vor sich und ich will es beweisen. Hamilton denkt, es sei etwas Persönliches, Matthew meint, ich solle zu Hause bleiben und mich auf das konzentrieren, worin ich gut bin; Howells wiederum findet, ich müsse einem alten Fuchs sicher keine neuen Tricks beibringen.«

»Du scheinst dir sehr sicher zu sein, was all diese Leute denken. Ich werde dir jetzt ein paar Fragen stellen und ich möchte, dass du ehrlich antwortest. Wenn du lieber vorher darüber nachdenken möchtest, ist das in Ordnung. Ist es möglich, dass du aus einer Reihe von unzusammenhängenden Ressentiments eine Mauer aus feindlichen Männern aufbaust?«

»Ich weiß nicht, was du damit meinst.«

James hielt inne und schaute auf seine Notizen. »Könnte es sein, dass jeder Mann seine eigene Agenda hat, die nichts mit den persönlichen Wahrnehmungen von dir zu tun hat?«

»Das ist genau mein Punkt. Sie versuchen, mich in die Schranken zu weisen, mir eine Schlappe zu erteilen, mich zurückzuhalten. Die kleine Frau, die in die Küche gehört, aber nicht an den Arbeitsplatz. Naja, Matthew nicht so sehr, aber er will auch nicht, dass ich Staub aufwirble. Ihm wäre es lieber, ich würde mich mit Decoupage beschäftigen anstatt mit Polizeiarbeit. Sie alle wollen mich an der kurzen Leine, brav und folgsam.«

»Dein Tonfall wirkt ungewöhnlich defensiv. Und ist, wenn ich bemerken darf, voller feministischer Rhetorik der 1970er Jahre, inklusive vermischten Metaphern. Wie groß ist die Wahrscheinlichkeit, dass du deine eigenen Unsicherheiten in jedem dieser Fälle auf die Person projizierst?«

»James, du weißt genau, wie sehr ich darum kämpfe, im beruflichen Umfeld ernst genommen zu werden.«

»Kämpfen? Ich denke, ich könnte die Vergangenheitsform akzeptieren, aber ich frage mich, inwiefern das relevant ist. Ich frage mich auch, ob du dich nicht grundlos ein wenig als Opfer fühlst.«

Beatrice spürte Verärgerung aufflackern über James' absichtliche Herabsetzung ihrer Selbstgerechtigkeit. Angefacht durch das Bewusstsein, dass er nicht ganz unrecht hatte.

»Howells hat mich wohl etwas auf dem falschen Fuß erwischt, das könnte sein.«

»Und vielleicht auch andersherum?«

James war wie ein Zahnarzt des Geistes, der immer an den schmerzhaften Stellen herumstocherte.

»Stimmt. Aber Hamilton hält mich immer noch für eine tickende Zeitbombe und Matthew will offenbar, dass ich mich mit einem einfachen Leben zufriedengebe, mich ruhig verhalte und aufhöre, nach Ärger zu suchen.«

»Lass uns Eines nach dem Anderen angehen. Hamilton. Jemanden mit einem Fall zu betrauen, der wichtig für das Ansehen der gesamten Truppe ist, spricht eher für solides Vertrauen, wenn du mich fragst.

Beatrice schnaubte durch ihre Nasenlöcher, aber James wartete bloß. Der Samen war gepflanzt.

»Du meinst also, ich sollte nicht das Gefühl haben, dass es eine Verschwörung ist, um mich zu untergraben. Dass mich jeder Mann herabsetzt und mir das Gefühl gibt, unzulänglich zu sein, nur um seinem eigenen Ego zu schmeicheln.«

»Du hast diese Sitzung mit der Aussage begonnen, dass du Matthew anlügst. Wer von euch beiden zeigt also deiner Meinung nach weniger Respekt vor dem anderen?«

Beatrice schaute auf den Boden, ihre Gedanken schwirrten vierzig Jahre zurück zum Arbeitszimmer des Schulleiters, zu dem Tag, an dem sie zurechtgewiesen wurde, weil sie einen Streit in den Garderoben angefangen hatte.

James schien nicht vorzuhaben, das Bohren aufzugeben. »Howells, so behauptest du, ist defensiv und resistent gegen das, was du als ›Behandlung von oben herab‹ beschrieben hast. Daher klingt deine Darstellung eines patriarchalischen Tyrannen nicht gerade überzeugend. Siehst du, worauf ich hinauswill?«

Beatrice stützte ihre Stirn auf ihre Hände. »Ja. Ich denke schon. Ich habe sie alle in ein schlechtes Licht gerückt.« Sie atmete tief ein. »Als Opfer ohne Täter fühle ich mich frustriert. Ich gebe andern die Schuld, damit ich mich ungerecht behandelt fühlen kann.«

James' Stimme wurde weicher. »Du kennst dich selbst sehr gut, Beatrice. Nun lass uns zu deiner ursprünglichen Sorge zurückkehren. Wenn du vorhast, Matthew bald von dem Verlust deines Computers zu erzählen, was genau ist dann der Grund für dein schlechtes Gewissen? Auf den richtigen Zeitpunkt zu warten, um es jemandem zu sagen, ist nicht dasselbe wie zu lügen. Und du hast erklärt, dass du es ihm am Wochenende sagen wirst.«

»Ja, das habe ich. Und das werde ich auch tun.« Sie bewegte sich unbeholfen in ihrem Sitz, unfähig, sich dieses Gespräch vorzustellen.

»Beatrice, verzeih mir mein Drängen, aber ich frage mich,

ob es einen anderen Grund für deine Schuldgefühle oder fehlende Loyalität geben könnte.«

»Nein, mehr als das gibt es nicht, wirklich.«

»Wenn du jemanden gefunden hast, dem du vertraust, wie Matthew, wird dieses Vertrauen kostbar. Mit der Zeit, wenn man ehrlich und offen ist und an die Aufrichtigkeit des anderen glaubt, wächst ein Band. Ein kostbares Band, wie eine goldene Kette. Es ist stark, geschmiedet aus der Liebe und der Loyalität zweier Menschen. Es kann immensen äußeren Angriffen standhalten. Fast nichts kann es zerbrechen, außer ein Moment der Unehrlichkeit unter den Beteiligten. Täuschung, in welcher Form auch immer, hat das Potenzial, ein Glied dieser Kette zu zerreißen. Die Beziehung zwischen dir und Matthew basiert auf der Wahrheit.«

»Was ironisch ist, wenn man die Ursprünge bedenkt.«

»Die Ursprünge eurer Beziehung, wenn du dieses Thema wirklich wieder aufgreifen willst, können wir in unserer nächsten Sitzung besprechen. Im Kontext dieser Diskussion sind sie jedoch unerheblich. Betrachte euer Verhältnis als das, was es jetzt ist. Es ist und war stets eine Beziehung, die auf Wahrheit basiert. Du trägst eine Verantwortung dafür.«

»Ich weiß.« Beatrices Augen brannten und ihre Stimme klang klein.

»Eine weitere Beziehung, die auf Wahrheit basiert, ist die zwischen dir und mir. Wenn ich also denke, dass du nicht ganz ehrlich zu mir bist, fühle ich mich dafür verantwortlich, herauszufinden, warum.«

Ihre Nase lief. Sie griff nach der Schachtel mit den Taschentüchern, die ihr so vertraut war, als ob es ihr eigenes Schlafzimmer wäre.

»Ja, okay. Du hast Recht, verdammt, wie immer. Ich habe all diese Gründe als Rechtfertigung, es ihm nicht zu sagen, aber eigentlich will ich diese Sache für mich behalten. Es gibt keine Möglichkeit, es als Fall zu übernehmen; Hamilton wird es nicht zulassen, also muss ich das in meiner Freizeit machen. Howells ist absichtlich hinderlich, also werde ich es einfach hinter seinem Rücken machen. Und ich kann es Matthew nicht sagen, denn er wird sich für mich aufregen, oder mir helfen wollen, oder versuchen, mich aufzuhalten. Und das kann ich alles nicht gebrauchen.«

»Hast du vor, das alleine zu machen?«

»Nicht ganz. Ich habe einen Nachbarn, der mir hilft.«

»Einen Nachbarn. Der vermutlich Matthew kennt?«

»Ja. Ein Nachbar, der ihn gut kennt und der wahnsinnig scharf darauf ist, der Clouseau des East Ends zu werden. Ich habe versucht, ihn zu zügeln, aber es ist, als würde man probieren, ein rationales Gespräch mit einem Milchlamm zu führen.« Sie stieß einen gewaltigen Seufzer aus. »Ich muss es Matthew sagen, nicht wahr?«

»Ich kann dir nicht sagen, was du tun sollst. Ich möchte nur, dass du Entscheidungen triffst, die sowohl für jetzt als auch für später richtig sind. Ich habe keinen Zweifel daran, dass du weißt, was das Beste ist.«

»Ja. Das weiß ich. James, es tut mir leid, dass ich so blödsinnig unbeholfen bin.«

James sah mit einem Stirnrunzeln von seinen Notizen auf.

»Beatrice Stubbs, wenn du noch einmal gegen die Bedingungen unseres Vertrages verstößt, wirst du mit einer Geldstrafe belegt. Wir haben vereinbart, und du hast mehr mündliche Ermahnungen erhalten, als ich nachzählen möchte, dass du dich niemals entschuldigen musst. Nicht in diesem Raum. Also, wir haben noch fünf Minuten Zeit. Auf zu den praktischen Dingen.«

»Praktische Dinge, ja. Die Stimmungsaufheller scheinen zu funktionieren und ich nehme täglich einen. Was das Tagebuch angeht, nun, ich war sehr beschäftigt, daher kann ich nicht sagen, dass ich auf dem neuesten Stand bin.«

»Wann nimmst du deine Medikamente, Beatrice?«

»Als letztes am Abend.«

»Die perfekte Zeit. Lege ein Notizbuch unter deine Pillen-box. Während du die Tablette nimmst, notiere dir die Stim-mungen des Tages. Selbst wenn du nur eine Zeile schreibst, wird es uns helfen, deine emotionalen Stimmungen zu erfassen. Wirst du es versuchen?«

»Gut, das schaffe ich. Schau James, ich bin dir dankbar. Du hast eine phänomenale Geduld. Du wusstest, dass wir die ganze Stunde brauchen würden, oder?«

»Meistens ist das Gegenteil der Fall, wenn die Leute ankün-digen, dass es nichts zu sagen gibt. Bitte pass gut auf dich auf, Beatrice. Sehen wir uns in vierzehn Tagen?«

»Ich freue mich schon darauf. Bis dann.«

Es war wahr. Wann immer sie James' Büro verließ, konnte sie es kaum erwarten, zurückzukehren. Wie so oft nach einer dieser Sitzungen fühlte sie sich, als hätte ein Hochdruckreiniger das Innere ihres Schädels geputzt, und sie wollte den ganzen Weg zurück ins Büro tanzen. Aber sie wusste aus Erfahrung, dass diese Begeisterung nur von kurzer Dauer sein würde. In zwei Wochen würde sie der Reise nach Islington mit Ablehn-ung gegenüberstehen. Sich davor fürchten, dunkle und stau-bige emotionale Ecken zu beleuchten, weil sie ahnte, wie peinlich leicht es ihrem Verstand gelang, innerhalb von vier-zehn Tagen wieder komplett durcheinander zu geraten.

12

Nur drei Haltestellen und sie waren bereits südlich des Flusses. Beatrice und Adrian stiegen an der London Bridge aus der U-Bahn und liefen durch Borough Market, der zum Glück geschlossen war, sonst hätte Beatrice ihn nie von den Essensständen wegzerren können. Er konnte locker einen ganzen Morgen damit verbringen, Pfifferlinge zu beschnuppern und Ziegenkäse zu probieren. An ihren Tate Museumsnächten bestand sie darauf, diese spezielle Route zu nehmen. Die Atmosphäre der South Bank, antik und modern zugleich, war Teil der ganzen beruhigenden Erfahrung.

Sie wichen einer weiteren Gruppe von mit Reiseführern bewaffneten Skandinaviern aus und durchquerten den Schatten der Southwark Kathedrale. Beatrice wartete, bis sie um die Ecke gebogen waren, bevor sie ihrem Begleiter eine Frage stellte.

»Wie viele Leute waren in der Gruppe von Touristen, an der wir gerade vorbeigegangen sind?«

Adrian stockte und machte Anstalten, sich umzudrehen, aber Beatrice wedelte mit dem Finger.

»Nur ungefähr. Und wenn du eine Vermutung über die

Nationalität anstellen kannst, gebe ich dir einen weiteren Punkt.«

»Sechs, glaube ich. Und sie waren alle erwachsen. Was die Nationalität angeht? Briten, möglicherweise aus Newcastle, dem Akzent nach zu urteilen.«

Beatrice seufzte in gespielter Verzweiflung. »Acht. Großeltern, Eltern und vier Kinder. Ganz klar Skandinavier, aber noch spezifischer kann ich dank der schwedischen Flagge auf dem Rucksack des Teenagers werden.«

Adrian schien nicht besonders beeindruckt. Sie gingen an der *Golden Hinde* vorbei und umrundeten die Warteschlange vor dem Gefängnismuseum, bevor er sprach.

»Ich glaube, du schummelst. Wenn ich jetzt aktiv am Ermitteln wäre, würde ich meine Augen nach allem offenhalten, was mit dem Fall zu tun hat. Ich verschwende keine Energie mit irrelevanten Details über Schweizer Touristen.«

»Schwedisch. Woher willst du wissen, was genau für deinen Fall relevant ist?«

»Hier wahrscheinlich nichts.« Als sie das Vinopolis passierten, hielten sie kurz an, um Banksys Kunstwerk auf der Brücke zu bewundern. »Aber wenn ich in Wales wäre, würde ich sehr genau auf jeden achten, der irgendwie nach Seemann ausschaut.«

»Seemann. Ich verstehe die Logik. Sonst noch was? Welche anderen Blickwinkel würdest du für solche Ermittlungen nutzen?« Beatrice erhöhte den Druck.

Adrian stellte sich der Herausforderung. »Neben der Überprüfung der Bootsleute würde ich herausfinden, wann die Flut kommt, damit ich zur richtigen Zeit auf Schiffe warten kann, die im Dunkeln ankommen.«

»Sehr scharfsinnig.« Das Gelächter und Geplauder der Menschenmenge vor dem Anchor Pub floss über sie hinweg, während Adrians Blick nach links und rechts huschte und jedes

Detail in sich aufnahm. Er rechnete mit einem weiteren Test, also wechselte Beatrice die Taktik.

»Es ist normal, dass Männer ihre Umgebung weniger wahrnehmen. Sie haben eine andere Art von Fokus. Zielstrebig. Wohingegen wir Frauen seit unserer Zeit des Jagens und Sammelns ein viel besseres peripheres Sehen entwickelt haben.«

»Beatrice, bitte erzähl mir nicht, dass du diesen ganzen Mist mit den fest verdrahteten Geschlechtsmerkmalen für bare Münze nimmst. Du bist eine intelligente Frau. Du kannst doch nicht glauben, dass wir uns seit den Tagen des Wollmammuts derart wenig weiterentwickelt haben.«

Sie lachte. »Nein, das glaube ich nicht. Genauso wenig wie ich an ein Verhalten glaube, das von Tierkreiszeichen diktiert wird. Aber ich wusste, dass es dich auf die Palme bringen würde.«

Jetzt war es an Adrian zu lachen. »Tatsächlich teile ich weit mehr typische Eigenschaften mit anderen Schützen als mit Höhlenmenschen. Oh, schau dir das Globe an. Ich liebe es, wenn es so beleuchtet ist.«

Beatrice stand neben ihm, um das Theater zu bewundern, und lauschte dem Rauschen der Themse hinter ihnen. Der warme Abend, das Gefühl, dass die Menschen das Beste aus ihrer Stadt machten, die Vorfreude auf ein paar fröhliche Stunden im Tate Modern, gefolgt von einem Abendessen in ihrem Lieblings-Thai, erfüllten Beatrice mit Optimismus. Sie klopfte Adrian auf die Schulter und sie liefen weiter in Richtung Millennium Brücke.

»Also, welches Stück wurde heute Abend im Globe aufgeführt?«, fragte Beatrice.

»Ist das relevant für einen Fall mit kriminellen Aktivitäten an einem walisischen Strand?«

»Es ist relevant für deine Beobachtungsgabe. Du hast mehrere Minuten lang auf das Plakat gestarrt, also musst du dich an einige Details erinnern. Ich werde dir einen Hinweis geben. Es ist ein Stück von Marlowe und der Titel besteht aus nur einem Wort.«

Adrians Gesicht war eine Studie der Konzentration, als sie sich über Kieswege dem Kunstmuseum näherten. Beatrice betrachtete das riesige Gebäude, das von seinem monolithischen Schornstein gekrönt wurde, mit einem Gefühl der Bewunderung für seine Funktionalität sowohl in der Vergangenheit als auch in der Gegenwart.

»Ich erinnere mich! *Cymbeline*!« Adrians Gesichtsausdruck war triumphierend.

»Ts, ts. Das ist Shakespeare. Es war *Tamburlaine*, Dödel. Also echt.«

»*Tamburlaine Dödel* sind zwei Worte.«

Nachdem sie die Turbinenhalle ausgekundschaftet hatten, machten sie sich auf den Weg nach oben.

»Können wir auf Ebene Drei anfangen?«, fragte Adrian und führte sie zur Rolltreppe. »Ich möchte meine surrealistischen Triebe stillen.«

»Du bist auf schräge Typen fixiert und ich bin mir gar nicht sicher, ob das gesund ist. Ja, fangen wir dort an, aber ich möchte heute Abend ein paar Impressionisten sehen. Ich habe schon seit Wales Lust darauf.« Sie hielt sich am Handlauf fest. Wie erfrischend, einfach mal auf einer Rolltreppe stehen zu bleiben, anstatt sich links durchzudrängen und Touristen zu beschimpfen.

»Apropos Wales, habe ich dich schon überzeugt?« Er schaute von der oberen Stufe auf sie herab, während sie zwei Stockwerke hinauffuhren. Das olivgrüne Hemd sah sehr elegant gegen seine Bräune aus. Der Sommer stand ihm.

Beatrice beschloss, dass es an der Zeit war, ehrlich zu sein.

»Ich bin dir sehr dankbar für die Fotos, die du von meinem

Telefon ausdrucken konntest, versteh mich nicht falsch. Und wie ich dir schon sagte, hast du viele der richtigen Qualitäten, die ich bei einem Ermittler suche. Leider fehlt es dir an Ausbildung, Erfahrung und du kennst die Protokolle nicht. Während ich also gerne die Regeln beuge, indem ich Informationen mit dir teile, kann ich es nicht gutheißen, dass du die Untersuchung eines möglichen Verbrechens übernimmst. Nicht auf eigene Faust.«

Er antwortete nicht und drehte sich um, um nach vorne zu schauen, als sie sich dem Ende näherten. Er ging voraus in den ersten Raum, ohne auf sie zu warten. Beatrice seufzte. Nach all den Jahren nachbarschaftlicher Harmonie wäre es eine Schande, sich wegen einer solchen Situation zu zerstreiten. Sie wanderte durch verschiedene Räume und fand ihn vor Paul Klees *Walpurgisnacht* stehen. Die seltsame zerkratzte Leinwand mit blauen, strohartigen Figuren erinnerte an Fledermäuse und Rituale, an Eulen und Heidentum. Sie fühlte sich davon auf unerklärliche Weise angesprochen.

»Ich mag es. Sehr hexenhaft.«

Adrian lächelte. »Der Kunstkritiker der New York Times soll genau dasselbe gesagt haben.«

Sie gingen weiter zu Edward Wadsworth, Yves Tanguy und David Smith. Adrian schien sich von den gegensätzlichen Winkeln, seltsamen Assemblagen und kuriosen Kompositionen im Stil von de Chirico angezogen zu fühlen.

»Die lieben es, irgendwelche Dinge zu bizarren Darstellungen zusammenzuwürfeln. Eine Art künstlerisches Lego.«

Adrian warf ihr einen verschmitzten Blick zu. »Vielleicht ist das eine Männersache.«

Beatrice driftete zu Franz Rohs *Total Panic II* ab, das eine ziemlich gut gezeichnete Elefantenszene darstellte, in die scheinbar zufällig eine Fledermaus und eine Schnecke eingearbeitet waren. Adrian gesellte sich zu ihr.

»Das macht Lust, die ganze Geschichte zu hören, nicht

wahr?«

Sie nickte. »Ja. Lustig, wie diese Dinge auf unsere Emotionen wirken, obwohl wir keine Ahnung haben, was sie wirklich bedeuten.«

»Willst du jetzt ein paar Pastellfarben anstarren?«, fragte er.

»Wenn du so weit bist. Ich habe keine Lust, dein Schmollen zu verschlimmern.«

»Ich bin bereit, aber erst nach unserem üblichen Stopp bei der *Metamorphose des Narziss*. Und ich schmolle nicht. Ich bin nur ein wenig enttäuscht, dass du mir nicht traust.«

Beatrice sah ihn stirnrunzelnd an. »Doch, ich vertraue dir. Würde ich dir sonst alle meine Geheimnisse erzählen? Na ja, die meisten. Aber ich bin nicht bereit, dich in Gefahr zu bringen. Es ist lieb von dir, deine Hilfe anzubieten, und ich bin gerührt. Tatsache ist, dass ich nicht selbst nachforschen kann, weil ich all meine Energie darauf verwenden muss, diesen verdrehten Sexualstraftäter zu fangen. Und wenn ich es nicht kann, gilt das auch für dich. Es ist zu gefährlich. Wir haben keine Ahnung, womit wir es zu tun haben.«

Sie blieben stehen und starrten das Dalí Gemälde an. Ungeachtet ihrer mangelnden Begeisterung für Surrealismus bewunderte sie den genialen Einsatz von Licht, Verdopplung und Reflektion, die satten Farben des Himmels und die immer wieder faszinierenden Details im Hintergrund. Es machte ihr nichts aus, für Narziss innezuhalten.

Adrian seufzte. »Es ist wirklich eine Schande, diese Diebstähle ungestraft zu lassen. Es könnte etwas viel Schlimmeres hinter den Bildern stecken. Und das alles nur, weil du dich nicht vom Finsbury Park Exhibitionisten befreien kannst.«

»Ja, aber wenn ich ihn dorthin verfrachtet habe, wo er keinen weiteren Schaden anrichten kann, werde ich darauf bestehen, jede Spur persönlich zu verfolgen. Und Beweismaterial gibt es ja. Vergiss nicht, die walisische Polizei hat alle

Fakten, auch deine Fotos, und ist noch an den Ermittlungen dran.«

»Du hast selbst gesagt, dass du kein Vertrauen in Inspector Howells hast.«

Er hatte recht, das musste Beatrice ihm lassen. Vielleicht sollte sie ein bisschen weniger mit ihrem neugierigen Nachbarn teilen, der nichts vergaß, solange es ihn interessierte.

»Nun, das ist jetzt auch egal. Im Moment können weder du noch ich etwas dagegen tun. Aber sobald ich Zeit habe, mich selbst um die Sache zu kümmern, würde ich mich freuen, wenn du mich begleiten könntest. Beruhigt dich das?«

»Ein Stück weit. Okay, ich habe meine Dosis Surrealismus gehabt. Komm, schauen wir uns ein wenig Kunst für alte Damen an.«

Beatrice schwang ihren Handrücken nach ihm, aber er war bereits außer Reichweite.

13

─────

Das Problem ist, diese Weiber denken zu viel.

Rick zog den Rollladen hoch, ohne einen Blick auf die Auslage zu werfen. Nicht nötig. Auf dem Schild stand ›Sex Shop‹ in rosa und blauem Neon. Ein paar Videos, ein paar Handschellen, schrittlose Unterhosen und der Kunde weiß, was er bekommt. Ja, es sah matt aus, ein bisschen schäbig, aber wen interessierte das schon? Sobald er die nächste Verkäuferin gefunden hatte, konnte sie gerne ein wenig abstauben. Oder auch nicht. Glänzende Ladenfront oder schmuddeliger verblichener Samt, die Kunden würden nicht ausbleiben. *Heh, heh. Sie kommen immer.* Vielleicht fühlten sie sich in schmutzigen Räumen am ehesten wie zu Hause.

Er hatte nicht erwartet, dass Caz den Mut verlieren würde. Sehr enttäuschend. Sie war von Anfang an eine Zynikerin; Tattoos, Nieten und eine scharfe Zunge, wie er es seit Madam D. nicht mehr gehört hatte. Sie verstand Geld und Sex. Oder zumindest dachte Rick, dass sie das tat. Eine der wenigen Frauen, der er zutraute, ohne extra Sicherheitspersonal zurechtzukommen. Sie sparte ihm eine Menge Geld. Und jetzt hatte sie gekündigt. Schlechte Nachrichten.

Die Tür öffnete sich und die Klingel läutete, als der erste eintrat. Rick nickte ihm zu und schaute wieder auf den Computer. Er verurteilte sie nicht. Zumindest ließ er es sich nicht anmerken. Diese Verlierer waren seine Haupteinkommensquelle. Aber wie erbärmlich war jemand, der um zehn nach neun noch Wichsfutter brauchte? Der Kauz ging direkt nach hinten zu den DVDs. Rick seufzte, als sich die Tür wieder öffnete.

Jason. Ein weiterer Wichser.

»Alles klar, Rick?«

»Jase.«

Jason stand neben dem Regal mit den Softporno-Magazinen und gab sich natürlich, aber Rick sah seine Augen zur gegenüberliegenden Wand abwandern. Zwanghaft lächelnd starrte er auf Krankenschwesternkostüme, Vollgummianzüge und Gleitmittel.

»Ich habe doch gesagt, dass ich dich anrufe, wenn ich eine Lieferung brauche, oder?«

»Klaro. Ich dachte nur, ich komme mal vorbei und schaue, ob du Hilfe brauchst, jetzt wo sich Caz verpisst hat.«

Rick blickte nicht vom Bildschirm auf. Jason war verzweifelt darauf aus, den Laden zu schmeißen. Verzweifelt. Und deshalb die denkbar schlechteste Person, die Leitung zu übernehmen. Als ob man einem Alkie die Verantwortung seiner Ibiza-Strandbar überlassen würde.

»Nee, alles in Ordnung, Jase. Ich hab's im Griff. Ich rufe dich an, wenn ich etwas brauche.«

Ein anderer Mann kam herein, begrüßte sie und machte sich direkt auf den Weg ins Hinterzimmer. Offensichtlich ein Stammkunde. Der Laden lief anständig, alles was Rick fehlte war ein passender Manager. Jase hing immer noch herum.

»Jase, ich habe zu tun.«

»Ja, klar, verstanden. Ich bin dann mal weg. Sag mal, warum ist Caz eigentlich gegangen?«

Rick schüttelte den Kopf. »Keine Ahnung, Kumpel. Vielleicht hat sie einen Freund? Sie sagte nur, dass es ihr reichte, das ist alles.«

Das Telefon fing an zu klingeln und Jason machte sich endlich aus dem Staub. Rick beschäftigte sich mit einer schüchternen Anfrage über lesbische Filme und mit einem professionellen Verkäufer, der versuchte, Mutti-Porno-Taschenbücher zu verhökern. Bei ersterem konnte er dienen, im zweiten Fall keine Chance. Scharfe Hausfrauen gehen nicht in Sexshops. Versuch's in einer Baby-Boutique.

Bis zum Mittag hatte er sechzehn DVDs, ein Schokolade-Gleitmittel, einen goldenen Schwanzring, dreizehn Magazine für verschiedene Geschmäcker sowie zwei Brummgurken verkauft. Geschäftstüchtiger Morgen. Er plante, über Mittag zu schließen und ins Blue Posts auf Kuchen und ein Pint zu gehen. Fünf vor eins läutete die Glocke und ein weiterer Kunde trat ein. Rick schaute zur Begrüßung auf, sein Blick traf aber nur auf einen gesenkt gehaltenen Kopf. Klassisch. Baseballkappe, nervöses Benehmen, kein Blickkontakt, er stand einfach nur da und schaute auf die Fesselwerkzeuge. Rick wartete, dass der Kerl sich entschied und dachte an Caz.

Er vermisste sie. Schlicht und ergreifend. Er hatte es sich immer eingerichtet, gegen elf hier zu sein, um sich mit ihr bei Kuchen und Kaffee zu amüsierten. Warum sollte sie einfach alles hinschmeißen und gehen? Er hatte sie immer gut behandelt und es nie versucht. Ohnehin nicht sein Typ. Ein unbestimmtes Gefühl sagte ihm, dass er auch nicht ihrer war. Aber sie hatte Sinn für Humor und war eine verdammt gute Managerin. So ein Mist. Er wusste, dass sie nicht zurückkommen würde, nicht einmal für eine Gehaltserhöhung. Sie war für immer weg. Er würde sie wahrscheinlich nie wieder sehen.

Er war hungrig, er brauchte ein Pint und es lag ein richtiger Mief in der Luft. Dieser Kunde versprühte einen miserablen Gestank. Rick schloss die Kasse und steckte seinen

Schlüsselbund ein. Der Kerl starrte weiter auf die Handschellen. Rick erinnerte sich an Caz' Stimme. *Manchmal schaust du in die Augen von jemandem und du weißt es einfach. Egal, wie viel sie ausgeben, du würdest am liebsten nichts mit ihnen zu tun haben.*

Der Gestank wurde immer schlimmer.

»Also gut, Sonnenschein. Ich muss in die Mittagspause. Bin gegen zwei zurück. Es sei denn, du hast dich schon entschieden?«

Der übelriechende Blödmann schaute über seine Schulter, zurück zur Auslage und schlich sich zur Tür hinaus. Die Klingel vermeldete seinen Abgang. Rick schüttelte den Kopf. Nicht für zivilisierten Smalltalk bekannt, der durchschnittliche Perverse. Er schloss die Tür ab und beugte sich unter den Tresen, um das Febreze-Spray zu finden.

»Klassische Altertumskunde, Professor Bailey?«

»Matthew, hallo. Adrian am Apparat. Ich hoffe, ich störe dich nicht?«

»Hallo Adrian. Nein, überhaupt nicht. Schön, von dir zu hören.«

»Ich habe dich zuerst zu Hause angerufen. Ich dachte, einer der Vorzüge von Uniprofessoren sei ein extralanger Sommerurlaub. Ich war überrascht, von deiner Putzfrau zu hören, du seist im Büro auf dem Campus.«

»Nicht so sehr eine Putzfrau, eher eine Aufräumerin. Das war Tanya, meine Jüngste. Sie benutzt momentan die Bibliothek, daher meine Verbannung. Ähm, ist alles in Ordnung?«

»Oh ja. Beatrice geht es gut, mach dir keine Sorgen. Wir haben neulich zusammen zu Abend gegessen, wie du weißt. Nein, der Grund für meinen Anruf war einfach, um mich für den himmlischen Amarone zu bedanken.«

»Ah. Der Tommaso Bussola. Wie hat er dir geschmeckt?«

»Vollmundig. Sowohl in der Farbe als auch in der Nase und am Gaumen zieht er sich ewig hin. Gewürze vom Anfang bis zum Ende, aber so gut ausbalanciert.«

Adrian konnte hören, wie Matthew lächelte. »Durchaus. Er ist kraftvoll, beeindruckend, aber hat echte Eleganz. Hast du ihn mit Ente probiert?«

»Nein, ich habe den Wein in den Mittelpunkt gerückt. Als Begleitung gab es etwas Bio-Bresaola, Parmigiano Reggiano mit einem Tropfen Balsamico-Essig und frisches, knuspriges Ciabatta. Es war absolut erhaben. So sehr, dass ich es nicht hätte teilen können. Ich kann dir nicht genug danken.«

»Gern geschehen. Deine Wertschätzung ist meine Belohnung. Geht es dir gut?«

»Bei bester Gesundheit, danke. Und du?«

»Fast normal, abgesehen von einer gewissen Frustration über den Verlust von Forschungsdaten. Beatrice hat dir von unserem Malheur in Pembrokeshire erzählt, nehme ich an? Als meine Kamera gestohlen wurde, habe ich eine ganze Reihe von Bildern verloren, die für meine Arbeit wichtig waren. Ich sollte Beatrices Beispiel folgen und immer eine Datensicherung machen.«

»Ja, sie hat es mir erzählt. Um ehrlich zu sein, Matthew, das ist mein anderer Grund für den Anruf. Ich hoffe, du nimmst es mir nicht übel, aber ich habe schon ein paar Mal versucht, mit Beatrice darüber zu reden. Sie ist so vertieft in die Jagd nach diesem Exhibitionisten, dass sie jegliches Interesse an diesem Fall verloren zu haben scheint.«

»Welcher Fall soll das sein?«

Adrian erläuterte die Fotos, wobei er darauf achtete, den gestohlenen Laptop nicht zu erwähnen, skizzierte seine Theorie und betonte seine Überzeugung, dass jemand, irgendwo, wirklich ermitteln sollte. Matthew schwieg eine Weile.

»Es ist anständig von dir, dass du dir Sorgen machst, aber ich bin mir nicht sicher, wie ich helfen kann. Der walisischen Polizei hinterherzujagen, ist wahrscheinlich kontraproduktiv.

Der örtliche Inspector hat Beatrice bereits gesagt, dass sie ihren Schnabel halten soll.«

»Das sehe ich auch so. Deshalb dachte ich, dass vielleicht ich und du einspringen könnten.«

»Wir übernehmen die Rolle der Hardy Boys, während Nancy Drew beschäftigt ist?«, fragte Matthew.

»Nun …« Adrian wollte es nicht zugeben, aber er hatte eher an Poirot und Hastings gedacht.

»Trotz der Tatsache, dass Beatrice Zugang zu allen notwendigen Ressourcen hat, über jahrelanges Fachwissen und Erfahrung verfügt, und wenn man bedenkt, dass dies vielleicht nicht einmal in ihren Zuständigkeitsbereich fällt, denkst du, wir sollten herumstochern und Fragen stellen und damit möglicherweise eine offizielle Untersuchung gefährden?«

Adrian fand Matthews Tonfall herablassend. »Es war eher als eine Art Unterstützung gedacht, Matthew. Beatrice hat momentan keine Möglichkeit, all ihre Ressourcen und was weiß ich einzusetzen. Ihre ganze Zeit und Energie sind diesem schmuddeligen Regenmantel gewidmet. Und das zu Recht. Aber sie ist frustriert darüber, dass sie keine Zeit hat, Nachforschungen anzustellen. Sie sagte mir, dass sie es nicht zulassen kann, dass ich allein recherchiere. So wie ich es sehe, spricht nichts dagegen, wenn wir beide hilfreiche Vorarbeit leisten, beiläufig Fragen stellen, subtil Erkundigungen einziehen und ihr dann unsere Ergebnisse übergeben, wenn sie wieder mehr Luft hat, um sich ernsthaft mit der Sache zu beschäftigen.«

»Klingt vernünftig. Aber ich glaube nicht, dass es ihr gefallen wird.«

»Ich auch nicht. Sie würde wahrscheinlich eine einstweilige Verfügung erwirken. Deshalb habe ich dich angerufen, um zu sehen, ob wir nicht diskret etwas auf die Beine stellen und es für uns behalten könnten. Eine Art Gentleman-Ermittlung.«

Matthew lachte. »Eine Gentleman-Ermittlung. Klingt nach einer guten Idee und könnte meinen Sommerurlaub etwas aufpeppen. Warum erzählst du mir nicht, was du vorhast, ganz unter Pfarrerstöchtern?«

»Ausgezeichnet! Es wäre aber besser, wenn wir das von Angesicht zu Angesicht machen. Wer reist denn dieses Wochenende? Kommt sie zu dir?«

»Nein, sie bleibt in London und ich habe die Wahl. Sie wird zeitweise arbeiten müssen, wenn ich also versprechen kann, mich selbst zu unterhalten, steht meinem Besuch nichts im Weg. Das passt ganz gut in unser mögliches Schema, würde ich sagen.«

Adrian lächelte. »Das tut es ganz sicher. Und ich habe das ganze Wochenende tagsüber frei. Am Freitag habe ich eine Generalprobe und am Samstagabend ist mein Auftritt. Ich bin so froh, dass du dabei bist. Alle Detektive sollten einen Begleiter haben, denn abgesehen von allem anderen, ist es so langweilig alleine. Also, sehen wir uns irgendwann am Wochenende? Hast du meine Handynummer?«

»Die habe ich, aber vielleicht klopfe ich einfach mal bei dir an die Tür, wenn ich Zeit habe. Ich wünsche dir alles Gute für die Show, Hals- und Beinbruch und so weiter. Und ja, du hast recht. Die besten Detektivgeschichten handeln von einem älteren, weiseren Profi, der von einem eifrigen Jüngling unterstützt wird. Wir sehen uns irgendwann am Samstag. Danke für den Anruf, Adrian, ich weiß dein Vertrauen zu schätzen.«

Als Adrian auflegte und sich wieder dem Computer zuwandte, kribbelte es in ihm vor Vorfreude. Der ganze Spaß der Detektivarbeit ohne die unattraktiven Uniformen, den Papierkram oder die Politik. Er hoffte nur, dass Matthew die Situation verstand. Ein eifriger junger Bursche, in der Tat. Niemand würde Adrian dazu bringen, die zweite Geige zu spielen.

15

»Guten Morgen zusammen und danke, dass ihr gekommen seid. Wie ihr alle wisst, ist dies eine besondere Operation und lasst uns eine Sache klarstellen. Ich habe mehr als eine Person sagen hören, warum die Aufregung, es ist *nur* ein Exhibitionist. Nun, das hört ab sofort auf. Es gibt einen viel ernsteren Grund, diesen Mann von der Straße zu holen.« Virginia hielt inne, ihr Blick durchforstete den Raum.

Beatrice tat dasselbe, suchte nach verräterischem Grinsen, bedeutungsvollen Blicken, Anzeichen von Ungläubigkeit. Solche Beamte würden entweder ersetzt werden oder Papierkram erledigen. Beide Frauen waren sich einig, dass sie vollen Einsatz von allen Beteiligten erwarteten. Keines der sechsundzwanzig Gesichter – Personal von British Transport, Constables aus den Bezirken Hackney, Islington und Haringey, Beamte für sichere Nachbarschaft und Freiwillige der Metropolitan Police – zeigte etwas anderes als waches Interesse.

»Gut, dann übergebe ich an Doktor Simon Rosenbaum, unseren Profiler.«

Die Anwesenheit des Profilers erhöhte die Aufmerksamkeit

der Versammelten. Beatrice bemerkte, wie Sitze verrückten und sich einige Körperhaltungen geraderichteten. Rosenbaums Aussehen war unauffällig. Sein helles Haar war schütter, seine Augen waren grau und seine Kleidung, ein gestreiftes Hemd ohne Krawatte, Jeans und Deckschuhe, erinnerte Beatrice an Sonntage im Greenwich Park.

»Guten Morgen, allerseits. DI Lowe hat mich gebeten, die Hintergründe dieses Falles zu erläutern, da Sie alle in erster Linie infolge meiner Bedenken hier sind. Ich arbeite mit einem Team von Psychologen und Verhaltensexperten am University College in London zusammen. Wir haben uns in den letzten sechs Jahren mit neun anderen europäischen Universitäten zusammengetan, die alle enge Verbindungen zu ihren lokalen Polizeikräften pflegen. Unsere Forschung, die auf Daten zu Sexualstraftaten über einem Zeitraum von sechs Jahren basiert, zeigt ein Muster.

»Die große Mehrheit derjenigen, die sich unsittlich entblößen, sind kein Grund zur Sorge. Exhibitionismus, Trunkenheit, eine momentane Fehleinschätzung …«

»Kleiderpanne«, fügte Ty Grant hinzu, unter allgemeinem Gelächter. Virginia stimmte mit ein. Beatrice, die ihre Irritation über die Unterbrechung verbarg, lächelte kurz. Rosenbaum konnte damit umgehen.

»Genau. Das kann auch passieren. Aber das sind Leute, die es einmal tun, und zwar mit einer anderen Zielsetzung. Wenn sich jemand entblößt, und das ist meist ein Mann, mit der Absicht, den Empfänger einzuschüchtern, zu erschrecken oder zu schockieren, dann stufen wir das als Sexualdelikt ein. Diejenigen, die das Vergehen wiederholen, sind diejenigen, die wir beobachten müssen. Punkt eins: Wiederholungstäter zeigen häufig andere Arten von asozialem Verhalten, was oft auf eine tieferliegende soziale Unangepasstheit hinweist. Punkt zwei: die Straftaten werden in der Regel schwerer. Die Fälle legen nahe, dass der Täter wahrscheinlich zu Übergriffen, sogar zu Vergewaltigungen und in einigen Fällen zu Tötungen übergehen wird. Wir arbeiten mit Einheiten in ganz Europa zusammen, um zu versuchen, ein größeres Bewusstsein für dieses Phänomen zu schaffen und dadurch schwere sexuelle Übergriffe zu verhindern.«

Seine Botschaft löste nüchternes Nicken und nachdenkliche Mienen aus.

»Unser Mann aus dem Finsbury Park folgt genau dem Verhaltensmuster. Allein aus den uns bekannten Vorfällen geht hervor, dass sich die Frequenz erhöht; anfangs war er etwa alle zwei Wochen dran. In den letzten drei Wochen haben wir drei Meldungen erhalten, und diese Woche hat er zweimal zugeschlagen. Und nicht nur das, zuerst war es nur eine Frau, meist in den frühen Morgenstunden. Die letzten beiden Vorfälle: zwei ausländische Studentinnen, die gegen 22.30 Uhr die Wohnung einer Freundin verließen. Die Freundin war ein früheres Opfer. Läuten da schon die Alarmglocken?

»Dann wartete er auf zwei Mädchen im Alter von dreizehn Jahren und forderte eines auf, ihre Hand in seine Tasche zu stecken. Als sie sich weigerte, öffnete er seinen Mantel und drückte ihre Hand an seine Genitalien. Zum Glück wurde er unterbrochen, sonst wäre er vielleicht noch weiter gegangen.

Ich kann gar nicht oft genug betonen, wie dringend die Sache ist. Mein Team und ich glauben, dass er in den nächsten Tagen einen schweren sexuellen Übergriff begehen wird. Ihre Aufgabe ist es, das zu verhindern.«

Rosenbaum setzte sich, und Beatrice konnte sehen, wie die Atmosphäre von einem Gefühl kollektiver Verantwortung angeheizt war. Gute Arbeit, Doktor Rosenbaum.

Virginia überlegte kurz, bevor sie aufstand. Ihr ärmelloses, scharlachrotes Polohemd, gepaart mit der Pedal-Pusher-Hose, verlieh ihr das Aussehen einer Jeanne Moreau. »Wir sind Ihnen und Ihrem Team dankbar, Dr. Rosenbaum. Also, was kommt als nächstes. Die Opfer haben nichts weiter gemeinsam als ihr

Geschlecht und die Tatsache, dass sie alle mit der U-Bahn-Linie Finsbury Park fahren. Er wählt sie aus, folgt ihnen, versteht ihre Gewohnheiten und wählt seinen Moment. Er ist sich der Kameras bewusst. Bisher wurde er noch nicht aufgezeichnet. Wir glauben, dass er den Tagesablauf seiner Opfer auskundschaftet und ihnen von der U-Bahn aus folgt.

»Wir verfolgen zwei parallele Angriffspläne. Einerseits Überwachungsteams in Paaren, stationiert in und um die Haltestelle. In eurem Briefing, Seite neun, findet ihr eure Partner und die Standorte auf der Karte, speziell ausgewählt, um die Lücken zwischen den Kameras abzudecken. Ihr beobachtet, ihr wartet. In Schichten von sechs bis sechs. Wir suchen nach einem Mann, der sich verdächtig verhält und die auf Seite dreizehn beschriebene Kleidung trägt. Oder eine Frau, die allein ist, vor allem die schwächeren. Er hatte es auf eine Mitarbeiterin der Zugreinigung, eine Grundschullehrerin, eine ausländische Studentin, eine Barista, eine Immigrantin, zwei Putzfrauen, diese Studentinnen und zuletzt auf die Teenager abgesehen. Das sind jene, von denen wir wissen. Jetzt bitte ich DI Stubbs, die Vorgehensweise zu beschreiben.«

Die Köpfe hoben sich in Richtung Beatrice. Ihr Kostüm und ihre flachen Schuhe gaben ihr die Ausstrahlung einer Miss Marple.

»Guten Tag. Unsere erste Priorität ist, diesen Mann in Gewahrsam zu nehmen. Wenn Sie Verdacht schöpfen, folgen Sie ihm. Lassen Sie ihn nicht wissen, dass Sie da sind. Versuchen Sie nicht, ihn festzunehmen, es sei denn, Sie sind sich ihres Erfolgs sicher. Wenn wir diesen Mann erschrecken und ihm eine Möglichkeit geben, wird er fliehen. Er mag ein paar Wochen warten, er mag sein Jagdgebiet wechseln, aber er wird nicht aufhören. Wir machen keine Werbung für unsere Anwesenheit, wir sind keine Abschreckung, wir wollen ihn dort haben, wo er keine Frauen mehr terrorisieren kann. Diese Aktion wird Operation Robert heißen, und Robert wird das

Codewort sein, um andere Teams zu alarmieren, wenn jemand einen Verdächtigen verfolgt.«

Grant grinste. »Operation Robert? Müsste es nicht Operation Johannes heißen?«

Zumindest einige der Kollegen des Blödmanns fanden ihn geschmacklos, nach der Mischung aus verhaltenem Kichern und angewiderten Blicken zu urteilen.

Beatrice fixierte ihren Blick auf Grants rötliches, selbstzufriedenes Gesicht. »Der Grund, warum wir uns für Operation Robert entschieden haben, ist die Würdigung von Robert Peel, dem Gründer der modernen Metropolitan Police Force. Wie Sie sicher wissen, wurden Polizeibeamte deshalb früher als ›Peelers‹ bezeichnet. Außerdem ist Robert ein harmloser Name, der in einer unangenehmen Situation kaum auffallen wird. Der Grund, warum wir uns gegen Operation Johannes entschieden haben, ist, dass wir, im Gegensatz zu Ihnen, Sergeant, an sexuellen Übergriffen nichts lustig finden. Hat jemand noch weitere sachdienliche Fragen?«

Grant schaute Virginia verwirrt an. Nach einer Sekunde des Unbehagens hob ein weiblicher Officer eine Hand. »Die Teenager, am Mittwoch. Das ist ganz schön weit weg von der Haltestelle Finsbury Park.«

Beatrice nickte. »Sie gehen in eine Tanzschule in Arsenal. Sie nehmen die U-Bahn und Bus 29 zurück nach Green Lanes, dann laufen sie am Flussufer entlang. Es ist ein langer Weg. In letzter Zeit machen sie das jeden Abend, genau zur gleichen Zeit.«

Die Beamtin rümpfte die Nase. »Er ist ihnen den ganzen Weg gefolgt? Ein Stalker.«

»Genau. Was mich zum zweiten Plan führt. DI Lowe?«

Virginia warf ihr einen ernsten Blick zu. Wenn das als Missbilligung bezüglich ihrer Bemerkung gegenüber Grant gemeint war, würden sie reden müssen. Dieser Mann war ein Trottel.

Virginia nahm Beatrices Platz vor ihrem Team ein.

»Lockvogel. Sergeant Grant und Sergeant de Freitas werden im Kontrollcenter der Haltestelle Finsbury Park sein. Sie überwachen alle Ein- und Ausgänge.«

Grant schenkte Virginia ein verschmitztes Lächeln.

»Währenddessen ist Constable Harrison von der British Transport Police unser Lockvogel. Sie wird früh gehen und spät zurückkehren. Wir hoffen, dass unser Mann sie entdeckt und sie zur Zielscheibe macht. Sie wird jederzeit ein Team von drei Beamten in ihrer Nähe haben, die sie im Auge behalten und jeden beobachten, der sie beobachtet. Harrison, möchten Sie sich vorstellen?«

Harrison hob ihren Zeigefinger, um ihre Anwesenheit zu signalisieren. Mit einem Ruck ihres Kopfes deutete Virginia an, sie solle aufstehen. Widerwillig erhob sich die Beamtin aus ihrem Stuhl und blickte in die urteilenden Gesichter. Alle dachten das Gleiche: Ist die Verlockung attraktiv genug?

Ihr kurzes blondes Haar war eng am Kopf geschnitten und umrahmte einen milchigen Teint, der nun vor Verlegenheit gerötet war. Die Uniform schmeichelte ihrer schlanken Gestalt nicht. Sie trug kein Make-up, aber ihre Augen wirkten hell und lebendig.

Virginia fuhr fort. »Harrison wird das Partygirl spielen. Natürlich werden wir sie ein wenig herausputzen und aufhübschen, damit sie damit durchkommt. Der Plan ist, dass sie so tut, als sei sie sturzbetrunken nach einer Nacht auf Alkopops.«

»Sollte ein Klacks für dich sein, Karen.« Grant konnte einfach nicht den Mund halten. Diese ganze Besprechung machte Beatrice wahnsinnig. So eine schlampige Einstellung und schlechte Disziplin hatte sie noch nicht erlebt. Hamilton hätte einen Anfall gekriegt.

Sie drehte sich stirnrunzelnd um und starrte das Großmaul an, und selbst Virginia nahm einen warnenden Tonfall an und mahnte: »Ty.«

Er grinste zurück, als sich Harrison setzte und ihren Kopf senkte.

»Lest eure Unterlagen sorgfältig durch und schlaft morgen aus, denn ihr werdet alle eine Zwölf-Stunden-Schicht machen. Wenn ihr Fragen habt, werden DI Stubbs und ich sie gerne beantworten. Danke euch allen und viel Glück.«

Auf dem grimmigen Marsch zurück zu Virginias Büro schritten die beiden Frauen Seite an Seite, atmeten durch ihre Nasen und hielten ihre Gemüter im Zaum. Beatrice stellte sich ein Paar wütende Hennen vor, auf ihrem Weg zum Hühnerkampf.

Kaum hatte sie die Tür geschlossen, legte Virginia los. Hinter ihrem Stuhl stehend, knallte sie ihre Handfläche auf den Schreibtisch.

»Was in Gottes Namen denkst du, was du da tust? Willst du das ganze Team gegen uns aufhetzen, bevor wir anfangen? Ty Grant ist wahrscheinlich einer der beliebtesten Männer auf dieser Operation und du beginnst damit, ihn als unsensiblen Trottel hinzustellen!«

Virginia hatte die Chefposition eingenommen, stehend, größer, lauter und demonstrativ wütend. Obwohl sie es lieber nicht getan hätte, konnte auch Beatrice Statusspiele spielen. Sie zog den Stuhl gegenüber hervor, setzte sich und hielt ihre Stimme und ihren Gesichtsausdruck ruhig.

»Dafür brauchte er meine Hilfe gar nicht. Und er ist nicht der Einzige. Mangel an Sensibilität? Was glaubst du, wie sich Karen Harrison bei dieser Besprechung gefühlt hat? Du hast sie bloßgestellt und im Grunde gesagt: ›Okay, sie sieht momentan grottenschlecht aus, aber das kriegen wir schon hin‹. Dann erlaubst du Grant seinen kleinen Seitenhieb, sie zu diskreditieren …«

»Verdammt noch mal, Beatrice, verstehst du keinen Spaß? Er hat versucht, die Atmosphäre aufzulockern. Er wirkt als Kitt im Team, und das war schon immer so. Er hält die

Moral hoch, spricht aus, was viele nur denken, er ist Gold wert.«

»Ich sehe das anders. Erst versucht er, diesen Einsatz mit seinem Vorschlag für einen besseren Namen zu belächeln und herabzusetzen. Dann macht er eine Beleidigung gegen eine Kollegin, wenn auch in Humor verpackt. Das ist genau die Art von Verhalten, die wir vereinbart haben, nicht zu tolerieren. Aber jetzt scheinst du deine Meinung geändert zu haben. Warum ist das so? Ist es persönlich, Virginia?«

In Gibraltar hatten Beatrice und Matthew vor Jahren viele glückliche Stunden damit verbracht, Affen zu beobachten. Man konnte viel lernen von den Interaktionen im Primatenhaufen. Beatrice blieb ein ganz bestimmter Gesichtsausdruck im Gedächtnis haften. Wurde einer dieser Primaten wütend, glättete er sein Stirnrunzeln ruckartig, indem er seine Kopfhaut zurückzog. Das Ziel war, das Weiße der Augen zu enthüllen, vermutete sie. Der Effekt signalisierte jedenfalls Gefahr. Virginia tat etwas sehr Ähnliches. Ihr Gesicht wurde leer und hart, als ob eine Grenze überschritten worden wäre.

»Stellst du mein Urteilsvermögen infrage, Beatrice?«

»Ehrlich gesagt, ja. Es tut mir leid, das zu sagen, aber deine Behandlung und Toleranz gegenüber den Männern in deinem Team ist ganz anders als der Umgang mit den Frauen. Soweit es deine Abteilung betrifft, ist das deine eigene Angelegenheit. Aber da die Operation Robert eine gemeinsame Angelegenheit ist, kann ich nicht zulassen, dass ein Fall wie dieser irgendwelche Töne von Sexismus trägt. Wir werden einen Kompromiss finden müssen.«

»Ich wusste es. Gerade als ich dachte, wir machen Fortschritte, musst du kleinliche Punkte schinden. Ich nehme an, dass das mit Dawn Whittaker zu tun hat? Du bist fest entschlossen, mich für diese dreiminütige Indiskretion zu bestrafen und hast nur auf den richtigen Moment gewartet, um sexuelle Politik aufzubringen. Das ist Blödsinn, Beatrice, und das weißt du!«

»Ich bin nicht bereit, darüber zu diskutieren, was zwischen dir und Ian Whittaker passiert ist. Das hat nichts mit diesem Fall zu tun. Ich versichere dir, hätte ich nie davon gehört, wäre meine Reaktion heute genau die gleiche gewesen. Du behandelst bestimmte Teammitglieder anders und das ist kontraproduktiv. Die Atmosphäre, die du heute geschaffen hast, ermutigt eine neckisch-zynische Haltung zu einer Situation, die dir angeblich den Schlaf raubt. Ich denke, du musst Farbe bekennen. Wenn du es ernst nimmst, wird es auch dein Team tun.«

Virginias Augen funkelten böse und sie wandte sich der weißen Tafel zu, scheinbar um die bisher gesammelten Daten zu studieren. Stille hallte durch den Raum, der Tempowechsel genauso nervtötend wie die Brüllerei.

Virginia sprach. »Was machst du heute Nachmittag?«

»Ich rede nochmals mit den Opfern, zusammen mit Harrison. Und du?«

»Ich rufe die Finsbury-Park-U-Bahn-Station an und rede mit dem Sicherheitsdienst.«

»Gut. Sollen wir morgen die Nachbesprechung machen, es sei denn etwas Außergewöhnliches passiert?« Beatrice stand auf.

»Einverstanden. Schönen Nachmittag noch.«

»Gleichfalls.« Als sie das Büro verließ, spürte Beatrice etwas. Ein Gefühl von frisch gepflügtem Boden, von Asche und Erde, von Potenzial.

16

Ray wuchtete die Türen zu und schob die Riegel vor. Jules entspannte sich. Ein großartiges Geräusch. Auf dem Weg zurück zur Bar zog Ray den Stecker des Glückspielautomaten. Jules schaltete die Stereoanlage aus und Stille legte sich über den Raum. Noch großartiger. Sie liebte die Ruhe. Vielleicht wurde sie zu alt für diesen Job. Ray stellte die restlichen Gläser auf der Bar ab und Jules machte sich daran, sie in den Gläserspüler zu verfrachten. Keiner der beiden sprach ein Wort. Sie rollte die Tonne mit dem Leergut die Rampe hinunter in den Keller, fing mit dem Ausspülen an und versuchte, das unbehagliche Gefühl abzuschütteln, das wie feuchte Kleidung an ihr klebte. Sie hatte heute Abend eine Menge Fehler gemacht. Müdigkeit, zum Teil, aber auch dieser starrende Kerl an der Bar. Es war ihr unangenehm, so beobachtet zu werden, es machte sie unbeholfen. Er war schließlich gegangen. Aber wenn er jemals zurückkehren und es wieder tun würde, müsste sie ihn fragen, ob er ein Foto wolle.

Ray war gerade dabei, die Abwaschmaschine neu zu bestücken, als sie die Treppe hinaufkam. »Willst du einen Drink, Jules? Ich denke, du hast es dir heute Abend verdient.«

»Danke, Ray. Aber ich bin todmüde und muss morgen um elf wieder hier sein. Wie wäre es, wenn wir morgen Abend einen trinken gehen? Ich muss sonntags nicht so früh raus.«

»Da sage ich nicht nein. Ich bin auch todmüde, ehrlich gesagt. Hör mal, wie kommst du nach Hause?«

»So wie immer. Nachtbus. Ich habe noch fünfzehn Minuten, soll ich hinter der Bar wischen?«

Ray kratzte sich die Kopfhaut durch die spärliche Bedeckung mit grauem Haar.

»Ich sag dir was, ich will ein paar Fritten für Pam und mich holen, warum fährst du nicht mit mir? Mach du doch die Damentoilette und ich sage meiner besseren Hälfte, was der Plan ist.«

»Bist du sicher? Es liegt nicht auf deinem Weg.« Jules hätte ihm einen Kuss auf die grau melierte Wange geben können.

»Ach, kein Problem. Bei all dem Gerede über diesen Perversen bei der Station solltest du um diese Zeit nicht draußen sein, jedenfalls nicht alleine. Also, mach die Klos fertig und dann geht's los.«

Die Damentoilette befand sich im ersten Stock und es war ganz normal, dass sich die Warteschlange an den Wochenenden über den ganzen Treppenabsatz erstreckte. Es gab nur zwei Kabinen und eine war dauernd außer Betrieb. Jules holte einen Müllsack aus dem Wandschrank, zog Gummihandschuhe an und stählte sich.

Nachdem sie die Tür aufgeschoben hatte, sah sie das übliche Durcheinander. Überquellende Mülleimer, nasse Klopapierrollen auf dem Boden, ein Geruch von Urin und Erbrochenem und ein Paar Strumpfhosen, die im Waschbecken lagen. Gute Nacht, meine Damen. Sie packte das Schlimmste in den Sack und öffnete die Kabinentür. Noch mehr durchweichte Toilettenpapierrollen und ein weggeworfener Lippenstift. Nicht schlecht für einen Freitagabend. Einige der Dinge, die sie da drin gefunden hatte, würde man nicht für möglich halten. Benutzte Kondome, schmutzige Schlüpfer, eine Tüte Zucchini und bei einer denkwürdigen Gelegenheit, eine bewusstlose Magersüchtige aus Stoke Newington.

»Jules? Bist du fertig, Liebes?«, rief Ray die Treppe hinauf.

»So gut wie. Es ist nicht so schlimm heute Abend.« Sie zog die Handschuhe aus und schloss das Flurfenster. Konzentriert auf den hartnäckigen Verschluss, registrierten ihre Augen die Bewegung auf der Straße nur eine Sekunde zu spät. Etwas hatte sich in die Dunkelheit des Eingangs zur Reinigung zurückgezogen. Sie schaltete das Licht aus und spähte hinaus. Es war stockdunkel in dieser Nische. Nichts bewegte sich. Sie gab auf und trug die Tasche die Treppe hinunter.

»Hör mal, Jules, Pam will doch keine Fritten. Aber ich werde dich zum Nachtbus begleiten. Wie gesagt, ich fühle mich besser, wenn ich weiß, dass du in Sicherheit bist.«

Sein Gesicht entspannte sich in die eingefahrenen Furchen eines Lächelns.

»Das musst du nicht tun, Ray.« Aber sie hoffte, dass er es tun würde.

»Ja, ja. Komm schon, altes Haus, machen wir uns auf die Socken. Pam schmiert mir ein getoastetes Sandwich.«

Sie verließen den Laden durch die Hintertür und als sie die Gasse Richtung Adolphus Road verließen, hakte Jules ihren Arm bei Ray ein und widerstand dem Drang, einen Blick auf die Tür der Reinigung zu werfen. Ray schwärmte immer noch von seinem Sandwichmaker von Breville.

»Und dann habe ich Schinken, Käse und Ananas entdeckt. Nichts war mehr, wie es war. *Ray's Hawaiian* nenne ich es. Hast du eine Favoriten-Toast-Füllung, Jules?«

»Ich esse die eigentlich nicht. Zu fettig für mich.«

»Das ist doch die Hälfte deines Problems. Wenn du ab und zu einen Toast essen würdest, gäbe es vielleicht ein bisschen mehr von dir. Ihr Frauen, die ihr immer die Kalorien zählt, ihr wollt doch auch ein bisschen leben.«

Als sie in die Alexandra Grove einbogen, ließ ein Schatten in Jules' peripherem Blickfeld sie innehalten. Sie riss den Kopf herum und starrte, überzeugt davon, dass sie den Schirm einer Baseballkappe gesehen hatte, die sich in die Dunkelheit duckte.

Ray blieb stehen. »Was?«

»Nichts. Sorry.« Sie setzten ihren Weg fort.

»Jules, Liebes, du darfst dich nicht so nervös machen lassen. Sei einfach vorsichtig, Mädchen, und geh kein Risiko ein. Aber stürze dich nicht auf deinen eigenen Schatten, ja?«

»Ja, ich weiß. Das ganze Zeug macht einem nur ein bisschen … du weißt schon. Oh Scheiße, da ist der Bus. Danke dir, Ray, wir sehen uns morgen früh.«

Ihre Jazz-Pumps waren hinter der Bar nützlich, aber unerlässlich, wenn sie auf den Bus sprinten musste. In High Heels hätte sie niemals so über die Seven Sisters Road schießen können. Wie sich herausstellte, brauchte sie das auch nicht; es gab eine kleine Schlange, die eine Weile zum Einsteigen brauchte. Sie saß in der Mitte des unteren Decks und schaute auf ihr Spiegelbild im Glas. In diesem brutalen Licht war ihr Bild unsympathisch. Müde, gezeichnet und dünn wie eine Harke. Wie kam es, dass Größe 36 in Magazinen gut aussah, aber sie damit hager wirkte? Sie wandte ihren Blick aus dem Fenster, um zu sehen, ob Ray gegangen war. Seine Strickjacke war nicht mehr zu sehen. Der Bus schloss seine Türen, bevor sie für einen letzten Fahrgast wieder aufgingen. Jules sah ihn fast nicht, immer noch in die Alexandra Grove hinunter nach dem guten alten Ray starrend, aber als er sich näherte, kühlte ihre Haut ab und sie hob ihren Blick. Sie schaute sofort weg und schmeckte den sauren Geschmack der Angst. Er ging ohne einen Blick an ihr vorbei und setzte sich irgendwo weiter hinten hin.

Die Baseballkappe. Sie erkannte ihn sofort. Der Starrer.

Die ganze Nacht hatte sie seinen Blick auf sich gespürt. Nicht, dass man viel von seinen Augen gesehen hätte, mit dieser tief heruntergezogenen Kappe. Er hatte sich in der Ecke der Bar positioniert, hinter der Säule. Aber sie arbeitete seit über einem Jahr dort, also wusste sie, wo die Spiegel waren. Im richtigen Moment auf eine Reflektion schielend, sah sie, wie er sich so lehnte, dass er sie sehen konnte. Was immer sie tat, er beobachtete sie. Nun, wenn dich ein Typ den ganzen Abend anstarrt, aber geht, ohne dir gute Nacht zu sagen, ist das schon etwas seltsam. Manchmal wollen sie dich fragen, ob du mit ihnen ausgehst, aber sie haben nicht den Mumm dazu. Sie verstand. Aber wenn dich jemand die ganze Nacht beobachtet und dir von außerhalb des Pubs folgt? Sie verstand auch das. Aber es ängstigte sie zu Tode.

Er war hinter ihr, irgendwo. Sie brauchte sich nicht umzudrehen; sie konnte diese kalte Beobachtung spüren. *Pass einfach auf dich auf, Mädchen.* In den öffentlichen Verkehrsmitteln war sie sicher, in der Menge. Nur wenn sie ausstieg, würde sie in Gefahr sein. Sie musste sich einen Plan zurechtlegen. In der Scheibe hinter dem Fahrer spiegelte sich ein undeutliches Bild. Sie sah sich selbst, gegen das Fenster gepresst. Direkt hinter ihr saß ein junger Chinese, aus dessen Kopfhörern repetitive hohe Töne klangen, in seiner eigenen kleinen Welt gefangen. Und zwei Sitze weiter hinten starrte er ihr in den Nacken.

Nicht zu nervös werden. Sie riss sich zusammen. Der Typ verfolgte sie. Keine Frage. Und wenn sie ausstieg, würde er ihr nach Hause folgen. Auf keinen Fall. Sie hatte nicht vor, ihm zu zeigen, wo sie wohnte. Eine Haltestelle früher aussteigen, jemanden finden, der sie abholt. Sie ließ ihre Hand in ihre Tasche gleiten und suchte ihr Handy. Es machte keinen Sinn, John anzurufen, er würde schon längst bewusstlos sein. Wen dann? Die meisten Leute waren im Bett. Schnell, Jules, denk nach. Du hast sieben Stationen, um dir etwas einfallen zu lassen. Aaron? Er würde noch auf sein, aber wer weiß wo und mit wem. Oder sie könnte einfach nach vorne gehen und dem Fahrer sagen, dass sie verfolgt wurde. Er könnte sie auf die Polizeiwache bringen.

Ihr Blick hob sich zum Spiegelbild im Glas. Seine Kappe war heruntergezogen, sodass sie nur sein Kinn und seinen Mund sehen konnte. Sie hatte keine Ahnung, ob er auf das Glas oder auf ihren Nacken schaute. Beides war nicht gut. Der Chinese läutete die Glocke und stand auf, bereit, an der nächsten Haltestelle zu gehen. Ihr Stalker stand ebenfalls auf. Jules' Überraschung schlug in Panik um, als sie sah, wie er auf den Platz des Chinesen rutschte. Direkt hinter ihr. Sie konnte ihn riechen. Er stank. Ihre Schultern versteiften sich und ihr Puls begann zu rasen.

Als die Melodie von *Sex and the City* ertönte, fiel ihr beinahe das Handy aus der Hand. Aaron. Warum zum Teufel rief der Rotzlöffel um viertel vor eins an?

»Aaron? Wo bist du?«

»Alles klar, Mutti? Du bist nicht zu Hause.«

»Was du nicht sagst, Sherlock. Wo zum Teufel bist du?«

Es gab eine Pause. Normalerweise sprach sie nie so mit ihm, aber die Angst machte sie forsch.

»Immer noch im Snooker Club. Die Sache ist die, Mutti, mir ist irgendwie das Geld ausgegangen. Ich dachte, wenn du zu Hause bist, könntest du vielleicht ins Auto springen und hierherkommen, um mich mitzunehmen.«

Der Snooker Club. Zwei Haltestellen weiter, so dass sie zusammen den Bus nach Hause nehmen konnten. Gott sei Dank. Erleichterung und Empörung kombinierten sich, schärften ihre Zunge.

»Ach, wirklich? Nachdem ich von sechs bis zwölf auf den Beinen war, am Geld verdienen, um uns über Wasser zu halten, verprasst du es mit deinen Kumpels. Du gibst alles aus, kommst nicht mehr selbst nach Hause und erwartest, dass deine Mutter das in Ordnung bringt. Wann wirst du lernen, dir selbst den Arsch abzuwischen, Aaron? Ich habe diese egoistische, ignorante Einstellung so satt. Neunzehn Jahre später und ich trage dich immer noch mit mir herum, kleiner Scheißer!«

»Mutter!«

»Ich bin in weniger als zehn Minuten da und du solltest besser draußen sein und auf mich warten. Denn wenn ich da reinkommen muss, Aaron Michael, wirst du es verdammt noch mal bereuen. Ich bin NICHT in der Stimmung für so was!« Sie biss die Zähne zusammen und war sich bewusst, dass ihre Rede sowohl nach hinten als auch in das Mundstück gerichtet war.

»Ja sicher, Mutti. Himmel noch mal! Ich stelle mich jetzt draußen hin, okay? Und es tut mir leid, wirklich.«

»Erzähl das meiner Hand, Aaron.« Sie beendete das Gespräch und ballte ihre Fäuste, um sie vom Zittern abzuhalten. Sie war sich nicht ganz sicher, was es mit ›erzähl es meiner Hand‹ eigentlich auf sich hatte, aber die Art, wie Aaron es benutzte, war das Äquivalent dazu, sich die Finger in die Ohren zu stecken und ›Bla bla bla‹ zu rufen. Ziemlich genau wie sie sich in diesem Moment fühlte.

Die Glocke ertönte und forderte zum nächsten Halt auf. Ihr Blick wanderte zurück zum Glas. Der Stalker bewegte sich auf den Ausstieg zu. Jules hielt den Atem an und blickte nach vorne.

Die Türen öffneten sich, sein langer Mantel schwang hinaus in die Nacht und er war weg. Jules sah ihm nach, wie er wegging, nur für den Fall. Der Bus fuhr los. Er war weg. Er hatte sie allein gelassen. Gott sei Dank. Aaron sei Dank.

Sie war drei Haltestellen von ihrem Sohn entfernt.

Aaron. Ihr zufälliger Retter. Sie konnte es kaum erwarten, ihn zu sehen. Und ihn in den Hintern zu treten.

17

———

Schlaflosigkeit ist nicht immer eine schlechte Sache, dachte Beatrice. Irgendetwas an der Kombination aus Matthews Gesellschaft, zu der unweigerlich ein feines Essen am Freitagabend gehörte, und dem Gefühl des offiziell sanktionierten Loslassens verlieh ihren Wochenenden etwas Befreiendes, Leichtes, Luxuriöses. Sie schlief Freitag- und Samstagnacht immer viel besser. Was zur Hölle dachte sie sich also dabei, als sie am Samstagmorgen um fünf Uhr früh über Tabellenkalkulationen brütete?

Der Typ folgt dem Muster, als hätte er das Handbuch gelesen.
Muster.
Sie schöpfte mit einem Teelöffel die Haut vom Kaffee ab, nahm einen Schluck und ließ das Programm erneut laufen. Datum, Uhrzeit und Orte bildeten eine unverkennbare Verbindung. Und eine hässliche dazu. Immer dasselbe Resultat, selbst als der Kaffee bereits kalt war. Beatrice ließ es noch einmal laufen. Ein weiterer Versuch, sich selbst zu widerlegen.

• • •

»Beatrice? Was ist los?«

»Hallo, Virginia. Es tut mir leid, dass ich so früh anrufe, aber ich muss dir eine Frage stellen. Wer betreibt die Überwachungskameras der Finsbury-Park-Linie?«

»Die Kameras? Keine Ahnung. Scheiße, Beatrice, es ist zehn vor sieben. Am Samstag. Und du willst jetzt die Namen der Kamerabetreiber?«

»Nicht die Namen, obwohl ich vermute, dass das mit der Zeit notwendig sein wird. Vorerst will ich wissen, welche Organisation für die Überwachung der täglichen Kameraaufnahmen der British Transport Police verantwortlich ist in der Region Finsbury Park.«

»Nun, das wären London Underground und DLR. Wir teilen das Filmmaterial bei Bedarf mit der Met oder der Stadtpolizei London, aber die tägliche Überwachung wird von unseren eigenen Leuten durchgeführt. Warum?«

»Ich verstehe. Das ist eine gute und eine schlechte Nachricht. Schau, Virginia, ich glaube, ich habe etwas ziemlich Beunruhigendes gefunden. Aber ich kann dich gerne ausschlafen lassen und später nochmals anrufen, wenn du möchtest.«

»Was glaubst du, wie viel Schlaf ich bekommen werde, nachdem du mir gesagt hast, du hättest etwas ›ziemlich Beunruhigendes‹ gefunden? Heraus damit, ich bin jetzt wach.«

»Na gut. Ich nehme an, du hast die Akten des Falles nicht zur Hand?«

»Natürlich habe ich sie. Sie liegen hier, unter meinem Kopfkissen.« Virginias Stimme war gereizt.

»Sorry. Es ist wohl doch noch ein bisschen früh. Also, ich sitze hier vor meinem Computer und habe folgendes Muster entdeckt ...«

· · ·

Neunzig Minuten später gönnte sich Beatrice ein kleines Festmahl. Exotische Früchte, Miso-Suppe oder ein Lachs-Bagel mochten sehr wohl Wunder für den Geist bewirken, aber in bestimmten Situationen ging nichts, aber auch gar nichts über ein Specksandwich. Große, durchwachsene Streifen, kräuselnd und spuckend in der Pfanne. Zwei dicke weiße Brotscheiben im Toaster, HP-Sauce und Zeitungen auf dem Tisch. *The Independent* für sie, *The Times* für ihn. Der Espressokocher gluckerte und zischte auf dem Herd. Sonnenschein, ihr bevorstehendes Frühstück und das Bild Matthews, noch ganz zerknittert unter dem Laken, hatten bereits zu Beatrices heiterer Stimmung beigetragen. Aber der eigentliche Grund für ihren Optimismus war der Geistesblitz, der sie in den frühen Morgenstunden ereilt hatte. Sie waren ihm auf den Fersen. Sie begann zu pfeifen.

»Guten Morgen. Und danke.« Matthews Haare erinnerten an ein zerzaustes Meerschweinchen, und sowohl Schlafanzug als auch Hausschuhe waren Kandidaten für die Mülltonne.

»Guten Morgen.« Sie gab ihm einen flüchtigen Kuss und wandte sich wieder dem Kaffee zu. »Bedankst du dich für das Frühstück oder für mein himmlisches Morgengezwitscher? Willst du Tomaten?«

»Immer. Tomaten sind die braune Soße der zivilisierten Menschen. Und die kumulative Wirkung von Speck, frischem Zeitungspapier und meiner Liebsten, die Simon Jeffes pfeift, würde jeden Mann glücklich machen.« Er zog die Zeitung zu sich und überprüfte die Schlagzeilen. »Darf ich fragen, warum du so gut gelaunt bist?«

Beatrice schüttelte das Fett von den Speckscheiben, belegte die Brote und stellte Tassen und Teller auf den Tisch.

»Ich hatte eine Idee. *Bon appétit.*« Sie gab der Soßenflasche einen kräftigen Klapps, ein brauner Fleck überzog die leere Toastscheibe.

»Dir auch *bon appétit*. Eine Idee zu was?« Sagte er und zerschnitt eine pralle Fleischtomate auf seinem Teller.

»Zum Fall.« Sie legte die Scheibe auf den Speck und drückte das ganze zusammen. »Ich bin heute Morgen um vier Uhr aufgewacht, habe Daten ausgewertet und mein Verdacht hat sich bestätigt.« Sie nahm einen großen, zufriedenen Bissen. Ein Sandwich der Superlative: klassisch, wohltuend und mit dem Optimismus eines Samstagmorgens.

Matthew schenkte sich ein Glas Grapefruitsaft ein und rieb sich mit einer Hand über die Augen. »Welcher Verdacht? Spuck es aus, meine Liebe, ich will frühstücken.«

Beatrice schluckte und lächelte. »Die Frauen, die wir befragt haben, haben uns einige nützliche Informationen gegeben. Aber am interessantesten war das Timing. Er tut eine Woche lang nichts, dann greift er an. Immer jede zweite Woche. In der Anfangsphase war es einmal, in letzter Zeit steigerte er seine Aktivitäten. Aber immer noch alle zwei Wochen. Was sagt dir das?«

Matthew dachte nach, während er seinen Saft trank. »Druckaufbau, würde ich sagen. Der Mann ist zwanghaft und muss sich entblößen, aus welchem Grund auch immer. Er tut es, fühlt sich vorübergehend befriedigt, und es dauert ein paar Tage, bis der Juckreiz zurückkehrt. Auch zieht er sich aus Angst, gefasst zu werden, immer wieder zurück.«

»Warum also zwei in der gleichen Woche? Warum nicht eine für die Woche danach aufheben?«

»Speziell starkes Jucken? Ich bin ahnungslos, altes Ding. Erlöse mich von meinem Elend.«

»Er kann es nicht. Aus irgendeinem Grund hat er nur in bestimmten Wochen die Freiheit, seine Triebe zu bedienen. Schichtarbeit.«

»Oh, ich verstehe. Ein Nachtarbeiter vielleicht? Daran gewöhnt, wach zu sein, wenn andere es nicht sind, verbringt eine Woche der Langeweile, Fantasieren als Zeitvertrieb, bis er endlich frei ist. Oder unfrei, je nach Blickwinkel.«

»Matthew, du bist der wunderbarste Mensch, den ich kenne. Wenn du nicht so versnobt wärst, was braune Soße angeht, hättest du einen feinen Verstand. Aber lass uns noch einen Schritt weiter gehen. Er arbeitet jede zweite Woche in einem Job, der es ihm ermöglicht, diese Frauen zu sehen. Er studiert ihre Gewohnheiten, lernt ihre Routinen und dann, wenn er frei hat, geht er ihnen nach. Er wurde noch nie auf einer Überwachungskamera gesehen, weder beim Ankommen noch beim Verlassen des Tatorts. Sag mir, wie kann das sein?«

Er tupfte sich mit einem Stück Küchenpapier den Mund ab. »Dieser Kaffee ist einfach perfekt. Besser als alles, was ich je in Italien getrunken habe. Richtig, sein Verhalten lässt den Schluss zu, dass er seine Umgebung eingehend studiert. Du sagst, die einzige Verbindung ist die Tatsache, dass die Frauen öffentliche Verkehrsmittel benutzen. Und das sind alles Frauen aus der Arbeiterklasse, manche an der Armutsgrenze. Deshalb ist er es auch. Er arbeitet im Schichtdienst in einer Art Fabrik und sieht daher diese armen Frauen auf seinem Weg zur oder von der Arbeit. Er folgt ihnen, sucht sich jene aus, von denen er annimmt, dass sie ihm am wenigsten Ärger machen und wartet auf seinen Moment. Bekomme ich ein goldenes Abzeichen?«

Beatrice schob sich die Ecke ihres Sandwiches in den Mund. Matthews Blick wanderte zu den Zeitungsblättern. Sie musste ihn bei der Stange halten.

»Wie, Matthew? Wie kann er sie sehen? Wie kann er ihnen folgen? Warum meidet er alle Überwachungskameras?«

»Weil …, weil er weiß, wo die Kameras sind?«

Beatrices Lächeln wurde breiter. »Gut gemacht. Goldener Stern. Und weiter?«

»Wir sind noch nicht fertig? Ich dachte, es wäre unsere

Tradition, schweigend zu frühstücken, feines Essen und frische Presse zu verdauen. Dieser Morgen fühlt sich an wie ein Trainingslager für mein Gehirn. Nächstens schlägst du vor, joggen zu gehen.«

»Er arbeitet Schicht, kennt alle Kameras, plant seine Angriffe. Matthew, ich habe keine Zweifel. Er arbeitet für die British Transport Police. Er ist einer von uns.«

Sein Sandwich landete auf dem Teller. »Das ist ein äußerst unangenehmer Gedanke.«

»Unangenehm. Aber richtig.«

»Was gedenkst du dagegen zu tun?«

»Letzte Woche hat er zweimal angegriffen. Diese Woche ist er also wieder am Arbeiten. Wir müssen ihn identifizieren und ihm eine Falle stellen. Ich habe vor einer Stunde mit Virginia gesprochen und wir treffen uns um zehn. Es tut mir leid, Matthew, aber ich habe dich gewarnt. Wir haben sieben Tage, um ihn aufzuhalten, also müssen wir die Zeit nutzen.«

»Ich verstehe. Mach dir bitte keine Sorgen um mich. Ich dachte, ich könnte Adrian Hallo sagen und fragen, ob er Lust auf einen Ausflug zur Weinakademie hat. Die haben heute einen Kurs über perfekte Begleiter zu Käse.«

»Gute Idee. Das wird euch beiden etwas geben, worüber ihr wochenlang schwadronieren könnt.«

Zufrieden hob Beatrice die andere Hälfte ihres Sandwiches auf und schlug *The Independent* auf. Matthew stieß einen theatralischen Seufzer der Erleichterung aus und machte sich an sein Frühstück.

Begierig darauf, sich auf die Arbeit zu stürzen, kam Beatrice um Viertel vor zehn an. Virginia wartete bereits, in Jodhpur-Hose mit Halbschuhen und dünnem weißen Hemd. Sie deutete auf eine Papiertüte auf dem Schreibtisch.

»Muffins und Cappuccino. Ich dachte, wir hätten es uns verdient. Ich hoffe, du hast noch nicht gefrühstückt?«

Beatrice atmete den Duft von Kaffee und Kuchen ein.

»Ein Specksandwich kann man nicht Frühstück nennen. Und da ich vor der Sonne aufgestanden bin, geht das hier als Zwischenverpflegung durch. Hast du dir schon Gedanken gemacht?«

Virginia lächelte, als sie die Frühstückstüte auspackte. »Ja, ein paar. Erstens brauchen wir ein Foto von jedem Mann aus der Tagesschicht der letzten Woche, zwecks Identifizierung.«

»Einverstanden. Und wenn wir wissen, wer es ist, müssen wir ihn glauben machen, dass wir in die falsche Richtung schauen. Er wird diese Woche Nachtschicht haben.«

»Blaubeere oder Schoko?«

»Musst du das wirklich fragen?«

»Hier.« Virginia reichte ihr das Gebäckstück und den Kaffee. »Wenn du sagst ›in die falsche Richtung schauen‹, meinst du damit, wir lassen ihn glauben, dass wir einer falschen Spur folgen?«

»Genau. Ich denke, wir behalten die Überwachungsteams und machen einige, wenn nicht alle, bekannt. Er weiß, wo sie sind, und wird sie deshalb meiden. Auf diese Weise können wir bestimmte Routen sicher halten. Harrison als Lockvogel bleibt vertraulich.«

Virginia nahm einen Schluck Kaffee. »Guter Plan. Und wenn Harrisons Route weit weg von den Überwachungsteams ist, wird es ihn ermutigen, …«

»… sie ins Visier zu nehmen. Ich habe das Gefühl, wir rücken ihm auf den Pelz. Außerdem habe ich habe das Gefühl, dass dies Magermilch ist. Du hast doch nicht etwa Cappuccinos mit fettarmer Milch gekauft, oder?«

»Sagt die Frau mit dem Mund voll Schoko-Muffin. Doch, habe ich. Ich bestelle auch eine Cola light zu meinem Big Mac mit Pommes. Du etwa nicht?«

Beatrice runzelte die Stirn. »Ich freue mich, sagen zu können, dass ich so etwas noch nie gegessen habe. Ja, er wird sich bestimmt auf Harrison einschießen. Wir müssen sicherstellen, dass im Kontrollzentrum von Finsbury Park erstklassiges Personal stationiert ist. Wer ist jetzt da?«

Virginia wickelte die ungegessene Hälfte ihres Muffins in ein Taschentuch und steckte es zurück in die Tüte. »Ty Grant. Ich weiß, dass du nicht sein größter Fan bist, aber er ist wirklich sehr scharfsinnig. Ich würde es vorziehen, ihn an Ort und Stelle zu lassen.«

»Wenn du Vertrauen in den Mann hast, habe ich das auch, aber unser Problem liegt im Kontrollraum. Können wir jemanden platzieren, ohne Verdacht zu erregen? Können wir die Beobachter beobachten?«

»Ich bin mir nicht sicher, aber ich bezweifle es. Würdest du andere ausspionieren, während jemand *dich* beobachtet? Wir müssen uns mit den leitenden Beamten in Verbindung setzen. Das wird noch komplizierter, weil Finsbury Park buchstäblich an der Kreuzung von drei Polizeibezirken liegt. Aber Hackney ist der richtige Ort, um anzufangen. Dort haben sich die meisten Vorfälle ereignet. Ich werde heute Nachmittag ein Briefing für das Schlüsselpersonal organisieren.«

»Gut. Und dann sollten wir uns auf den Weg nach Hackney machen. Ich mache besser ein paar Anrufe. Danke für das Frühstück. Aber das nächste Mal richtige Milch, bitte.«

Virginia warf ihr einen Seitenblick zu. »Das nächste Mal bist du dran. Vergiss nur nicht, dass ich Kalorien einspare, wo ich kann.«

»Spielverderber.« Beatrice rief die Finsbury-Park-U-Bahn-Station an.

Mit fünf British Transport Police Angestellten und einem Met-Beamten, einschließlich Beatrice und Virginia, wurde es problematisch mit der Intimsphäre im London Underground Überwachungszentrum. Inspector Kalpana Joshi saß vor der Bildschirmwand, einen Touchscreen in den Händen. Der eine

Beamte der British Transport Police arbeitete mit Kopfhörer und Mikro und nahm Anrufe entgegen, der andere bediente das Überwachungsprogramm und sah sich Filmmaterial an. Ty stand hinter ihm und stellte gelegentlich Fragen. Beatrice und Virginia widmeten ihre Aufmerksamkeit Inspector Joshis brüsker Präsentation.

»Also gut, von diesem Raum aus beobachten wir einen Bereich von einhundertsiebzig Kameras. Wie Sie sehen können, haben wir fünf Joystick-Fernsteuerungen für die Petard-Kameras. Außerdem haben wir drei Bedienpulte für feste Ansichten, die Molynx genannt werden. Die Einsatzleitung bedient alles über diesen Touchscreen und zieht jedes Bild, das er oder sie braucht, von jedem dieser vierundvierzig Monitore auf den Hauptbildschirm.« Sie demonstrierte es, indem sie durch eine Fülle von Bildern zappte, um schließlich die Sicht auf eine Unterführung auszuwählen und auf den riesigen Bildschirm zu ziehen. Die Bildschärfe erschreckte Beatrice; Größe und Detailgrad waren beeindruckend.

»Wenn es Grund zur Besorgnis gibt, haben wir eine Reihe von Möglichkeiten. In Fällen wie Graffiti-Künstlern und mutwilliger Beschädigung, rücksichtslosem Verhalten, Rauchen oder leichter Belästigung nutzen wir meist eine ›Mitteilung von Oben‹ – die Sprechanlage des Kundendienstes. Alternativ können wir auch Bahnhofpersonal einsetzen, vor allem bei Betrunkenen oder Obdachlosen.«

Beatrice stellte die offensichtliche Frage. »Was ist, wenn es etwas Schlimmeres ist?«

»Wenn wir den Vorfall als ernster einschätzen, können wir sofort Beamte einsetzen, oder bei etwas wie dem Verdacht auf terroristische Aktivitäten, teilen wir diese Bilder sofort mit der nationalen Sicherheitsbehörde.«

Beatrice nickte. »Danke. Teilen Sie Ihre Aufzeichnungen sonst noch mit jemandem, Inspector Joshi?«

Sie drehte sich in ihrem Sitz, um Beatrice anzusehen, die

nussbraunen Augen blickten unter dunklen Wimpern hervor. »Kalpana, bitte. Ja, wir haben zwei spezielle Computer für die Kommunikation mit anderen Behörden. Bei einem Unfall können wir zum Beispiel unsere Live-Aufnahmen direkt mit den Rettungsdiensten oder der Verkehrsleitung teilen. Die Strafverfolgung hat Vorrang, wenn also eine Kamera zur Überwachung von Verkehrsverstößen eingesetzt wird, übersteuern wir dies, um Verdächtige zu verfolgen.«

Beatrice lehnte ihren Kopf zur Seite. »Dann nenn mich Beatrice. Ich würde gerne zurückgehen. Du hast erwähnt, dass ihr bewegliche Kameras habt?«

»Korrekt. Petards.«

»Wunderbarer Name. *Pétard* ist französisch für ›Joint‹, aber ich nehme an, das ist bekannt.«

»Wie in Gelenk oder Verbindung?«, fragte Virginia.

Beatrice und Kalpana sprachen gleichzeitig. «Nein, Hasch!«

Kalpana traf Beatrices Blick und stieß ein scharfes Lachen aus. »Denkst du auch manchmal, dass du schon zu lange im Job bist?«

»Täglich. Aber in meinem Fall stimmt das wohl. Jetzt sind diese Petards vermutlich in und um die Station herum montiert?

»Richtig. Mehrheitlich in der Bahnhofshalle und auf den Bahnsteigen, sie können nach rechts und links schwenken, sich nach oben und unten neigen, sich um dreihundertsechzig Grad drehen und, was ganz wichtig ist, Details heranzoomen, wie zum Beispiel Warenübergaben oder dergleichen.«

»Ihr habt also einen Beamten, der diese überwacht, und einen weiteren an den fixen Kameras?«

»Das kommt auf die Tageszeit an. Während der Stoßzeiten ist das tatsächlich der Fall. Aber von zwei Uhr morgens bis sechs Uhr morgens ist nur eine Person da. Während der Spitzenzeiten sind es vier. Zwei an den Kameras, eine an den Wiederholungen und eine für Anrufe.«

Virginia schaute auf die Monitorwand zu ihrer Rechten, wo Ty sich über den Schreibtisch beugte. »Diese Wiederholungsfunktion – ist sie zum Überprüfen von Aktivitäten rund um den Zeitpunkt eines Zwischenfalls?«

»Unter anderem. Manchmal müssen wir Videomaterial aus Sicht des Datenschutzes prüfen, bevor wir es freigeben. Aber ein Großteil davon ist Überwachung – wer war wo zu einer bestimmten Zeit. Wir nutzen es auch, um Muster zu erkennen, besonders an Fußball-Samstagen. Das ist sehr praktisch.«

»Kann ich mir vorstellen«, sagte Beatrice. »Und dieser andere Mann nimmt Anrufe von wo aus entgegen?«

»Er bedient die Notrufstelle. Leute, die anrufen, um Vorfälle zu melden, Fahrgäste, die Probleme haben und die Hilfeknöpfe auf dem Bahnsteig drücken, ganz zu schweigen von den vielen Faulenzern, die nach dem nächsten Bus nach Crouch End fragen. Für diese Aufgabe braucht man eine Menge Geduld.«

»Und ich wette, ihr bekommt eine Menge Notrufe, die in Wirklichkeit Hilfsanfragen sind?«

Virginias Frage brachte Kalpana zum Lächeln. »Ja, genau. Umgang mit der Öffentlichkeit. Kann einen zu Tränen rühren, nicht wahr?«

Beatrice lachte. »Sowohl aus Verzweiflung als auch aus Bewunderung. Aber es ist immer verdammt harte Arbeit. Hast du irgendwo ein ruhiges Zimmer, damit wir drei besprechen können, wie wir am besten vorgehen?«

»Sicher. Mein Büro. Möchte euer Sergeant sehen, wie das funktioniert? Jacek, zeig dem Met-Sergeant, wie man es benutzt, ja?«

»Ty, willst du das jetzt übernehmen?«, fragte Virginia.

Er nickte und nahm Kalpanas Platz an den Beobachtungsmonitoren ein, während die drei Frauen sich auf den Weg zur Tür machten.

Ty grinste. »Mmm, danke für den vorgewärmten Sitz.«

Kalpana erwiderte, ohne sich umzudrehen: »Sprechen Sie nicht so mit mir, Sergeant. Ich finde das respektlos.«

Beatrice folgte der schmächtigen Gestalt aus dem Raum, biss sich auf die Unterlippe und prägte sich sowohl Satz als auch Tonfall ein.

18

___

Adrian war nur kurz losgezogen, um Briefmarken zu kaufen, aber irgendwie hatte er ein Paar afrikanische Veilchen erstanden. Als er auf dem Nachhauseweg war und überlegte, wo er sie am besten hinstellen sollte, klingelte sein Handy.

»Hallo Beatrice. Ich komme gerade am Co-op vorbei. Brauchst du etwas?«

»Adrian, es ist Matthew. Ich rufe dich auf deinem Handy an, weil keine Antwort kam, als ich an deine Tür klopfte.«

Adrian sprach etwas leiser. »Matthew! Ich habe mich schon gefragt, wann du dich melden würdest. Ist sie schon zur Arbeit gegangen?«

»Ich kann dich kaum hören. Was ist das für ein Lärm?«

»Old Street an einem Samstagmorgen. Ich bin in fünf Minuten zurück. Tee oder Kaffee?«

»Tee, bitte. Ich habe viel zu viel Kaffee getrunken und fühle mich ein wenig nervös.«

»Tee also. Ich auch, kann's kaum erwarten! Wir sehen uns gleich.«

. . .

Eine Umarmung schien unangebracht, also entschied sich Adrian für einen kräftigen Händedruck und einen Klaps auf die Schulter. Matthew trug seine eigene Version von lässig. Ein verblasstes Jeanshemd, das den Anschein erweckte, als sei es tatsächlich und nicht künstlich verblasst, gepaart mit einer schlichten Chinohose. Glücklicherweise hatte er sich für Espadrilles entschieden. Adrian war froh. Ungepflegte Füße waren einer der Schrecken des Sommers, zusammen mit Fliegen und Radlerhosen.

»Komm rein! Ich habe Tee gekocht und ihn ins Büro gebracht. Wir können auch gleich zur Sache kommen. Ich dachte, wir fangen damit an, dir zu zeigen, welche Fortschritte ich gemacht habe.«

»Hört sich gut an. Wenn du Fortschritt sagst …?«

»Komm mit und alles soll sich dir erschließen. Du wirst überrascht sein, was für ein Händchen ich für solche Dinge habe.«

Matthews Finger trommelten auf dem Schreibtisch, während er mit einem Stirnrunzeln den Bildschirm studierte.

»Man zögert, allzu offensichtliche Rückschlüsse zu ziehen, aber kommt dir das möglicherweise wie ein Drogenhandel vor?«

»Meine Rede.« Adrian zog eine Mappe mit Drucken der beiden vergrößerten Fotos hervor. »Zwei Männer, würde ich sagen, sie tragen Taschen. Der erste ist älter und man kann sein Gesicht sehen. Das heißt, er hat in deine Richtung geschaut. Der zweite, mit dem Pferdeschwanz, steht seitlich und schaut den Strand hinauf. Die Person, die auf sie wartet, ist weiblich, das kannst du an ihrer Kleidung erkennen. Keine Chance, ihr Gesicht zu erkennen, ihre Haare verdecken es.«

Matthew ließ nur widerwillig vom Bildschirm ab. Doch seine Augen weiteten sich, als er die Fotos sah. »Der Mann mit dem Pferdeschwanz! Das ist der Einbrecher, kein Zweifel. Seine Haare waren unvergesslich. Dieses Bild ist ziemlich verblüffend, muss ich sagen. Viel deutlicher als auf dem Computer. Gut gemacht!«

»Nun, dieses Maß an Vergrößerung ist darauf zurückzuführen, dass ich die richtigen Leute kenne. Ich bin zufällig mit einem Grafikdesigner befreundet, der über ausgefeilte Technik und unendliche Geduld verfügt. Ich habe Glück, dass ich Jared habe.« Adrian seufzte. »Und jetzt schau dir das an.«

Er deutete auf den linken oberen Teil des Bildes. Die Formen blieben im Schatten, ein schräger Lichtstrahl auf dem Sand davor. Darunter hob sich ein kleines Rechteck heller als der Hintergrund ab. Adrian wollte, dass Matthew die Kombination als das zu sehen vermochte, was sie war.

»Hast du schon mal diese 3D-Bilderbücher ausprobiert, Matthew? Lass deine Augen unscharf werden und sag mir dann, was du siehst.«

»Ah ja. Die Anordnung der Formen lässt auf eine Art von Fahrzeug schließen. Und das muss das Nummernschild sein. Unmöglich, es zu identifizieren, natürlich, aber es ist groß, wie ein Geländewagen, und offensichtlich schwarz. Kein Wunder, dass wir es kaum sehen. Also kommen diese beiden von einem Boot, tragen zwei Taschen und treffen den Fahrer. Wir machen Fotos, sie entdecken uns und versuchen, die Kamera zurückzubekommen. Was auch immer in den Taschen ist, sie wollten es sicher nicht auf Film gebannt haben.«

»Drogen.« Adrian schenkte beiden einen Nachschlag aus der Kanne ein. »Was sollte es sonst sein?«

»Lass mich das zweite Foto sehen.«

Adrian versuchte, es herüberzureichen, ohne großspurig zu wirken. Alle drei Köpfe waren der Linse zugewandt und die Hand der Frau war erhoben, als wolle sie ihre Augen abschirmen oder ihr wallendes Haar zurückhalten. Was auch immer der Grund war, die Geste machte ihre Gesichtszüge unkenntlich. Der nagetierhafte Ausdruck von Pferdeschwanz und das Misstrauen des älteren Mannes waren sichtbar. Unmerklich besseres Licht warf einen klareren Blick auf das Trio, ihr Boot und ihr fernes Fahrzeug.

Matthew lehnte sich mit einem zufriedenen Seufzer zurück. »Bravo! Das ist ausgezeichnete Arbeit, Adrian. Wir können jetzt den Mann, der Beatrices Tasche gestohlen hat sowie den Kameradieb mit dieser Gestalt am Strand in Verbindung bringen.«

»Aber wir haben immer noch keinen Beweis, dass er derjenige war, der ihren Laptop entwendet hat.«

»Wie bitte? Hast du gerade ›ihren Laptop gestohlen‹ gesagt?«

Adrian hätte es wissen müssen. Ein Doppelagent zu sein bedeutete, sich genau zu erinnern, wer was wusste. Und das hatte er bereits vergessen.

Matthew akzeptierte die Neuigkeiten ohne Umschweife. »Meine einzige Herausforderung ist jetzt, überrascht zu tun, wenn sie es mir erzählt. Man kann nur hoffen, dass sie zu sehr von ihrem Exhibitionisten abgelenkt ist, um meinen Mangel an Besorgnis zu bemerken.«

»Der einzige Grund, warum sie es nicht erwähnt hat, war aus Sorge um dich. Dafür verbürge ich mich. Ich lag' ihr in den Ohren. Wirklich. Wir haben uns fast gestritten.«

»Adrian, es mag sarkastisch klingen, da wir uns hinter ihrem Rücken unterhalten, aber ich glaube, dass sie in dir einen echten Freund hat. Was die Bilder angeht, bin ich sehr beeindruckt! Ich gratuliere dir zu dieser außerordentlich scharfsinnigen Detektivarbeit.«

»Danke! Das Kompliment ist zwar eher meiner Hartnäckigkeit und meinen Kontakten geschuldet, aber was soll's. Hol dir Ruhm, wo du kannst. Und ist Detektivarbeit im

Grunde genommen etwas anderes als verbissener Opportunismus?«

Matthew legte den Kopf schief, als würde er über die Wahrheit dieser Aussage nachdenken. Adrian war unruhig. Das Beste immer bis zum Schluss aufheben. Er rieb seine Hände und lächelte.

»Da ist noch mehr?«, fragte Matthew.

»In der Tat. Dank einer Kombination aus Jareds Fähigkeiten und meiner Kreativität haben wir eine Teilidentifikation des Nummernschildes hingekriegt.« Mit einem leichten Knicks reichte Adrian Matthew eine herangezoomte Version des zweiten Fotos. In der Mitte waren sieben Ziffern oder Buchstaben zu erkennen, aber daraus etwas Verständliches herauszulesen konnte nur ein Ratespiel sein.

»Ich weiß, es sieht hoffnungslos aus und ich hatte schon fast aufgegeben. Aber als ich sein Studio verließ, meinte Jared, ich könnte höchstens noch Schablonen ausprobieren. Buchstaben und Zahlen über das Bild legen und sehen, welche am nächsten kommen. Also habe ich gestern den ganzen Nachmittag damit verbracht, obwohl ich eigentlich eine Bestandsaufnahme der europäischen Biere hätte machen sollen. Aber ich glaube, ich habe es mit systematischem Ausprobieren herausgefunden.«

Er klappte die Mappe auf und enthüllte ein A4-Blatt, mit einer getippten Zeile in der Mitte.

CMG287M

Matthew betrachtete es und schüttelte den Kopf. »Ich muss deine Hartnäckigkeit loben, aber dieses Auto ist relativ neu. Es ist unmöglich, dass es ein solches Nummernschild hat.«

»Wie meinst du das?«

»Neue Autos haben zwei Buchstaben, die die Region bezeichnen; zwei Zahlen, die das Jahr bezeichnen; und drei zufällige Buchstaben. Also ...«

»Vielleicht ist es ein personalisiertes Nummernschild?«

»Würdest du für ein Nummernschild bezahlen, auf dem steht: ze-em-ge-zwei-acht-sieben ... warte mal.«

Matthew beugte sich vor, die Hände bildeten einen dreieckigen Schirm über seiner Stirn. Adrian gab ihm einen Moment Zeit und nahm einen weiteren Schluck Tee.

»Vielleicht liegst du doch nicht so falsch. CM, wenn das richtig ist, ist die Vorwahl für Cardiff. Möglich, wenn man den Standort bedenkt. G2, oder wahrscheinlicher, 62, um das Alter zu identifizieren. Gemäß Straßenverkehrsamt wurde dieses Auto also nach dem ersten September 2012 zugelassen. Die letzten drei Elemente sollten Buchstaben sein. 87M könnte BZM sein, oder N.«

Adrians Stolz kehrte zurück. »Also war ich doch auf der richtigen Fährte?«

»Definitiv. Zumindest hast du uns in die korrekte Richtung geschickt. Ich frage mich, wie wir herausfinden können, wem es gehört?«

»Frag Beatrice.«

»Beatrice?«

»Natürlich. Sag ihr, was ich bis jetzt habe und schau, ob sie es zurückverfolgen kann. Spiel es lässig, kling ein bisschen gelangweilt von meinem kindlichen Enthusiasmus, aber sag ihr, es ist einen Versuch wert. Du brauchst ihr nicht zu erzählen, wie aktiv wir am Fall arbeiten.«

»Das ist eigentlich eine ziemlich gute Idee. Und ich habe mir die Regieanweisungen notiert. Was ist, wenn sie den Besitzer findet?«

»Vielleicht könnten wir, wenn du am nächsten Wochenende keine Pläne hast, nach Wales verschwinden?«

Matthews Augen weiteten sich und er ließ einen beeindruckenden Satz Zähne aufblitzen. »Im Bereich des Möglichen. Ich habe Ende nächster Woche ein Seminar in Rom, also könnte ich ihr einfach sagen, dass ich ein paar Tage länger bleibe. Sie wird wahrscheinlich so beschäftigt sein, dass sie es kaum wahrnimmt.«

Matthew warf noch einmal einen Blick auf die Fotos und seine Augen verengten sich wieder.

»Was ist es?« Adrian beugte sich vor.

Matthew sprang auf und schaute sich in Adrians kleinem, aber feinem Büro um.

»Etwas, das ich gesagt habe?« Adrian folgte ihm ins Wohnzimmer und beobachtete, wie er mit den Bildern in der Hand auf und ab ging.

»Die Taschen, die sie tragen. Warum sollten sie sie auf diese Weise tragen? Hast du zufällig eine Reisetasche? Irgendetwas mit einem Henkel?«

Adrian überlegte einen Moment und holte seine Tods Ledersporttasche aus dem Gang. Matthew nahm sie mit einem Nicken entgegen.

»Hier bin ich also, springe im Morgengrauen mit meiner Tasche von einem Boot.« Er sprang auf den Kuhfellteppich. »Nun, die meisten Leute würden sie doch so tragen, den Arm gestreckt, die Tasche in der Hand hängend. Aber diese beiden«, er deutete mit dem Finger auf die Bilder, »haben die Ellbogen angewinkelt und halten die Tasche höher vom Boden. Warum ist das so?«

Zurückgelehnt, mit verschränkten Armen, zeigte sich Adrian unbeeindruckt. »Drogen, Mann. Ich kann es mir nicht leisten, den Scheiß nass zu machen, verstehst du, was ich meine?«

Matthew beäugte ihn etwas verwirrt. »Hmm. Am Strand? Könnte sein, nehme ich an. Es erinnert mich an Kricketspieler, oder Tennisspieler. Wie sie ihre Ausrüstung tragen, als ob sie kostbar wäre.«

»Mehrere Kilo Heroin wären ziemlich kostbar. Und katastrophal, wenn es nass wird. Es geht um Drogen, Matthew. Hör auf, nach einer obskuren Erklärung zu suchen, wenn das Offensichtliche dich in den Hintern beißt.«

»Du hast Recht. Ich frage mich, woher sie kommen. Vielleicht von einem größeren Boot draußen in der Bucht?«

»Bestimmt. Und mit etwas Glück haben wir bald die Details ihres Dealers. Was sind deine Pläne für den Tag?«

»Nichts Besonderes. Ein bisschen in Büchershops stöbern, etwas für das Abendessen organisieren ...«

»Mach das zuerst. Dann kommst du zurück und ich führe dich zum Mittagessen in eines meiner Lieblingslokale im alten Spitalfields Market. Geht auf meine Rechnung und die Weinkarte ist eine absolute Freude. Danach wirst du keine Lust mehr auf Shopping haben, ich warne dich.«

»Dieses Angebot kann ich nicht ausschlagen. Aber ist es klug, dir etwas zu gönnen, wenn du für den Auftritt heute Abend in Bestform sein musst?«

»Glaube mir, Matthew, ein oder zwei Gläser Chateau Plince haben meine Darbietung von *The Surrey with the Fringe on Top* noch immer verbessert.«

»Ich vertraue deinem Urteilsvermögen. Nun gut. Treffen wir uns um zwölf wieder hier?« Matthew machte sich auf den Weg zur Tür.

»Perfekt. Und ich fange schon mal an, für das nächste Wochenende zu packen.«

Matthew drehte sich um. »Adrian, du hast noch eine ganze Woche vor dir. Warum fängst du schon an zu packen?«

»Je früher, desto besser. Ich muss die perfekte Grundgarderobe planen, mit allen passenden Accessoires. Ich habe bereits mal *Ein Herz und eine Krone, Tod in Venedig* und *Leaving Las Vegas* gemacht, aber *Auf den Spuren der Drogenhändler von Devon* ist neu. Das will gründlich überlegt sein.«

»Es ist Wales, nicht Devon.«

»Umso besser. Ich werde mir einen Sprachführer und alles andere kaufen müssen. Wir sehen uns später.«

Wales. September. Er würde mit seinem Panamahut beginnen. Er trug ihn selten in London, nicht mit seinem Leinenanzug, weil das Ensemble an Hannibal Lecter erinnerte. Aber in Wales würde das kaum eine Rolle spielen.

19

———

»**U**nd sie sagte, ›Sprechen Sie nicht so mit mir, Sergeant. Ich finde das respektlos‹. Schaute nicht mal zurück. Ich auch nicht, aber ich hätte zu gerne sein Gesicht gesehen.«

Dawn schüttelte den Kopf und nahm ein weiteres Stück Sashimi. »Er klingt wie ein totaler Trottel. Er und Virginia Lowe haben einander verdient.«

Beatrice konnte dem nicht ganz zustimmen. »Der Mann ist ein richtiger Affe, weshalb ich ihre Einstellung zu ihm nicht verstehe. Sie mag vieles sein, aber sie ist nicht dumm. Es war allerdings ein glorreicher Moment. Diese Frau, British Transport Police Inspector, kaum vierzig, ein Winzling, und sie fegt ihn weg wie einen unverschämten Schuljungen. Ich konnte mich nur mit Mühe zurückhalten.«

»Das kann ich mir vorstellen. Was ist mit dem Fall? Bist du schon näher dran, Jack den Strolch zu verhaften? Dieser Thunfisch riecht ein bisschen komisch, den esse ich lieber nicht. Überprüfe deinen, bevor du ... Beatrice, was ist los?«

Ihr Gesichtsausdruck hatte sie verraten. Sie sammelte ihre Gedanken.

»Es ist schwer in Worte zu fassen, aber die ... Verharmlosung dieses Falles ist der Kern des Problems. Ich weiß, du meinst es nicht böse, aber wir sprechen hier von einem potentiellen Vergewaltiger, jemand, der Mädchen im Teenageralter angreift. Ihn Jack den Strolch zu nennen, oder einen geilen alten Sack, oder in irgendeiner Weise die Bedrohung dieses Individuums zu verwässern, ist das, was es ihm erlaubt, so lange damit durchzukommen. Dawn, es tut mir leid. Ich wollte dich nicht angreifen, ausgerechnet dich. Ich schätze, ich artikuliere nur meinen eigenen Gesinnungswandel.«

Dawn hob die Brauen, schaute aber weg. Beatrice nahm ein Stück eingelegten Ingwer zwischen ihre Stäbchen und legte es wieder ab.

Sie unternahm einen weiteren Erklärungsversuch. »Die Sache ist die, es gibt einfach zu viele verniedlichende ...«

»Beatrice, alles in Ordnung. Iss dein Essen. Ich stimme dir zu. Hör zu, Frances hat letztes Jahr ein Universitätsprojekt über Rassenspannungen gemacht. Und ein Satz aus ihrer Dissertation sprang mir ins Auge und ist irgendwie hängen geblieben. ›Mikro-Aggressionen‹. Diese täglichen kleinen Herabsetzungen, Erinnerungen an deine Herkunft, das Anspannen überlegener Muskeln, weißt du, was ich meine? Ich habe selbst darunter gelitten. Genau wie du. Offensichtlich hat Frances es benutzt, um über Rasse zu sprechen.«

»Ein Beispiel?«

»Okay. Du stehst an der Sandwich-Theke. ›Woher kommst du?‹, fragst du den weißen Jungen, der dich bedient. ›Leytonstone‹, antwortet er und du sagst, dass du es gut kennst. Am nächsten Tag bedient dich ein asiatischer Junge. Du fragst ihn, wo er herkommt. ›Walthamstow‹, sagt er. ›Nein, von wo kommst du wirklich her?‹ Subtext: Ich gehöre dazu, du nicht. Das scheint mir auf so viele andere Situationen übertragbar zu sein.«

Beatrice kaute sowohl auf dem Maki-Sushi als auch auf dem Konzept herum.

»Was ich sagen will, Beatrice, ist, dass ich zustimme. Man kann eine Person, eine Angst, sogar ein Verbrechen durch die Sprache, die man benutzt, herabwürdigen. Die Botschaft kam noch lauter rüber, als ich mit misshandelten Frauen gearbeitet habe. Ausdrücke wie: ›ein bisschen geschüttelt‹, ›nur mit dem Handrücken‹ oder mein Favorit, ›ein kleiner Klaps‹. Ich habe es also verstanden und es tut mir leid, dass ich taktlos war. Ich kann nicht einmal dem Sake die Schuld geben, da ich ihn noch nicht getrunken habe.«

»Nun, es ist an der Zeit, dass du das tust. Ich entschuldige mich dafür, dass ich so schnippisch war und ich bin froh, dass du meinen Standpunkt verstehst. Wie sagt man ›Prost‹ auf Japanisch?«

»Keine Ahnung. Aber *Sayonara* bedeutet ›Auf Wiedersehen‹, also wird das reichen. *Sayonara*!«

Beatrice hob ihr Glas, wurde aber durch ein lautes ›tsss‹ der Missbilligung unterbrochen. Der Thekenarbeiter setzte sein schnelles Hacken fort, blickte aber unter seinem weißen Hut zu ihnen hervor.

»Mit Verlaub, meine Damen. Wenn ihr euch verabschieden wollt, bitte schön.« Sein Akzent war Essex pur. »Aber wenn man anstößt, sagt man auf Japanisch: *Kampai*! Okay?«

Beatrice machte eine respektvolle Halbverbeugung. »Ich bedanke mich. *Kampai*, Dawn.«

»*Kampai*, Beatrice.« Sie stießen mit dem Sake an und die Wärme erreichte Beatrices Wangen Sekunden später.

Dawns Teint intensivierte sich parallel zu ihrem Lächeln.

»Es funktioniert, dieses Zeug, nicht wahr?«, fragte Beatrice.

»Ohne Zweifel. *Kampai*, das muss ich mir merken. Ich gebe zu, dieser Ort ist ein unerwarteter Fund. Eine Oase inmitten des Wahnsinns. Du solltest Matthew nächstes Wochenende hierher bringen – mag er Sushi?«

»Auf jeden Fall. Er macht es sogar selbst. Er ist ein leidenschaftlicher Japan-Fan. Aber nächstes Wochenende wäre ich mit Devon an der Reihe gewesen.« Ein plötzliches Unbehagen schlich Beatrice über den Rücken, umso schlimmer, weil es ihr so vertraut war. Sie nährte einen winzig kleinen Groll, stachelte ihn an, fächerte ihn auf und ermutigte ihn, zu eitern.

»Wärst du? Musst du arbeiten?«, fragte Dawn, mit ihrem natürlichen, sanften Interesse.

»Wahrscheinlich schon. Aber das weiß er nicht. Ich weiß es ja selbst noch nicht einmal. Trotzdem hat er seinen Aufenthalt in Rom nach dem Ostia-Seminar verlängert, ›nur um zu shoppen und die Atmosphäre von Rom zu genießen‹. Und ganz ehrlich, das stinkt.«

»Nach was? Ein Verwöhn-Wochenende? Es ist sein Sommerurlaub, er hat ein Recht darauf. Komm schon, Beatrice. Du hast doch auch was verdient. Wenn du den Mistkerl aus Finsbury Park erwischt hast, könnt ihr euch eine Auszeit gönnen und euch gemeinsam verwöhnen lassen. Was hat dich denn gebissen?«

»Nichts, wirklich. Ich bin nur eine bockige Göre. Erzähl mir von deinem Wochenende.«

Dawn legte ihre Stäbchen auf den kleinen Porzellanhalter und stützte ihr Kinn auf ihre Hand, die Augen suchten Beatrices Gesicht ab.

»Lass mich in Ruhe«, murmelte Beatrice und starrte auf ihre Sojasauce. »Ich habe nichts mehr zu sagen. Es liegt an ihm, was er mit seinen Wochenenden macht.« Sie griff nach einem Sashimi. »Der Thunfisch schmeckt tipptopp, du bist nur pingelig. Ach, Herrgott nochmal!« Sie legte ihre Stäbchen ab und blickte ihre Freundin an.

Dawn zuckte mit den Schultern. »Komm, lass es raus. Und ich meine nicht den Fisch. Warum regt es dich derart auf, dass Matthew ein paar Tage länger in Rom bleibt?«

»Weil es einfach nicht seine Art ist. Sein Seminar endet am

Freitag, aber er will am Sonntag zurückkommen. Warum? Er hasst Rom im Sommer. Zu heiß, überfüllt mit Touristen und lächerlich hohe Preise in den Restaurants. Nachdem sie ihn überredet hatten, seine Forschungen zu präsentieren, jammerte er mir lange vor, wie ungern er dorthin fahren würde. Offensichtlich hat er dies vergessen, denn plötzlich will er einen Tag länger bleiben. Und ... er hat diesen Blick in seinen Augen. Er ist aufgeregt wegen irgendetwas. Oder jemandem.«

Dawn rollte mit den Augen. »Du verdächtigst Matthew ernsthaft, eine Affäre zu haben?«

»Die Glatze lässt das Mausen nicht.«

»Na, diese Katze hat ja noch Haare. Und wie kannst ausgerechnet du eine solche Anschuldigung erheben? Hast du diese Gedanken mit deinem Therapeuten geteilt?«

Beatrice schwenkte ihren Sake im Glas. »Noch nicht. Ich sollte es wohl tun.«

Dawns Gesicht verzog sich zu einem verständnisvollen Lächeln. »Oder noch besser, mit Matthew reden.«

»Vielleicht. Ich habe nur Angst davor, was ich herausfinden könnte. Also gut. Ich werde mit ihm reden. Es ist ungesund, nur Vermutungen anzustellen und sich zu ärgern; ich spüre, wie es mich rein- und runterzieht. Du bist so gut zu mir. Und für den Preis eines Tellers Sushi, viel billiger als eine Sitzung mit James. Entschuldige.« Beatrice lächelte, bevor sie ihre Aufmerksamkeit wieder auf ihr Essen richtete.

Dawn nahm ihre Essstäbchen mit einem Hauch von Zufriedenheit auf. »Eigentlich bin ich froh, dass du es mir gesagt hast. Freunde teilen selten ihre Ängste bezüglich Untreue, ob vermutet oder nicht. Sie halten das Thema wohl für zu schmerzhaft für die betrogene Ehefrau. Ians Indiskretion war es, was mich für die meisten Menschen definierte. Aber nicht für dich.«

Beatrice studierte Dawns freundliches, offenes Gesicht. »Das ist die Halb-Voll-Perspektive. Es könnte ebenso gut sein, dass ich ein egozentrischer, gedankenloser Abgrund bin, der sich nur um seine eigenen Probleme kümmert.«

»Wie gewohnt rückst du dich in ein positives Licht. Du hast diesen Thunfisch nicht etwa gegessen, oder? Wie weit ist es bis zur nächsten Notaufnahme?«

Beatrice griff hinüber und bediente sich an Dawns übriggelassenem Fisch. »Wenn ich mir schon den Magen auspumpen lasse, dann soll es sich wenigstens lohnen.«

Dawn lachte und klemmte sich eine Eskimorolle zwischen die Stäbchen, schob sie sich in den Mund und wandte den Blick auf die Straße. Sie schüttelte den Kopf in ungläubiger Geste.

»Stimmt etwas nicht?«, fragte Beatrice.

»Auf keinen Fall. Gutes Essen, tolle Gesellschaft. Ein netter kleiner Schnaps und dort drüben sogar ein amüsanter Haarschnitt zur Unterhaltung. Kann mich nicht beklagen.«

»Ich auch nicht. Welcher Haarschnitt?« Beatrice verdrückte ihre Ingwerscheiben. Die reinste Symphonie, diese raffinierten Geschmackskombinationen der japanischen Küche, sie hätte am liebsten applaudiert.

»Dieser fürchterliche Trend, sich über den Ohren zu rasieren und einen langen Haarschopf von der Stirn bis zu den Schulterblättern zu lassen. Ist dir das nicht aufgefallen? Du findest sie überall; bei Männern, Frauen und, was am schlimmsten ist, Kindern.«

Eine Glocke läutete in Beatrices Bewusstsein. Sie hob ihren Sake auf und konzentrierte sich auf Dawn. »An diesem Abend im The Speaker, als ich vom Klo zurückkam, sagtest du etwas über Haarschnitte. Erinnerst du dich?«

Dawns Lächeln verblasste und wurde durch eine Ziehharmonika der Konzentration ersetzt.

»Oh ja. Während du da drin warst, ist ein Typ am Fenster vorbeigegangen. Er sah mich und zwinkerte mir zu, also lächelte ich zurück. Er murmelte ein paar Worte und hielt seine Hand so, weißt du?« Sie streckte den kleinen Finger und den Daumen aus und hob die Hand an ihre Wange.

»Er wollte deine Telefonnummer?« Beatrices Ungläubigkeit war unübersehbar.

Dawn schien nicht beleidigt zu sein. »Sieht so aus. Ich zeigte auf meinen Ringfinger und schüttelte den Kopf. Er zuckte nur mit den Schultern und ging weiter, wobei mir sein Haarschnitt auffiel. Kurz, dunkel und vorne fast normal, aber hinten hatte er einen blonden Pferdeschwanz. Ich bin beim besten Willen nicht scharf auf Männer mit Pferdeschwanz, aber sogar in einer anderen Farbe? Warum sollte jemand so einen Wirbel um seine Haare machen?«

»Und erinnerst du dich, als du es erwähnt hast, sagte ich dir, dass ich eine Geschichte zu erzählen habe? Noch mehr Sake, oder sollen wir zu alten Gewohnheiten zurückkehren?«

Dawn wandte sich an den hackenden Koch am Tresen. »Könnten wir bitte zwei große Gläser trockenen Weißwein bestellen?«

20

Auf Kamera, 19.09 Uhr, Blackstock Road. Türkisfarbenes Minikleid, Jeansjacke, weiße Heels. Kaugummi kauend. Während sie darauf wartet, die Straße zu überqueren, zieht sie ihr Kleid an den Oberschenkeln herunter und schiebt ihr Haar an den Schläfen hoch.

Über ihr neigt sich eine Kamera und zoomt. Ihr Weg durch die Station ist zielstrebig; sie hat das schon mal gemacht. Sie hat eine elektronische Fahrkarte, ohne Zögern eilt sie durch den Tunnel und nimmt die Rolltreppe. Sie geht weiter und kommt auf dem Bahnsteig Richtung Süden an, gerade als die Piccadilly Linie nach Uxbridge einfährt. Sie sieht hübsch und frisch und erwartungsvoll aus. Und ein bisschen nervös. Alle Voraussetzungen erfüllt.

Im Überwachungswagen, geparkt am Ende des Station Place, schauten sich Virginia und Beatrice die Aufzeichnungen von PC Karen Harrison an. Die aktuellen Aufnahmen aus dem Kontrollzentrum von Finsbury Park liefen immer noch über ihr

System, doch ihre Aufmerksamkeit galt den Bildern, die vor drei Stunden gemacht worden waren.

Fünf Kameras deckten jede Etappe von Harrisons Weg ab, aber der Fokus war auf dem zentralen Bildschirm, der das widerspiegelte, was auf der Hauptkonsole der British Transport Police zu sehen gewesen war. Wenn der Beamte im Kontrollraum ein Bild auf den Hauptbildschirm zog, tauchten dieselben Bilder im diskreten schwarzen Van unten an der Straße auf. Sie sahen, was immer der Beobachter sich anschaute.

»Die Frau hat es gut gemacht.« Der Polizist drehte sich grinsend um.

»Das hat sie in der Tat.«, stimmte Virginia zu.

»Und er hat sie von der Blackstock Road bis zum Bahnsteig beobachtet. Nahaufnahme inklusive, das volle Programm.« Sein Gesicht leuchtete, sowohl von den Monitoren als auch vor Begeisterung.

Beatrice lächelte zurück. Sie verstand. Es gab kaum etwas Schöneres, als dass der Köder angebissen wurde.

Virginia schien zufrieden. »Überprüfen Sie das Protokollblatt auf Zeitangaben und finden Sie heraus, wer genau an der Konsole war. Vergewissern Sie sich, dass es keine kurzfristigen Änderungen im Dienstplan gab. Und ich möchte, dass Sie das Gleiche nach ihrer Rückfahrt tun. Gute Arbeit, PC Fitzgerald.«

»Danken Sie nicht mir, Ma'am. Unser Dank gebührt Harrison.« Sein Lächeln blieb unverändert, als er sich die Kopfhörer aufsetzte und seine Aufmerksamkeit wieder auf die Bildschirme richtete.

»Sollen wir in Position gehen, Beatrice? Es ist zehn vor elf. Sie wird bald auf dem Rückweg sein.«

Die Somerfield Road, eine Wohnstraße mit viktorianischen Reihenhäusern, blieb ruhig, obwohl es kurz vor der Sperrstunde war. Ihr ziviler BMW mit getönten Scheiben passte perfekt in die Umgebung. Nach Neuigkeiten im Polizeifunk lauschend, saßen die beiden Frauen in aufmerksamer Stille, bis die Bestätigung kam – Harrison war in einen nordwärts fahrenden Zug am Leicester Square eingestiegen. Ihr Job war es, den Eindruck von jemandem zu erwecken, der den Abend mit Tanzen und zu viel Smirnoff Ice Drinks verbracht hatte.

In Wahrheit hatte sich der Abend der jungen Frau um einen Hauch langweiliger gestaltet. Nachdem sie am Leicester Square angekommen war, betrat sie die All Bar One, traf sich mit einem zweiten Beamten auf der Toilette, zog sich um und wechselte hinunter zum Polizeirevier Charing Cross, wo sie drei Stunden lang ferngesehen und Kaffee getrunken hatte. Die Realität der Polizeiarbeit. Warten. Schauen und warten und versuchen, nicht einzuschlafen. Langweilige Fleißarbeit.

Virginia ließ ihren Kopf nach hinten fallen. »Wir haben wohl noch etwa eine halbe Stunde Zeit, bis wir etwas sehen werden. Gott, ich wünschte, ich würde noch rauchen.«

»Nein, tust du nicht. Konzentriere dich darauf, für Harrison wachsam zu sein, jedes Detail aufzunehmen und in etwa einer Stunde können wir nach Hause in unsere Betten gehen.«

»Ja, deckt sich mit meinen Gedanken. Bett, Bettdecke, Katze. Ich bin erschöpft. Was habe ich heute gemacht? Papier herumgeschoben. Aber jetzt, auf der Straße, mitten im Geschehen, bin ich todmüde und möchte nach Hause gehen.«

Beatrice konnte es nachempfinden. Diese Woche war für sie alle stressig gewesen, und als das Wochenende näher rückte, machten sich im ganzen Team Anzeichen von Anspannung bemerkbar. Die Uhr tickte. In zwei weiteren Tagen würde ihr Mann wieder aktiv werden. Sie rieb sich das Gesicht; ihre Augenlider hingen auf Halbmast. Kein Wunder: Sie war seit vier Uhr wach. Das Beste wäre ein Gespräch.

»Das liegt daran, dass du weißt, dass heute Abend nichts

passieren wird. Er ist in der Arbeit, also kann er nichts machen. Aber wir müssen hellwach sein, nur für den Fall. Wie heißt denn deine Katze?«

»Tallulah. Eine schlecht gelaunte Burmesin. Hast du vierbeinige Gefährten?«

»Nein. Aber das Fehlen von vierbeinigen oder gar zweibeinigen Gefährten macht mein Bett nicht weniger attraktiv. Ganz im Gegenteil, wenn ich ehrlich bin.«

Keiner von beiden sprach, in Eintracht mit der Szenerie.

Das Funkgerät setzte sein Geplapper fort und Grants Stimme bestätigte, dass im BTP-Kontrollzentrum alles ruhig war und jeder in seiner vorgesehenen Schicht arbeitete.

»Nach dem, was ich gehört habe, sind wir in einer ähnlichen Lage«, sagte Virginia und verschränkte ihre Arme.

»Inwiefern?«

»In Bezug auf Männer. Wir haben beide einen festen Partner, der die meiste Zeit abwesend ist. Oder bin ich da falsch informiert?«

Beatrice überlegte, wie viel sie teilen wollte. In der Regel hielt sie ihr Privatleben strikt von ihrem Berufsalltag getrennt und für sich.

»Ja, ich nehme an, du hast recht. Obwohl ich es anders ausdrücken würde. Mein Partner und ich sind während der Woche getrennt und an den Wochenenden zusammen. ›Abwesend‹ hat den schalen Beigeschmack der Vernachlässigung. Unser Arrangement ist eine gegenseitige Entscheidung.«

»Du Glückliche. Unser Arrangement beruht mehr auf einem gegenseitigen ›es geht nicht anders‹. Mein Mann arbeitet für BAE Systems und er ist in Dubai stationiert. Als wir heirateten, gingen wir beide davon aus, dass der andere den Job aufgeben würde. Ich dachte, dass ein Londoner mit Frau und Haus hier sofort bereit wäre, zurückzukommen. Er konnte nicht verstehen, warum ich weiterarbeiten wollte, wenn ich das luxuriöse Leben einer Hausfrau im Ausland hätte führen können. Er will nicht aufhören zu arbeiten. Und ich auch nicht. Also sehen wir uns jedes Quartal für zwei Wochen. Plus den einen oder anderen Feiertag oder gelegentliches Wochenende.«

»Daher die Katze.«

»Tallulah und ich waren schon lange zusammen, bevor ich Stewart kennengelernt habe.« Virginia wandte sich mit einem Lachen an Beatrice. »Er ist der Hunde-Typ.«

»Oh je.«

»Nein, es ist eigentlich in Ordnung. Es ist nur ... auf dem Papier sollten wir nicht funktionieren. Er ist jünger, neun Jahre. Er ist eher ernst, fleißig und liebt es, allein zu sein. Ich bin frivol, leichtsinnig und kann nicht ohne Gesellschaft sein. Er mag weiß, ich mag rot; ich stehe auf Muskeln, er hat eine Trichterbrust; er fühlt sich zu großen Brüsten hingezogen, ich bin eine 70A. Aber die Sache ist die, mit ihm bin ich total entspannt. Er bringt mich zum Lachen, in Person, auf dem Bildschirm, am Telefon, und ich vermisse ihn die ganze verdammte Zeit.«

»Na, *das* ist aber eine Überraschung«, entgegnete Beatrice. »Ich hätte dich locker auf 75B geschätzt.«

Virginia schnaubte vor Lachen und warf ihr einen Seitenblick zu. »Also, soviel zu meinem Rampenlicht. Du bist dran.«

»Könntest du damit umgehen, wenn ich meine BH-Größe nicht freiwillig preisgeben würde?«

Virginia machte ein spöttisch-enttäuschtes Gesicht.

»Meine Geschichte ist simpel und eher langweilig. Matthew und ich sind seit über zwanzig Jahren zusammen und ziehen es vor, getrennt zu leben. Er hat zwei Töchter aus einer früheren Ehe und einen Enkelsohn. Ich war nie verheiratet, habe keine Nachkommen und bereue es nicht. Unsere Beziehung basiert auf Raum für Unabhängigkeit, aber auch auf Vertrauen. Und es hat immer hervorragend funktioniert.«

Das Funkgerät knisterte und Beatrice prüfte die Zeit. Harrison müsste sich jetzt der U-Bahn-Station nähern.

»Höre ich da ein ›bisher‹ in dieser Aussage mitschwingen?«

Beatrice konnte nicht weitermachen, ohne mehr persönlichen Hintergrund zu erzählen. »Es ist kompliziert. Darf ich eine Frage stellen?«

»In deinem Namen oder in dem von Dawn Whittaker?«

Ihr abwehrender Ton überraschte Beatrice. Es schien, als hätten die Ereignisse bei der Preisverleihung einen bitteren Geschmack in mehreren Mündern hinterlassen.

»In meinem. Ich bin neugierig. Wie passt Ty Grant ins Bild?«

Virginias Gesicht verhärtete sich und sie blickte nach vorne. »Überhaupt nicht.«

»Ich verstehe.« Beatrice blickte nach vorne. »Also gut.«

Virginia fuhr sich mit den Fingern über das Gesicht und ließ die Stirn in die Handflächen sinken.

»Schau, es ist das Gegenteil von kompliziert. Ein kleiner Flirt, eine harmlose Art, sich die Zeit zu vertreiben. Ich bin nicht an Ty interessiert. Mir ist nur ... langweilig, weißt du?«

»Sieht Ty es auch als harmlosen Zeitvertreib?«

Virginias Kopf schwenkte. »Er hat doch nichts gesagt, oder?«

»Zu mir? Mein Gott, nein. Ich habe mich nur gefragt, ob alle Erwartungen gleich unschuldig sind.«

Virginia schaute auf ihre Uhr und seufzte. »Nein, Ty versucht, weiterzugehen. Und ich mag den Kerl wirklich. Er ist genau mein Typ, aber ...«

Das Funkgerät zischte und knatterte bevor die Mitteilung kam, dass Harrison gleich auftauchen würde.

Die Straße war still als die arme Frau ihre Rolle bis zur Tür ›ihrer Wohnung‹ beibehielt. Sie blieb stehen, schwankte, stolperte fast und sah unkoordiniert aus, wie jemand mit eingeschränktem Urteilsvermögen, ohne eingeschalteten Radar.

Eine hervorragende Vorstellung. Einmal drinnen, konnte sie sich umziehen, ausruhen und das Wochenende genießen. Denn in der darauffolgenden Woche würde sie alles noch einmal machen, mit der Erwartung, von einem Perversen verfolgt zu werden. Sie schaffte es ohne Malheur und taumelte hinein, zu leisem Beifall des Teams über den Äther.

Virginia drehte den Zündschlüssel. »Ich bringe dich nach Hause.«

Die übliche Start-Stopp-Fahrt durch London wurde etwas flüssiger, als sie die Green Lanes erreichten. Beatrice setzte das Headset auf, verkündete das Ende des Abends, wünschte dem Team ein schönes Wochenende und schaltete den Funk auf die übliche Frequenz. Virginia fuhr ohne ein Wort. Als sich der BMW Newington Green näherte, nahm Beatrice den Faden wieder auf.

»Virginia, ich glaube, unser Gespräch von vorhin war einseitig. Es tut mir leid, wenn ich dich beleidigt habe und ich hatte nicht die Absicht, mich in dein Privatleben einzumischen.«

»Ja, das hast du. Aber das ist schon in Ordnung. Ich denke oft, dass wir fest dazu verdrahtet sind, die Wahrheit zu verdrängen. Wir sind ausgebildete Profis, aber viel wichtiger noch, Frauen. Sieh mal, ich habe genau das Gleiche gemacht und dich gefragt, ob eure Beziehung ›bisher‹ gut funktioniert hat. Deine Befragungstechnik war besser, das ist alles.«

»Danke. Und du hattest sogar recht. Ich war immer ganz ehrlich zu Matthew, in jeder Hinsicht, ob gut oder schlecht. Jetzt, zum ersten Mal seit Jahren, bin ich versucht, zu ... wie soll ich sagen?«

»Vom Weg abzukommen?« Virginias Blick blieb auf die Straße gerichtet.

»Nein. Nicht in diesem Sinne. Ich bin dabei, ihn auszuschließen. Ich möchte etwas tun, etwas verfolgen, und ich sollte ihm davon erzählen. Es könnte ein Risiko sein, aber genau deshalb will ich es für mich behalten. Und, na ja, ein kleiner Teil von mir will ihm wohl zeigen, dass ich mein Ablaufdatum noch nicht überschritten habe.« Die Wahrheit hatte in letzter Zeit die Angewohnheit, sich an sie heranzuschleichen.

»Das kann ich verstehen. Ein kleiner Teil von mir will es ihm ebenfalls beweisen. Obwohl ich weiß, dass ich lieber mit Stu zusammen bin als mit irgend jemand anderem.«

Beatrice holte tief Luft. »Verzeih mir mein unpassendes Gerede. Lass uns die Tatsache ignorieren, dass du Tys Boss bist, dass keine Polizei-Romanze jemals verborgen bleibt, dass du verheiratet bist, dass jeder Ausrutscher ihn mit männlichem Ruhm bedecken und gleichzeitig deine Karriere ernsthaft gefährden würde. Nichts davon ist relevant. Wenn ich dir jedoch zuhöre, wie du über deinen Mann sprichst, würde ich sagen, dass du das Glück hattest, deinen besten Freund zu heiraten. Das Risiko, das zu verlieren, ist keine Mogelpackung dieser Welt wert.«

Virginia blieb stumm.

Auf der Balls Pond Road entspannte sich die Atmosphäre. Beatrice blickte auf verschlossene Geschäfte, helle Dönerläden, brüllende Taxifahrer und den üblichen Strom der Menschheit, die sich küssten, fluchten, lachten, pissten, weinten, fluchten, umarmten und stritten. Eine Welle der Bestürzung brach über sie herein.

Das ist alles, was wir haben: einander. Und wie veränderlich, unzuverlässig und unbeständig dieser Ort ist, um den Schatz deiner Hoffnungen zu vergraben. Deiner Liebe. Du wirst ihn wahrscheinlich nie wieder finden. Irgendein Mistkerl wird ihn ausgraben und klauen.

Virginias Stimme rüttelte sie aus ihrer Spirale. »Und du? Wirfst du zwanzig Jahre Glück für ein selbstbestimmtes Ziel weg? Ich nehme an, du wirst wieder kleinlaut werden, wenn ich dich frage, was es ist. Welchen Drachen willst du denn erschlagen, ganz allein?«

Beatrice setzte sich auf. »Wo sind wir?«

»Kingsland Road. Warum, ist es eine lange Geschichte?«

»Nein. Aber sie sollte dich gut unterhalten, bis wir in der Old Street sind.«

»Also gut. Ich sitze bequem. Du kannst anfangen.«

21

Adrian traf Matthew an der Paddington Station mit nichts weiter als Vorfreude und einer perfekt gepackten Reisetasche. Es war ja schließlich nur für einen Tag. London würde auch ohne ihn auskommen. Bewaffnet mit Beatrices E-Mail gingen sie einer konkreten Spur nach.

Gut gemacht mit dem Nummernschild. Nur ein Buchstabe war falsch. Gemäß DVLA Bestätigung handelt es sich um eine Autovermietung in Cardiff. Details unten. Das SUV ist also eventuell eine Sackgasse. Trotzdem danke. B x

So etwas wie Sackgassen gab es nicht. Am Telefon mit Williams Car Hire gab Matthew eine bühnenreife Nachahmung von Beatrices Chef zum Besten. Und der Rest war nicht viel mehr als einem Baby Süßigkeiten wegzunehmen. Williams Car Hire gab den Namen Marie Fisher als Mieterin des Jeep Grand Cherokee während jenem verlängerten Wochenende an. Fünfzehn Minuten Recherche im Internet führten zur Adresse, Telefonnummer und Fishers Arbeitgeber – Bevan and Gough Immobilienverwaltung, 56 City Road. Adrian und

Detektivarbeit schienen wirklich wie füreinander geschaffen zu sein.

Beide Männer waren sich einig. Der Zug war bei weitem die entspannendste Option. Matthew hasste es, irgendwo hinzufahren, wo es mehr Verkehr gab als in Hintertupfingen, oder wo auch immer er wohnte. Und Adrian hatte glücklicherweise keinen Führerschein. Nicht zu vergessen der fehlende Stress, der Bistrowagen und die Möglichkeit, Verhörtechniken zu diskutieren. Matthew hatte Tickets für die erste Klasse spendiert und Adrian ertappte sich dabei, wie er die *Poirot*-Titelmelodie pfiff, als sie sich an ihren Plätzen einfanden. Als er es bemerkte, hörte er sofort auf. Abgesehen von der fehlenden Subtilität war Pfeifen nach dem Rauchen die zweithäufigste Ursache für gekräuselte Oberlippen. Die erste Klasse erwies sich als ausgezeichnete Wahl. Sie genossen einen Tisch für sich und der Wagen war praktisch leer, abgesehen von zwei Geschäftsleuten, die in die Financial Times vertieft waren. Beide trugen Anzug und Krawatte und machten eine ernste Miene.

»Zwei Stunden. Was hältst du davon, die Zeitung zu lesen, etwas zu frühstücken und dann ein paar Entscheidungen über die Vorgehensweise zu treffen?«, fragte Matthew.

»Klingt gut, mein Freund. Man kann nicht erwarten, dass die kleinen grauen Zellen mit leerem Magen funktionieren«, antwortete Adrian. Matthew warf ihm einen verwirrten Blick zu, klappte aber mit einem Nicken die *Times* auf.

Am Hauptbahnhof von Cardiff angekommen, wollten sich die beiden Männer die Beine vertreten und beschlossen, zu Fuß zu ihrem Ziel zu gehen. Ihr Weg führte sie quer durch das Stadtzentrum.

Cardiff faszinierte Adrian. Wunderschöne Arkaden, eine richtige Burg in der Mitte, Fußgängerzonen, Straßencafés und jede Art von Geschäften, die man in einem halbwegs anständigen Londoner Vorort finden würde. Aber so viel mehr Platz. Breite Straßen und viel Sonnenschein. Er könnte sich gut vorstellen, hierher zurückzukommen. Zwei Stunden mit dem Zug. Es war an der Zeit, dass Jared etwas mehr von Großbritannien sah als Londons East End und die Old Compton Street.

Die Räumlichkeiten von Bevan and Gough sahen eher nach Autohaus als Immobilienmakler aus. Doppelfenster mit Fotos und überbordenden Beschreibungen lokaler Immobilien verdeckten die Sicht auf den Innenraum, wo vermeintlich einladende Gesichter hinter Schreibtischen warteten. Die Preise waren für Adrian eine echte Überraschung. Direkt zu seiner Linken befand sich eine wunderschöne Wohnung im Hafenviertel, mit einer göttlichen Aussicht, Küche/Esszimmer und nicht weniger als zwei Schlafzimmern, zu einem annähernd erschwinglichen Preis. Es lag nicht außerhalb des Bereichs des Möglichen, dass er eine Versetzung nach Wales bekommen könnte. Herunterschalten. Wenn er in einer kleineren Stadt lebte, würde er sich ein Fahrrad kaufen und sich sogar einen Hund zulegen. Jared könnte sich in einer dieser herrlichen Arkaden selbstständig machen, und am Samstagmorgen würden sie walisische Bioprodukte einkaufen, natürlich begleitet von ihrem schwarzen Schnauzer, der auf den Namen …

»Adrian?«

Matthew gestikulierte, dass er vorausgehen sollte, und sie betraten den Laden.

Eine stark geschminkte Blondine schaute auf. »Guten Morgen, meine Herren. Haben Sie etwas gesehen, das Ihnen gefällt?«

Adrian starrte auf die Max Factor Maske vor ihnen,

während Matthew mit seiner mühelosen grauen Ernsthaftigkeit antwortete. »Guten Morgen. Leider sind wir nicht an Immobilien interessiert. Wir sind von der Williams Autovermietung, Hauptsitz. Wir suchen eine Marie Fisher?«

Adrian sah den Kopf zu seiner Rechten aufblitzen. Dunkle, mittellange Haare, scharfe Gesichtszüge. Sie könnte durchaus die Frau vom Strand sein.

Das Interesse der Blonden erlahmte. »Marie? Ein paar Typen von der Autovermietung wollen dich sprechen.« Sie wandte sich wieder ihrem Computerbildschirm zu. Adrian hätte schwören können, dass er Spielkarten sah, die sich in ihrer Brille spiegelten.

Marie kam auf sie zu, die Hand ausgestreckt, die Augen misstrauisch. Adrian machte sich ständig mentale Notizen zu Körpersprache, Haaren, Schuhen und Verhalten. »Jedes Detail ist wichtig.« Beatrice hatte ihm das öfter eingetrichtert, als sie ihm warme Abendessen gekocht hatte. Also, Marie Fisher – um die dreißig, Krähenfüße und Andeutungen einer herauswachsenden Haarfärbung. Teure Nägel, gute Schuhe, und diese Ohrringe waren nicht billig. Sie hatte sich gut zurechtgemacht.

Matthew schüttelte ihre Hand mit einem beruhigenden Lächeln. »Frau Fisher. Mein Name ist Michael Bryant und das ist mein Kollege, Andrew Ramos.«

Adrian lächelte, mehr wegen des Nervenkitzels, seinen neuen Decknamen zu hören, denn aus gesellschaftlichen Konventionen, und schüttelte ihre Hand. Matthew fuhr fort und bot seine Visitenkarte an, die Adrian vor zwei Nächten entworfen und ausgedruckt hatte.

»Wir sind vom Hauptsitz der Williams Autovermietung. Andrew und ich untersuchen alle Probleme, die sich aus unseren Vermietungen ergeben, und versuchen diese auch direkt zu lösen. Die Polizei von Pembrokeshire hat uns bezüglich eines Vorfalls in der Nähe von Porthgain vor ein paar

Wochen kontaktiert. Wir ziehen es im Allgemeinen vor, Vorfälle mit unseren Fahrzeugen direkt zu regeln, auch um die Polizei nicht unnötig zu belasten. Gibt es einen Ort, an dem wir reden können?«

»Oh, ich verstehe. Gut, dann folgen Sie mir. Wir haben hinten einen Personalbereich.«

Sie hatte es geschluckt. Er unterdrückte die Versuchung, Matthew auf die Schulter zu klopfen.

Marie war Irin. Daran bestand kein Zweifel. Adrians Kenntnisse über Akzente waren legendär und diese Frau war verwässert irisch. Sehr interessant. Im Hinterhof standen zwei Autos, ein halbes Dutzend weißer Plastikstühle und ein schmutziger Tisch mit einem pockennarbigen Aschenbecher, der für Brains Bitter Bier warb. Marie stellte Kaffeetassen vor sie hin. Adrian nahm einen Schluck und verkniff sich eine Grimasse. Sie kramte in ihrer Tasche nach Zigaretten, bevor sie ihnen höflich das Päckchen anbot. Beide lehnten ab.

»Sie sagen also, dieser Vorfall passierte in Pembrokeshire?«, fragte sie und zündete sich eine an.

Matthew öffnete seine Akte und hielt sie zu sich gekippt. Sehr schlau. Adrian beobachtete, wie Maries Augen sich auf die Rückseite des Ordners konzentrierten.

»Korrekt. Am siebenundzwanzigsten August war ein Urlauberpaar in einen frühmorgendlichen Taschendiebstahl an den Klippen bei Porthgain verwickelt. Sie meldeten den Diebstahl bei der Polizei und gaben ihnen das mögliche Kennzeichen eines Fahrzeugs, von dem sie glaubten, dass es beteiligt war. Die Polizei verfolgte das Fahrzeug zurück zu uns und bat um die Identität des Mieters. Das betroffene Ehepaar war älter und nicht sicher, ob sie sich an das Nummernschild richtig erinnern konnten. Wir haben die Chance ergriffen, unsere eigenen Ermittlungen anzustellen. Um herauszufinden, ob etwas dran ist, bevor wir persönliche Daten weitergeben. Wir sind nicht scharf darauf, in ein Strafverfahren verwickelt zu werden, wie Sie sich sicher vorstellen können. Wenn wir also beweisen können, dass es sich nicht um eines unserer Fahrzeuge gehandelt hat, umso besser für uns alle.«

Adrian meldete sich zu Wort. »Unsere Akten sagen uns, dass Sie den schwarzen Jeep Cherokee mit diesem Kennzeichen vom siebenundzwanzigsten bis zum einunddreißigsten gemietet hatten.«

Maries Blick glitt von Matthew zu Adrian und wieder zurück. »Ich verstehe. Sie wollen also wissen, wo ich an diesem Wochenende war. Es war doch das verlängerte Wochenende, oder? Da kann ich Ihnen sehr wohl helfen. Das Auto habe ich an dem Wochenende für einen Ausflug nach Snowdonia gemietet. Eine Gruppe von uns hat sich am Freitag getroffen und ist in die Berge gefahren, um zu campen, zu klettern und ein bisschen Off-Road zu fahren. Das Wetter war großartig und ich fuhr uns am Montagabend wieder runter. Am Dienstag habe ich den Jeep zurückgebracht. Wann genau war der Vorfall in West Wales?«

»Samstagmorgen, sehr früh. Kurz nach Sonnenaufgang.«

»Da lag ich noch zusammengerollt in meinem Schlafsack in Dolgellau. Das muss ein Irrtum sein, Mr Bryant. Könnte sich das ältere Ehepaar denn möglicherweise falsch an das Auto erinnert haben?«

Matthew nickte und wandte sich mit einem Lächeln an Adrian. »Genau das hatten wir gehofft zu hören. Es ist schlecht für das Geschäft, wenn unsere Autos für illegale Aktivitäten benutzt werden. Wenn dieser Jeep also nicht involviert war, ist das eine gute Nachricht für uns alle. Haben Sie einen Namen des Campingplatzes oder jemanden, der bestätigen kann, dass Sie dort waren, Ms Fisher?«

»Gute Frage. Ich kann mich nicht an den Namen des Platzes erinnern, aber mehrere Leute werden Ihnen sagen, dass ich dort war. Möchten Sie, dass ich Ihnen deren Namen und Kontaktdaten per E-Mail schicke?«

»Könnten Sie sie uns nicht einfach aufschreiben?«, fragte Adrian.

Ihre gerunzelte Stirn zuckte. »Ich habe mich bereits zehn Minuten von meinem Schreibtisch entfernt, um ihre Fragen zu beantworten. Jetzt brauche ich eine Weile, um in meinem Tagebuch nachzusehen. Ich würde ihnen gerne helfen, aber wie Sie sehen, bin ich auf der Arbeit. Ich werde Ihnen alles Relevante schicken, aber es könnte schon bis morgen dauern.«

Adrian schaute sie mit einem Stirnrunzeln an, ganz bewusst. Ihr Verhalten wirkte sehr defensiv für eine Person, die nichts zu verbergen hatte. Sie erwiderte seinen Blick mit einer fragenden Drehung ihres Kopfes. Matthews Stimme klang beruhigend.

»Das ist sehr nett von Ihnen, Ms Fisher. Es würde uns sehr helfen, wenn Sie das tun könnten. Nun, wir wollen Sie nicht länger belästigen. Ich danke Ihnen für Ihre Zeit und den Kaffee. Wir finden selbst zurück. Ich wünsche Ihnen einen schönen Tag und danke Ihnen.«

Als sie den Laden auf der City Road verließen, legte Adrian los.

»Was für ein Schwachsinn! ›Zeit, um die Daten meiner Freunde zu überprüfen‹? Meine Fresse. Eher Zeit, um ein paar gefälschte E-Mail-Konten einzurichten. Denkt sie, wir sind von gestern?«

Matthew bat mit erhobenem Finger um Schweigen. Er ging die Straße hinauf und stieß die Türen des ersten Pubs, an dem sie vorbeikamen, auf. Adrian schaute über beide Schultern, bevor er ihm hinein folgte. Man konnte nie vorsichtig genug sein. Während Matthew zwei Gläser Wein bestellte, setzte sich Adrian an einen ruhigen Tisch am Fenster, angewidert von der Schamlosigkeit, mit welcher ihnen derart eklatante Lügen aufgetischt wurden.

Matthew stellte die Gläser auf den wackeligen Tisch. »Adrian, ich stimme dir zu. Aber wir sind in dieser Situation machtlos. Wir können sie nicht herausfordern und das weiß sie auch. Aber wir können sie ein wenig aus dem Konzept bringen.« Er schaute auf seine Uhr und auf die Tafel über der Bar. »Lass uns einen trinken und etwas zu Mittag essen. Danach werden wir sie anrufen. Lass uns anstoßen. Für unser erstes Gespräch haben wir uns ganz gut geschlagen, denke ich. Prost!«

Adrian hob sein Glas. »Prost. *Du* hast das sehr gut gemacht. Wie du unsere Pseudonyme genannt hast, mit einer solchen Leichtigkeit. Ich habe dir fast selbst geglaubt. Mein Job war ja simpel, ich brauchte nur die Augen offenzuhalten.«

»All die kleinen Dinge aufnehmen, meinst du. Deine Beobachtungen werden von unschätzbarem Wert sein, da habe ich keinen Zweifel. Wie Beatrice immer sagt, der Teufel steckt im Detail. Sag mir, was du gesehen hast.«

Adrian faltete die Hände, schlug die Beine übereinander und spulte seine Eindrücke noch einmal ab.

»Marie Fisher ist Irin, Anfang dreißig und sehr gepflegt. Die Schuhe sahen für mich nach Lanvin aus. Der Anzug war Phillip Lim. Keine Frage. Der Schmuck, schwer einzuordnen. Ihre Uhr, hast du sie gesehen? Omega, roségold. Aber die Ohrringe ... ich bin mir nicht sicher. Ihre Handtasche war von Hermès. Ihre Nägel sind exzellent gepflegt, sie hat für eine Raucherin recht gute Haut und ich wette, für nächste Woche ist bereits ein Friseurtermin gebucht. Ihr Haaransatz braucht Aufmerksamkeit. Außerdem trägt sie einen Hauch zu viel *Angel* von Thierry Mugler.«

Matthew, der sich offensichtlich stark auf Adrians Worte konzentrierte, schüttelte den Kopf.

»Adrian, ich bin zwar des Italienischen und Griechischen mächtig, spreche aber nicht Mode. Könntest du übersetzen?«

Wie er da im staubigen Sonnenlicht saß, die Haare

zerzaust, die Hose ein paar Zentimeter zu kurz und in einer Jacke, die man selten außerhalb eines Fakultätsbüros sah, brauchte Matthew seinen Mangel an Straßen-Stil nicht zu erklären. Es wäre so schön, mit ihm einkaufen zu gehen, aber er vermutete, dass Matthew wohl lieber den Zahnarzt besuchen würde.

Adrian erklärte. »Sie ist eine Immobilienmaklerin. Sie verdient was, fünfundzwanzig, dreißig Riesen im Jahr? Ihre Handtasche kostet ein Monatsgehalt. Die Uhr sogar mehr. Sie kleidet sich wie eine Frau, die mindestens doppelt so viel Knete macht.«

»Du liebes bisschen. Siehst du, ich hätte sowas nie aufgeschnappt. Mir ist nur aufgefallen, dass sie nach Kuchen riecht.« Matthew kostete den Wein. »Und sie schien ein wenig gereizt, als du nach Details fragtest.«

»Das Gefühl hatte ich auch. Aber natürlich wurde sie pampig, weil sie nicht beweisen kann, dass sie in Somalia war.«

»Snowdonia. Das liegt in Nordwales.«

Adrian zuckte mit den Schultern. Seine Begeisterung für die Provinz hielt sich in Grenzen. Ein Gedanke tauchte auf. »Wir könnten die Autovermietung anrufen und nachfragen, ob sie das Auto ganz schlammig zurückgebracht hat. Wenn nicht, hat sie offensichtlich gelogen!«

Matthew stellte sein Glas mit einem Nicken ab. »Für einen Standard-Pub ist das ein vernünftiger australischer Chardonnay. Ja, wir könnten es noch einmal bei den Williams-Leuten versuchen, aber zwei Dinge stören mich an dieser Vorgehensweise. Erstens: Führen sie Aufzeichnungen über den äußeren Zustand ihrer Fahrzeuge bei der Rückgabe? Natürlich würden Schäden vermerkt werden, aber Schlamm? Zweitens hat diese Firma keine Ahnung, warum sie ständig Anrufe von der ›Polizei‹ wegen eines ihrer Fahrzeuge erhalten. Vielleicht beschließen sie, weniger hilfreich zu sein, wenn sie ständig belästigt werden.«

Adrian musste es ihm lassen. Trotz seiner Verärgerung über Matthews mangelnden Enthusiasmus musste er die taktvolle Art und Weise, wie er die Idee zurückwies, anerkennen. Bevor er sich's versah, lächelte er seinen diplomatischen Partner auch schon wieder an. Sein Weinglas war glitschig vom Kondenswasser, als er es an seine Lippen hob.

»Mmm, du hast durchaus recht. Etwas viel Vanille, aber ein akzeptabler Hintergrundwein. Wie genau hast du vor, sie aus dem Konzept zu bringen?«

»Ich dachte, wir könnten sie anrufen und fragen, ob es ihr passt, wenn wir um fünf Uhr wieder vorbeikommen. Wir setzen sie ein wenig unter Druck und sehen, wie sie reagiert. Von ihren »Freunden« werden wir höchstwahrscheinlich keine Bestätigung kriegen. Wir könnten sie also ein wenig in die Enge treiben und ihre Reaktion beobachten. Das könnte uns einen Hinweis darauf geben, ob sie es wert ist, beobachtet zu werden.«

»Guter Plan! Ich werde mich auf die Straße stellen, aber auf die andere Seite. So wird mich niemand bemerken und ich kann beobachten, was sie tut. Ich werde diskret sein, das versichere ich dir. Ich werde sogar meinen Panama tragen.«

Matthew seufzte. »Du genießt das ungemein, nicht wahr?«

Die andere Seite der City Road war absolut nutzlos. Selbst ohne den ständig vorbeifahrenden Verkehr konnte Adrian nicht genug vom Inneren von Bevan & Gough sehen, um einzelne Personen auszumachen. Er schlüpfte aus seiner Jacke und zog die Krempe seines Hutes herunter, überquerte die Straße und betrachtete die Bilder. Sein Blick wanderte von einem Aushang mit den Details zu einer Zweizimmer-Terrassenwohnung in Splott zurück auf sein Spiegelbild im Schaufensterglas. Der stilvolle Auftritt war unübersehbar. Das weiße Hemd und die Panamahose deuteten auf einen jugendlichen

Pierce Brosnan hin, ein Look, für den er sich erwärmen könnte. Er konzentrierte sich und blickte beiläufig über die Fotos hinweg, tiefer in den Laden hinein und lokalisierte den Schreibtisch von Marie Fisher. Er war leer. Er tastete den Raum ab. Fünf Personen waren anwesend: zwei Männer, die Blondine und eine ältere Frau, die sich mit einem Kunden unterhielt. Marie machte wohl gerade Pause.

Die Blondine nahm ihren Hörer ab, hörte kurz zu und schüttelte den Kopf. Das Gespräch war kurz. Sie legte auf und widmete sich wohl wieder ihrem Solitaire-Spiel.

Adrian verließ seinen Posten und schritt zurück in Richtung Pub. Matthew schlenderte nach draußen, machte einen vagen Gesichtsausdruck und tippte sich mit dem Daumen gegen das Kinn.

»Sie ist nicht da, stimmt's?«

Matthew fixierte Adrian mit einem intensiven Blick, gefolgt von einem Lächeln.

»Nein, ist sie nicht. Sie ist beim Mittagessen. Also habe ich mich als Williams Autovermietung angekündigt, und die junge Dame war ausgesprochen unhöflich und sagte mir, ich solle aufhören, Marie zu belästigen. Anscheinend hat Frau Fisher den Mietwagen, den sie für das nächste Wochenende gebucht hatte, bereits storniert, da sie mit unserem Service unzufrieden ist. Sie hat sich ein Fahrzeug einer anderen Firma organisiert.«

Sein Blick bohrte sich in Adrian, als wolle er eine versteckte Botschaft übermitteln. Adrian dachte nach.

»Aber das bedeutet ... sie ist ... wenn sie ...«

Matthews Lächeln wurde breiter. »Unser Timing scheint recht glücklich auszufallen. Am letzten verlängerten Wochenende ist sie, so glaube ich, nach Pembrokeshire gefahren. Ich nehme an, sie hat in den frühen Morgenstunden des Samstags einige Leute am Strand getroffen. Einer von ihnen hat wohl ihr Auto benutzt, um unsere Kamera zu holen. Und ich habe den starken Verdacht, dass ihr Ziel am nächsten Wochenende dasselbe sein wird.«

An Adrians Unterarmen stellten sich die Haare auf. »Mein Gott! Das könnte es tatsächlich sein! Wir sollten gehen. An den Strand gehen, uns verstecken und abwarten, was passiert! Oh mein Gott!«

»Genau mein Gedanke. Ich bin froh, dass du einen derartigen Sinn für Abenteuer hast, Adrian. Wir müssen uns einen Grund für unsere Abwesenheit an zwei aufeinanderfolgenden Wochenenden einfallen lassen, aber ich glaube, wir haben eine heiße Spur. Also, was denkst du? Sollen wir zurück nach London fahren? Ich hatte vor, heute Abend einen Ex-Schüler von mir in Chelsea zu besuchen und am Sonntag wie vereinbart wieder anzukommen. Aber vielleicht sollten wir uns stattdessen ein Fahrzeug mieten und ein bisschen in Pembrokeshire herumstochern. Was denkt der Herr?«

»Stochern, keine Frage. Aber du weißt, dass ich nicht fahren kann.«

»Macht nichts. Ich setze mich hinter das Steuer, du navigierst. Also, wo kommen wir an Gelbe Seiten ran?«

»Die am nächsten gelegene Autovermietung findest du auf deinem Telefon.«

Matthews Gesichtsausdruck war mürrisch. »Ich habe kein Mobiltelefon. Ich habe Fisher von der Telefonzelle im Pub angerufen.«

Adrian schüttelte ungläubig den Kopf. Der Mann, den die Zeit vergessen hatte. Er ergriff die Gelegenheit beim Schopf.

»Also gut. Ich werde uns ein Auto besorgen und danach gehen wir einkaufen. Wenn wir am nächsten Wochenende eine Observierung planen, brauchen wir die entsprechende Ausrüstung. Vertrau mir, ich bin gut in solchen Dingen.«

Als er seine Aufmerksamkeit auf seinen Bildschirm richtete, bemerkte er Matthews alarmierten Gesichtsausdruck. Ein wenig nagte die Sorge auch an ihm. Nicht, weil es etwas Schickes in schwarz zu finden galt, sondern weil sie einen Ausflug an einen abgelegenen walisischen Strand planten, um Drogenhändler auszuspionieren. Zum ersten Mal seit Beginn der Ermittlungen vermisste Adrian Beatrice; ihre Präsenz, ihren scharfen Verstand und ihre natürliche Vorsicht. Und schlimmer noch, dies war sein erster freier Samstagabend seit Ewigkeiten. Was zum Teufel würde er Jared sagen?

22

———————

Die Furcht vor einem trost- und freudlosen Wochenende hatte sich seit Tagen aufgebaut. Beatrice wusste, dass sie dabei war, sich in etwas hineinzusteigern. Sie machte sich Sorgen über Hamiltons Wertung ihrer Leistung, fürchtete, dass noch mehr Frauen sexuell belästigt werden könnten, hatte Angst, etwas Wichtiges in ihrer Arbeit übersehen zu haben, wurde von der Vorahnung verfolgt, Matthew führe etwas im Schilde (und mit wem?), und fühlte sich allgemein einsam, negativ und vernachlässigt. Sogar Adrian hatte Pläne für das Wochenende mit seinem Freund und sie konnte es nicht ertragen, James anzurufen. Untröstlich.

Stattdessen sprang sie um sieben Uhr aus dem Bett. Sie hätte erschöpft sein müssen. Sie war bis halb zwei aufgeblieben, hatte Rotwein getrunken und Ideen mit Virginia ausgetauscht. Das war alles sehr untypisch. Aber der Enthusiasmus, die intelligente Analyse und die freiwillige Hilfe ihrer Kollegin letzte Nacht hatten Beatrice enorm aufgemuntert. So sehr, dass sie heute Morgen unter der Dusche Carole King vor sich hinschmetterte.

Um zehn Uhr holte Virginia sie ab und sie würden nach

175

Wales fahren, um etwas zu untersuchen, das sich eventuell wieder in nichts auflöste. Sie musste am Sonntagnachmittag zurück sein, da Matthew die Woche in London verbrachte. Eine Entschädigung für das verpasste Wochenende. Und sie würde Zeit für ein Gespräch mit ihm finden, ein ehrliches Gespräch, in dem sie ihre Ängste aussprach. Eine kleine Pause und ein Tapetenwechsel würden ihr guttun. Cardiff und Pembrokeshire an einem sonnigen Wochenende. In Beatrice brodelte es.

An der Ausfahrt nach Chippenham überholte der Volvo XC60 einen National Express Reisebus mit 130 km/h, bevor er auf die linke Spur zurückkehrte und auf das Tempolimit verlangsamte. Virginia fuhr mit geschmeidiger Geschicklichkeit und unterhielt sich angeregt, stellte Theorien auf und durchlöcherte sie, äußerte ihre Meinung über Musik, Nachrichten und die Fahrweise anderer Leute. Viel schöner als der Zug, das musste man sagen. Niemand konnte es als attraktives Fahrzeug bezeichnen, aber der Innenraum war zweifelsohne gemütlich. Von ihrer erhöhten Position auf dem Beifahrersitz konnte Beatrice die Landschaft und die anderen Verkehrsteilnehmer beobachten, doch ihre Aufmerksamkeit kehrte immer wieder in dieselbe zyklische Sorgenschleife zurück.

Wenn Matthew herausfand, was sie vorhatte, würde er verletzt und enttäuscht sein. Adrian vielleicht noch schlimmer, zumal er derjenige war, der das Nummernschild entdeckt hatte. Und sie hatte auch ihren Therapeuten angelogen. James hatte sie gefragt, ob sie vorhatte, sich Matthew anzuvertrauen, und sie versicherte ihm mit fröhlicher Zuversicht, dass sie genau dies tun würde. Es war leichtsinnig, aus einer Laune heraus nach Pembrokeshire zu eilen. Sie sollte zu Hause sein, oder im Finsbury Park Kontrollzentrum, um die Öffentlichkeit zu beschützen. Sie stieß einen schweren Seufzer aus. Es würde nichts passieren. Sie hatte Virginia dabei und die wollte sich nur umsehen. Ihr Sexualstraftäter konnte auch keinen Schaden anrichten, da er seine Schicht über das Wochenende abzuarbeiten hatte. Bis Montag waren die Frauen in Nordlondon sicher. Zumindest vor ihm. Ein weiterer großer Seufzer entkam ihr.

Virginia blickte zu ihr hinüber. »Was sagst du, sollen wir in Leigh Delamere anhalten? Oder ein Stück weiterfahren?«

»Ich würde es vorziehen, erst nach der Brücke anzuhalten. Ich möchte so schnell wie möglich in Wales sein. Vielleicht könnten wir in Cardiff anhalten? Etwas zu Mittag essen und die Autovermietung heute noch erledigen?«

»Können wir machen, aber ich denke, es würde andersherum besser funktionieren. Erst Pembrokeshire und am Sonntag die Autovermietung. Im Feriendorf ist heute alles geöffnet, also sehen wir uns in den Geschäften und Cafés um. Aber am Sonntag ist alles zu. Die Autovermietung hingegen wird viel zu tun haben und es uns übelnehmen, wenn wir uns an einem Samstag vordrängen. Wenn wir es bis morgen aufschieben, werden dort ein paar gelangweilte Teenager arbeiten, die sich ein Bein ausreißen, um uns jede gewünschte Information zu geben. Was meinst du?«

»In Ordnung. Also zuerst Pembrokeshire. In diesem Fall solltest du eine Pause einlegen, wann immer es dir gelegen kommt. Du bist der Fahrer.«

»Ach, mir geht es gut. Ich liebe es zu fahren, das habe ich schon immer. Ich bestand mein erweitertes Fahrsicherheitstraining noch bevor ich der Polizei beitrat. So sehr genieße ich es, hinter dem Steuer zu sitzen.«

Beatrice drehte sich, um sie direkt anzuschauen. »Ich habe darüber nachgedacht, den Test zu machen. Hamilton hat mir ein erweitertes Fahrtraining angeboten, aber ich lehnte ab. Es geht ja nicht nur um Verfolgungsjagden, und ich gebe zu, es sah irgendwie langweilig aus.«

»Ganz und gar nicht. Es schärft dein Bewusstsein für potenzielle Gefahren, lehrt dich mehr über den Umgang mit Fahrzeugen. Die Bewältigung von Hochgeschwindigkeitsverfolgungen ist nur ein kleines Element. Aber du lernst, dich mehr für Mülltonnen zu interessieren als für blinkende Blaulichter.«

»Mülltonnen? Ist das eine Art Euphemismus?«

Virginia lachte. »Nein, ich meine wirklich Mülleimer. Zum Beispiel verfolgst du einen Verdächtigen durch Chiswick. Es ist eine Wohngegend, du versuchst, dein Ziel im Auge zu behalten, aber du musst dir bewusst sein, was sonst noch vor sich geht. Der Tunnelblick ist dein Feind. Du bemerkst also, dass auf dem Bürgersteig Mülltonnen stehen. Und du stellst die Verbindung her. Wenn es Mülltonnen gibt, wird es auch einen Müllwagen geben. Du bist darauf vorbereitet, um die Ecke zu kommen und einen Müllwagen vorzufinden, der dir den Weg versperrt, oder der von entgegenkommenden Fahrzeugen überholt wird. Du schärfst deine Sensibilität für deine Umgebung. Fährst du eigentlich Auto, Beatrice?«

»Selten. Ich lebe in London.«

»Was ist, wenn du aus London wegziehst?«

»Dann werde ich wohl wieder anfangen zu fahren. Oder ich überlasse es Matthew. Sorry, Virginia, ich weiß, ich komme immer wieder auf das gleiche Thema zurück und langweile sogar mich selbst. Ich habe einfach die Schnauze voll davon, ihn anzulügen.«

Virginia schaltete das Radio aus und eine von Beatrices leisen Irritationen hörte augenblicklich auf. Gott, sie wurde alt, aber mal ehrlich, gab es etwas Nervigeres, als Leuten dabei zuzuhören, wie sie Radiosendungen anriefen? Wespen, vielleicht.

Mit einem Blick in den Spiegel stellte Virginia den Blinker und fuhr an einem Pferdeanhänger vorbei. »Also sag es ihm. Spiel es herunter, du schaust dich nur um, kein Grund zur Sorge, aber du bist ehrlich.«

»Ich glaube, das werde ich. Er kommt morgen aus Rom zurück, also werde ich es beiläufig ins Gespräch einfließen lassen, während er mir vom Seminar erzählt. Keine große Sache.«

»Gutes Timing.« Virginia nickte. »Er wird den Kopf voll haben mit was auch immer römische Gelehrte bei solchen Veranstaltungen reden. Jetzt können wir beide uns darauf konzentrieren, mit gutem Gewissen in West Wales herumzustöbern. Uns unter die Touristen mischen und normal aussehen.«

Die Chancen dafür waren gering, denn Virginias schwarzes ärmelloses Kleid und ihr weißblondes Haar sorgten für entsprechende Dramatik. Eine so auffällige Frau würde immer die Blicke auf sich ziehen. ›Sich unter die Leute mischen und normal aussehen‹ würde wohl vollumfänglich an Beatrice liegen.

Porthgains winzige Bevölkerung war derart aufgebläht mit Touristen, der Küstenpfad zum Strand wirkte als willkommene Linderung. Nachdem sie die Stelle inspiziert hatten, wo die Fotos entstanden waren, gingen die beiden am Ufer entlang zum gegenüberliegenden Ende.

Der Strand hätte nicht unschuldiger aussehen können. Familien picknickten hinter gestreiften Windbrechern, Kinder planschten in der Brandung und weiter oben posierte und rauchte eine Gruppe von Teenagern auf den Felsen. Beatrice, die Schuhe in der Hand, ließ die Wellen der Brandung über ihre Zehen spülen und fühlte die sich bewegenden Körner unter ihren Füßen. Virginia übergab ihre Tasche und ihre Sandalen, hakte den Saum ihres Kleides hoch und watete bis auf Oberschenkelhöhe hinaus.

»Ein Stück weiter draußen fällt es plötzlich ab«, sagte Virginia und stapfte zurück. »Ideal, um ein Boot so nah wie möglich an den Strand zu bringen. Du brauchst es nur festzumachen, abzuspringen und deinem Kumpel durchs Wasser entgegenzugehen.«

»Wie willst du es festmachen? Hier gibt es doch nur Sand.«

Als Antwort darauf zog Virginia ihr Kleid über den Kopf hoch. Darunter trug sie einen schwarzen einteiligen Badeanzug. Keine goldenen Verzierungen, kein Neckholder-Verschluss, keine ausgeschnittenen Gucklöcher. Für Virginia erstaunlich funktional.

»Das habe ich mich auch gefragt.« Sie kramte in ihrer Tasche und holte eine Schwimmbrille und ein Badetuch heraus. »Ich werde mir das mal genauer ansehen.«

Sie reichte Beatrice das Badetuch, richtete ihre Schwimmbrille und stürzte sich ohne zu zögern in die walisischen Wellen. Beatrice, trocken und angekleidet in der Mittagssonne, schauderte voller Mitleid. Sie ging in die entgegengesetzte Richtung und verglich den überwucherten Zugangsweg mit dem Foto in ihrer Hand. Er musste für das Wassern von Booten gebaut worden sein. Heutzutage weniger benutzt, aber furchtbar praktisch. Sie wandte sich wieder der glitzernden Brandung zu, froh über ihre Sonnenbrille.

Das Haar glatt wie eine wasserstoffblonde Robbe, schritt Virginia triefend nass an den Strand zurück. Beatrice reichte ihr das Badetuch und warf ihr einen fragenden Blick zu.

»Danke.« Sie rieb sich das Gesicht und wickelte das Badetuch um ihren Körper. »Da draußen ist ein Betonblock. Er liegt auf dem Grund, mit eingelassenem Eisenring. Da ist auch ein Seil. Ein Ende ist an den Ring gebunden, das andere an eine Plastikflasche, die auf der Oberfläche schwimmt, so dass man sie leicht findet. Es scheint, als würden unsere Freunde diese Stelle regelmäßig benutzen. Hast du da oben etwas entdeckt?«

»Nicht viel. Es gibt einen festen Standplatz am Ende der Gasse, vermutlich für Fahrzeuge, um Boote abzuladen. Dort muss der Fahrer geparkt haben. Es wäre sinnvoll, die Gasse hinaufzugehen und zu sehen, wo sie herauskommt. Wenn du fertig bist, kleine Meerjungfrau.«

»Ich bin fertig. Und die kleine Meerjungfrau hat rote Haare und größere Brüste. Jessica Rabbit mit Fischschwanz.«

Beatrice unterdrückte ihre Belustigung über Virginias Bildwahl. »Sollen wir zurück zum Auto?«

»Ja, ich trockne mich auf dem Weg ab. Und dann sollten wir uns etwas zum Essen suchen.«

»Gute Idee. Ich schlage vor, dass wir das Clipper Inn ansteuern. Erstens, weil wir uns dort diskret nach dem Pferdeschwanzmann erkundigen können. Und zweitens, weil sie ausgezeichneten Fisch servieren. Seeluft macht mir gewaltigen Appetit, weißt du.«

Virginia trocknete ihr Haar und hob ihre Schuhe auf. Sie drehte sich um und suchte das Meer ab. »Es sieht also so aus, als würden sie hierher segeln, die Ware in der Dunkelheit umladen und wieder dorthin zurücksegeln, woher sie gekommen sind. Was wir hier brauchen, ist eine regelmäßige Überwachung.« Ihr Blick schweifte über die Klippenspitze.

Beatrice folgte ihrem Blick. »Genau mein Punkt. Aber kann ich die örtliche Polizei dazu bringen, zuzuhören?«

»Um ehrlich zu sein, haben sie vielleicht nicht die Mittel dazu. Sie bräuchten ein paar Beamte in unbefristeten Nachtschichten.«

Beatrice blieb unbeeindruckt. »Hmm. Vielleicht.« Sie bahnten sich ihren Weg die Gasse hinauf, Hitzeflimmern deutete auf Asphalt an der Spitze hin. Beatrice blieb stehen. »Moment mal, wenn dieser Betonblock draußen zur Bequemlichkeit der Bootsleute aufgestellt wurde, wie können sie dann sicher sein, dass niemand die Plastikflasche und das Seil findet?«

»Schau.« Virginia deutete auf den Strand, der sich von ihnen weg erstreckte. Die meisten Menschen waren in der Nähe des mittleren Abschnitts versammelt, wo das Ufer allmählich abfiel, wo es weniger Felsen und keinen Schatten gab. Im Gegensatz dazu ragte der Schatten der Klippe über ihrem Ende des Strandes auf, Büschel von Seegras übersäten den Sand und das Wasser prallte gegen Steinbrocken.

»Es ist nicht der attraktivste Teil des Strandes für Urlauber, aber es ist sicherlich praktisch, wenn du eine leichte Ladung an Land bringen willst. Die Plastikflasche ist weit genug draußen, um nicht die Aufmerksamkeit von Steinschwimmern zu erregen. Und dies ist nicht das, was ich einen beliebten Strand nennen würde. Was war das für ein Geräusch?«

»Wahrscheinlich mein knurrender Magen. Ich bitte dich. Ich will Fish 'n' Chips. Ich bin am Verhungern.«

Virginia schlüpfte mit den Füßen in ihre Sandalen. »Ich auch. Na ja, zumindest Fisch und Salat.«

Der lange, heiße Weg vom Strand war schlimm genug. Aber das zunehmend frustrierende Warten auf einen Tisch und die Verzögerung der Bedienung aufgrund der vielen Touristen versetzte Beatrice in eine derart miese Laune, dass sie das Gefühl hatte, das Wochenende würde nicht mehr aufzuholen sein. Nachdem sie jedoch endlich Platz genommen hatten, wurde ihre gute Laune durch einen großen Teller mit paniertem Schellfisch, perfekt frittierten Pommes frites und frischen Gartenerbsen wieder hergestellt. Begleitet von einem trockenen deutschen Weißwein. Das Gedränge lichtete sich, während sie aßen, und als die Kellnerin ihre Teller abräumte, war der Pub wieder zu einem kleinen, freundlichen Lokal geworden. Beatrice entdeckte den Wirt an der Bar sitzen, die Kochjacke aufgeknöpft, mit einer Zeitung und einem Pint Ale, und ergriff den Moment.

»Entschuldigen Sie die Störung, besonders nach einem so hektischen Abend. Ich wollte nur mein Kompliment aussprechen. Das Essen war ausgezeichnet. Ist es jedes Wochenende so voll?«

Das fleckige T-Shirt und alte Jeans waren jugendlich. Doch obwohl er nicht älter als vierzig sein konnte, war sein Gesicht faltig und müde. Er fuhr mit einer Hand durch die zerzausten, grauen Locken und schenkte ihr ein müdes Lächeln. »Danke. Im Sommer schon. Heute war es besonders verrückt; es gab irgendeine Veranstaltung oben im Fort. Waren Sie da?«

»Nein, wir haben die Stellen von unserem letzten Besuch angeschaut. Wir waren in den Dan-y-Coed Hütten während des letzten verlängerten Wochenendes. Sie waren so freundlich, uns das Restaurant auf der anderen Straßenseite zu empfehlen, das wir heute Abend ausprobieren wollen.«

»Oh richtig. Die Dan-y-Coed Hütten? Sie waren nicht die Frau, die Ärger mit einem Einbrecher hatte?«

»Neuigkeiten verbreiten sich schnell. Mein Name ist Detective Inspector Beatrice Stubbs und ich arbeite für die Metropolitan Police.«

Er klappte die Zeitung zu und schenkte ihr seine volle Aufmerksamkeit. »Gary Powell. Also, wer auch immer es war, hat bei einer Polizistin eingebrochen. Was für ein Trottel. Und jetzt ermitteln Sie hier?«

»Nennen wir es Recherche. Wir hatten einige Pannen an diesem Wochenende. Die Sache ist die, dass ich unbedingt einen bestimmten jungen Mann ausfindig machen will, um ihn aus unseren Nachforschungen auszuschließen. Ich frage mich, ob Sie mir vielleicht einen Hinweis geben könnten. Er ist ziemlich auffällig und das Dorf ist klein genug, damit er heraussticht. Er ist Mitte zwanzig, hat kurze braune Haare, aber einen blonden Pferdeschwanz.«

Der Wirt kniff die Augen zusammen und nickte. »Da klingelt was. Moment mal. Lyndon? Komm mal her.«

Der junge Barmann kam auf sie zu. Wie herrlich, mit so

dicken, dunklen Locken beglückt worden zu sein. Und diese tollen Gesichtsknochen. Ein Osteuropäer vielleicht?

»Lyndon, die Dame ist von der Polizei. Hast du schon mal einen Kerl gesehen, der braune Haare hat, aber einen blonden Pferdeschwanz? Ein junger Mann. Ich habe das Gefühl, er war schon mal hier, aber ...«

»Ja, ja, ich weiß, wen du meinst. Trinkt Pils. Er ist kein Stammgast, aber er kommt alle paar Wochen hierher. Mager, mit einer spitzen Nase. Er ist immer mit einem anderen Mann zusammen, älter. Miserabel aussehender Mensch.« Keine Spur von Polen in diesem Akzent, wohl eher von Pontypool.

Vorsichtig zog Beatrice eines der vergrößerten Fotos hervor. Es zeigte nichts von den Taschen, dem Strand und dem Auto, aber es zeigte die Gesichter der beiden Männer. »Die hier?«

Der Bursche nickte mit eindeutiger Betonung. »Ja, genau. Das sind sie. Sie kommen ab und zu mal rein, an einem Samstagabend, trinken ein paar Pints und gehen zur Sperrstunde. Ich dachte, sie müssten Fischer sein; die Kleidung, die gelegentlichen Besuche, aber ich weiß es nicht genau.«

»Ich verstehe. Das ist sehr hilfreich, danke. Und natürlich kennt keiner von ihnen einen Namen, nehme ich an?«

Beide Augenpaare huschten nach oben und rechts, während sie ihre Erinnerungen durchforsteten. Beide schüttelten langsam den Kopf.

»Ich danke ihnen beiden sehr. Sehr nett, mir ihre Zeit zu schenken. Mr Powell, ich lasse Ihnen meine Karte da, falls Ihnen noch etwas einfällt. Und ich wäre Ihnen dankbar, wenn Sie das für sich behalten könnten.«

»Kein Problem. Ich wünsche Ihnen viel Glück bei Ihren Nachforschungen.« Gary reichte ihr die Hand.

Beatrice schüttelte sie, lächelte Lyndon an und wandte sich wieder ihrer monochromen Begleitung zu.

Sie tippte auf das Foto. »Laut dem Personal kommen die beiden gelegentlich hierher, immer zusammen an einem Samstagabend. Der Barmann meinte, sie könnten Fischer sein, aber das ist nur eine Vermutung.«

Virginia beugte sich vor, das Kinn auf die Hände gestützt. »Sie bringen also am Samstagmorgen ihr Zeug hierher, übergeben es dem Kontaktmann im SUV, kommen auf ein paar Bier hierher und fahren am Samstagabend wieder zurück.«

»So in etwa dürfte es ablaufen«, stimmte Beatrice zu. »Aber was bringen sie mit und woher? Wenn wir herausfinden könnten, wann sie hierherkommen, würden wir vielleicht ein Muster entdecken. Und wenn wir ihren Zeitplan kennen, könnten wir ...«

»Entschuldigung? Könnte ich Sie kurz sprechen?« Der Barmann stand an ihrem Tisch.

»Hallo, Lyndon. Das ist eine Kollegin von mir, Sie können also frei sprechen.«

»Okay. Also, die Männer auf dem Foto, ich glaube, sie sind Iren. Bei dem jüngeren mit dem Pferdeschwanz bin ich mir nicht sicher. Aber der ältere hat mir mal gesagt, wenn ich in Cork ein Bier so zapfte, würde mir das Pint um die Ohren fliegen. Es ist nicht viel, ich weiß, aber ich dachte ...«

Beatrice lächelte. »Das ist durchaus nützlich, Lyndon. Kann ich Ihnen meine Karte geben und bitten, mir Bescheid zu geben, wenn die Männer das nächste Mal vorbeikommen? Das bleibt natürlich unter uns.«

Der junge Mann nickte und nahm die Karte entgegen. »Gut, kann ich machen. Genießen Sie den Rest ihres Urlaubs.«

Er warf Virginia einen höflichen Blick zu, die ihrerseits mit einem langsamen Augenaufschlag und einem sinnlichen Lächeln antwortete. Er drehte sich um und eilte zurück zur Bar. Verängstigt, zweifellos.

Attraktiv und charmant, mit einer scharfen Intelligenz, qualifizierte sich Virginia als eine von Beatrices nützlichsten Waffen. Wenn sie nur ein bisschen weniger einprägsam wäre.

23

Wer hätte gedacht, dass Wales Irland derart ähnelt? Wild und windgepeitscht, grün mit Schafen bedeckt, voller niedlicher Dörfer und Schilder in einer fremden Sprache. Adrians bisherige Eindrücke waren die eines kleinen, unwirtlichen und mit Schlackenhaufen übersäten Gebiets. Er musste Jared unbedingt hierherbringen, es war schlicht zu romantisch.

Jared. Einen Freitag arbeitsfrei zu kriegen war weit weniger problematisch als Zeit weg von seinem Freund. Er steckte sein Telefon zurück in die Jacke und grübelte über den hitzigen Anruf nach. Jareds Bedenken bezüglich seiner detektivischen Nachbarin waren offensichtlich nicht sexueller Natur, sondern mehr, dass ihre Probleme so viel von Adrians Zeit absorbierten. Gutes Argument. Aber als er Beatrice auch als schlechten Einfluss bezeichnete, konnte Adrian nur mit den Schultern zucken und wusste nicht, was er darauf antworten sollte. Seltsames Verhalten, aber insgeheim erfreulich. Eifersucht, in kleinen, nicht psychotischen Dosen, war ein ausgezeichneter Indikator in einer frischen Beziehung.

Er drehte sich zu Matthew um, der sich endlich an die

Schaltung und das Bremssystem des gemieteten Corsa gewöhnt zu haben schien. Adrian war dankbar. Noch etwas länger und Nackenbeschwerden infolge übermäßiger repetitiver Beanspruchung wären nicht mehr auszuschließen gewesen.

»Wie fühlst du dich? Schon müde? Nicht, dass ich übernehmen kann oder so, aber ich singe dir gerne was vor, erzähle Geschichten oder setze dich weiteren Details von peinlichen persönlichen Telefonaten aus. Alles, was dich wachhält.«

Matthews Gesicht verzog sich zu einem Lächeln, obwohl er seinen Blick nicht von der Landstraße nahm und seine Haltung steif wie ein Zinnsoldat blieb.

»Mir geht's gut. Wir sind praktisch da. Und ich hoffe, dein neuer Partner ist nicht allzu beleidigt.«

»Er wird darüber hinwegkommen.« Adrian konnte nur hoffen, dass dies die Wahrheit war. Es musste sehr abweisend wirken, ihren gemeinsamen Abend abzusagen, um Amateurdetektiv zu spielen. Würde Jared das verstehen?

»Ohne aufdringlich erscheinen zu wollen, ich habe mich gefragt, warum du ihm sagtest, du seist mit Beatrice zusammen, anstatt der tatsächlichen Fakten?«

Adrian blickte hinaus auf die späte Nachmittagslandschaft. Wunderschöne Steinhäuser geschützt in einer Senke auf einem Hügel, in der Ferne das glitzernde Meer.

»Zu sagen, ich sei mit Beatrice unterwegs, macht es einfacher. Er weiß, dass ich involviert und total begeistert bin von diesem Fall. Er versteht das irgendwie. Aber wenn ich ihm gesagt hätte, dass ich mit einem Mann zusammen bin – obwohl besagter Mann der Partner von Beatrice ist, kurz vor der Pensionierung steht und so wenig auf der Höhe der Zeit ist, dass er nicht mal ein Handy besitzt – glaub mir, dann wäre alles viel komplizierter gewesen.«

»Hmm. Es ist immer wieder interessant, was Menschen ihren Nächsten erzählen. Und was sie lieber verbergen. Ah! Wir sind ganz in der Nähe von Porthgain, aber im nächsten

Dorf gibt es eine Galerie, die ich wirklich gerne sehen würde. Macht es dir etwas aus, für eine halbe Stunde anzuhalten? Immerhin haben wir über eine Stunde damit verbracht, durch die Geschäfte zu latschen.«

Offensichtlich schmollte er immer noch über die Kosten und den Stil. Aber er würde später dankbar sein, und Adrian wusste genau, dass Beatrice überglücklich sein würde. Matthew sah umwerfend aus in Schwarz.

»Ganz und gar nicht. Schade, dass wir nicht zuerst unsere neuen Sachen anziehen können. Die Klamotten wären perfekt, um in Galerien zu posieren.«

»Das ist nicht diese Art von Galerie.« Matthews Ton war beinahe schroff.

Der Ort wurde immer niedlicher und noch niedlicher. Eine entzückende Galerie voller Aquarelllandschaften, das B&B mit echten Patchwork Decken, die nicht vom Warenhaus stammten, eine freundliche Wirtin und der Spaziergang die Gasse hinunter zum göttlichen kleinen Hafen – all das sorgte bei Adrian für kindliche Freude. Nachdem er den Strand bei Sonnenuntergang erkundet und außer ein paar fabelhaften Kieselsteinen zur Dekoration seines Badezimmers nichts gefunden hatte, folgte er Matthew auf dem Weg zurück ins Dorf.

Die Sonne verschwand aus dem Blickfeld und kleine Lichter leuchteten aus einem Wirrwarr von Häusern und dem The Clipper Inn. Als sie an der Biegung des Weges anhielten, drehte sich Adrian um und blickte in den Sonnenuntergang. Matthew, ein paar Schritte voraus, kam zurück und blieb mit einem zufriedenen Lächeln neben ihm stehen. Im zinnfarbenen Meer spiegelte sich das wilde Spiel von rosa-, pfirsich- und tiefblauen Tönen. Wolkenfetzen zerstreuten sich in getigerten Mustern und endeten in einem fast künstlerischen

Wirbel. Der Maler, dessen Galerie sie besucht hatten, konnte sich über mangelnde Motive nicht beklagen.

Eine lange Mauer erstreckte sich vom Hafen aus, Schutz vor den Elementen. Die einsame Gestalt blickte aufs Meer. Zu weit weg, um das Geschlecht zu erkennen, aber wer auch immer es war, sah furchtbar nach einer Szene aus *Die Geliebte des französischen Leutnants* aus.

»Es kommt nicht oft vor, Matthew, aber ich bin sprachlos. Was für ein unglaublicher Ort! Ich habe bereits beschlossen, und nichts wird mich davon abbringen, dass dies der Ort meines nächsten Kurzurlaubs ist.« Adrian hatte bereits alles geplant. Er würde Jared für ein Wochenende mitnehmen; sie könnten in der Brandung spazieren gehen, mit den Einheimischen plaudern und darüber fantasieren, hier zu leben, bevor sie etwas Käse kaufen und nach Hause fahren würden. »Also, gehen wir ins Fischrestaurant oder in den Pub?«

»Ich hätte auf beides Lust, aber wenn wir unsere Freunde vom Strand sehen wollen, würde ich zum Pub tendieren.«

»Sehr weise. Scharfsinnig sogar. Lass uns gehen.«

24

Der Besuch auf der Polizeistation in Fishguard war überraschend angenehm. Überzeugt, für ihr unangemeldetes Auftauchen feindselig empfangen zu werden, stellte Beatrice erleichtert fest, dass Inspector Howells einen Termin im Cardiff Crown Court wahrnahm. Stattdessen bat sie darum, mit PC Johns zu sprechen, der ihre ursprüngliche Aussage aufgenommen hatte. Er schien erfreut, sie wieder zu sehen und war geradezu hypnotisiert von Virginia. Seine klugen Einwände inspirierten eine rege Diskussion auf der Fahrt zurück zum B&B in Porthgain.

»Er hat recht. Sie konnten das Boot am Samstag nicht den ganzen Tag da draußen liegen lassen. Es würde alle möglichen Arten von Aufmerksamkeit auf sich ziehen«, sagte Virginia.

Beatrices Blick wanderte über die Hecken. »Ich verstehe nicht, warum sie warten. Wenn sie die Ladung abgesetzt haben, warum kehren sie nicht um und fahren zu ihrem Ausgangsort zurück?«

»Irland.«

Beatrice schnalzte mit der Zunge. »Das wissen wir nicht mit Bestimmtheit. Lass uns keine Vermutungen anstellen. Wir wissen nur, dass sie bis Samstagabend hierbleiben. Also müssen sie das Boot irgendwo anlegen. Sehr wahrscheinlich im Hafen von Porthgain.«

»Und laufen in der Nacht von Samstag auf Sonntag aus, zurück nach Irland, oder wo auch immer.«

Zwei Krähen griffen wiederholt einen Bussard an und lieferten sich einen anmutigen Kampf am Himmel. Beatrice fragte sich, ob es Aggression oder Schutz war.

Virginia deutete nach rechts zu Croesgoch. »Aber du hast recht. Warum warten sie? Nur um den Schutz der Dunkelheit zu haben? Ich weiß nicht, warum das nötig ist, wenn sie ihre illegale Ware losgeworden sind.«

»Vielleicht nehmen sie etwas in die andere Richtung zurück. Wenn der verdammte Howells sie nur überwachen würde, könnte das alles in wenigen Tagen aufgeklärt werden. Plus er und seine Truppe würden im ganzen Land dafür beklatscht werden, eine millionenschwere Drogenschmuggeloperation geknackt zu haben.«

Virginia warf ihr einen Blick zu, als sie den Volvo über die Landstraße lenkte. »Wie war das schon wieder mit dem Anstellen von Vermutungen?«

»Ich habe übertrieben. Das ist etwas anderes.«

Sie verstummten, als das Fahrzeug den Hang hinunter zu dem winzigen Hafen rollte. Beatrice nahm die riesige Ufermauer in Augenschein, die sich wie ein gewaltiger, schützender Arm um die vertäuten Fischerboote wölbte. Bei strahlendem Sonnenschein und ruhigem Wasser erschien ihr das Ausmaß des Bauwerks übertrieben, aber sie konnte sich vorstellen, was für ein Segen es sein musste, wenn ein Sturm die Küste traf.

Virginia fuhr rückwärts in eine Parklücke, stellte den Motor ab und klebte einen Polizeiausweis auf das Armaturenbrett.

»Gut, lass uns herausfinden, wer die ein- und ausfahrenden Boote registriert. Vielleicht finden wir sogar einen Namen und eine Adresse heraus. Dann will ich vor dem Abendessen noch duschen. Gehen wir in das Fischrestaurant oder zurück in den Pub? Ich hätte nichts dagegen, nochmal einen Blick auf den Barmann zu werfen.«

Beatrice seufzte und löste ihren Sicherheitsgurt. »Wir gehen ins Restaurant. Erstens, um alles abzudecken, und zweitens, um dich von Ärger fernzuhalten. Und wie soll ich jetzt rauskommen? Du bist viel zu nah an diesem Corsa.«

»Nicht meine Schuld. Er steht quer auf der Linie, während ich richtig geparkt habe. Komm auf dieser Seite raus. Wer seinen Wagen so abstellt, ist echt ein Arsch.«

Der Hafenmeister war aus ähnlichem Holz geschnitzt wie Howells. Unbeeindruckt von Beatrices Referenzen, bestätigte er, dass er tatsächlich Aufzeichnungen über die Boote führte, die in den Hafen ein- und ausfuhren. Allerdings war er ohne richterliche Verfügung auf keinen Fall bereit, diese herauszugeben. Virginia versuchte es mit extrafreundlichem Zuckerguss, aber es war klar, dass das Ego dieses Mannes von seiner momentanen Macht genährt wurde. Sie gaben auf und Virginia schimpfte auf dem ganzen Weg zurück zum B&B über kleine Hobby-Diktatoren.

»Virginia, vergiss ihn einfach. Ich werde PC Johns kontaktieren und ihn dazu bringen, in Uniform aufzutauchen. Ein einheimischer Beamter könnte mehr Erfolg haben, aber es ist vielleicht ein bisschen zu spät, den Mann jetzt zu stören. Ich werde ihm eine E-Mail schicken.«

Beatrice, entsetzt über ihren eigenen Egoismus, verspürte das Bedürfnis nach Einsamkeit. Das Gefühl der Klaustrophobie wurde noch dadurch verstärkt, dass das einzige noch verfügbare Zimmer im B&B ein Zweibettzimmer war. Ihr Drang nach Freiraum wurde stark wie ein Durst. Sie überlegte, wie sie das Thema ansprechen sollte, als sie eincheckten.

Glücklicherweise hatte sie das nicht nötig. Virginia ließ sie vom Haken.

»So, ich gehe jetzt duschen und melde mich bei meinem Mann, wenn das für dich in Ordnung ist? Er wird jetzt am Frühstücken sein.«

»Klingt nach einem Plan. Ich denke, ich werde einfach meine Tasche abstellen und ein wenig spazieren gehen. Mir einen klaren Kopf verschaffen und sehen, ob ich eine Logik hinter all dem erkennen kann.« Die Anspannung löste sich von Beatrices Schultern.

»Geht das wirklich so in Ordnung für dich? Ich will dich nicht rausschmeißen; es ist nur so, dass dies die einzige Gelegenheit ist ...«

»Ich war bereits am Überlegen, wie ich es taktvoll ausdrücken soll, aber auch ich brauche etwas Auszeit. Dieser asozialen alten Schachtel kommt das gerade recht.«

Virginias Gesicht wurde weicher. »Danke. Ich brauche nur eine halbe Stunde oder so. Und für eine asoziale alte Schachtel bist du tolle Gesellschaft. Gib mir deine Tasche. Wir sehen uns nachher. Vergiss nicht, dass der Tisch im Restaurant für sieben Uhr reserviert ist.«

Sie schoss die Treppe mit solcher Eile hinauf, dass Beatrice sich ein Lächeln nicht verkneifen konnte. Doch Virginias offensichtlicher Eifer, die Stimme ihres Mannes zu hören, warf ein grelles Licht auf ihre eigene Situation. In einer dieser Stimmungen konnte Beatrice schwarze Löcher in einem Regenbogen finden.

Der Empfangsraum war bedrückend. Hübsch dekoriert, mit Spitzenvorhängen, Patchwork-Kissen und weißem Holz. So kitschig. Sie war ungerecht. Aber sie fühlte sich danach, unfair zu sein. Sie gab sich einen Ruck. Ab auf einen Spaziergang. Um nachzudenken. Um dem leisen Knurren hinter sich zu entkommen.

Als sie aus dem niedrigen Gebäude herauskam, zögerte sie.

Sie hatte vorgehabt, die Klippen hinaufzugehen, aber das unmittelbare Bedürfnis, dem Meer so nahe wie möglich zu kommen, war stärker. Die Hafenmauer zog sie an. Eine Barriere gegen die Elemente und eine Verbindung zum Ozean. Ein sicherer Ort, von dem aus sie die Gefahr beobachten konnte. Sie hängte sich ihre Handtasche über die Schulter und folgte ihrem Instinkt.

Das Innere des Hafens verweilte in der Sanftheit des späten Nachmittags, dem Plätschern der Wellen und dem metallischen Klirren der Masten und Ankerketten. Ölige Flecken aus Ruß und Gerümpel tanzten in den Ecken. Etwas am starken Geruch ermutigte sie, ihre Lungen zu füllen. Halb Ozon, halb Diesel, irgendwie gab es ihr einen Schub, sie erhöhte ihr Tempo. Als sie die Biegung erreichte, den äußersten Punkt der Mauer, hielt sie an, um den Wellen zuzuschauen, wie sie an die Ziegelsteine unter ihr schlugen. Wie immer erstarrte sie in Ehrfurcht. *Die Elemente haben diese Macht über die Menschheit; diese unendliche Faszination. Wir glauben, dass wir Erde und Luft beherrschen, finden aber bald heraus, dass das Gegenteil der Fall ist. Doch es sind Feuer und Wasser, die uns erkennen lassen, wie schwach wir in Wirklichkeit sind.* Beatrice erkannte an, dass das Meer in seinem unermüdlichen Rhythmus, seiner ungebremsten Kraft, seiner alles vereinnahmenden Gewalt, in jeder Hinsicht und dauerhaft überlegen sein würde.

Das Meer. Wir beschreiben es als tobend, grausam, schön, unkontrollierbar und sich endlos verändernd, aber schlussendlich ist es einfach nur da. Alles, was wir tun können, ist, unsere Mauern zu stärken, um vorbereitet zu sein. Denn es wird nie weggehen. Wir können lediglich lernen, damit umzugehen.

25

———

Das Glück war schon immer auf Adrians Seite. Als Schütze mit Waage im Aszendenten fielen ihm Herzensangelegenheiten oft in den Schoß. Der heutige Abend war keine Ausnahme. Die Speisekarte bot hausgemachte Fischpastete, die Weinkarte hatte überraschendes Potential und der mit kantigem Gesicht und Rufus Sewell Locken gesegnete Barmann sandte ihm zweideutige Signale. Ein guter Detektiv nutzte jedes Mittel, das ihm zur Verfügung stand.

»Ich denke, ich nehme die Rindfleischpastete«, verkündete Matthew. »Und dieser australische Rote könnte einen Versuch wert sein. Was denkst du?«

Adrian prüfte die Beschreibung. »Sieht genau richtig aus. Wir sind ja im Urlaub, sozusagen. Da sollten wir uns schon etwas gönnen. Ich werde ein Glas Chenin Blanc als Begleitung zur Fischpastete probieren. Wir müssen an der Bar bestellen. Ich bestehe darauf, das zu übernehmen, aus zwei Gründen. Erstens: Du hast den Zug bezahlt. Zweitens möchte ich die Gelegenheit nutzen, mit dem Barmann zu plaudern. Rein im Interesse der investigativen Gründlichkeit, versteht sich.«

»Danke, sehr nett von dir. Er ist zweifellos ein auffällig aussehender Bursche. Sag ihm, ich sei ein Onkel oder so, und ich werde hier ruhig sitzen und das Kreuzworträtsel lösen. Könntest du um Pommes als Beilage bitten? Wie du schon sagtest, wir sind im Urlaub. Und Adrian, vergiss nicht, in bar zu bezahlen.«

Als er Adrian kommen sah, schob sich ›Rufus‹ an der Bardame vorbei und landete ganz zufällig in der idealen Position, um ihn zu bedienen. Geschickt.

Adrian schenkte ihm DEN Blick. *Ich checke dich ab. Ich bin schwer zufriedenzustellen, aber soweit gefällt mir, was ich sehe.*

»Hallo. Könnte ich etwas zu essen bestellen?«

»Klar. Wo sitzt du denn?«

Als ob du das nicht wüsstest. Du konntest deinen Blick nicht mehr von mir nehmen, seit ich reingekommen bin.

Adrian deutete auf ihren Tisch, an dem Matthew unauffällig über den Rand der Zeitung spähte. »Neben dem Kamin. Zum Trinken je ein ein großes Glas Stormy Bay Shiraz und Chenin Blanc. Ich nehme den *Fisherman's Pie* und mein Onkel hätte gerne den *Steak and Ale Pie*, mit einer Beilage Pommes.«

»Was ist mit dir? Keine Lust auf eine Beilage?« Den Kopf noch immer über die Kasse gebeugt, hob er seinen Blick zu Adrian.

»Führ' mich nicht in Versuchung. Ich lasse gerne etwas Platz für eine Nachspeise.«

Augenkontakt, geheimnisvolles Lächeln und der Deal war besiegelt. Adrian überreichte einen Fünfzig-Pfund-Schein. Als der Barmann das Wechselgeld abzählte, fragte er beiläufig: »Auf Urlaub hier?«

»So ungefähr. Ich mache eine Tour durch Wales und versuche, meinen Cousin zu finden.« Adrian senkte seine Stimme. »Er hat sich ein bisschen Ärger eingehandelt und ist in einer

Nacht- und Nebelaktion abgehauen. Wir wissen nur, dass er sich Richtung Wales aufmachte. Ich helfe meinem Onkel bei der Suche.«

»Wales ist groß, viel Platz zum Verstecken. Hast du einen Namen?«

Einen Namen? Guter Punkt.

»Besser als einen Namen, wir haben ein Foto.« Adrian holte das Bild aus seiner Tasche und legte es auf den Tresen, gerade als ein Mann in weißer Kochbekleidung aus der Küche kam. Während der Barmann das Bild studierte, überblickte der Koch das Lokal.

»Lyndon, würdest du bitte ein paar Gläser holen?«

Lyndon? Oh ja, das passt zu ihm. Genauso romantisch wie Rufus, wenn nicht sogar besser.

»Gleich. Gary, komm mal hier rüber. Dieser Mann sucht nach jemandem. Er hat ein Foto.« Er drehte sich wieder zu Adrian um. »Gary ist der Wirt.«

Gary nickte Adrian grüßend zu und hob das Foto auf. Er warf Lyndon einen scharfen Blick zu und blickte sofort wieder zu Adrian.

»Und Sie sind ...?«

»Andrew Ramos. Dieser Mann ist mein Cousin.«

»Steckt Ihr Cousin in irgendwelchen Schwierigkeiten?« Die Augen des Wirts waren misstrauisch.

Adrian stieß ein Lachen aus und deutete mit einer Kopfneigung auf Matthew. »Nur mit seinem Vater. Es gab einen Familienstreit, und ... Tim ist ausgebüxt. Wir wollen ihn nur finden und überreden, nach Hause zu kommen.«

»Ich verstehe. Wir haben ihn hier noch nie gesehen, aber wenn er auftaucht, werden wir es euch wissen lassen. Könnten Sie eine Nummer hinterlassen?«

Seltsam, dass er für beide sprach.

Lyndons Augen trafen seine, aber sein Blick enthielt nichts Flirtendes. Eher eine Entschuldigung. Adrian kritzelte seinen falschen Namen und seine echte Nummer auf einen Bestellblock und bedankte sich für die Hilfe.

Matthew schien sich ärgerlicherweise nicht um das Verhalten des Wirtes zu kümmern und widmete seine ganze Aufmerksamkeit seinem Kuchen. Adrian war überzeugt, dass etwas Verdächtiges hinter ihren Reaktionen steckte, also erklärte er es noch einmal.

Matthew tunkte sein letztes Pommesstäbchen in die Soße. »Ich glaube, du interpretierst da zu viel rein. Im Pub ist viel los. Der Chef sah, wie ein Angestellter zu lange mit einem Kunden trödelte und entschied sich, ihn ein wenig zurechtzuweisen. Er hat den Mann nicht erkannt und wollte dich loswerden, damit sich seine Mitarbeiter auf ihre Arbeit konzentrieren können. Da ist nichts Schlimmes dran. Wie war dein Essen?«

»Hervorragend. Die Sache ist die, Matthew, du hast sein Gesicht nicht gesehen, als ich ihm das Bild gezeigt habe. Er hat es kaum eines Blickes gewürdigt, dafür aber mich umso fassungsloser angestarrt. Ich schwöre, er verheimlicht etwas.«

»Und der Barmann?«

»Lyndon. Er sah schuldbewusst aus und hat mir nicht einmal die Chance gegeben, Fragen zu stellen. Außerdem war er den ganzen Abend schon auffällig abwesend ...«

Matthew legte Messer und Gabel zusammen. »Wohl eher überarbeitet. Es fängt gerade erst an, sich zu beruhigen. Dieser Pie war ein Triumph. Allerdings wäre Bier die klügere Begleitung gewesen. Der Shiraz war zu überwältigend. Adrian, hast du bedacht, dass sie den Pferdeschwanzmann kennen könnten? Vielleicht sind sie mit ihm zur Schule gegangen, oder er ist der Sohn eines örtlichen Schafbauern. Und jetzt erfindest du eine neue Identität und behauptest, er sei von zu Hause weggelaufen?«

Das war Adrian nicht in den Sinn gekommen und der Gedanke ärgerte ihn. »Wenn das der Fall wäre, würde ihre Reaktion einen Sinn ergeben, nehme ich an«, gab er zu. »Und jetzt denkt Lyndon, dass ich eine Art Spinner bin, weshalb er mir aus dem Weg geht. Wie hättest du es gemacht?«

»Ich weiß es nicht. Vielleicht so getan, als wäre ich ein Privatdetektiv? Was wir ja im Grunde auch sind. Was hältst du von einem Hafenspaziergang, bevor wir zurück zum B&B fahren? Ich habe das Bedürfnis, mir die Beine zu vertreten.«

Adrian trank seinen Wein aus und warf einen letzten Blick auf die Bar. Keine Spur von Lyndon. Eine Schande, wirklich. Der hatte Potenzial. Er eilte Matthew hinterher.

Als sie in die kühle Nachtluft traten, klingelte Adrians Handy. Eine unbekannte Nummer.

»Hallo?«

»Andrew Ramos? Hier ist Lyndon, der Barmann. Bevor du gehst, ich wollte kurz mit dir sprechen. Wegen des Fotos.«

»Oh, ich verstehe. Dann komme ich wieder rein.«

»Nein, ich komme raus. Zwei Sekunden.«

Matthew ging diskret weiter in die Gasse und schlenderte hinunter zum Hafen. Adrian saß auf der niedrigen Mauer, wartete und lauschte dem Gemurmel an den Tischen im Freien. Lyndon tauchte hinter dem Pub auf und winkte Adrian, ihm zu folgen.

Inmitten der großen Müllcontainer saß Lyndon auf einem umgedrehten Bierkasten, zündete sich eine Zigarette an und musterte Adrian.

»Ich habe nur kurz Zeit, wollte dich aber dennoch erwischen. Quasi solange es noch warm ist, du verstehst schon. Die Polizei war heute hier und hat sich nach demselben Kerl erkundigt. Sie waren zu zweit und hatten genau das gleiche Foto wie du. Deshalb reagierte Gary auch so komisch. Die eine, ein Detective Inspector aus London, sagte, ich solle es für mich behalten, aber dann kommt plötzlich noch jemand daher.«

»Ein Detective Inspector aus London? Hat sie gesagt, warum sie nach diesem Typen sucht? Tim, meine ich?«

»Nein, nicht dass ich wüsste. Sie hat vielleicht etwas zu

Gary gesagt, aber sie hat mich nur gefragt, ob ich ihn schon mal gesehen habe. Was ich habe. Wie ich ihr schon sagte, sie kommen etwa einmal im Monat hierher, zu zweit und ich glaube, sie sind Iren. Ich habe sie immer nur an einem Samstagabend gesehen. So einen Pferdeschwanz vergisst man nicht, oder?«

»Hat dir diese Londoner Polizistin ihren Namen genannt?«

»Sie hat mir ihre Karte gegeben.« Er stand auf, holte seine Brieftasche aus der Gesäßtasche und zog die Karte heraus.

Detective Inspector Beatrice Stubbs, Metropolitan Police.

Obwohl er die Karte kannte, fröstelte es Adrian, als er die Worte las. Er gab sie zurück.

»Sie waren zu zweit, sagtest du?«

»Keine Ahnung, wer die zweite war, aber ich kann dir ihre Beschreibung geben. Groß, peroxidblond und geradezu zügellos, die Frau. Hat versucht, mich abzuschleppen. Aber sie ist nicht mein Typ.«

Adrians Stichwort.

»Warum erzählst du mir das alles?«

Lyndon drückte seine Zigarette aus und stand auf. »Weil du genau mein Typ bist. Der andere ist wirklich dein Onkel?«

»Nein, aber etwas ähnliches. Hör zu, wir reisen morgen ab, aber vielleicht komme ich in den nächsten Wochen wieder. Kann ich deine Nummer haben? Nur für den Fall.«

»Hier, ich schreibe sie auf die Rückseite ihrer Karte. Ruf mich an okay?«

Matthew drehte sich lächelnd um, als er Adrian näherkommen hörte.

»Ich hatte vor, dir noch zwei Minuten zu geben, bevor ich einen subtilen Rückzug antrete. Warst du erfolgreich? Ich brauche keine Details.«

»Ja, aber warte, bis du das hier hörst. Es scheint, dass wir nicht die einzigen sind, die hinterhältig sind. Die Polizei war heute hier und hat nach demselben Kerl gefragt, mit demselben Foto. Eine Polizistin aus London.« Er hielt die Visitenkarte in den Schein der Straßenlaterne.

Matthews Augen verdrehten sich. »Großer Gott! So viel zum Thema ›Ich muss arbeiten, ich werde das ganze Wochenende beschäftigt sein.‹. Was für eine unverschämte Ausrede! Diese durchtriebene Frau hört nie auf, mich zu verblüffen.«

»Mich auch nicht. Aber wenn es hier etwas zu finden gab, war sie zuerst da. Lass uns schlafen gehen. Und ich schlage vor, wir fahren gleich morgen früh zurück nach London. Die Spur ist kalt.«

»Definitiv.« Matthew schüttelte den Kopf, als sie sich auf den Weg zurück zu ihrer Unterkunft machten. »Das ärgerlichste ist …«

Adrian beendete seinen Satz. »… wir können uns nicht beschweren, dass sie uns belogen hat. Ich weiß. Aber ich kann immer noch nicht glauben, dass sie das getan hat.«

»Sie hat den Vogel abgeschossen, also wirklich. Der einzige Vorteil, den wir haben, ist ihre Unwissenheit über unsere Anwesenheit. Aber wir kennen ihr hinterhältiges Doppelspiel. Information ist Macht.«

Adrians Gedanken schwirrten. *Macht, ja. Aber wie nutzen wir sie?*

Oben im Clipper Inn griff Gary Powell in seine Tasche. Die Visitenkarte der Metropolitan Police war ein wenig fettig und roch nach Zwiebeln. Er nahm den Hörer ab. Es war halb zwölf am Samstag; wahrscheinlich würde niemand rangehen, aber er konnte ihr eine Nachricht hinterlassen. Er war sich ziemlich sicher, dass sie das interessieren würde.

26

Muscheln klimperten eine leise Melodie am Strand, die Sonne ging unter und färbte die Wolken rosarot. Zentimeter für Zentimeter zog Matthew den Reißverschluss ihres Neoprenanzugs herunter und schüttelte bedauernd seinen Kopf. Die Angst schwoll an wie eine Qualle in ihrer Kehle, aber sie tat nichts, um ihn aufzuhalten. Schließlich riss er die beiden Seiten auf und starrte entsetzt auf das, was er sah.

»Wie lange hast du das schon?«, rief er mit fassungsloser Miene. Sie versuchte, den Mund zu öffnen, aber ihre Zunge war vor Scham erstorben.

Er schüttelte sie an den Schultern. »Wie lange? Wie lange!«

»Beatrice! Beatrice!«

Sie schoss auf im Bett, die Augen geweitet und der Puls pochend. Da war kein Neoprenanzug. Ihr Tartan-Pyjama war warm, trocken und zugeknöpft. Das Rauschen der Wellen drang durch das B&B Fenster und Matthew sah aus wie Virginia Lowe. Beatrice schloss ihre Augen und öffnete sie wieder.

Virginia hockte auf Beatrices Bett, ihr Teint im grauen

Licht verschwindend. Ungeschminkt und mit einem langen weißen T-Shirt bekleidet hatte sie Potential, einen schwächlichen Menschen vorzeitig ins Grab zu bringen. Sie legte Beatrice eine beruhigende Hand auf die Schulter.

»Beatrice? Es tut mir leid, dass ich dich geweckt habe.«

»Was ist los? Habe ich geschnarcht?«

»Nein, nein. Aber wir müssen los. Hast du dein Telefon nicht gehört?«

»Mein Telefon? Wie spät ist es denn? Wohin gehen wir?«

»Es ist fast halb neun. Wir müssen jetzt zurück nach London. Unser Mann hat gerade wieder zugeschlagen.«

Beatrices Gedanken beschleunigten sich und schalteten einen Gang hoch. »Nein! Das kann nicht sein! Er war auf der Arbeit, dafür haben wir gesorgt.«

»Sieht so aus, als hätte er es mit diesem Mädchen auf dem Heimweg gemacht.«

Beatrice warf die Bettdecke zurück, aber etwas in Virginias Stimme ließ sie ihre Zähne zusammenbeißen.

»Was heißt ›es auf dem Heimweg gemacht‹?«

»Sie ist sechzehn und macht ein Praktikum im Zeitungskiosk am Bahnhof. Sie ist vor etwa einer Stunde von zu Hause weggegangen und dieser dreckige Bastard hat in einer Gasse auf sie gewartet. Er hat seinen Penis in ihren Mund gesteckt.«

Beatrice zog eine Grimasse und konnte die Vibration in ihrer Stimme nicht verbergen. »Oh mein Gott. Dieser widerliche, abscheuliche ... geht es dem Mädchen gut? Dumme Frage.« Sie warf die Bettdecke zurück. »Ich bin in weniger als zehn Minuten fertig. Wenn wir jetzt losfahren, können wir bis zum Mittag zurück sein.«

Virginia bewegte sich nicht, sondern starrte weiterhin glasig auf die Knöpfe von Beatrices Schlafanzug.

»Was? Virginia? Was ist mit dir?« Sie beugte sich vor, um in Virginias Gesicht zu blicken.

Virginia sah auf, ihre Augen quollen über und sie biss sich auf die Unterlippe.

»Beatrice, das Mädchen ist autistisch. Und dieses kranke Individuum wusste es.«

Jeder Muskel in Beatrices Körper gab nach.

27

Ihre letzte Begegnung im Familienzentrum hatte Beatrice den Eindruck vermittelt, dass Maggie Howard ständig alles unter Kontrolle hatte. Einfühlsam, fürsorglich, professionell und positiv. Als Maggie also am Sonntagnachmittag das BTP-Büro betrat, erschütterte es Beatrice, ihre geschwollenen Augen und ihren angespannten Mund zu sehen.

Beatrice, selbst erfahrene Heulsuse, drückte ihr sanft die Schulter und bot Taschentücher an, nachdem sie die Tür zu Virginias Büro geschlossen hatte. Sie schenkte ihnen beiden ein Glas Wasser ein.

»Danke, dass du gekommen bist, Maggie. Ich weiß es zu schätzen. Virginia ist noch im Gespräch mit dem Zeitungshändler, wird aber sobald sie kann zu uns stoßen. Ich würde gerne hören, was du heute Morgen über das Opfer herausfinden konntest. Ist sie ... ist sie in Ordnung?«

Maggie schüttelte den Kopf und presste ihren Kiefer zusammen. Beatrice befürchtete, dass etwas zerbrechen könnte. Sie atmete tief durch.

»Gut, ich denke, ich bin bereit, anzufangen. Hör zu, Beatrice ...«

»Nicht doch. Wenn das nächste, was aus deinem Mund kommt, eine Entschuldigung ist, dann lass es einfach. Es ist nicht nötig. Wir sind auch nur Menschen. Der Morgen muss die Hölle gewesen sein.«

Maggies Make-up war verschmiert und ihr Haar zerzaust. Sie sah aus wie ein Rockstar am Morgen danach.

»Ich habe in diesem Job schon einige üble Sachen gehört; wirklich krankes Zeug. Das hier geht direkt in die Top 5 vom Schlimmsten. Cherry James ist sechzehn und hat PDD-NOS. Ja, ich weiß. Warte, bis du hörst, wofür das steht. *Pervasive Development Disorder Not Otherwise Specified*. Nicht ganz Asperger-Syndrom, nicht ganz Autismus, aber zeigt viele ähnliche Verhaltensmuster. Alle diese Störungen fallen unter den Begriff Autismus-Spektrum-Störung.«

»Ich habe vom Asperger-Syndrom und von Autismus gehört, aber ich gestehe, dass ich nicht weiß, was beides wirklich bedeutet. Da gibt es vage Erinnerungen an *Rain Man*?«

»Das ist nicht mal so weit daneben. Der Hinweis liegt im Namen. Es ist eine neurologische Entwicklungsstörung. Menschen mit diesem Zustand verhalten sich nicht so, wie wir es von ihnen erwarten, erkennen soziale Codes nicht an und fixieren sich oft zwanghaft auf etwas.«

»Auf Menschen?«

»Interessanterweise ist dies am unwahrscheinlichsten. PDD-NOS-Betroffene neigen dazu, einsam zu sein, vertieft in ihre eigenen Interessen. Es sind ebendiese Interessen, die oft zu Obsessionen werden. Dinosaurier, Planeten, Verbrennungsmotoren, Spielzeug, Videospiele, alles. Cherry steht auf Haie. Filme, Spielzeug, Modelle, Bilder und Bücher, so viele Bücher über Haie. Das hat diesem abscheulichen Dreckskerl erlaubt, sich einen Zugang zu ihr zu verschaffen.«

»Über Haie?«

»Er hat sich ihr Vertrauen erschlichen, Beatrice. Er entdeckte Cherry, die in ihrem Sommerjob im Zeitungsladen des Bahnhofs arbeitete, niedere Arbeiten verrichtete, aber ihr eigenes Geld verdiente. Es scheint, dass sie den Job sehr mochte und ein Liebling der Stammkundschaft wurde. Sie hat einige Kommunikationsschwierigkeiten, aber eher sozial als verbal. Es bereitet ihr Mühe, Emotionen und Signale zu lesen, sodass sie ein einfaches ›Guten Morgen, wie geht es dir?‹ zu einem Vortrag über die Physiologie von Hammerhaien ausbaut.«

»Und einer der Leute, dem sie den Vortrag gehalten hat ...«

»... sah seine Gelegenheit. Er gab ihr kleine Geschenke, Bilder, die er heruntergeladen hatte. Nie im Laden, sagt sie. Manchmal auf dem Weg dorthin oder auf dem Heimweg. Ihr Gedächtnis ist in manchen Punkten erstaunlich präzis und in anderen völlig abwesend. Sie weiß genau, welche Bilder er ihr geschenkt hat, konnte uns aber nicht mal eine halbwegs schlüssige Beschreibung des Typen geben. Sie nimmt es einfach nicht wahr. Und ja, die Bilder werden bereits auf Fingerabdrücke untersucht. Er unterhielt sich mit ihr und lernte ihre Routinen, ihren Zeitplan. Das ist nicht schwer, denn es ist eine weitere ihrer Obsessionen.«

Maggies Stimme blieb ruhig und analytisch, sie verriet keine Spur ihrer früheren Verzweiflung.

»Wann hat das angefangen?« Beatrices Haut kühlte sich ab.

»Wir sind nicht sicher – ihr Zeitbewusstsein ist ungenau – aber vor mehr als einem Monat. Das ist klassisches *Grooming*. Er hat das Mädchen vorbereitet. Und heute Morgen, als sie das Haus verließ, traf er sie und bot ihr einen Handel an. Er muss gedacht haben, dass es einfach sein würde, aber wie viele Menschen im Autismus-Spektrum hasst sie es, berührt zu werden. Selbst von denen, die sie offensichtlich liebt.«

»Wenn das so ist, wie hat er es geschafft, das zu tun, was er getan hat?«

Maggie kniff ihre Augen für einen Moment zusammen, als

ob sie lieber nichts sehen wollte. Als sie sprach, klang ihre Stimme weniger ruhig.

»Er hat getauscht. Ein Set Hai-Tattoo-Schablonen für sie, ein kleiner Gefallen für ihn. Sie hatte keine Ahnung, was sie tun sollte, also hat er sie hindurchgeführt. Zuerst brachte er eines der Abziehbildchen auf ihrer Haut an. Clever. Diese Kinder hassen es normalerweise, angefasst zu werden. Aber sie ließ ihn, für die Haie. Dann erklärte er ihr, was er im Gegenzug wollte. Sie ist gut darin, explizite Anweisungen zu befolgen. Aber dieses blöde, perverse Arschloch hat versucht, ihren Kopf zu berühren. Das kann man bei einem Kind wie ihr einfach nicht machen. Sie hat heftig reagiert; geschrien, um sich geschlagen, sie taumelte. Das erschreckte ihn.«

»Oh mein Gott. Ist sie nach Hause gegangen oder wurde sie von jemandem gefunden?«

Maggie runzelte die Stirn und rieb sich an ihrem Nasenrücken. »Nein. Das ist ein weiteres Problem. Er traf sie, als sie aus ihrem Hinterhof kam. Sie sind nicht weit gegangen. Nur die eine Gasse hinunter. Ihre Mutter hat die Schreie gehört.« Sie atmete tief ein und blies einen langen Atemzug aus.

Beatrice versuchte, mit Cherrys Mutter mitzufühlen, beschloss aber, dieses Gefühl zu verdrängen. Es würde nichts helfen, wenn sie ebenfalls verzweifelt war.

Maggie sah auf, die Augen müde, die Falten tiefer. »Fang ihn. Tu es bald. Und wenn es erledigt ist, dann lass mich mal eines Nachts in seine Zelle. Ich werde ihm Gerechtigkeit widerfahren lassen.«

Müde von der anstrengenden Fahrt, überfüllt mit Mitgefühl für Cherry, ihre Mutter und Maggie, und unglücklich in dem Wissen, dass sie ihre eigene Agenda verfolgte, spürte Beatrice einen Abgrund unter sich.

Sie schluckte. »Also gut. Ich werde ihn für dich festhalten.«

Maggie zog Reinigungstücher aus ihrer Tasche und

begann, ihr Make-up nachzubessern. »Während ich ihm den Schwanz abschneide und *ihn* zwinge, ihn zu schlucken.«

Für Beatrice klang das vernünftig.

Als sie den Besprechungsraum im Finsbury Park Kontrollzentrum betraten, verriet das Gesicht von Inspector Kalpana Joshi alles. Sie nickte Beatrice und Virginia zu, konnte sich aber kein Lächeln abringen.

Virginia begann. »Danke, dass du an einem Sonntag kommst, Kalpana. Wir haben mit den meisten Mitarbeitern gesprochen, und da mindestens zwei Opfer eine positive Identifikation abgaben, müssen wir aktiv werden.«

Kalpana reagierte nicht, sondern starrte auf die gegenüberliegende Wand.

Virginia bedachte Beatrice mit einem besorgten Stirnrunzeln.

Beatrice sprach leise. »Kalpana?«

»Hast du so etwas schon einmal erlebt? Jemand aus deinem eigenen Team von Ordnungskräften nutzt seine Position für Missbräuche und Übergriffe aus?«

Kalpanas dünne Stimme klang rau und wund, als hätte sie geschrien. Ihre schöne bronzene Haut wies eine unterschwellige Rötung auf. Beatrice wünschte, sie hätte sie in den Arm nehmen können.

Stattdessen beantwortete sie die Frage. »Nicht ein Mitglied meines Teams, nein. Aber jemand, den ich als Verbündeten ansah, dem ich vertraute, hatte nur meine schlimmsten Interessen im Sinn, wie sich herausstellte. Es erschüttert das Vertrauen zutiefst.«

»Ja. Das ist es. Mein Vertrauen ist in seinen Grundfesten erschüttert. Wie muss sich dann die Familie von Cherry James fühlen?«

Die drei Frauen saßen einen Moment lang schweigend da.

Virginia versuchte einen anderen Ansatz. »Kalpana, er ist da draußen, jetzt. Vielleicht ist er in diesem Moment mit seiner Liste von Frauen auf der Straße. Er schmiedet Pläne für die nächste. Es könnte sogar heute sein. Wir müssen die Hintergründe einiger Verdächtiger durchleuchten.«

Kalpana wandte sich ihnen zu und all ihre Sanftheit löste sich auf.

»*Einige* Verdächtige? Ich dachte, zwei Opfer hätten positive Identifizierungen gemacht?«

Beatrice verzog ihren Mund zu einem entschuldigenden Lächeln. »Haben sie auch. Für zwei verschiedene Männer.«

»Gut, lass uns ihre Arbeitsberichte überprüfen, ihre persönlichen Daten, ihren Werdegang, alles, was wir finden können.« Kalpana streifte ihre Jacke ab und packte den Laptop aus. »Habt ihr Leute, die ein Auge auf sie werfen, nur für den Fall?«

»Natürlich«, versicherte Beatrice. »Sie beobachten; wir denken.«

Virginia öffnete die erste Datei. »Nathan Bennett arbeitet jene Schichten, die zu unserem Mann passen. Er hat das richtige Alter, die richtige Statur und wohnt in Crouch End. Ist also praktisch von hier.«

Während sie auf der Tastatur tippte, schüttelte Kalpana den Kopf. »Ich kann mir nicht vorstellen, dass Bennett das macht. Er ist ehrgeizig und auf die Karriereleiter fixiert.«

Beatrice stützte ihr Kinn auf ihre Hand und ließ ihren Blick auf Kalpana ruhen. »Kannst du dir irgendjemanden aus deinem Team vorstellen, der das tut?«

Kalpanas Finger erstarrten und sie drehte ihren Kopf zu Beatrice. Ihr Blick huschte nachdenklich nach unten und sie schüttelte den Kopf. »Du hast recht. Lass uns bei den Fakten bleiben.

Nathan Bennett ist seit 2009 bei der British Transport Police und hat viel Lob von Vorgesetzten, Kollegen und Ausbildern geerntet. Kam im Mai 2010 hierher. Strebt nach einer Beförderung. Verheiratet, keine Kinder. Ehefrau arbeitet als Sportberaterin.«

»Unser Profiler sah diesen Mann als Single«, sagte Virginia. »Ich will nicht sagen, dass das Profil perfekt ist, aber ...«

»Nein, aber ich weiß, was du meinst. Die Hochzeit war Weihnachten 2011, wir waren auf dem abendlichen Empfang. Es muss ein gottverdammter Unfall einer Ehe gewesen sein, wenn er sich weniger als ein Jahr später vor Fremden entblößt. Wer ist der andere?« Kalpana sah Beatrice an.

»Paul Avery.«

Etwas geschah mit Kalpanas Gesicht. Kaum als Mimik registrierbar, zuckten ihre Nasenflügel und ihr Blick schoss nach rechts. Sie gab die Details kommentarlos ein, aber Beatrices Neugier war geweckt.

»Ich habe vorhin gefragt, ob du dir vorstellen kannst, dass jemand aus deinem Team das tut. Deine Reaktion auf diesen Namen lässt mich zweifeln, ob du immer noch so überzeugt bist.«

Kalpana lehnte sich zurück und hob ihr Kinn zu Beatrice und Virginia. »Ich mag Paul Avery nicht, das gebe ich zu. Ihm fehlt es an sozialer Kompetenz, er kann übereifrig sein und seine persönliche Hygiene hat ihm eine informelle Verwarnung eingebracht. Ich könnte mir vorstellen, dass gewisse Finger in seine Richtung zeigen würden. Er ist ein Freak, aber ein harmloser. Ich stehe zu dem, was ich gesagt habe. Ich kann kein Mitglied meines Teams als potentiellen Sexualstraftäter sehen. Nicht einmal dieses.«

Beatrice sah Virginias zusammengekniffene Augen. Virginia stellte die Frage.

»Körperhygiene? Hat er ein Problem mit Körpergeruch?«
»Nein. Halitosis. Mundgeruch.«

· · ·

Scotland Yard war unheimlich ruhig an einem Sonntagnachmittag. Beatrice stand vor Hamiltons Büro und seufzte. Sie war bereit, ihre verbale Tracht Prügel einzustecken; es war nicht mehr, als sie verdient hatte, und sie wusste, dass es unvermeidlich war. Trotzdem war sie überrascht, ihre Vorladung so früh zu erhalten. Offensichtlich konnte Hamilton nicht bis Montag warten.

Sie klopfte, wartete auf Hamiltons knappe Erlaubnis und öffnete die Tür. Sie erwartete einen nordischen Krieger in Weißglut, Blitze des Zorns entfesselnd.

Die späte Nachmittagssonne leuchtete seine Hakennase und die Furchen seines ständigen Stirnrunzelns aus und warf einen Heiligenschein hinter seinem grauen Haar auf die Wand. Doch seine Augen schienen keinen Zorn zu enthalten, als er zu ihr aufblickte. Seine Stirn wies auf den Stuhl. Sie setzte sich.

»Sie haben einen Verdächtigen.«

»Ja, Sir. Zwei, um genau zu sein, aber einer sieht aus wie unser Mann.«

»Aktionsplan?«

»Ein Team beschattet ihn rund um die Uhr. Harrison, unser Köder, bleibt an Ort und Stelle. Er wird etwas versuchen, ohne Zweifel, und wenn er es tut, werden wir auf ihn warten.«

»Sie haben nicht genug, ihn der Staatsanwaltschaft zu übergeben?«

»Sir, wir brauchen konkrete Beweise. Bis jetzt sind alles nur Indizien. Aber wir sind ihm auf den Fersen. Er wird uns direkt in die Falle gehen, da bin ich mir sicher. Wirklich, Sir, wir werden nicht scheitern.«

»Wenn Sie mich fragen, sind Sie das schon. Cherry James.«

Dunkle Flügelschläge schwebten über Beatrice. Sie begegnete Hamiltons Blick und wartete.

»Ich habe gehört, Sie waren in Wales. Mit Kollegin Lowe.« Er kam einer Erklärung mit einer abweisenden Hand zuvor.

»Das interessiert mich nicht. Multi-Tasking ist eine wunderbare Fähigkeit zu Hause. Aber Sie sind bei der Arbeit. Konzentrieren Sie sich, Stubbs. Auf ihre Arbeit. Sollte dieser Mann nochmals jemanden angreifen oder sich entblößen, werde ich sie ersetzen lassen. Danke für Ihre Zeit.«

Beatrice verließ Scotland Yard schweren Schrittes. Erschöpft, schlechtgelaunt und starke Schuldgefühle hinter sich schleppend, wollte sie nur noch nach Hause und ins Bett. Doch sie zwang sich die Straße hinauf zum Hauptquartier der British Transport Police. Das war sie Cherry James schuldig.

Ty Grants üblicher Ausdruck sardonischer Belustigung war nicht präsent. Er rappelte sich auf, schnappte sich eine Akte von seinem Schreibtisch und traf sie auf halbem Weg zu Virginias Büro.

»Sie ist nach Hause gegangen. Ich bin ziemlich sicher, Sie möchten dasselbe tun, aber könnte ich zwei Minuten Ihrer Zeit in Anspruch nehmen?«

»Wenn es relevant ist, um unseren Perversen festzunageln, können Sie zwei Stunden haben. Los geht's.«

Ty breitete die Fotos auf dem Tisch aus. Acht mal vier, sowohl in Farbe als auch schwarz-weiß, von Paul Avery. Wie er den Zeitungsladen verließ, wie er vor dem Waschsalon rauchte, wie er seine Haustür aufschloss, wie er am frühen Abend mit einer Baseballkappe auftauchte, wie er in einen Bus stieg, wie er die Tür des The Coach and Horses aufriss.

»Alles, was wir heute aufgenommen haben, passt in das Profil. Er ist Single, lebt allein, trinkt allein und hat im Zeitungsladen Kippen und ein Pornoheft gekauft. Er ist unser Mann.«

Eine starke Überzeugung erfüllte sie und Beatrice zeigte auf die Mütze.

»Erinnern Sie sich an das Logo, das die Dreizehnjährige für uns gezeichnet hat? Das passt ziemlich genau. Irgendeine Idee, was es bedeutet?«

Ty schüttelte den Kopf. »Noch nicht. Ich arbeite daran. Ich werde es finden, und wenn ich die ganze Nacht dafür brauche.«

Seine Entschlossenheit überraschte sie. »Gut. Ihr Engagement wird ... sehr geschätzt.«

Ty zog die Mundwinkel nach unten. »Ja, manche Dinge machen einem zu schaffen. Wie Sie wissen. Ruhen Sie sich etwas aus, DI Stubbs. Und machen Sie sich keine Sorgen. Wenn er auch nur furzt, werden wir es hören.«

Sie beobachtete ihn, wie er zurück zu seinem Schreibtisch ging, als ob er sich in eine Rauferei stürzen würde. Zeit zu gehen. Ein blinkendes Licht lenkte ihre Aufmerksamkeit auf ihr Telefon. Sechs neue Nachrichten. An einem Sonntag? Vielleicht etwas von Bedeutung. Sie sollte sie wirklich abhören, bevor sie ging. Sie saß still und dachte über Grants Kommentar nach.

Wie Sie wissen. War ihr Zusammenbruch so wohlbekannt, oder war sie paranoid? Sie schüttelte den Kopf und gab sich eine wütende Ermahnung. Konzentriere dich darauf, diesen Mann von der Straße zu holen. Für Paul Avery durfte es kein nächstes Mal geben.

Nachrichten, nach Hause, ins Bett. Sie lehnte sich auf dem Stuhl zurück und drückte auf *Wiedergabe.*

28

Das Erste-Klasse-Abteil des 11.15-Uhr-Zuges von Cardiff Central am Sonntagmorgen war fast leer. Perfekt, um die Zeitung zu lesen. Auf dem Rückweg von der Toilette blieb Adrian an der Wagentür stehen und bewunderte seine Stylingkünste. Matthew hatte sich tatsächlich entschieden, das neugekaufte schwarze Outfit zu tragen, ohne den geringsten Überredungsversuch von Adrian. Und er sah großartig aus. Eine schwarze Leinenhose und ein schwarzes Seidenhemd. Ganz der Gentleman-Einbrecher. Wenn er ihn nur dazu bringen könnte, sich die Haare schneiden zu lassen.

Adrian lächelte, als er seinen Platz wieder einnahm. Matthew räumte einige der Sonntagsbeilagen weg, um Platz zu schaffen.

»Dein Mobiltelefon hat gerade geklingelt. Ich weiß nicht, wie man die Dinger bedient, also habe ich mich nicht eingemischt.«

Mailboxnachricht erhalten. Beatrice. Er hörte einmal zu, vergewisserte sich, dass er keine anderen Passagiere störte, dann spielte er die Nachricht erneut auf dem Freisprecher ab.

»Hallo Adrian. Hier ist Beatrice. Es ist Sonntagmittag und es sieht so

aus, als würde ich noch für einige Zeit auf der Arbeit sein. Es ist wieder der Teufel los. Aber Matthew kommt heute Nachmittag aus Rom zurück und ich frage mich, ob es dir etwas ausmachen würde, ihm deinen Schlüssel zu leihen, damit er in meine Wohnung rein kann. Bitte ruf mich an, wenn du das hörst. Bye-bye.«

Matthew schüttelte ungläubig den Kopf. »Und was meinst du, bedeutet das? ›Es ist wieder der Teufel los‹. Sie muss noch in Wales sein. Warum sonst sollte sie dich bitten, mich reinzulassen? Sie muss etwas gefunden haben.«

Adrian nickte, mit einem wissenden Lächeln. »Höchstwahrscheinlich. Du wirst ihr die Informationen in bester Matthew-Manier abluchsen müssen. Als ob du lieber ein Buch über hellenische Mythen lesen würdest, aber du zeigst höfliches Interesse.«

Matthews Augenbrauen hoben sich und er blinzelte mehrmals. »Ist es so offensichtlich?«

»Manchmal. Und nächstes Wochenende, bewaffnet mit den Infos, die du herausbekommst, fahren wir zurück nach Pembrokeshire, fangen diese Schmuggler in flagranti und übergeben alles der Polizei.«

Matthew tunkte den Teebeutel in seine Tasse und blickte auf die vorbeirauschende Landschaft hinaus.

»Denkst du, wir könnten an einen Punkt gelangen, an dem wir Beatrice miteinbeziehen?«

Adrian kratzte sich am Kinn. Er brauchte eine Rasur. »Es gab schon mehrere. Matthew, ich habe mich nur deshalb an dich gewandt, weil Beatrice kein Interesse gezeigt hat. Ich wollte nur helfen, um herauszufinden, was hinter dieser Serie von Vorfällen steckt. Sie wollte nichts davon wissen. Zu beschäftigt, sagte sie. Jetzt scheint sie mehr als interessiert zu sein, sie hat meine Vorarbeit genutzt, aber uns beide ausgeschlossen und ist auf eigene Faust losgezogen.«

»So weit hast du recht. Nun, bei diesem Spiel können auch zwei mitmachen.«

Adrian lächelte über Matthews sturen Gesichtsausdruck. »Du wirst vorsichtig sein müssen, sie wird nicht viel preisgeben.«

»Sie ist vielleicht mitteilsamer, wenn ich die ›Komm schon, meine Liebe, du solltest nicht überreagieren‹-Karte spiele. Das nervt sie und animiert sie, Beweise und Theorien und alles mögliche vorzubringen.«

Adrian lachte. Er konnte darauf vertrauen, dass Matthew wusste, welche Knöpfe zu drücken waren. »Du hast dir deine Technik bereits zurechtgelegt, sehr gut. Ihr beide seid ja auch schon ewig zusammen. Übrigens hat sie mir nie erzählt, wie ihr euch kennengelernt habt.«

»Ja, das ist ein Vorteil einer langjährigen Partnerschaft. Es ist aber auch ein Nachteil, weil sie mich genauso gut kennt. Jetzt bin ich an der Reihe, die Toiletten zu benutzen. Wenn ich zurückkomme, brauche ich vielleicht deine Hilfe beim Kreuzworträtsel. Entschuldige mich einen Moment.«

Voller Anmut und Taktgefühl, typisch Matthew. Dennoch war die Antwort unmissverständlich ›kein Kommentar‹. Adrian entwickelte eine Nase für diese Art von Dingen. Und seine Nase sagte ihm, dass es da eine Geschichte gab.

Das einzig Positive an der frühen Rückkehr aus Wales an einem Sonntagmorgen, nachdem er allen gesagt hatte, dass er nicht zur Verfügung stehen würde, war ein ganzer Nachmittag, an dem er seinen häuslichen Verpflichtungen nachkommen konnte. Mit seinem todsicheren Stimmungsmacher *Distortion* von The Magnetic Fields auf der Stereoanlage, offenen Fenstern und Gummihandschuhen, begann Adrian mit Staubwischen, Fegen und Putzen des Badezimmers. Er entschied sich, nicht zu staubsaugen, da Matthew sich oben ausruhen würde. Er packte seine Wochenendtasche aus, machte die Waschmaschine an, bügelte alles aus dem Weidenkorb, dann duschte und rasierte er sich. In Jeans und einem grobgewebten Baumwollhemd schlenderte er zur Old Street und besorgte sich Blumen und die Zutaten für *Welsh Rarebit* – ganz darauf bedacht, dem keltischen Motiv treu zu bleiben. Er kaufte genug für drei, falls Beatrice hungrig war, wenn sie nach Hause kam.

Um sieben klopfte Matthew an die Haustür.

»Hallo. Immer noch kein Zeichen von ihr? Komm rein.« Adrian winkte ihn mit der Hand herein.

»Sie hat gerade angerufen und gesagt, dass sie auf dem Weg nach Hause ist. Also bin ich losgefahren und habe ein paar Kleinigkeiten im Feinkostladen gekauft. Ich dachte, du würdest gerne mit uns essen. Zwei Flaschen Franciacorta im Kühlschrank sowie eine Selektion mediterraner Leckereien werden uns Gelegenheit geben, die Kräfte zu bündeln. Was sagst du dazu?«

Zufrieden bemerkte Adrian, dass Matthew seine Kleidung nicht gewechselt hatte. Er musste erkannt haben, wie gut ihm die Sachen standen, und wollte damit angeben. Von altbacken zu pfiffig in nur zwei Tagen. Adrians Magie wirkte. Ein Kompliment machte er ihm aber wohl besser nicht.

»Wunderbar. Ich kann Käse und Frühlingszwiebeln beisteuern. Haben wir unsere Geschichte im Griff?«

»Ich bin zuversichtlich. Und du?«

»Stellen wir uns der Frau. Gemeinsam sind wir stark.«

Als die Eingangstür unten endlich zuschlug, sprang Adrian auf und verschüttete seinen Drink, während sich Matthew aufrappelte. Adrian rief seine ganzen Schauspielkünste ab, lehnte sich auf dem Sofa zurück und blätterte in einer Sonntagsbeilage.

Beatrice sah furchtbar aus. Müde, grau und stinksauer. Vielleicht war das Impromptu-Treffen keine so gute Idee.

»Hallo, altes Ding! Adrian und ich haben ein paar Snacks

für dich vorbereitet. Wir dachten, du könntest hungrig sein. War dein Tag schrecklich?«

Beatrice stellte ihre Tasche auf den Stuhl. »Hallo Matthew, und hallo Adrian. Gebt mir einen Moment, ja?« Sie verschwand im Bad.

Adrian las die gleiche Seite eines Artikels über Korsika viermal und hatte immer noch keine Ahnung, worum es ging. Matthew nahm eine Flasche in die Hand und drehte gerade den Korken, als sie das Geräusch der Dusche hörten. Er blieb stehen und warf einen besorgten Blick auf Adrian.

»Sie ist gerade von einer langen Fahrt zurückgekommen. Sie wird sicher müde sein«, beruhigte Adrian ihn flüsternd. »Aber wenn sie danach immer noch mürrisch ist, werde ich es besser dir überlassen.«

Schließlich tauchte Beatrice auf, die Haare zurückgekämmt, in einem tiefblauen Bademantel mit passenden Frotteepantoffeln. Sie schenkte den beiden ein Lächeln.

»Tut mir leid, dass ich so spät dran bin. Höllischer Tag. Ooh, dieser Brotaufstrich sieht lecker aus. Ich sage euch, das ist genau das, was ich brauche. Was trinken wir? Franciacorta? Frisch aus Rom, nehme ich an. Wie war das Seminar? Und was ist mit dir, Adrian, hattest du mit Jared ein schönes Wochenende?« Sie griff nach einer gefüllten Paprikaschote und biss das Ende ab.

Adrians Sensoren feuerten Alarmsignale. Beatrice war wütend. Sie verbarg es unter der unbekümmerten Fröhlichkeit, aber sie war bereit, wie ein Atompilz zu explodieren. Vielleicht wäre es besser, einen Abgang zu machen. Aber sie war noch nicht fertig.

»Lasst mich euch von meinem erzählen. Während ich einer Spur bezüglich der gestohlenen Kamera nachging, erhielt ich einen Anruf, der mich zurück in die Zentrale rief. Unser Sexualstraftäter, von dem wir annahmen, dass er sicher bei der Arbeit ist, hat ein autistisches Kind angegriffen. Die Sache ist eskaliert und ich bin kurz davor, meinen Posten in diesem Fall räumen zu müssen. Aber das Beste kommt noch. Kurz bevor ich das Büro verließ, entdeckte ich, dass mein Nachbar und mein Partner sich gegen mich verbündet und mich belogen haben, indem sie sich in heikle Ermittlungsarbeit stürzten und sich dabei wie der sprichwörtliche Elefant im Porzellanladen verhalten haben. Und dann kommt Matthew auch noch in einem ganz neuen Look daher. Als nächstes wollt ihr mir wohl eure bevorstehende Verlobung bekanntgeben?«

Ihre Stimme klang harsch und rau, als sie nach einem der Gläser griff, die Matthew eingeschenkt hatte.

»Also, worauf sollen wir anstoßen?«

Matthew sah Adrian an und deutete mit seinen Augen auf die Tür. Adrian sprang erleichtert auf.

»Beatrice, es tut mir leid, dass du so einen furchtbaren Tag hattest. Aber wir sind auf deiner Seite, alle beide. Ich werde es Matthew erklären lassen.«

Er schlich sich zur Tür hinaus und kehrte nach unten zurück. Sie würden keinen Streit haben. Nicht diese beiden. Er konnte sich nicht vorstellen, dass sie sich stritten, genauso wenig wie er sich vorstellen konnte, einen 1987er Château Pétrus aus einem Tetra Pak zu trinken.

Und zu allem Elend hatte er auch noch sein Abendessen oben gelassen. Als er die Küche durchwühlte, fand er eine Flasche belgisches Bier, eine Packung Chips und zwei portugiesische Salpicão-Würste. Er stellte das Sortiment auf ein Tablett und setzte sich vor den stummen Fernseher, um nach Geräuschen aus dem oberen Stockwerk zu lauschen. Kein Geschrei, keine zuschlagenden Türen, kein zerschellendes Geschirr. Nicht wirklich ihr Stil. Er nahm die Fernbedienung in die Hand und schaute unglücklich auf das Tablett auf seinem Schoß. Chips, Fleisch und Bier. Fehlte nur noch ein Fußballspiel im Fernsehen und er würde als kompletter Hetero durchgehen.

29

Es war fünf Uhr vierzig und sie konnte erkennen, dass Matthew wach war. Seine Atmung blieb tief und regelmäßig, aber sie wusste, dass er nicht schlief. Genauso wie er wissen musste, dass sie nur so tat. Beide lauschten, beide machten sich Sorgen. Sie checkte sich mental durch.

Körperlicher Zustand: besser. Etwas Schlaf hatte geholfen.

Laune: schlecht. Schuld und Misstrauen lagen schwer auf ihr.

Haltung in Bezug auf den bevorstehenden Tag: unsicher, beunruhigt.

»Matthew, schau, ich ... es tut mir leid.«

Im Gegensatz zu ihr sprach er ohne Zögern und hielt seine Augen geschlossen. »Mir auch. Es war dumm und unverantwortlich, dich anzulügen. Für Adrian und mich war das ein kleines Spiel. Dir, habe ich das Gefühl, ist es irgendwie nahegegangen.«

»Natürlich ist es mir nahegegangen. Die Ermittlungen sind mein Job, und eure amateurhaften Versuche zu helfen hätten das Ergebnis gefährden können. Entschuldige. Ich werde nicht wieder damit anfangen.«

»Ich bin dir dankbar. Du hast gestern Abend deinen Standpunkt dargelegt und ich habe mich daraufhin entschuldigt. Aber das meinte ich nicht. Ich glaube, es ist etwas Persönliches. Du versuchst mich zu schützen, irgendwie. Du denkst, weil ich einen Verlust erlitten habe, den meiner Kamera, ist es in gewisser Weise deine Verantwortung, es wiedergutzumachen. Du misstraust Adrian und mir, weil wir keine Polizisten sind. Das ist vollkommen verständlich. Dennoch musst du das nicht alleine machen.« Er öffnete seine Augen und drehte sich zu ihr um.

In dieser Sekunde, als sie in seine dunklen, intelligenten Augen blickte, überkam sie eine Welle der Liebe. Sie konnte nicht lügen.

»Wenn es nur so edel wäre. Nein, ich bin nicht dein Racheengel, ich will mir nur beweisen, dass ich Recht habe. Ich habe es dir nicht gesagt, weil ich dir die Sorgen ersparen wollte. Ich wollte genügend Beweise zusammentragen, damit Hamilton einen gemeinsamen Fall mit der Dyfed-Powys-Truppe eröffnen kann. Wie ich gestern Abend schon sagte, hatte ich nicht vor, alleine zu ermitteln. Es hat sich einfach so ergeben. Hamilton weigerte sich, Adrian schaltete sich ein und dann erzählte ich es Virginia. Aber zu diesem Zeitpunkt, ja, da war es bereits persönlich geworden. Ich hatte etwas zu beweisen.«

»Das verstehe ich. Du hattest Hamilton etwas zu beweisen. Er ist derjenige, der dich verdächtigt, dem Job nicht gewachsen zu sein. Beatrice, Hamilton wird deine Störung nie verstehen. Wenn es um die psychische Gesundheit geht, ist er von der alten Schule: *Alles Quatsch und Unsinn, reiß dich zusammen.* Du wirst wahrscheinlich noch das Ende deiner Tage damit verbringen, dich diesem Oberschicht-Volltrottel zu beweisen. Aber ich verstehe es auch. Soweit das möglich ist für jemanden, der nicht bipolar ist. Wir beide wissen, dass dieser Job für deinen Zustand nicht wirklich hilfreich ist, sondern ihn vielleicht sogar verschlimmert. Aber ich habe deine Entscheidung unterstützt, wieder arbeiten zu gehen. Das habe ich dir auch gesagt, als ich dich von der Klinik nach Hause gefahren habe. Ich weiß, dass du eine gewisse ... Bestätigung von Kollegen brauchst.«

Beeindruckt und beunruhigt darüber, wie deutlich Matthew sie durchschauen konnte, versuchte Beatrice zu lächeln, als sich die Tränen aufzustauen begannen.

Er war noch nicht fertig. »Ich bin nicht Hamilton. Ich habe nie an deiner Kompetenz, deinem Geschick oder deiner Intelligenz gezweifelt. Ich weiß, wie abgrundtief sich alles angefühlt haben musste, als du dachtest, dein Leben zu beenden sei die einzige Lösung. Und zu erkennen, dass ich dir nicht helfen konnte, zerriss mich in erbärmliche Stücke. Also trafen wir eine Entscheidung, wenn ich mich recht erinnere. Wir entschieden uns, diese schwarzen Hunde zu managen. Gemeinsam. Du hast James, du hast deine Stabilisatoren, du hast mich, und du hast deinen Job. Wenn alle zusammenarbeiten, können wir das unter Kontrolle halten. Der Punkt ist, altes Ding, wenn du eine deiner Stützen wegstößt, dann leidet das Gleichgewicht.«

Sie nickte, weinte und schniefte und konnte ihn kaum noch sehen. Sie setzte sich auf und tastete nach Taschentüchern. Er hatte absolut recht. Warum war ihr Leben eine einzige geistlose Schleife aus Warnungen vor dem Feuer und dann streckte sie ihre Finger doch in die Flammen? Sie brauchte Hilfe. Sie hatte Hilfe. Warum versuchte sie also immer wieder, darauf zu verzichten?

»Es tut mir leid. Ich scheine darin nie besser zu werden. James wird an mir verzweifeln.«

»Wie James dir sicher sagen wird, ist es nicht das Problem, besser zu werden. Die einzige Lektion, die du lernen musst, ist diese: Unterstützung anzunehmen, macht dich nicht schwach. Der Effekt ist genau das Gegenteil.«

Sie schlüpfte zurück unter die Bettdecke, umklammerte ihr

Taschentuch und schmiegte sich in Matthews Umarmung. Er küsste ihre Schläfe und lehnte seinen Kopf an ihren.

»Ich dachte, du hättest eine Affäre«, murmelte sie.

Ein leises, tiefes Lachen grollte in seiner Brust. »Mit Adrian? Mit sechzig Jahren meine wahre Sexualität entdecken?«

»Nein. Mit irgendeinem römischen Flittchen.«

»Nun, der gleiche Gedanke ging mir durch den Kopf, als ich herausfand, dass du uns belogen hast.«

Beatrice schnaubte vor Lachen, dann drehte sie sich um und musterte sein Gesicht.

»Du meinst es ernst! Eine Affäre? Mit wem in aller Welt?«

»Ich weiß es nicht. Virginia? Dieser Macho-Sergeant, den du erwähnt hast?«

»Das sind meine Möglichkeiten? Eine heterosexuelle Frau oder ein Gorilla?« Sie entspannte sich und schüttelte den Kopf. »Ich weiß, wann ich es gut getroffen habe.«

Wärme, Geborgenheit und das Gefühl, dass es gut ausgegangen war, erfüllten ihren ganzen Körper. Nur ein Teil blieb hohl und leer.

»Matthew, ich weiß, es ist furchtbar früh, aber ich habe Hunger.«

»Ich auch. Eine Handvoll Oliven reicht kaum aus, um Leib und Seele zusammenzuhalten. Hast du alle Zutaten für Eggs Florentine?«

»Habe ich, wenn du gefrorenen Spinat nimmst.«

»Wenn das so ist, mache ich das Frühstück, unter der Bedingung, dass du mir etwas versprichst.«

»Keine Halbwahrheiten mehr?«

»Das, und du erlaubst uns zu helfen. Ich denke, unter deiner Anleitung könnten Adrian und ich uns bei der Laufarbeit als nützlich erweisen.«

Beatrice überlegte einen Moment lang. »Wenn du mir die Garantie gibst, dass du nicht improvisierst, kein Risiko eingehst und nichts ohne ausdrückliche Erlaubnis tust, ist das eine Möglichkeit. Ich werde in London festhängen, bis wir diese widerliche Ausgeburt von einem Mann von der Straße geholt haben, also kommen irgendwelche Reisen nach Wales für mich nicht in Frage. Aber du musst es mir versprechen. Und es ernst meinen.«

Er stand auf und zog sich seinen Morgenmantel an. »Verstanden. Ich werde später in Adrians Weinladen vorbeischauen und die gute Nachricht überbringen. Soll ich ihn zum Essen einladen, damit wir die nächsten Schritte besprechen können? Respektive, um Anweisungen entgegenzunehmen?«

»Gute Idee, ich schulde ihm mehrere Abendessen. Richte ihm meine Entschuldigung aus für das Theater gestern Abend. Ich war nicht ich selbst. Also, ich gehe schnell duschen. Oh, Matthew?«

»Ich weiß. Du willst deine gebraten, nicht pochiert.«

»Natürlich. Aber was ich sagen wollte, ist, dass ich dich wunderbar finde.«

»Du bist auch gar nicht so schlecht.«

Als Beatrice unter den Schwall warmen Wassers trat, fühlte sie sich leichter, fast beschwingt, und sehr, sehr glücklich.

30

Am Freitagmorgen lagen Karen Harrisons Nerven nach der Präsentation blank. Als Beatrice das Licht anmachte, saß Karen auf ihren Händen. Beatrice verstand, benutzte sie selbst doch genau dieselbe Technik, um sichtbares Zittern zu verbergen. Für einen Moment sprach keine der drei Frauen.

Virginia musste die Anspannung der jungen Beamtin ebenfalls bemerkt haben und begann sie mit ihrem Vornamen anzusprechen.

»Karen, du machst einen fantastischen Job. Es war eine lange, angespannte Woche für uns alle. Es ist nicht deine Schuld, dass er noch nicht angebissen hat. Aber alle Zeichen deuten auf dieses Wochenende hin, weshalb wir noch einmal mit dir sprechen wollten. Wenn es irgendeinen Aspekt in dieser Operation gibt, der dir Unbehagen bereitet, oder irgendetwas, das nicht ganz klar ist, würde ich das gerne hören. Deine Sicherheit geht über alles. Wenn du dich in irgendeiner Weise unbeschützt fühlst, wäre es gut, wenn du uns das jetzt mitteilst.«

»Nein, ich bin zuversichtlich.« Für Beatrice klang Harrison

alles andere als das. Ihre blasse Haut, die großen Augen und der verspannte Kiefer weckten Erinnerungen an jugendliche russische Turnerinnen.

»Das freut uns zu hören«, mischte sich Beatrice ein. »Alles, was wir wollen, ist deine Sicht der Dinge zu erfahren. Vergiss nicht, dass DI Lowe und ich Außenstehende sind. Wir raten, analysieren und machen Vorhersagen aus unserem Blickwinkel. Aber du? Du steckst in den Schuhen der Opfer. Hilf uns, Karen. Übersehen wir etwas? Hast du das Gefühl, dass es einen wunden Punkt gibt?«

»Nein, ich glaube nicht. Beamte vor und hinter mir, die Kameras, Einsatzkräfte in Alarmbereitschaft und mehrere Fahrzeuge entlang der Strecke. Was könnte er schon tun?«

Virginia kniff die Augen zusammen und sog frustriert Luft durch die Zähne ein. »Karen, du musst realistisch sein, was die Risiken angeht. Du kannst nicht einfach wie ein naives Reh in diese Sache hineinstolpern. Er könnte eine Waffe ziehen und dich als Geisel nehmen. Oder ein Messer und dich abstechen, dir die Kehle durchschneiden. Jeder von uns wird mindestens neunzig Sekunden brauchen, um zu dir zu gelangen, und ...«

»Ich weiß.« Schwellungen wuchsen unter ihren Augen und zwei gerötete Dreiecke leuchteten auf ihren Wangen. »Das wird er nicht tun, solange er nicht weiß, dass ich ein Lockvogel bin. Die Sache ist bloß, dass er sich an mich ranmachen wird. Ich bin zu allem bereit, das bin ich wirklich. Aber ich hasse die Vorstellung, von ihm *angefasst* zu werden.«

Die geballten Fäuste, das Abwärtsschnellen der Augen und die jämmerliche Miene auf Karen Harrisons Gesicht ließen Beatrice erstarren. Mit einem Mal verstand sie, dass diese Frau so oder so verlieren würde. Die Polizei musste ihn so nah wie möglich an sie herankommen lassen, damit es zu einem versuchten Übergriff, zu einer sexuellen Belästigung kommen würde. Nach seiner Festnahme würde sie gefeiert und mit einer Auszeichnung bedacht werden ... aber sie würde genauso für immer ein Opfer eines Übergriffs bleiben. *Was zum Teufel verlangten sie von Harrison? Was war das für eine Aufgabe?*

»Karen, wir können nicht garantieren, dass er keine Hand an dich legen wird. Aber wir werden dich so gut es geht beschützen. Es wird deinem Outfit wohl nicht unbedingt zugutekommen, aber ich werde eine Kevlar-Weste für dich organisieren.« Virginias Stimme blieb ruhig. »Ich weiß nicht, ob es auch Unterwäsche gibt, aber ich werde dafür sorgen, dass du etwas Entsprechendes kriegst. Gott weiß, woher ich es nehmen werde. DI Stubbs?«

»Ja, DI Lowe. Es wäre mir eine Ehre, der Beamten Harrison ein Paar meiner Stahlbetonunterhosen zu leihen. Allerdings sind wir eindeutig unterschiedliche Größen. Vielleicht braucht sie Hosenträger.«

Der Lachanfall der jungen Frau war echt und eine günstige Gelegenheit, ein paar Tränen zu verdrücken. Beatrice hielt ihre zurück.

Es schien, dass Harrisons böse Vorahnung auch Virginia erfasst hatte. Ihre vier Uhr Teambesprechung war direkt und brutal. Beatrice war dankbar, dass die junge Frau selbst nicht anwesend war.

» ... also wenn einer von euch auch nur eine Sekunde, oder einen Bruchteil davon, nicht aufpasst, könnte Karen Harrison Opfer eines sexuellen Übergriffs werden. Sie ist Polizistin, aber sie ist auch eine Frau. Sie müsste für den Rest ihres Lebens damit leben. Und wir auch, weil wir ihn zu nahe herangelassen haben. Sie könnte aber auch verwundet werden. Dieser Typ sucht den Körperkontakt und könnte ein Messer, eine Waffe, bei sich tragen. Wir wissen es einfach nicht. Meine Damen und Herren, die Profiler glauben, dass nicht-einvernehmlicher penetrativer Sex das Ziel von Paul Avery ist. Und die Chancen stehen gut, dass es heute Abend oder morgen passieren soll, denn am Sonntag ist er wieder bei der Arbeit. Wenn wir es vermasseln, könnte eine Kollegin vergewaltigt werden. Und es gibt noch eine weitere Möglichkeit. Vielleicht hat er uns bereits durchschaut. Er weiß, dass sie eine Falle ist. In diesem Fall besteht eine realistische Möglichkeit, dass Karen getötet wird.

»Verstehen Sie, womit Police Constable Harrison konfrontiert ist? Wirklich? Würde irgendjemand von Ihnen heute Abend mit ihr tauschen wollen? Eben, ich auch nicht. Also lassen Sie sie um Himmels Willen nicht im Stich. Wir sind alles, was sie hat. Viel Glück.«

Beatrice folgte dem Team aus dem Besprechungsraum und steuerte auf die Kaffeemaschine zu. Sie hatte zwar kein Interesse an Koffein, aber wenn es um beiläufiges Mithören ging, war der Standort unschlagbar. Als sie sich ein Sprudelwasser einschenkte und sich anstrengte, einem Gespräch in der Nähe zu folgen, schob sich zu ihrer Irritation Ty Grants großer, massiger Körper vor ihr Gesicht.

»DI Stubbs? Hören Sie, es tut mir leid. Ich weiß, dass Sie gerade Pause haben, aber ich würde gerne mit Ihnen sprechen.«

»Ich habe nur etwa zehn Minuten, bevor ich gehe. Können Sie nicht mit DI Lowe sprechen?«

Seine Stimme sank. »Ich würde mich lieber an Sie wenden.«

Beatrice griff nach einer Papierserviette, um sich Zeit zu geben, Haltung anzunehmen.

»Dann kommen Sie mit.«

Der Vernehmungsraum, kühl und anonym, kreierte eine unangenehme Nähe zwischen ihr und Grant. Im Gegensatz zu ihr schien er sich in dieser Atmosphäre wohlzufühlen. Nachdem sie die Gegensprechanlage auf lautlos gestellt hatte, hob Beatrice ihren Blick zu ihm.

Der Damm brach. »DI Stubbs, ich kann Ihnen nicht genug dafür danken, dass Sie mir zuhören. Ich habe versucht, es DI Lowe zu erklären, aber sie meinte, ich hätte Hintergedanken und wenn ich ehrlich bin, und ich weiß, dass es komisch klingt, wenn ich das sage, aber manchmal sind gewisse Dinge einfach wichtiger als andere und sie sollte sich wirklich einkriegen.«

»Grant, ich verstehe nicht ...«

»Was ich sagen will? Ich weiß. Sorry. Ich war in dieser Besprechung und ich habe gehört, was DI Lowe gesagt hat und es hat mich zu Tode erschreckt, was wohl auch gewollt war. Aber das ist nichts im Vergleich zur Angst, die ich habe, weil ich überzeugt bin, dass wir den falschen Mann verfolgen.«

Beatrice studierte Ty Grants intensive Gesichtsarbe, seinen starren Blick und die nervösen Zuckungen.

»Seien Sie ehrlich zu mir und ich werde Sie ernst nehmen, Grant. Haben Sie irgendwelche Amphetamine geschluckt?«

»Amphetamine? Nein! Nein, ich bin völlig clean. Abgesehen von einer Koffeintablette gestern Abend. Hören Sie, ich weiß, dass ich mich manisch verhalte. Das ist der Punkt, DI Stubbs. Ich habe die Nacht durchgearbeitet, um irgendeinen konkreten Beweis gegen Avery zu finden. Es gibt nichts außer Indizien. Also haben wir Karen da draußen, die freizügig ihre Titten herumzeigt und hofft, so unseren Freak anzulocken. Was, wenn er es nicht ist?«

»Wenn nicht er, wer dann?«

»Nathan Bennett. Glauben Sie mir, die Beweise gegen ihn sind genauso erdrückend. Das Logo auf der Baseballkappe? Sieht aus wie ein Holzschnitt. Es ist ein Fitnessstudio in Crouch End, namens *CrossTrain*. Paul Avery ist Mitglied, das wissen wir. Aber auch Nathan Bennett. Beide arbeiten in der gleichen BTP-Schicht und wir wissen nicht wirklich, wer was in diesem Kontrollraum macht, wenn wir nicht physisch vor Ort sind. Und das sind wir nicht. Wir wissen, wer welche Aufgabe zu erledigen hat, aber sobald kein leitender Beamter anwesend ist, verrichten sie ihren Dienst am Telefon, am Bildschirm oder mit den Aufnahmen nur solange, bis ihnen langweilig wird, und dann wechseln sie. Jedenfalls habe ich das so erlebt. Wir können also unmöglich sicher sein, wer gerade am Bildschirm sitzt.« Tys Gesicht verriet echte Besorgnis.

»Was ist mit der positiven Identifikation? Dem Geruch?«

»Wir haben zwei positive Identifikationen, Avery *und* Bennett. Das Avery-Positiv kam von der Brückenfrau, die zugab, dass sie sein Gesicht nicht gesehen hatte. Ein verwirrter Teenager und ein Kind mit psychischen Problemen bestätigten, dass es derselbe Typ war. Abgesehen von der Französin, die auf Bennett zeigte, konnte sich keine der anderen sicher sein. Die Identifikation ist alles andere als solide.

»Den Geruch kann ich nicht beurteilen. Aber er verbringt viel Zeit im Fitnessstudio. *CrossTrain* lieferte mit einer Ausnahme alle Alibis. Der Manager, Carlos da Silva, hat mir Ausdrucke gezeigt, die beweisen, dass er sich an- und abgemeldet hatte. Aber ich stöberte auf Facebook herum und fand einige Fotos von Bennetts Hochzeit. Carlos da Silva war sein Trauzeuge.«

Beatrice erkannte seine Logik. Ihr Blut sackte bis zu den Knöcheln ab, als sie darüber nachdachte, wie leicht sie zum Schluss gekommen waren, dass Avery ihr Ziel war. Sie schüttelte den Kopf.

»Wenn Sie recht haben, müssen wir die Operation ausweiten. Das Backup für PC Harrison bleibt unverändert. Aber wir brauchen Beamte, die Bennett beobachten.«

»Jetzt, DI Stubbs. Setzen Sie jetzt Leute auf ihn an. Alle unsere Blicke sind auf Avery gerichtet. Nathan Bennett bewegt sich vogelfrei in der Stadt.«

Beatrice schaute in Ty Grants Augen und sah Angst und Hoffnungslosigkeit. Ein Ausdruck, den sie nur zu gut aus dem Spiegel kannte.

31

Ein dunkelblauer Ford Focus parkte in einer Senke am Pembroke Coastal Path. Zwei Gestalten saßen auf den Vordersitzen. Eine spähte in die Dunkelheit, den Kopf drehend wie eine Eule, während die andere schlief, zusammengerollt unter einer Kaschmirdecke.

Um fünf Uhr morgens ertönte aus einem Handy ein sanfter japanischer Windspiel-Effekt.

»Adrian, mach es aus. Sofort!«

Matthew hielt ihm das Telefon entgegen. Adrian nahm es, schaltete den Wecker aus und verstaute den immer noch hellen Bildschirm in seiner Jacke, alles im Halbschlaf. Er blinzelte in die Dunkelheit. Pechschwarz. Er konnte nicht einmal Matthew sehen.

»Sorry. Ich wollte nicht ausrasten. Aber hier in der Gegend ist selbst so ein winziges Licht wie ein Leuchtfeuer.«

Adrian nickte, bevor er merkte, dass die Geste sinnlos war. »Na klar. Sorry. Daran habe ich nicht gedacht. Aber wie sollen wir den Weg zur Klippe finden? Ich kann nicht mal genug sehen, um die Türklinke zu finden.«

»Das kriegen wir schon hin. Deine Augen gewöhnen sich nach einer Weile daran.«

Adrian rieb sich mit einer Hand über das Gesicht. »Du bist schon länger wach?«

»Ungefähr Eine Stunde. Wollen wir gehen?«

Im Auto zu schlafen, das machte man am besten als Teenager. Zerknittert, mit trockenem Mund und dem Bedürfnis nach einem voll ausgestatteten Badezimmer, wusste Adrian, dass er wahrscheinlich aussah wie Matthew.

Wenigstens hatte er daran gedacht, die Innenbeleuchtung auszuschalten, bevor sie das Fahrzeug verließen. Er schloss die Tür leise und ließ sie mit einem sanften Hüftstoß einrasten, schlang sich den Riemen seiner Kamera um den Hals und gab seinen Augen Zeit, sich anzupassen. Der Mond spendete schummriges Licht durch die dünne Wolkendecke und Adrian konnte am anderen Ende der Felder den freundlichen Schein einer einzelnen Straßenlaterne erkennen. Er folgte Matthew durch das buschige Gras, mit seinem Blick unablässig die Flanken absuchend, als ob er in einem Militäreinsatz wäre, bis er über ein großes Grasbüschel stolperte. Danach behielt er seinen Fokus auf dem Boden vor sich, blieb jedoch auf der Hut, das allfällige Aufblitzen eines Fernglases nicht zu übersehen. Obwohl, würde ein Fernglas aufblitzen ohne Licht? Er dachte immer noch darüber nach, als Matthew die Hand hochhielt, um ihn aufzuhalten. Unter ihnen auf der rechten Seite holperte ein Fahrzeug im Standlicht den Weg zum Strand hinunter. Die Entdeckung kam als ziemlicher Schock und Adrian erstarrte, als er mit hämmerndem Puls erkennen musste, wie schrecklich real dies alles war. Echte Drogendealer fuhren dort unten durch die Dunkelheit zu einer Verabredung. Und er und Matthew, begeisterte Stümper, waren zur falschen Zeit am richtigen Ort.

Sie sollten sich verkrümeln. Unverzüglich.

Matthew beobachtete den SUV, bis er aus ihrem Sichtfeld verschwand und drehte sich mit einem anerkennenden Lächeln um. »Das muss sich toll anfühlen für dich«, flüsterte er. »Recht zu behalten.«

Adrian öffnete den Mund. »Auf jeden Fall. Meinst du nicht, wir sollten Verstärkung anfordern oder so?«

»Woher? Ich bitte dich. Der Sonnenaufgang ist in zwanzig Minuten. Wir müssen bereit sein.«

Hilflos unterausgestattet lagen sie auf der Vorderseite im taufrischen Gras und Stechginster oder was auch immer für scharfes, stacheliges Zeug die Klippenspitze bedeckte. Trotz Unbehagens in Brust und Magen und dem beschädigten Feinstrick-Rollkragenpullover schätzte Adrian die Aussicht. Der Strand schien sich mit der aufziehenden Morgendämmerung auszudehnen und die Szenerie unter ihnen war nun ohne große Anstrengung erkennbar. Er spielte mit dem Zoom seiner Pentax und brachte den SUV in die Mitte des Bildes. Der Fahrer des in der Dunkelheit geparkten Gefährts schien zu rauchen. Adrian war sich dessen sicher, weil er ein Feuerzeug hatte aufblitzen sehen. Matthew hatte recht, sogar kleinste Lichter konnten verräterisch sein.

Er suchte die Bucht weiter nach dem Schmugglerboot ab. Keine Spur zu sehen.

»Da kommen sie.« Matthew sprach leise, aber die Anspannung traf Adrian wie ein Peitschenhieb.

»Wo? Könnte ich bitte das Fernglas für zehn Sekunden haben? Nur zehn?«

Es kam keine Antwort. Gerade als es schien, dass seine Bitte ignoriert werden würde, setzte sich Matthew auf und zog sich das Fernglas über den Kopf.

»Du kannst eine ganze Minute haben. Ich muss mal.« Er huschte zurück über den Grat.

Das Boot war meilenweit weg. Was für ein Boot war das

überhaupt? Eine Barkasse? Ein Schlepper? Wer wusste das schon? Aber es hatte einen Motor, der gerade noch hörbar war, eine Art kleine Hütte auf der Vorderseite und fuhr mit hoher Geschwindigkeit auf sie zu. Ein Licht am Ufer erregte seine Aufmerksamkeit. Die Tür des Geländewagens öffnete sich und die Innenbeleuchtung ging an. Marie Fisher stieg aus, bekleidet mit Fleece-Jacke und Jeans. Sie zündete sich eine weitere Zigarette an.

Er hob das Fernglas wieder nach oben und suchte nach dem Boot. Es war schon viel näher gekommen. Eine Gestalt konnte hinter dem Steuerrad ausgemacht werden. Weißes Haar? Oder eine Kapitänsmütze? Er schaute hinunter zu Marie Fisher, die rauchte und das Vorankommen des Bootes beobachtete. Adrians Herzschlag erhöhte sich und er blickte zurück auf der Suche nach Matthew. Der Grat, still und leer, wirkte bedrohlich.

Ohne Vorwarnung traf der Lichtkegel eines riesigen Scheinwerfers auf die Klippe und beleuchtete den Strand, die Straße, die steile Felswand und Adrian. Er duckte sich und drückte sein Gesicht in das Gras. Das Licht ging in der nächsten Sekunde aus, aber Adrian blieb, wo er war, und atmete flach und keuchend. Wie gut, dass er in diesem Moment nicht das Fernglas benutzt hatte. Die Spiegelung hätte ihn eindeutig verraten. Er dankte seinem eigenen guten Urteilsvermögen für den schwarzen Polokragen und die Tatsache, dass blond noch nie zu ihm gepasst hatte. Ein Rascheln im Unterholz kündigte Matthews Rückkehr an.

»Was war das für ein Blitz?«, flüsterte er.

»Runter! Da ist ein gewaltiger Scheinwerfer, mit dem Sie den Strand abgeleuchtet haben. Vielleicht tun sie es wieder«, zischte Adrian.

»Das bezweifle ich. Wahrscheinlich haben sie sich vergewissert, dass die Küste frei ist. Unsere schwarzen Outfits kommen uns doch sehr gelegen. Fernglas, bitte.«

Adrian hob seinen Kopf fünf Zentimeter an, zog das Fernglas unter seiner Brust hervor und war erleichtert, dass die Nase nicht mehr so nah am Boden war. Der Geruch beunruhigte ihn, ländlich, wie auf dem Bauernhof. Er griff nach seiner Kamera, während Matthew mit seinen Beobachtungen fortfuhr.

»Das Boot hat angehalten, und ich kann unseren Freund mit dem Pferdeschwanz sehen. Er macht etwas mit einem Seil. Da ist ein anderer Mann, älter, mit weißen Haaren, der ein Paket auf das Deck bringt.« Matthew hielt inne. »Ich kann nur hoffen, dass sie allein gekommen ist.«

»Was meinst du? Es war doch sonst niemand im Auto.« Adrian knipste ein paar Bilder von den Männern auf dem Boot und von Marie, die am Ufer wartete.

»Wenn sie Komplizen hatte, die Wache hielten, wo könnten die sein, was meinst du?«

Adrian rollte sich auf den Rücken, hob den Kopf vom Boden und scannte den funkelnden Horizont. Er schickte einen stummen Dank an seinen Trainer, denn die Position fuhr höllisch in die Bauchmuskeln. Der pfirsichfarbene Himmel weichte die Konturen der Landschaft auf und gab den Blick auf Sträucher, Buschgras und Schafe frei. Er rollte sich zu Matthew zurück.

»Ich kann nichts sehen.«

»Schnell. Mach ein paar Aufnahmen. Die beiden Männer sind jetzt am Strand. Der ältere hat das Paket an Marie weitergereicht. Es ist eine Tasche, mit Henkeln. Sie hat es auf den Boden gelegt und schaut hinein. Es sieht eher wie ein Korb aus, aber sie versperrt mir die Sicht. Ich kann nicht sehen, was da drin ist.«

Adrian justierte den Zoom und begann den Auslöser zu betätigen. Er beobachtete Marie Fisher. Sie war nicht glücklich. Über die Ware gebeugt, richtete sie einen Finger auf die beiden Männer und machte kurze, wütende Gesten zum Korb.

Wenn sie sie nur hören könnten. Die Gesichter der Männer wurden im zunehmenden Licht deutlicher und eine Möwe schrie, so klagend und eindringlich wie ein weinendes Baby.

Als wäre sie sich ihrer Sichtbarkeit bewusst, hob Marie den Korb auf, stellte ihn auf den Beifahrersitz und setzte sich hinter das Steuer.

»Schnell!« Matthew kroch rückwärts und hielt den Kopf geduckt.

»Was jetzt?«

»Lass uns zurück zum Auto gehen, wir müssen ihr folgen.«

»Oh mein Gott.«

»Adrian, mach dir jetzt nicht in die Hose. Du warst bis jetzt ein guter Sportsmann.«

»Das ist es nicht. Ich habe die ganze Zeit in Schafskacke gelegen.«

Adrian warf einen Blick auf den Tacho. 95 Meilen pro Stunde. Matthew saß in steifer Haltung und umklammerte das Lenkrad. Adrian seufzte.

»Fahr langsamer. Wir haben sie verloren. Entweder ist sie irgendwo abgebogen, oder sie hat an Geschwindigkeit zugelegt, sobald sie außer Sichtweite war. Sie ist weg.«

Das Fahrzeug ging zurück auf das Tempolimit und Matthew atmete aus. »Mein Fehler. Du hattest recht. Ich hätte näher aufschließen sollen. Ich war übervorsichtig.«

Adrian schüttelte den Kopf. Matthew war so ein durch und durch anständiger Kerl. »Eigentlich denke ich, dass dein Instinkt schon stimmte. Sie hat uns bemerkt und sich entschlossen, uns bei der ersten Gelegenheit abzuhängen.«

»Vielleicht dachte sie, wir wären die Polizei. Ihr Fahrstil war tadellos, sie blieb knapp unter siebzig und zeigte immer an, wenn sie überholen wollte, trotz des geringen Verkehrsaufkommens.«

»Und was jetzt?« Adrians Enthusiasmus ließ nach, er war enttäuscht und müde.

»Nun, als Erstes müssen wir dich wieder sauber kriegen. Ich werde an der Tankstelle anhalten und du kannst den Pullover entsorgen. Der Gestank ist wirklich entsetzlich.«

Er setzte den Blinker und wurde langsamer, als sie sich dem Esso-Schild näherten. Die Tankstelle war fast leer. Abgesehen von einem großen schwarzen SUV.

Adrian sah ihn zuerst. »Weiterfahren! Da ist sie. Halt nicht an, Matthew. Fahr einfach!«

Matthew blickte in den Rückspiegel. Er stellte den Blinker ab und nahm wieder Fahrt auf.

»Aber jetzt sind wir vor ihr. Woher sollen wir wissen, wann sie abbiegt?«, fragte er.

Dass Matthew ihn fragte, was er tun sollte, kam Adrian absurd vor. Keiner von ihnen hatte eine Ahnung, worauf sie sich einließen. Sie brauchten Beatrice.

Er täuschte einen gelassenen Tonfall vor. »Wir wissen ungefähr, wo sie hinfährt. Wir werden es ihr gleichtun. Wir bleiben um die siebzig oder knapp darüber und behalten sie im Auge. Dann, wenn wir auf die Autobahn kommen, näher an Cardiff, lassen wir sie überholen und verfolgen sie wieder. Aus ihrer Sicht wird es nicht verdächtig aussehen, weil der Verkehr in Stadtnähe zunehmen wird.«

Matthew verbrachte die nächsten neunzig Minuten damit, immer wieder in alle drei Spiegel zu schauen, unfähig, seinen Teil der Unterhaltung aufrechtzuerhalten. Adrian bemerkte die Anspannung in seinen Schultern und seinem Gesicht, ja in seinem Blick. Wenn sie Cardiff erreichten, würde er vollkommen erschöpft sein.

Kaum hatten sie die Abzweigung nach einem völlig unaussprechlichen Ort genommen, nahm der Morgenverkehr auch schon zu, wie es Adrian vorausgesagt hatte, und sie ließen sich von Maries markantem, bulligen Fahrzeug überholen. Matthew klebte praktisch an der Windschutzscheibe und umklammerte das Lenkrad angespannt. Die Gefahr, ihr Ziel in der Masse von Fahrzeugen wieder zu verlieren, zerrte auch an Adrians Nerven, also schaute auch er mit zusammengekniffenen Augen in vollster Konzentration nach vorne.

Er sah den Blinker und schrie: »Sie biegt ab!«

Matthew erschrak und tippte die Bremsen an.

»Tut mir leid, ich bin zu aufgeregt«, sagte Adrian, ohne seinen Blick vom SUV zu nehmen. Matthew antwortete nicht, sondern schloss auf der Autobahnausfahrt auf. Im Kreisverkehr blieb er dicht dran, ließ sich aber wieder zurückfallen, als sie eine Ausfahrt ansteuerte. Adrian hockte auf der Kante seines Sitzes und nahm seine Kamera in die Hand. Nach einigen Beinahe-Gelegenheiten für ein anständiges Foto legte er sie wieder in seinen Schoß. Das orangefarbene Licht blinkte wieder und sie bog in einen Ort namens St. Bride's-Super-Ely ein. Sie waren die einzigen beiden Fahrzeuge auf der Straße, also gewährte Matthew ihr etwas Vorsprung und sie verschwand um eine Kurve. Sie hatten gerade wieder Sichtkontakt, als sie nach links abbog, ohne ein Zeichen zu geben.

Das helle Morgenlicht ermöglichte es ihnen, die riesige schwarze Karre über die Hecken zu beobachten, während sie sicher außer Sichtweite blieben. Sie bog erneut ab, in eine neu gebaute Siedlung aus sechs Einfamilienhäusern. Es erinnerte Adrian an die Kulisse einer Vorstadt-Seifenoper. Matthew hielt kurz nach der Einfahrt neben einem Hoftor an. Er hüpfte aus dem Auto, stellte sich auf die Türschwelle und richtete sein Fernglas auf die Hecke. Adrian stieg aus und lauschte Matthews leisen Kommentaren.

»Sie hat das Auto verlassen und geht auf eines der Häuser zu. Die Drogen hat sie nicht bei sich. Sie sucht nach dem richtigen Schlüssel in einem Bund. Jetzt hat sie die Haustür von

Nummer ... Sieben geöffnet und ist hineingegangen. Sie hat schlechte Laune, das kann man von hier aus sehen. Was ist das für eine unangenehme Frau. Übrigens, ist es nicht schön, etwas frische ... Hallo, sie ist wieder zurück. Öffnet die Autotür, nimmt die Ware heraus ...«

Wieder erhob sich der Schrei einer Möwe in die Luft. Aber dieses Mal erkannte Adrian, dass er sich geirrt hatte. Dieser klagende Schrei war kein Seevogel, der ein Kind imitierte. Dies war ein Baby.

Marie trug den Korb ins Innere und Matthew ließ das Fernglas auf seine Brust fallen, stieg vom Auto herunter und stützte seine Arme auf dem Dach ab. Adrian starrte ihn an, unfähig, ein einziges Wort zu artikulieren. Nur um etwas zu tun, streifte er vorsichtig seinen Pullover ab. Mit Blick auf die Häuser jenseits der Hecke öffnete er den Kofferraum, holte seine Wochenendtasche heraus und rollte seinen stinkenden Pullover in den Plastikwäschesack ein. Ungewöhnlich für ihn, fragte er sich nicht einmal, ob der Seiden-Kaschmir-Mix noch zu retten war. Er zog sich ein T-Shirt über, während er immer noch den Kopf schüttelte. Ein Baby. Es ergab keinen Sinn.

Matthew gesellte sich zu ihm, starrte mit dem gleichen verständnislosen Blick wie zuvor ins Leere und griff in seiner Tasche nach einer Wasserflasche. Er setzte sich auf den Rand des offenen Kofferraums und nahm mehrere große Schlucke, bevor er seinen Blick zu Adrian wandte.

»Ich glaube, der moderne Ausdruck lautet: *What the fuck?* Hat Senilität meinen Verstand übernommen, oder sind zwei Männer tatsächlich in diese Bucht gesegelt und haben ein Baby übergeben?«

»Ich verstehe es nicht. Ich bin müde und verwirrt und kann nicht glauben, was wir gerade gesehen haben. Matthew, mein Instinkt sagt mir, dass wir Beatrice anrufen sollten.«

»Dem stimme ich voll und ganz zu. Wir sind mit der Situation überfordert. Hol dein Mobilgerät und lass uns die Chefin anrufen. Hoffentlich ist sie noch wach. Sie hatten eine Observierung geplant.«

Als Adrian sein Handy auf dem Beifahrersitz suchte, hörte er ein Geräusch. Ein Motor näherte sich.

Matthew zischte vom Kofferraum: »Da kommt ein Auto, versteck dich!«

Es war zu spät. Das Auto folgte demselben Weg, den sie genommen hatten, und sobald es um die Ecke biegen würde, hätten seine Insassen freie Sicht auf sie beide. Aber es bog nicht um die Ecke. Das Auto verlangsamte sich fast bis zum Stillstand und fuhr in die Einfahrt der Sackgasse. Adrian schnappte sich seine Kamera und stieg auf die Stoßstange des Focus, wobei er die wilde Hecke als Sichtschutz nutzte. Matthew positionierte sich in der Türe und lehnte sich mit dem Rücken gegen das Dach, das Fernglas in der Hand.

Die zögerliche Annäherung deutete darauf hin, dass dies der erste Besuch des Fahrers war. Im Gegensatz zu Marie, die genau wusste, wohin sie wollte. Das Auto parkte hinter dem SUV, die beiden Vordertüren öffneten sich. Adrians Nerven waren überstrapaziert und er nahm sich eine Sekunde Zeit, um zu überprüfen, dass sich niemand an sie herangeschlichen hatte, während ihre Aufmerksamkeit woanders lag. Abgesehen von den Geräuschen, die Vögel, Insekten und Wind verursachten, war die Gasse still.

Der Fahrer, der Jeans und ein Rugby-Shirt trug, kam um das Auto herum, um dem Beifahrer, einer Frau, beim Aussteigen zu helfen. Er nahm ihre Hand und beugte sich vor, um in ihr Gesicht zu schauen, als ob er besorgt wäre. Sie hatte blonde Strähnchen und war einen guten Meter kleiner als er. Adrians Objektiv folgte ihnen den Weg hinauf und fing Marie ein, als sie die Tür öffnete. Er machte Aufnahmen von allem und jedem.

Er legte die Kamera weg und sah Matthew an. »Was nun?«

»Hast du ein Foto des Nummernschilds?«

»Mehrere. Lass uns im Hauptquartier anrufen.«

Beatrice war nicht glücklich darüber, nach einer ›elend langen Nacht‹ geweckt zu werden. Ihr knapper Tonfall veranlasste Adrian, das Telefon direkt Matthew zu übergeben. Adrian nahm seinen Spähplatz wieder ein und wartete darauf, dass jemand aus dem Haus kam, während er versuchte, Matthews Gespräch zu folgen. Beide Bemühungen waren erfolglos. Schließlich kam Matthew mit seinem Telefon zurück.

»Sie will mit dir sprechen.« Sie tauschten die Plätze und Matthew richtete seinen Blick auf das Haus.

»Adrian, hör mir zu. Ihr geht jetzt. Ihr habt Fotos, eine Fahrzeugzulassung und jede Menge Beweise, mit denen wir arbeiten können. Wenn wirklich ein Kind involviert ist, habt ihr keine andere Wahl, als dies der Polizei von Südwales zu melden. Geht bitte zur nächsten Polizeistation. Wenn eine der Parteien in diesem Haus bemerkt, dass sie beobachtet werden, seid ihr in ernster Gefahr. Ich brauche dir nicht zu sagen, was die Konsequenzen sein könnten und ihr seid ohne Schutz. Adrian, hörst du mir zu?«

Das tat er, meistens. Doch seine Aufmerksamkeit wurde von Matthew abgelenkt, der wachsam wie eine Meerkatze dastand. Adrian stieg auf die Stoßstange neben ihm und richtete seine Kamera auf das Haus.

»Ja klar. Verstanden. Wir fahren jetzt los. Ich rufe dich später an!«

Adrian machte ein paar Aufnahmen davon, wie das Paar den nun stillen Korb in ihr Auto brachte und schwang sich auf seinen Sitz. Marie blieb außer Sichtweite.

Matthew eilte zur Fahrerseite und wartete, bis er den Motor des anderen Fahrzeugs hörte, bevor er den Wagen startete und so leise wie möglich losfuhr. Sie machten sich in Richtung Cardiff auf, wobei beide ständig in die Spiegel schauten. Nach ungefähr einer Meile entdeckte Adrian einen Feldweg und schlug vor, anzuhalten. Matthew bog ab und fuhr solange weiter, bis sie von der Straße aus nicht mehr gesehen werden konnten. Nach einigem Wühlen im Handschuhfach fand Adrian eine Karte, die er über dem Armaturenbrett ausbreitete. Sie richteten ihre Aufmerksamkeit wieder auf die Rückspiegel. Drei Minuten vergingen. Fünf. Sieben.

»Sie müssen denselben Weg zurückgefahren sein, den sie gekommen sind«, vermutete Adrian.

»Ja, sieht so aus.« Matthew bewegte sich nicht.

Adrian seufzte. »Ich weiß nicht, wie es dir geht, aber ich finde, wir sollten die nächstbeste Imbissbude finden und uns ein ...«

»Warte mal kurz! Da ist sie.«

Maries Fahrzeug rumpelte vorbei und fuhr weiter die baumgesäumte Straße entlang.

»Also, los geht's.« Adrian klappte die Karte zu, doch Matthew schüttelte den Kopf.

»Wir können ihr nicht weiter folgen. Es ist genug. Erstens haben wir es Beatrice versprochen. Zweitens, wenn sie das Auto noch einmal sieht, wird sie sicher Verdacht schöpfen, Nein, wir haben unseren Teil getan.«

»Und was jetzt? Sollen wir die nächstgelegene Polizeistation aufsuchen?« Trotz seiner Müdigkeit und seines Unwohlseins pumpte Adrians Adrenalin noch immer in seinem Körper.

»Hmm. Weißt du, ich frage mich, ob es nicht diplomatischer wäre, unsere Beweise bei der Polizei von Pembrokeshire abzugeben. Immerhin ist es ihr Territorium und vielleicht würde dadurch auch Beatrices Reputation beim örtlichen Inspector positiv beeinflusst. Wir müssen unsere Aussage machen und sie möglicherweise zum Tatort begleiten.«

Adrian schnappte nach Luft. »Weißt du, was wir tun könnten? In den Pub gehen!« Er setzte sich auf, beflügelt von dem Gedanken.

»Es ist noch ein bisschen früh für mich.«

»Nicht jetzt. Heute Abend. Die Männer hängen den ganzen Tag herum und gehen abends in die Kneipe, weißt du noch? Sie werden heute Abend dort sein. Hör mal, warum checken wir nicht in ein Hotel ein? Dann kann ich mich frisch machen, Beatrice die Fotos schicken und wir könnten beide etwas Schönheitsschlaf gebrauchen. Später fahren wir zurück nach Pembrokeshire und übergeben unsere Beweise der örtlichen Polizei. Heute Abend könnten wir uns im Pub auf die Lauer legen und die beiden Männer für die verdeckten Beamten identifizieren. Wir könnten sogar bei der Verhaftung dabei sein!«

Matthew schaute ihn mit einem breiter werdenden Lächeln an. »Das ist keine schlechte Idee. Es wäre eine Schande, die ganze Aufregung der Schlussszene zu verpassen, nachdem wir die ganze Laufarbeit geleistet haben. Diese Gelegenheit sollten wir uns nicht entgehen lassen. Also gut. Es gibt eine Pension ein paar Meilen weiter. Aber wir sollten Beatrice sagen, was wir vorhaben.«

Adrian klatschte in die Hände. »Ja, klar. Und wir versprechen, vorsichtig zu sein, kein Risiko einzugehen und so weiter. Ich kann duschen, mich rasieren und mich aufs minimalste herrichten, und vielleicht sogar meinen Freund, den Barmann, anrufen. Drehen wir um! Auf zur Pension!«

Mit einem Lächeln begann Matthew zu wenden. »Ich frage mich, ob ich einen Hut kaufen sollte?«

»Wie bitte?«

»Einen Hut, um meine Identität zu verschleiern. Der Kerl mit dem Pferdeschwanz hat mich schon einmal gesehen, wenn auch nur kurz, aber wenn er mich erkennen würde, könnte das die Sache verkomplizieren. Vielleicht zählt er zwei und zwei zusammen und macht sich aus dem Staub.«

Gelegenheiten fielen Adrian in den Schoß wie reife Früchte.

»Weißt du, ein halbwegs anständiger Haarschnitt wäre wahrscheinlich eine bessere Verkleidung. Wir werden sehen, ob es in dieser Pension eine ordentliche Schere gibt.«

32

———

Das Gefühl, einen großartigen Erfolg zu erringen sowie die Diskussionen über den möglichen Ausgang des Abends hatten die Fahrt nach Westen dominiert, nahmen aber ein jähes Ende, als sie ankamen. Die Polizeistation in Fishguard war geschlossen. Matthew und Adrian standen vor der Tür und lasen den Aushang mit den Öffnungszeiten.

Adrian war fassungslos. »Das darf doch nicht wahr sein, es ist tatsächlich geschlossen! Dabei haben wir noch nicht mal fünf Uhr. Was passiert bei einem Notfall?«

»Man wählt natürlich 999. Notdienst. Diese ländlichen Polizeistationen müssen nicht rund um die Uhr geöffnet sein. Die Kriminalitätsrate ist kaum mit der in London zu vergleichen und der Aufwand ist nicht gerechtfertigt.«

»Nun, dann müssen wir den Notruf wählen. Wir können sie nicht entkommen lassen.«

»Hmm. Können wir wirklich sagen, dass es ein Notfall ist? Alles, was wir vorhatten, war, unsere Beweise zu übergeben, Aussagen zu machen und der Polizei bei der Identifizierung von Verdächtigen zu helfen. Was nicht einmal nötig wäre, wenn sie Fotos haben«, sagte Matthew.

Adrians imaginäre Schlagzeilen verblassten schnell. »Aber was ist mit der Verhaftung? Wenn wir sie heute Abend nicht schnappen, sind sie weg und wir haben sie verloren. Alles nur, weil die Polizeistation geschlossen ist. Das ist doch lächerlich!«

»Ich schlage vor, wir halten uns an den Plan. Wir gehen in den Pub, halten unsere Ohren offen, sammeln, was wir können und fügen das unserem Bericht hinzu. Dann kehren wir am Morgen hierher zurück, mit einem vollständigen Dossier. Die Polizei kann dann unsere Informationen nutzen, um diese Männer zu fassen. Es ist noch nicht alles verloren, Adrian.«

Adrian zögerte. »Abgesehen davon, dass wir die Action verpassen. Ach verdammt, du hast recht. Lass uns zurück zum B&B gehen. Müssen wir es Beatrice sagen?« Er sah Matthews Gesichtsausdruck, seufzte und griff nach seinem Telefon.

Die beiden Männer saßen auf der Hafenmauer in Porthgain und gingen die Anweisungen durch. DI Stubbs hatte ihnen den Marsch geblasen. Adrian versuchte mit allen Mitteln, seine Empörung aufrecht zu erhalten, musste aber die Richtigkeit ihrer Argumentation eingestehen. Matthew durfte sich nicht in die Nähe von Pferdeschwanz und dessen Partner begeben. Soweit es Beatrice betraf, zählte alles nichts: weder der Lauf der Zeit noch der schwarze Rollkragenpullover oder der neue Haarschnitt, der seine silbernen Schläfen im Kontrast zum Rest seines dichten dunklen Haares wunderbar zur Geltung brachte. Er konnte immer noch erkannt werden. Dies bedeutete, sich selbst in Gefahr zu bringen oder die Ermittlungen zu vereiteln, sollten sich diese Leute entscheiden, ihre Operation an einen anderen Ort zu verlegen.

Sie gab Adrian die Erlaubnis, in den Pub zu gehen, um zu

beobachten und die Ohren offen zu halten, zwang ihn aber, mehrmals zu versprechen, nichts zu riskieren und auf keinen Fall die Aufmerksamkeit irgendwie auf sich zu ziehen. Als ob er das tun würde.

»Und ob du etwas herausfindest oder nicht, gleich morgen früh geht ihr zur örtlichen Polizei und erzählt ihnen alles. Keine Ausrede. Ich habe eine Nachricht für Inspector Howells hinterlassen und ihm deine Nummer gegeben. Adrian, ich habe wirklich keine Zeit, mich um diese Sache zu kümmern, also verlasse ich mich darauf, dass ihr beide das richtige tut. Es liegt jetzt nicht mehr in euren Händen.«

»Das werden wir. Als allererstes. Aber Beatrice, du brauchst dir keine Sorgen zu machen. Ich habe eine natürliche Begabung für verdecktes Beobachten. Ich mache das ständig.« Ein anderer Gedanke tat sich ihm auf. Jetzt konnte er den Abend damit verbringen, sich mit Lyndon zu unterhalten, ohne Matthew zu vernachlässigen. Das Glück war wieder einmal auf seiner Seite.

Er reichte Matthew das Telefon, damit sich dieser verabschieden konnte und schlenderte die Uferpromenade entlang. Er schaute einem großen Boot mehrere Minuten lang zu, wie es mit der Bewegung der Wellen schaukelte und schwankte. Segeln sah nicht gerade nach Spaß aus. *Weltumsegelung von der To-do-Liste gestrichen.*

Matthew stieß zu ihm. »Sie ist unnachgiebig. Sieht so aus, als wärst du heute Abend auf dich allein gestellt.« Er reichte das Handy zurück.

»Es scheint total unfair zu sein, aber ich muss sagen, dass sie recht hat. Du kannst es nicht riskieren, entdeckt zu werden. Also, was wirst du heute Abend mit dir anfangen?«, fragte Adrian.

»Oh, ich komme schon klar. Ich werde rüber zum Fischrestaurant gehen und mir etwas gönnen. Ich mache mir mehr

Sorgen um dich, wenn du alleine in einem belebten Pub sitzt und versuchst, irgendwelche Informationen über ein paar zwielichtige Gestalten zu erhaschen. Ein Teil des Spaßes an der Sache ist die Teamarbeit und jetzt muss ich dich damit allein lassen.« Sein Gesichtsausdruck verriet aufrichtige Besorgnis.

»Matthew, du hast meinen Barkeeper vergessen. Mein Abend könnte ein klein wenig mehr werden als Spionage und Überwachung.«

»Natürlich! Der Kerl mit den Wangenknochen. Das ist sogar noch besser, denn du kannst dich an die Bar setzen und mit ihm reden. Du kannst alle Gespräche belauschen, während sie ihre Drinks bestellen. Das nenne ich mal eine positive Entwicklung!«

Adrian lachte und wandte seine Gedanken dem nächsten Problem zu. *Deine bekleidungstechnische Herausforderung, solltest du sie annehmen wollen, ist wie folgt: kleide dich wie ein unauffälliger Tourist, aber demonstriere trotzdem Stil und Klasse für jene, die zählen. Wie kann man auffallen und gleichzeitig mit dem Hintergrund verschmelzen?*

Die Samstagabend-Kundschaft des Clipper Inn war ein bunter Haufen in Bezug auf Kleidung und Alter, aber laut waren sie alle. Adrian saß auf einem Barhocker, trank eine Schorle, tat so, als würde er die Lokalzeitung lesen und tauschte hie und da ein schüchternes Lächeln mit Lyndon aus. Anfangs konnten sie ein paar kurze Gespräche führen, aber als sich der Pub zu füllen begann, hatte Lyndon keine Zeit für etwas anderes als Bier auszuschenken, mit der Kasse zu ringen und zum nächsten Kunden zu eilen. Sein Sitzplatz ermöglichte Adrian einen guten Überblick im niedrigen Raum. Die Schmuggler hatten sich nicht blicken lassen.

Kurz nach neun fing er an, sich zu langweilen. Die Zeitung war ein typisches Lokalblatt, und wenn man die Leute nicht kannte, die Stipendien für Aberystwyth erhalten hatten oder in den Bezirksrat gewählt worden waren, konnte man nur ihre Kleiderwahl kritisieren. Und selbst das bedurfte keiner großen Anstrengungen. Das Kreuzworträtsel war gelöst, auch wenn ein paar Antworten nicht ganz reinpassten, er hatte die Zeitung vor- und rückwärts gelesen und niemanden, mit dem er reden konnte.

Er seufzte, die Tür öffnete sich und herein kamen die beiden Verdächtigen. Pferdeschwanz und ein wirklich grimmig dreinblickender älterer Mann musterten den Raum kurz und gingen dann direkt zur Bar. Obwohl er einige Meter entfernt stand, konnte Adrian den Akzent hören, als der Ältere zwei Pints Lagerbier bestellte. Irisch, sicherlich, aber da war noch etwas anderes, ein fauchender Klang in seiner ungewöhnlichen Stimme. Sie lehnten sich mit dem Rücken zum Rest der Gäste an die Bar. Das gab Adrian die perfekte Gelegenheit, genauer hinzuschauen.

Beatrice hatte recht. Diese Frisur war absolut grauenhaft. Von vorne: ein kantiges Gesicht mit einem unglücklichen Kinn, eingerahmt von dunkelbraunem Haar. Kurze Seiten, schlaffer Pony. Alles vollkommen akzeptabel, bis man die ätzenden gebleichten Büschel bemerkte, die sich über seine Schultern ausbreiteten. Er trug dunkle Jeans, ein verblichenes schwarzes Kapuzensweatshirt und abgewetzte Turnschuhe. Sein Komplize sah noch schlimmer aus. Weiß-graue, kurz geschnittene Haare und die mürrischen Linien im Gesicht des Mannes ließen Adrian an einen Ausbilder der US-Armee denken. Manche Gesichter weisen einen Abdruck ihrer häufigsten Mimik auf; man erkennt den altgedienten Lächler ebenso wie den Ernsthaften, der seine Stirn gerne und oft in Falten legt. Das Gesicht dieses Mannes hatte viel zu lange damit verbracht, Verachtung zum Ausdruck zu bringen. Sein ausrangiertes grünes Armeehemd und die schwarze Kampf-

hose verrieten einen Mann, der Brust- und Hosentaschen über-
mäßig liebte.

Lyndon warf Adrian einen bedeutungsvollen Blick zu, als
er sie entdeckte und bei der nächsten Gelegenheit kam er unter
dem Vorwand, Eis zu holen, an die Bar.

»Hast du dich schon mit ihnen unterhalten?«, fragte
Lyndon.

»Nein. Und das habe ich auch nicht vor. Ich will nur ein
bisschen was über sie herausfinden. Du könntest sie doch in
ein Gespräch verwickeln, wenn du sie das nächste Mal
bedienst.«

Lyndon zuckte mit den Schultern. »Ich werde es versuchen. Aber ich habe die beiden schon mal bedient.« Er deutete
auf den ausgestopften Hecht in einer Vitrine über dem Feuer.
»Mit dem hatte ich schon mehr Spaß. Übrigens, was machst
du später?«

Der Wirt erschien durch die Küchentür. »Lyndon!«

Lyndon nahm seinen Eiskübel und stürzte sich wieder ins
Getümmel.

Es dauerte weitere zweiundzwanzig Minuten. Schließlich sah
Adrian, wie der ältere Mann der Bardame ein Zeichen gab
und seinen Kollegen mit dem Ellbogen anstieß. Lyndon duckte
sich vor die herannahende Frau und räumte die leeren Gläser
weg. Der Kerl war wieselflink, das musste Adrian zugeben.
Pferdeschwanz stützte sich auf seine rechte Pobacke und zog
seine Brieftasche aus der Gesäßtasche. Eine Idee nahm in
Adrians Kopf Gestalt an. Pferdeschwanz bezahlte die
Getränke und steckte sein Portemonnaie wieder in seine Jeans.
Das ›Gespräch‹ lief nicht gut. Lyndon machte eine weitere
Bemerkung, erhielt aber nicht mehr als leeres Starren. Er
zuckte mit den Schultern und machte sich auf, einige schrille
Italiener zu bedienen.

Lyndon sprach aus dem Mundwinkel, als er das nächste Mal vorbeieilte.

»Nichts. Missmutige Säcke. Willst du es mal versuchen?«

Adrian schüttelte den Kopf. »Nein. Aber ich werde ihm die Brieftasche abnehmen. Wenn du für die letzten Bestellungen läutest, fragst du sie etwas oder verschüttest ihre Drinks oder so. Bei dem Andrang an der Bar sollte das reichen. Kann ich mir einen deiner kleinen Notizblöcke ausleihen?«

»Ist das dein Ernst? Um ein Ablenkungsmanöver hat man mich noch nie gebeten. Sei vorsichtig, ja? Wenn du einen in die Fresse kriegst, nehme ich dich heute Abend nicht mit nach Hause. Hier. Ich will ihn nachher aber wiederhaben.«

Adrian grinste und überspielte seine Nervosität. Würde Beatrice es gutheißen, dass er einen Kinderhändler bestahl? Der Gedanke ließ ihn innehalten. Aber ein guter Detektiv sollte jede Gelegenheit ergreifen. Er würde vorsichtig sein. Er war ja nicht dumm und hier war seine Chance. Profisportler probten ihre Bewegungen im Kopf, immer und immer wieder, bis die Abfolge perfekt war. Kein Grund, warum ein Weinhändler, großer Tenor und Teilzeitdetektiv nicht dasselbe tun konnte.

Lyndon warf mehrere bedeutungsvolle Blicke über die Bar, während die Uhr immer näher zu elf tickte, aber Adrian ließ sich nicht ablenken. Er verhielt sich so ruhig wie möglich, trank nicht, schaute nicht, sondern konzentrierte sich auf sein inneres Bild eines gelungenen Trickdiebstahls.

»Letzte Bestellungen, meine Damen und Herren, letzte Bestellungen.« Der Wirt, dieser Trottel, kam aus der Küche und läutete die Glocke, was sowohl Adrian als auch Lyndon überraschte. Adrian rutschte vom Hocker und eilte mit dem Rest der ›noch eine letzte Runde‹-Gruppe die Bar entlang. Lyndon schob sich in Position und griff nach den beiden fast leeren Gläsern ihrer Zielobjekte.

»He! Die haben wir noch nicht ausgetrunken!« Der Arm

des älteren Mannes schoss hervor und packte Lyndons Handgelenk.

Adrian stürzte nach vorne, drückte sich gegen Pferdeschwanz und holte mit der linken Hand die Brieftasche heraus, während er sich entschuldigte.

»Mist, es tut mir so leid. Ist alles okay? Habe ich deinen Drink verschüttet? Alle haben es heute Abend so eilig. Dieser Kerl hat mich geschubst.« Er blickte angewidert über seine Schulter zu einer imaginären Gestalt. Pferdeschwanz runzelte die Stirn, sagte aber nichts.

Lyndon entschuldigte sich und stellte die Getränke wieder hin und bot an, ihnen frische Pints zu servieren. Die beiden Männer stimmten zu und Adrian schlüpfte mit seiner Beute in die Toilette. Er setzte sich auf den Toilettensitz und blätterte in der Brieftasche. Bargeld in Euro und Pfund Sterling, ein Führerschein auf den Namen Eoin – *wie um alles in der Welt sollte er das aussprechen* – Connor, und ein Stapel Visitenkarten. Lannagh Farm, Kilmore Road, Ballyharty.

Adrian überlegte, ob er Beatrice auf dem Handy anrufen sollte, aber wenn sie damit beschäftigt war, einen Exhibitionisten zu fangen, würde sie es vielleicht nicht schätzen. Stattdessen schickte er ihr eine SMS und schrieb die Adresse auf Lyndons Notizblock, bevor er alles wieder in der Brieftasche verstaute. Danach schaltete er sein Telefon auf lautlos. Er war gründlich, genau wie Beatrice es ihm beigebracht hatte. Da er schon mal hier war, erleichterte er sich und beglückwünschte sich zur gelungenen Arbeit. Pferdeschwanz würde sein Portemonnaie nicht vermissen, denn es war die Runde des Älteren, und Adrian konnte es auf dem Rückweg für ihn ›finden‹. Lyndon verdiente auf jeden Fall eine Belohnung für seine Hilfe, was sich kaum als schwierige Pflicht herausstellen würde. Eine glückliche Wendung, in der Tat.

. . .

Die beiden Männer hatten sich nicht von der Stelle gerührt, zusammengekauert an der Bar, die Pints beinahe ausgetrunken.

»Huch. Hier liegt eine Brieftasche auf dem Boden. Gehört sie einem von euch?«

Sie drehten sich beide um. Pferdeschwanz beäugte Adrian und die Brieftasche misstrauisch, bevor er sie nahm. »Es ist meine.«

»Muss runtergefallen sein, als ich mit dir zusammengestoßen bin. Hör zu, das tut mir leid. Kann ich das wiedergutmachen, indem ich euch beiden ein Bier kaufe? Oder vielleicht etwas Kleines zum Nachspülen?«

Pferdeschwanz schaute zu seinem Begleiter, der den Kopf schüttelte, ohne das Angebot zu würdigen.

Pferdeschwanz zuckte mit den Schultern. »Nein, ist schon in Ordnung. Es ist sowieso gleich Sperrstunde. Trotzdem danke.« Er leerte sein Pint und kletterte vom Hocker. »Ich wünsche dir eine gute Nacht.«

»Oh, gute Nacht.«

Breitbeinig schritten sie zur Tür. Adrian kehrte zu seinem Hocker zurück und scannte den Raum nach Lyndon ab.

»Was hast du herausgefunden?«

Die Berührung an seinem Ellenbogen ließ ihn zusammenzucken. Seine Nerven waren ein wenig angespannt. Lyndon drängte sich hinter die Bar, einen Turm leerer Pintgläser in der Hand, das Gesicht erwartungsvoll.

»Name, Adresse und Beruf. Nicht schlecht für einen Amateur. Ist es zu spät, um ein Glas Wein zu bekommen? Ich fühle mich sicher genug, jetzt vom Mineralwasser umzusteigen. Und ich würde dich gerne auf einen Drink einladen, für deine Hilfe und alles.« Er riss die Adresse ab, steckte sie in seine Brieftasche und reichte Lyndon den Block zurück.

Lyndon nahm ihn mit einem beeindruckten Nicken entgegen. »Tatsächlich gar nicht schlecht. Wie wäre es, wenn wir uns eine Flasche teilen? Ich habe eine kalt gestellt, und sobald ich fertig bin, können wir zu mir nach Hause gehen. Wenn du magst?«

»Ich mag.« Adrians Grinsen wurde breiter. So ein Glückspilz. Er konnte es einfach nicht lassen.

»Nur wirst du draußen auf mich warten müssen. Wir machen sauber bis Viertel nach. Sorry. Warum setzt du dich nicht auf eine der Bänke draußen? Ich bin im Handumdrehen bei dir.«

»Gegenvorschlag: warum warte ich nicht im Hafen? Dann kann ich die Aussicht genießen.«

Der Schein aus den Fenstern des Pubs verblasste, als Adrian den steinigen Weg hinunter in Richtung der Meeresgeräusche ging. Die kalte Luft ließ ihn wünschen, er hätte eine Jacke mitgebracht. Er rieb sich die Arme und nahm das entspannende Auf und Ab des Wassers in sich auf, das metallische leise Klirren und Scheppern der Boote, die sich mit den Wellen bewegten, und die schwarz-weiß-graue Aussicht im Mondschein. Er hätte in einem Truffaut-Film sein können. Zu seiner Linken standen Fülltrichter eines Steinbruchs, massive Konstruktionen des Industriezeitalters, gestützt von einer riesigen Ziegelmauer. Ihre schiere Größe, ganz zu schweigen von den gefährlichen Kanten, Tiefen und rauen Oberflächen, jagten ihm einen weiteren Schauer über den Rücken. Er entschied sich dafür, nach rechts zu schauen, auf das mondbeschienene Wasser, die Lichtflecken, die von entfernten Häusern kamen und die riesige schwarze Landmasse, die zum Meer hinabfiel.

Er hörte einen Schritt. Schneller als er erwartet hatte, aber es gab keinen Zweifel daran, dass der Kerl begierig war. Es wäre perfekt, wenn Lyndons Haus einen Blick aufs Meer hätte. Mit einem Lächeln drehte er sich um, um ihn zu begrüßen.

Der Schock, Pferdeschwanz zu sehen, ließ das Blut in seinem Körper absacken. Bevor er den Mund öffnen konnte, tauchte jemand hinter ihm auf und drehte seinen Arm schmerzhaft auf seinen Rücken.

Dieser seltsame Akzent. »Du kommst mit uns mit.«

<h1 style="text-align:center">33</h1>

»Du hast wohl den Verstand verloren. Hast du nicht gehört, was ich da drinnen gesagt habe?« Virginia zeigte mit dem Kopf in Richtung des Besprechungsraumes.

»Ich habe keine andere Wahl. Wenn nicht mehr Beamte zur Verfügung stehen, müssen wir einige Leute von Harrison abziehen. Mir gefällt das genauso wenig wie dir, aber wir können nicht alles auf eine Karte setzen, wenn es genauso viele Beweise gibt, die Bennett belasten. Ich will, dass man ihn beobachtet.«

»Beatrice, es tut mir leid, aber ich kann dem nicht zustimmen. Wir haben Harrison in eine verwundbare Position gebracht. Du warst diejenige, die mich belehrt hat, die Frau mit Respekt zu behandeln. Du hast heute bei mir gesessen und wir beide haben ihr unsere volle Unterstützung zugesichert. Und jetzt willst du unser Versprechen brechen, sie so gut wie möglich zu beschützen.«

Beatrice biss die Zähne zusammen. »Ich bin allen Frauen in dieser Stadt verpflichtet und ich habe nicht vor, eines meiner Versprechen zu brechen. Es gibt nichts Spezifisches in unserem

Fall, das Avery mehr verdächtig macht als Bennett. Wie Grant schon sagte ...«

Virginia stöhnte auf. »Grant? Oh bitte. Sieh das als das, was es ist. Eine aufmerksamkeitsheischende Übung eines aufstiegshungrigen Beamten. Alle Augen sind auf Harrison gerichtet, und das gefällt ihm nicht. Er hat versucht, mich zu dieser wilden Verfolgungsjagd zu überreden, aber ich war so klug, den ›Ich habe die ganze Nacht gearbeitet und denke, ich habe etwas gefunden‹-Bullshit zu durchschauen. Schau, er fühlt sich von mir ignoriert, und dies ist eine Taktik, sich selbst in den Mittelpunkt zu stellen.«

Das Ego der Frau war verblüffend. Beatrice holte zweimal tief Luft, entschlossen, ihr Temperament unter Kontrolle zu halten.

»Mit Verlaub, Virginia, hier geht es nicht um dich. Ich glaube, unsere Polizeiarbeit war schlampig und wir haben voreilige Schlüsse gezogen. Es gibt zwei Verdächtige und wir sollten beide gleich intensiv beobachten. Karen Harrison könnte für einen oder beide ein Objekt der Begierde darstellen. In Anbetracht dessen, dass wir sie einem möglichen Angriff aussetzen, stimme ich zu, dass der Großteil unserer Einsatzkräfte ihr beistehen sollte. Aber zusätzlich zum Zweierteam für Avery will ich dasselbe für Bennet. Das bedeutet, dass wir zwei Leute von Harrison abziehen müssen.«

»Nein. Wir können Bennett morgen genauer unter die Lupe nehmen, aber heute Abend sind alle Hände für unseren Einsatz verplant. Seien wir mal ehrlich, du weißt nicht mal, wo sich Bennett aufhält.«

Beatrice hatte genug von Virginias herablassendem Ton. »Das werden wir schon herausfinden. Ich habe die Überwachungszentrale angewiesen, uns zu informieren, wenn er auf einer Kamera erscheint. Grant und ich planen, ihn ausfindig zu machen, ihm zu folgen, mit seiner Frau zu sprechen und soviel wie möglich herauszufinden.«

»Du überlässt mir allein die Leitung der Operation Harrison?«

»Ganz genau. Völlig allein, unterstützt von nur sechsundzwanzig Beamten. Das macht zweiundfünfzig Hände.«

Virginias Gesichtsausdruck war hart und kalt. »Ich finde das extrem unprofessionell, muss ich sagen. Wir sollten als Team arbeiten und nicht in verschiedene Richtungen lospreschen. Du bist starrköpfig.«

»Und du siehst den Wald vor lauter Bäumen nicht mehr. Wir haben das gleiche Ziel. Nur unterschiedliche Meinungen, wie wir es erreichen können. Ich will jeden Stein umdrehen, um dieses Reptil zu finden. Ich werde berichten, sobald ich etwas gefunden habe.«

Grants Dankbarkeit für ihre Unterstützung äußerte sich in einer pausenlosen Selbstrechtfertigung auf der Fahrt nach Crouch End.

»... was der Grund ist, warum ich mich an Sie gewandt habe, denn auch wenn ich Virginia als leitende Beamtin schätze, hat der ganze persönliche Kram das Thema vernebelt, obwohl sie mich aus irgendeinem Grund jetzt definitiv auf Distanz hält, was in Ordnung ist, es gibt ja genug andere, aber sie sollte trotzdem den Unterschied sehen, wenn ich versuche, ihre Aufmerksamkeit für ein echtes Problem zu gewinnen, und ich denke, sie ist unter anderem so ablehnend, weil sie weiß, dass ich zur Met wechseln will, aber wenn Sie mich fragen, dann hat Politik in Situationen wie dieser nichts zu suchen ...«

Schließlich brachte Beatrice ihn zum Schweigen. »Ich schätze alles, was Sie gesagt haben, Grant, und ihre Offenheit ist beruhigend. Ich werde genauso ehrlich sein und ihnen sagen, dass die Met beabsichtigt, mich bei den Ermittlungen abzulösen, wenn eine weitere Frau in der Gegend von Finsbury Park überfallen wird. Meine Motive, Bennett im Auge zu behalten, dienen also durchaus auch der Selbsterhaltung. Was halten Sie davon, wenn wir sowohl das Persönliche als auch die Politik außen vor lassen und uns darauf konzentrieren, den Kerl zu finden?«

»In Ordnung, Ma'am. Sorry. Ich habe immer noch nichts von Fitch über die Handyortung gehört. Wollen Sie zuerst ins Fitnessstudio gehen oder seine Frau besuchen?« Er schaute in den Seitenspiegel, während er den Blinker für die Hornsey Road nach rechts stellte.

»Das Fitnessstudio ist momentan wahrscheinlich gerammelt voll, oder? Feierabend-Ansturm. Lassen Sie uns seine Frau besuchen. Was macht sie von Beruf?«

»Sie arbeitet in verschiedenen Sportzentren, unter anderem bei *CrossTrain*. Sie ist als ausgebildete Physiotherapeutin eingetragen, unterrichtet aber hauptsächlich Gruppen. Sie ist die Pilates-Trainerin. Und ein bisschen Yoga, Spinning, so was in der Art.«

Beatrice warf einen Blick auf Grant, irritiert von seiner absurden verspiegelten Sonnenbrille. Wollte er etwa zur CIA? »Woher wissen wir, dass sie nicht bei der Arbeit ist?«

»Ich habe ihren Stundenplan überprüft. Sie unterrichtet nur vormittags. Gelangweilte Hausfrauen und so weiter.«

»Was ist ›Spinning‹?«, fragte sie und ignorierte den Chauvinismus.

»Eine Art Radfahren auf einem Heimtrainer. Kreislaufintensiv, aber stinklangweilig. Nicht so mein Ding.«

»Meins auch nicht. Dasselbe gilt allerdings für Rugby. All das Gedränge und Zerren und Packen, um am Ende unter einem Haufen übelriechender Grobiane zu landen.«

Ein stolzes Lächeln breitete sich auf Grants Gesicht aus. »Es ist ein Männersport, ganz klar.«

Beatrice rümpfte die Nase und beschloss, nicht zu antworten. Sie schaute aus dem Fenster. »Du meine Güte, sehen Sie sich das an. Crouch End ist um Welten entfernt von Finsbury

Park, nicht wahr? Mütter in Birkenstocks, Väter mit Kinderwagen, Weinlokale, Feinkostläden, und ich wette, wir bräuchten weniger als fünf Minuten, um ein Kind mit Namen Imogen zu finden.«

»Das ist London. Da wären wir. Lightfoot Road. Wie wollen Sie es angehen?«

»Ich werde das spontan entscheiden. Aber wenn er da ist, dann markieren Sie bitte starke männliche Präsenz.«

«Kein Problem. Darin bin ich unschlagbar.«

»Das kann ich mir gut vorstellen.«

Suzanne Bennetts Oberschenkel hatten den Umfang von Beatrices Unterarm. Sie öffnete die Tür in weißem Trainingsanzug, voll geschminkt und mit einem kecken Pferdeschwanz.

»Guten Tag, Ms Bennett. Mein Name ist Detective Inspector Beatrice Stubbs, und das ist Detective Sergeant Ty Grant von der British Transport Police. Wir haben uns gefragt, ob wir mit Ihrem Mann sprechen können. Er hilft uns bei den Ermittlungen.«

Grant drehte seinen Kopf zu ihr. Es war ihm offensichtlich aufgefallen, dass sie die Met in ihrer Begrüßung nicht erwähnt hatte.

Die Frau lachte und rollte mit den Augen. »Wie heißt es so schön? Die linke Hand weiß nicht, was die rechte tut. Er ist in der Arbeit. Sie haben ihn in letzter Minute angerufen, weil jemand krank ist. Schon wieder.«

Beatrice sah Grant nicht an, konnte aber spüren, wie er sich anspannte. »Oh, wie dumm von mir. Ich hätte nachfragen sollen. Wenn das so ist, holen wir ihn bestimmt auf der Station wieder ein. Aber wenn wir schon mal hier sind, dürfte ich mir ein paar Minuten Ihrer Zeit stehlen?«

Suzanne Bennett trat zurück und deutete hinein. »Sicher. Aber ich habe in fünfundzwanzig Minuten Buchclub. Es ist nur auf der anderen Seite des Parks, aber ich muss in einer Viertelstunde los.«

»Danke. Wir werden Sie nicht aufhalten. Welches Buch besprechen Sie denn heute Abend?«

»*Küchenrolle oder Klopapier*. Haben Sie es gelesen?«

»Davon habe ich noch nicht gehört.«

»Nun, besorgen Sie sich ein Exemplar. Es ist genial. Ein Selbsthilfebuch für Frauen, die den Unterschied zwischen Kindermädchen und Krankenschwester im Umgang mit Ehemännern, Chefs, Kindern, Nachbarn, Freunden nicht erkennen können. Eines dieser Bücher, bei denen man einfach nur ›Oh ja‹ sagt, die ganze Zeit über. Wenn Sie wissen, was ich meine.«

Das Reihenhaus war, wie die meisten in der Gegend, von beeindruckender Größe. Das makellose Wohnzimmer erstreckte sich zu einem kleinen, gepflegten Garten. Weißes Dekor verlieh dem Raum ein weitläufiges Ambiente, obwohl jede Oberfläche mit Fotos des glücklichen Paares bedeckt war. Suzanne plapperte vor sich hin, während sie Mineralwasser in Gläser einschenkte, und Beatrice spürte, dass sie mit ein paar geschickten Fragen eine Menge aus dieser schmerzhaft dünnen Frau herausholen könnte. Ob allerdings fünfzehn Minuten lange genug sein würden, blieb abzuwarten.

Beatrice schob sich auf dem Sofa nach vorne, während Grant sich an den Kaminsims stellte. »Nach dieser leidenschaftlichen Empfehlung werde ich es lesen müssen. Nun, Ms Bennett, um nicht zu viel von Ihrer Zeit zu verschwenden ...«

»Würden Sie mich Suzanne nennen? Ich hasse Ms Bennett. Da fühle ich mich wie eine Figur aus einem Jane-Austen-Roman.«

»Gewiss. Und Sie können mich Beatrice nennen. Darf ich Sie fragen, wie Nathan es findet, so kurzfristig zur Arbeit gerufen zu werden? Sie können frei sprechen, ich habe nichts mit der Erstellung der Dienstpläne zu tun.«

Sie legte den Kopf schief, wie ein kleiner Vogel. »Ich kann Sie nicht anlügen, es macht ihn nicht glücklich. Ich meine, ab und zu ist das schon in Ordnung. Aber wie er sagt, es wird langsam lächerlich. Während des Sommers bekommt er fast jede Woche, wenn er frei hat, einen Anruf. Er beschwert sich nicht über das zusätzliche Geld, natürlich nicht, aber es verdirbt uns alle Pläne, die wir gemacht haben.«

»Ich verstehe. Ja, das muss ein Ärgernis sein. Und das ist im Laufe des Sommers schlimmer geworden?«

»Ja. Es ist ein paar Mal passiert, bevor wir in den Urlaub gefahren sind. Aber seither kommt es locker einmal pro Monat vor. Manchmal auch zweimal. Diesen Monat wurde er schon dreimal gerufen.«

Beatrice schüttelte den Kopf. »Das ist inakzeptabel. Nicht zuletzt, weil wir nicht erwarten können, dass unsere Mitarbeiter zu Höchstleistungen auflaufen, wenn sie müde oder demotiviert sind.«

»Ja, er sieht müde aus. Und heute hat er wieder sein Handy zu Hause vergessen. Das passiert immer öfter. Ich vermute, dass er unter dem ganzen Druck vergesslich wird.«

Beatrice schaute Grant an. »Hören Sie zu, Suzanne, ich kann vielleicht etwas tun, um zu helfen. Wenn Sie mir die Daten geben könnten, an denen er unerwartet einberufen wurde, werde ich ein ernstes Wörtchen mit den Verantwortlichen wechseln. Mal sehen, ob wir das System nicht ein wenig fairer gestalten können.«

»Ooh, das klingt nach einem Plan! Lassen Sie mich einen Blick auf den Kalender werfen. Da mache ich mir normalerweise Notizen.« Sie hüpfte in Richtung Küche davon und war zurück, bevor Grant seine Augenbrauen hochgezogen hatte.

»Da haben wir's. Das sind bei weitem nicht alle, aber ich kann einige aus den letzten Monaten nennen.« Sie begann, Daten auf die Rückseite eines Umschlags zu kritzeln. Beatrice überflog den Kalender, während sie wartete.

»Das ist sehr hilfreich. Und, Suzanne, warum behalten wir diesen Besuch nicht für uns? Wenn sich dann sein Leben zu verändern beginnt, wird er nie darauf kommen, dass seine kluge Frau dafür verantwortlich ist.«

Suzanne strahlte, Grant starrte und Beatrice nippte an ihrem Wasser.

34

Im Finsbury Park Kontrollzentrum listeten Beatrice und Grant für Kalpana Joshi die Daten auf, die zum Muster der Angriffe passten.

»Er sagt seiner Frau, dass er Überstunden macht, und zieht los, um andere Frauen sexuell zu belästigen? Ich kann einfach nicht glauben, dass Nathan Bennett zu so etwas fähig ist.« Kalpana starrte auf den Bildschirm. «Aber er ist es, nicht wahr?«

Grant zuckte mit den Schultern. »Scheint so, als könnte man das von außen nicht immer erkennen.«

»Was ich noch seltsamer finde, ist, dass sie versuchen, Kinder zu bekommen«, fügte Beatrice hinzu.

Grant starrte sie an. »Wann hat sie das gesagt? Oder war es weibliche Intuition?«

»Auf ihrem Kalender hatte sie in jedem Monat fünf kleine rote Sternchen markiert. Und etwa anderthalb Wochen später einen Block von Tagen, der rosa hervorgehoben war.«

Kalpana nickte. »Eisprung. Ihre fruchtbaren Tage. Wenn das so ist, denkst du, es wird strikt rationiert und er kommt zu kurz?«

»Selbst wenn er sie nur einmal im Jahr vögeln darf, ist das immer noch keine Entschuldigung für das, was er getan hat«, schnaubte Grant.

»Stimmt. Und delikate Wortwahl«, stimmte Beatrice zu. »Das Problem, das wir jetzt haben, ist, wie wir ihn finden können. Jedes Mitglied unseres Teams ist auf Überwachung, beobachtet Paul Avery und unseren Lockvogel. Bennett könnte auch hinter ihr her sein. Schließlich sind wir nicht sicher, wer es ist, der sie jede Nacht mit der Kamera verfolgt. Wenn es Bennett ist und er es auf Karen abgesehen hat, wird er in die selbe Falle laufen.«

Kalpana presste ihre Handflächen zusammen und stützte ihr Kinn auf ihre Fingerspitzen. »Aber wenn er jemand anderen im Sinn hat, wo sollen wir dann anfangen?«

»Auf der Straße. Er hat sein Handy praktischerweise zu Hause gelassen, so dass wir ihn auf diese Weise nicht aufspüren können«, sagte Grant.

»Unsere Operation erstreckt sich über die ganze Gegend um Finsbury Park«, sagte Beatrice. »Wenn Grant und ich in eine andere Richtung vorstoßen, ist das ein politisch unpopulärer Schritt, also können wir keine weiteren Polizisten als Unterstützung bekommen. Aber wir hatten gehofft, dass du uns vielleicht ein paar zusätzliche Augenpaare für die Suche nach Bennett zur Verfügung stellen könntest.«

»*Ein* Augenpaar. Ich kann keine weiteren Beamten auftreiben, aber ich stehe gerne zur Verfügung.«

Zusätzlich eine kluge, erfahrene Polizistin an ihrer Seite. Es war mehr, als sie sich erhoffen konnten.

Kalpana ging, um sich umzuziehen, Grant ging nach draußen, um einige persönliche Anrufe zu tätigen und Beatrice rief Hamilton an. Sie wusste, dass er ein offenes Ohr für Virginia hatte und diese Beatrices Entscheidung, die Taktik zu ändern, gemeldet hatte, sobald sie nur konnte. Es war ein Wunder, dass Hamilton sie nicht schon angebrüllt hatte.

»Stubbs? Was wollen Sie denn schon wieder?« Selbst für Hamilton war der Tonfall besonders aufbrausend.

»Ich entschuldige mich für die Störung, Sir. Ich wollte Sie nur darüber informieren, dass sich die Ermittlungen etwas ausgeweitet haben. DI Lowe beaufsichtigt die Köder- und Überwachungsteams. DI Joshi, DS Grant und ich gehen einer weiteren möglichen Spur nach.«

»Ich hatte verstanden, dass Ihr Mann identifiziert ist und es nur darum geht, ihn sozusagen auf frischer Tat zu ertappen. Warum verfolgen Sie eine andere Spur?«

Beatrice musste es ihm lassen. Wenn es um ein präzises Verständnis der Ereignisse ging, konnte man ihrem Chef nichts vormachen. Egal wie viele Fälle gleichzeitig liefen, Hamilton hatte den Überblick über jeden einzelnen. Früher hätte sie gedacht, er würde sie kontrollieren. Jetzt sah sie es als das Zeichen eines exzellenten Managers.

»Ihre Informationen sind korrekt, Sir. Aber sehen Sie es so: Wir sind uns des Verdächtigen zu 98% sicher, deshalb haben wir den größten Teil der verfügbaren Einheiten für seine Beobachtung vorgesehen. Und die weibliche Beamtin, die als Lockvogel fungiert. Dennoch besteht die Möglichkeit, dass ein anderer Mann durch das Netz geschlüpft ist. Um jede Eventualität abzudecken, Sir, werden ihn drei hochrangige Beamte ausfindig machen, observieren und befragen.«

Hamilton sprach leiser. »Wollen Sie mir sagen, dass die ganze gemeinsame Anstrengung, die eine schwindelerregende Menge an Ausgaben und Überstunden mit sich bringt, auf dem Holzweg ist?«

»Nein, Sir, wir können uns nicht sicher sein ...«

»Sie können sich nicht sicher sein. Und habe ich Sie richtig verstanden? Sie wissen nicht, wo Ihr zweiter Verdächtiger ist?«

»Bis jetzt, Sir, kennen wir seinen Aufenthaltsort nicht.«

»Reden Sie nicht um den heißen Brei herum, Stubbs. Sie glauben, Sie hätten die Identifizierung vermasselt, die Hunde auf den falschen Mann angesetzt und jetzt hetzen Sie und Lowe durch Nordlondon in der Hoffnung, eine Nadel in einem verdammten Heuhaufen zu finden.«

»Nicht DI Lowe, Sir. Sie beaufsichtigt die Finsbury Park Operation. DI Joshi assistiert, zusammen mit DS Grant, beide von der Transport Police. Grant ist der Sergeant, der mich auf die mögliche Unregelmäßigkeit aufmerksam gemacht hat.«

Hamilton hielt inne. »DI Stubbs, ich schlage vor, Sie halten sich an Ihren Auftrag. Zusammenarbeit mit der British Transport Police, um einen potenziellen Vergewaltiger zu fassen. Ich habe weniger Interesse an ihren Beziehungen zu DI Lowe als am Ausgang von *X Factor*, aber ich habe wohl vergeblich auf Professionalität, Selbstlosigkeit und eine Verhaftung gehofft. Wenn Sie keines der beiden ersten Zustandebringen, werde ich mich mit dem dritten zufriedengeben. Je nachdem, wie ihr Abenteuer heute Abend ausgeht, schlage ich ein Treffen für Morgen vor. Guten Abend, Stubbs.«

»Guten Abend, Sir.«

Hamiltons Verärgerung bedrückte Beatrice weniger, als es sollte. Es war ihm nicht bewusst gewesen, dass sie sich vom Hauptteam getrennt hatte, was bedeutete, dass Virginia nichts gesagt hatte. Das konnte man als Loyalität auslegen. Sie nahm den Hörer wieder in die Hand.

Virginia mochte loyal sein, aber sie war auch stur. Trotz der starken Anhaltspunkte, die ihre Verfolgung von Bennett unterstützten, war Virginias Ton abweisend und barsch. Sie war von ihrem Ziel überzeugt und der Köder war ausgeworfen. Harrison an Ort und Stelle, alle Beamten aufgestellt, zwei Polizisten warteten darauf, dass Avery seine Wohnung verlassen würde, alles war vorbereitet. Nichts würde sie davon abhalten, die Sache durchzuziehen. Nachdem sie zugestimmt hatte, jede Stunde den Stand der Dinge abzugleichen, wünschte Beatrice ihrer Kollegin Glück für die Operation. Mit einigem Widerwillen tat Virginia das Gleiche.

Adrians Handy war immer noch ausgeschaltet. Beatrice hinterließ keine Nachricht und vertraute darauf, dass er anrufen würde, wenn er Neuigkeiten hatte. Sie fragte sich, ob sie immer noch Spaß daran hatten, Detektive zu spielen. Hauptsache, sie gingen auf Nummer sicher. Und dass sie mehr Spaß hatten als sie. Sie erlaubte sich ein liebevolles Lächeln.

Kalpana kam zurück aus ihrem Büro und trug eine abgeschnittene Hose, ein langärmeliges T-Shirt und offenes Haar. Sie sah etwa sechzehn Jahre alt aus. Beatrice erkannte, wie wichtig der strenge Haarknoten, seriöse Kleidung und polierte Schuhe waren, um ihre Autorität bei der Arbeit zu wahren.

Kalpana schenkte ihr ein verhohlenes Lächeln. »Bereit?«

Beatrice nickte. »Ja. Ich kann meine bessere Hälfte zwar noch immer nicht erreichen, aber ich muss darauf vertrauen, dass er sich aus Schwierigkeiten heraushält. Hast du alles geregelt, was die häuslichen Angelegenheiten angeht?«

»Ja. Die Nachbarin füttert meine Katze, wenn ich kurzfristig ausbleibe. Moira ist eine tierliebe, verwitwete Fernsehsüchtige und er ist ein gieriger, aufmerksamkeitssuchender, rothaariger Gigolo. Sie beten sich gegenseitig an. Ich denke oft, wenn das zu oft vorkommt, wird Scaramanga seine Katzentaschen packen und dauerhaft ausziehen.«

»Ein wunderbarer Name für eine Katze.«

»Er passt zu ihm.«

Während Ty Grant allein in der Gegend von Hornsey und Crouch Hill patrouillierte, schloss sich Beatrice Kalpana in ihrem Toyota an, um Crouch End zu durchkämmen. Zusammen deckten sie das gesamte Gebiet zwischen Bennetts

Haus und Finsbury Park ab. Stundenlange Anspannung ließ Beatrices Schultern zu festem Zement erstarren. Das Funkgerät informierte sie, dass Harrison ›ihre Wohnung‹ verlassen und die Fahrt nach Leicester Square ohne Zwischenfälle geschafft hatte, während Paul Avery im Snooker Club war.

Kalpana schien müde zu sein, also redeten die beiden Frauen nur wenig, abgesehen von Erkundigungen nach dem Befinden der anderen. Um fünf vor elf erhielt Beatrice eine Textnachricht. Adrian.

Ich habe Pferdeschwanz identifiziert. Eoin Connor, Lannagh Farm, Kilmore Road, Ballyharty. Elementar, meine liebe Stubbs. Adrian x

Sie lächelte, überrascht wie groß die Erleichterung darüber war, dass die beiden in Sicherheit zu sein schienen, begann sich aber sogleich Sorgen zu machen, wie sie wohl an die Informationen gekommen waren.

Die nächste Meldung von Ty brachte nichts Neues und Beatrices Augenlider fingen an, schwer zu werden. Sie zog eine Grimasse und rieb sich die Augen.

Kalpana bekam es mit. »Geht mir genauso. Sollen wir auf die High Street fahren und uns einen Kaffee holen? Ich brauche einen Schuss Koffein.«

Die High Street hatte eine Auswahl an Bistros, Tapas-Bars und Pubs, aber alle Cafés hatten längst geschlossen. Sie fuhren ohne Erfolg auf und ab. Schließlich hielt Kalpana vor einem Kiosk an und löste ihren Sicherheitsgurt.

»Gut, dann halt zwei Dosen Red Bull. Sonst noch was? Hast du Hunger?«

Beatrice schüttelte den Kopf. »Überhaupt nicht. Haben wir Kaffee ganz aufgegeben?«

»Kaffee um diese Zeit bedeutet einen fiesen Takeaway oder Kebab-Laden. Und das hier ist Crouch End. Wir sind also am falschen Ort.« Sie schloss die Tür und ging in den mit Neonlicht beleuchteten Laden.

Beatrice schnellte herum. *Wir sind hier am falschen Ort.* Bennett griff nie in der Nähe seines bürgerlichen Zuhauses an. Er hatte es auf das ärmere Finsbury Park abgesehen. Keines seiner Opfer waren glitzernde Jemimas auf dem Heimweg von der Weinbar, sondern erschöpfte Janines auf dem Heimweg von der Zwölf-Stunden-Schicht. Er beobachtete seine Opfer sorgfältig, wählte diejenigen aus, von denen er dachte, dass er sie einschüchtern konnte, und fokussierte sich auf jene, von denen er dachte, dass sie kapitulieren würden. Davon würde er hier nicht viele finden. Hinzu kam die Tatsache, dass diese Menschen seine Nachbarn waren. Es würde seine eigene Türschwelle beschmutzen.

Als Kalpana mit Getränken und Samosas zurück ins Auto stieg, erklärte Beatrice ihre Gedanken. Kalpana verstand sofort und fuhr zurück in Richtung Harringay, während sie in eine Samosa biss. Beatrice informierte Grant über ihren Standortwechsel, stimmte aber zu, dass er besser dort aufgehoben war, wo er war.

Um halb zwölf parkten sie beim Lordship Park. Sie hörten angespannt mit, um jedes Detail aus dem Funk aufzufangen. Harrison war in die U-Bahn gestiegen und fuhr Richtung Norden. Alle waren in Position und bereit für den Einsatz. Avery war noch mitten in einem Spiel, eine Tatsache, die an Harrison weitergegeben wurde. Virginias Stimme riet ihr, mit der Rückkehr in die Wohnung zu warten. Harrison verließ den

Bahnhof, stand an der Bushaltestelle, schickte eine SMS und machte sich schließlich auf den Weg zum Snooker Club.

»Sie kann uns also hören?«, fragte Kalpana.

»Oh ja. Und wir können sie hören. Einer der Gründe für den Titel ›Operation Robert‹ ist, dass dies ihr Alarmwort ist. Wenn sie ›Robert‹ sagt, egal in welchem Zusammenhang, dann mobilisieren wir.«

»Ist das eine Hommage an Robert Peel?«

Beatrice strahlte. »Du bist die erste Person, die keine Erklärung benötigt. Klar meinte ich den Begründer der modernen Polizei! Gut gemacht. Die Sache ist, dass ich völlig hin- und hergerissen bin. Wenn sie sicher nach Hause kommt, bin ich erfreut. Und fast genauso enttäuscht. Das bedeutet, dass er immer noch irgendwo da draußen ist.«

»Ich verstehe schon. Manchmal hat man es einfach satt zu warten.«

Der Beamte Fitzgerald informierte sie, dass Paul Avery den Club verlassen hatte und in Richtung seiner eigenen Wohnung unterwegs war. Karen Harrison wusste seinen Weg und ging auf der Blackstock Road vor ihm her. Er schien ihr zu folgen und gewann an Fahrt. Virginias Stimme warnte alle Einheiten, dass Harrison in die Somerfield Road einbog und sich der Polizeiwohnung näherte. Für Beatrice schien es, als würde sogar das Funkgerät den Atem anhalten. Doch Avery ging weiter die Blackstock Road entlang, in Richtung seines Zuhauses und zeigte kein Interesse, dem Köder zu folgen. Niemand sprach, bis Harrison die Polizeiwohnung betrat, dann begannen der Applaus und die Pfiffe.

»Ihr seht, wir sind alle verwirrt. Harrison ist ohne Zwischenfälle nach Hause gekommen. Hurra. Aber wir haben versagt. Er hat unseren Köder nicht geschluckt und anstatt ihn heute Nacht in eine Zelle zu sperren ...«

Kalpana beendete den Satz: »... müssen wir das alles noch einmal machen.«

»Musst du nicht. Du hast schon genug getan. Eigentlich könntest du jetzt nach Hause gehen, wenn du willst. Ab sofort können andere Beamte Grant und mich unterstützen.«

»Ich werde noch eine Stunde bei dir bleiben. Wenn dann immer noch alles ruhig ist, überlasse ich dir das Feld.«

Virginias Stimmung schien eine ähnliche Mischung aus Enttäuschung und Erleichterung zu sein, aber sie stimmte Beatrices Bitte ohne weiteres zu. Sie bot an, das Kontrollzentrum anzuweisen, alle Aufzeichnungen nach Bennetts Auftauchen zu scannen und schickte zehn Beamte mit Beatrice und Grant auf Patrouille. Zwei weitere hielten bereits vor Averys Wohnung Wache. Beatrice übergab die Koordinationsaufgaben an Grant, sowohl aus Respekt als auch aus Erschöpfung. Mit einem schlechten Gewissen erinnerte sie sich daran, dass auch der Sergeant mit wenig Schlaf zurechtzukommen hatte.

Die Konversation wurde leichter, nachdem Harrison sicher angekommen war, vielleicht lag es auch am Koffein. Während sie durch die Straßen der Vorstadt fuhren, erzählte Kalpana davon, dass sie in Hackney aufgewachsen war, in einer Kultur des Respekts, des Gehorsams und der Zusammenarbeit. »Also schien Polizeiarbeit eine natürliche Wahl zu sein. Meine Eltern waren nicht begeistert und ich hatte es schwer, akzeptiert zu werden, aber nicht, weil ich eine asiatische Frau bin. Sondern wegen meiner Körpergröße. Aber als ich mit meiner ersten Uniform nach Hause kam, platzten meine Eltern fast vor Stolz. Sogar meine Brüder konnten nicht aufhören zu prahlen, und sie verdienen ihren Lebensunterhalt mit Dingen, die von der Ladefläche eines Lastwagens fallen.«

»Du hast es auf jeden Fall zu etwas gebracht. Und mir ist aufgefallen, wie viel Respekt du von deinem Team genießt. Das kann nicht einfach gewesen sein«, sagte Beatrice.

»Vielen Dank. Ich weiß so ein Kompliment von dir zu

schätzen. Ich habe einige Schlachten geschlagen, auch war ich in der Familie das Mittelkind. Zwei Brüder älter, zwei jünger. Ich war es gewohnt, mich durchzusetzen. Aber für meine Generation war es einfacher, dank Frauen wie dir. Du hast dir einen Weg durch die Macht gebahnt, lange bevor die Worte ›Frauen‹ und ›Karriere‹ jemals im selben Satz verwendet wurden.«

Beatrice neigte den Kopf und nahm das Kompliment an. »Jetzt bin ich dran, dir zu danken. Obwohl mir die Anspielung auf das Mittelalter nicht gerade schmeichelt. Ich bin 1954 geboren.«

»Wie ich schon sagte. In den Fünfzigern. Vor den Karrierefrauen. Bevor es Polizeibeamtinnen gab. Wahrscheinlich vor Fischstäbchen.«

Beatrices Lachen wurde durch den Funk unterbrochen. Viertel vor eins. Nichts zu berichten. Die Lichter bei Avery waren aus, keine Spur von Bennett.

Beatrice drehte sich zu Kalpana um. »Warum machst du nicht Feierabend?«

»Bist du sicher? Ich bleibe gerne hier.«

»Nein, Kalpana. Du warst mir eine große Hilfe. Wo wohnst du?«

»Immer noch in Hackney. Aber *nicht* bei meinen Eltern.«

»Freut mich zu hören. Wenn du mich am Finsbury Park absetzen könntest, werde ich mich Ty Grant anschließen und noch ein paar Stunden Wache halten. Bennett wird dann nach Hause gehen müssen, da seine angebliche Schicht um sechs Uhr endet. Wenn er erst einmal in seinem eigenen Haus ist, werde auch ich meinen Schlaf bekommen.«

Kalpana gähnte ausgiebig, was Beatrice ansteckte. »Okay, aber nur, weil ich um halb neun ein Meeting habe. Ruf mich an, wenn sich etwas tut.«

»Na gut. Und sagst du mir bitte Bescheid, wenn du

zuhause ankommst? Nur damit ich weiß, dass du nicht am Steuer eingenickt bist und in einen Stausee gefahren bist.«

»Keine Chance. Sobald ich dich abgesetzt habe, höre ich mir den ganzen Weg nach Hause Breakcore an.«

»Klingt gefährlich. Frauen in meinem Alter sind viel mehr bei einem Madrigal aus dem vierzehnten Jahrhundert zu Hause.«

Kalpanas Gesicht verzog sich vor Lachen und sie sah bemerkenswert hübsch aus.

Es war viertel nach eins und die Müdigkeit machte sich deutlich bemerkbar. Grant war rot im Gesicht geworden und hatte Mühe, sich klar zu artikulieren. Er war frustriert wegen der mangelnden Dringlichkeit, die der Rest des Teams an den Tag legte. Die Beamten verteilten sich, um die Straßen nach Bennett abzusuchen, aber Beatrice hatte den Verdacht, dass die meisten von ihnen die nächsten viereinhalb Stunden damit verbringen würden, über Ty Grant zu jammern. Er hatte genug. Sie auch. Aber Nathan Bennett hatte es nicht.

Sie schloss sich Grant an und sie fuhren zum zwölften Mal die Green Lanes hinauf.

35

Als sie nach Sutton Square einbog, drehte Kalpana die Lautstärke von *Venetian Snares* herunter. Dröhnende Beats von vorbeifahrenden Fahrzeugen gehörten zum Leben in Hackney, aber in dieser ruhigen Straße zog sie es vor, ihre Nachbarn zu schonen. Sie parkte den Wagen auf dem winzigen Vorplatz und las die Uhrzeit in leuchtenden Ziffern auf dem Armaturenbrett. Ein Uhr fünfundzwanzig. Sie musste in fünf Stunden wieder aufstehen.

Na und? Es gab nur eine vernünftige Haltung und sie hatte das Richtige getan, aus Pflichtgefühl gegenüber Beatrice und ihrem Team. Jemand aus ihrer eigenen Truppe war für diese Angriffe verantwortlich. Sie hatte die Pflicht, dabei zu helfen, ihn zu fangen.

Sie schloss das Auto ab und suchte ihren Haustürschlüssel, wobei sie einen Blick zwei Türen weiter zu Moiras Haus warf. Als ob die Möglichkeit bestünde, dass sie ihn jetzt sehen würde. Er war als rothaarige Kugel auf Moiras Bett zusammengerollt und schnurrte wie eine Kettensäge.

Sie lächelte in sich hinein, öffnete die Haustür und griff nach dem Lichtschalter. In den wenigen Sekunden, bevor sie auf dem Teppich im Flur aufschlug, registrierte sie drei Dinge. Das schnelle knirschende Geräusch von Schritten auf Kies, eine Hand, die sie gewaltsam ins Haus schob und ein starker Geruch nach Füßen.

Ihre Hände erlitten Teppichverbrennungen vom Abfedern des Sturzes. Mit pulsierendem Adrenalin rollte sie sich auf den Rücken, bereit, sich zu verteidigen, als das Licht anging. Nathan Bennett, mit Baseballkappe und einem Rucksack, stand lächelnd vor ihr.

»Hier bin ich, Ma'am. Genau wie Sie es wollten.«

Der Gestank war ekelerregend. Bennett saß ihr gegenüber, die Unterarme auf den Knien, und schälte das Etikett von seiner Bierflasche ab, ein Dauergrinsen auf seinem Gesicht. Kalpana war versucht, einen Schluck von ihrem Pilsner zu nehmen, nur um den Geruch für eine Sekunde zu verdrängen, aber sie musste ihren Verstand so scharf wie möglich halten. Nur so konnte sie herausfinden, was zum Teufel er vorhatte. Er verhielt sich, als wäre er auf eine Einladung hin gekommen, nahm das angebotene Bier an, lehnte das Essen ab, und das alles mit dem lässigen Auftreten eines Freundes, der eben mal vorbeischaute. Nichts an seinem Verhalten war bedrohlich, abgesehen davon, dass er sie um zwei Uhr morgens ins Haus drängte, und er schien entspannt, nüchtern und froh, hier zu sein. Kalpana wusste, dass ihre beste Hoffnung, unbeschadet aus dieser Sache herauszukommen, darin bestand, zu reden. Wellen der Angst machten dies zu einer unangenehmen Aussicht, aber sie hatte keine anderen Ideen.

»Es ist nett von dir, dass du vorbeikommst. Ich habe mich nur gefragt ... was verschafft mir die Ehre?« Ihre Stimme klang mädchenhaft und falsch.

Er atmete durch die Nase aus, ein trockenes Lachen. »Diese Frage sollte ich dir stellen. Warum hast du mich ausgewählt?« Er errötete und ein elektrischer Schock schoss durch sie hindurch, als sie realisierte, dass er verlegen war.

Sein Blick blieb auf dem Boden. »Nun, es hört sich an, als würde ich nach Komplimenten fischen, was ich wohl auch tue. Aber ich würde es wirklich gerne wissen. Warum ich, Kalpana?«

Kalpana runzelte die Stirn bei der vertrauten Anrede und ihr Tonfall war ungeduldig. »Warum du was? Wovon redest du, Bennett?«

Sein Gesicht verfinsterte sich und sein Mund verdünnte sich zu einer bitteren Linie. »Nenn mich nicht so! Ich habe zwei sehr schöne Vornamen.«

Sie versteifte sich und wartete, bis er sein Temperament unter Kontrolle zu haben schien. Er murmelte vor sich hin.

Er sah zu ihr auf und seufzte. »Tut mir leid. Ich wollte dir nicht den Kopf abbeißen. Aber ernsthaft, was für eine Beziehung werden wir haben, wenn du mich immer noch behandelst, als wären wir auf der Arbeit?«

Kalpanas Nägel gruben sich in die Polsterung, als er ihr ein versöhnliches Lächeln schenkte.

»Es hat eine Weile gedauert. Ich muss dir zugestehen, dass du sehr subtil bist. Keiner auf der Arbeit hätte das je erraten. Und als ich es dann kapiert hatte, konnte ich nicht glauben, dass du mich ausgewählt hast.«

Du hast eine Wahl, sagte sich Kalpana. Versuche, ihn zurück in die Realität zu bringen, oder lass dich auf seine verzerrte Sicht der Welt ein. Die Risiken in beiden Fällen sind enorm. Schon bei der korrekten Anrede brauste er auf, hässlich und wütend. Sollte er ausrasten und auf sie einprügeln, würde ihr Selbstverteidigungstraining wohl nicht viel helfen. Oder sie könnte mitspielen, herausfinden, welche verdrehten Gedanken ihn dazu gebracht hatten, sie zu besuchen, auf sie zu warten und sie in ihr Haus zu schubsen. Sie hatte keine Ahnung, was er mit dem Schlüssel gemacht hatte. Und sie fragte sich, während Wogen des Grauens sie zu überwältigen drohten, was zum Teufel in diesem Rucksack war?

»Wann ist es dir klar geworden?«, fragte sie mit unsicherer Stimme.

Sein Grinsen war schüchtern und zufrieden. «Es war nicht wie eine große Enthüllung. Eher kleine Hinweise. Wie neulich, als du mir mit dieser Stimme gesagt hast, dass ich es mit meinem Ehrgeiz weit bringen kann. Aber zuerst habe ich mir eingeredet, dass das alles nur Einbildung ist.«

Das ist es auch, du kranker Versager. Das ist es! Kalpana presste die Lippen zusammen und weigerte sich, ihren Gedanken freien Lauf zu lassen.

»Weißt du, du bist der erste weibliche Chef, den ich habe. Und es schien so ein Klischee zu sein, die Büro-Romanze. Ich habe versucht, nicht daran zu denken, aber die Anspannung hat mich wahnsinnig gemacht. Ich musste etwas tun, Dampf ablassen. Ja, dieser ganze Scheiß war deine Schuld«, lachte er, sein Tonfall neckisch.

Dieser ganze Scheiß? Kalpana suchte nach einer angemessenen Antwort. Es kam keine.

Seine Gesichtsfärbung nahm zu und er rutschte nach vorne an den Rand des Sofas. Ein fauliger Geruch von Käse und Schweiß löste einen weiteren Anfall von Übelkeit in Kalpanas Magen aus.

»Ich will ehrlich sein, schon bald konnte ich an nichts anderes mehr denken. Du, in deinen Nadelstreifenanzügen. Ich konnte mir nur vorstellen, was du darunter anhattest. Diese süßen kleinen Absätze, deine hochgesteckten Haare, ich fantasierte immer wieder davon, dir die Haare runterzulassen ...«

Sein Atem war kurz und sein Gesicht rot. Er war erregt. Kalpana geriet in Panik.

»Aber du bist verheiratet ...«, sie konnte ihn nicht Nathan nennen. Das würde sein trügerisches Gefühl von Intimität nur verstärken. »Was ist mit deiner Frau?«

Sein Grinsen wurde breiter. »Die Hochzeit. Da fing ich an, es zu glauben. Du kamst zum Abendempfang, du hast mich geküsst und mir ins Ohr geflüstert, weißt du noch?«

»Ich erinnere mich, dass ich euch beide auf die Wange geküsst und euch Glück gewünscht habe.«

»Ich weiß. Ich habe es verstanden. Das war, als du mir gesagt hast, dass du dich mir schenkst. Von da an habe ich auf die Zeichen geachtet. Ich habe ein Tagebuch geführt über all die kleinen Signale, all die kleinen Botschaften, die du geschickt hast. Jede einzelne. Und schließlich hast du deinen Zug gemacht.«

Kalpanas Angst nahm eine neue Form an und Tränen bildeten sich, als sie das Ausmaß der Psychose vor sich sah. »Meinen Zug?«

Das Telefon klingelte und ließ sie beide aufschrecken. Kalpana ließ ihre Bierflasche fallen. Sie rutschte zu Boden und ergoss sich über den Teppich. Bennett sah sie an und wedelte mit einem mahnenden Finger. Der Anrufbeantworter klickte ein.

»Hinterlassen Sie eine Nachricht nach dem Ton. Bitte sprechen Sie deutlich.«

»Kalpana, ich bin's, Beatrice. Wenn du schon im Bett bist, dann entschuldige ich mich. Hier gibt es keine Neuigkeiten, aber du hast mir versprochen, anzurufen, wenn du zu Hause bist. Es ist jetzt Viertel nach zwei und ich habe noch nichts gehört. Könntest du mich bitte kurz anrufen oder eine SMS schreiben, sonst muss ich vorbeikommen oder einen Streifenwagen schicken, um sicherzustellen, dass es dir gut geht. Nenn mich eine Glucke, aber ...«

Bennett runzelte die Stirn, griff nach seiner Tasche und deutete mit einem Kopfschütteln auf das Telefon. Sie bewegte sich, um abzunehmen und spürte, wie Bennett sich an sie presste, einen Arm um ihre Taille, der andere hielt eine große

Klinge direkt unter ihrem linken Ohr. Kalter Stahl und der faulige Gestank ließen ihr Fleisch kribbeln.

»Sag ihr, dass du zu Hause bist und leg auf«, flüsterte er und griff nach unten, um die Freisprecheinrichtung zu drücken.

Kalpana nahm ab. »Beatrice! Tut mir leid, ich habe völlig vergessen anzurufen. Ja, ich bin gut nach Hause gekommen.«

»Oh, da bist du ja. Gut. Das ist alles, was ich wissen wollte. Ich lasse dich schlafen.«

Sie würde auflegen und Kalpana mit einem geistig instabilen Sonderling allein lassen, der sich entschieden hatte, ein Jagdmesser zu seinem imaginären Date mitzubringen. Was hatte er sonst noch in seiner Tasche? Ihre Hände zitterten und sie spürte, wie Bennetts Arm sich um ihre Taille schlang und sich seine Erektion in ihren Rücken drückte.

»Danke für den Anruf, Beatrice. Ich weiß es wirklich zu schätzen.«

»Kein Problem. Wir sehen uns morgen. Grüß Scaramanga von mir.«

Der Druck in ihrem Nacken nahm zu, als sie eine Idee hatte.

»Mach ich. Grüß Robert von mir. Gute Na...«
Bennett hatte aufgelegt.

Er ließ sie los und trat mit einem breiten Grinsen zurück. »Gut gemacht. Ich mag es, wenn Frauen Befehle befolgen.«

Kalpana drehte sich mit einem tränenreichen Lächeln um. »Also, wie wäre es mit einem weiteren Drink? Und dann kannst du mir zu Ende erzählen, wie du das alles herausgefunden hast.«

Er starrte sie an, seine Augen zeichneten ihre Form nach, den ganzen Körper hinunter.

»Ich denke, ich bin fertig mit Reden. Du hast mich nicht zum Reden hierher eingeladen. Was zum Teufel hast du da an? Diese Klamotten sind hässlich. Ich dachte, du würdest dir heute Abend mehr Mühe für mich geben.« Sein Gesicht war kalt und hart.

Sie schüttelte den Kopf, unfähig zu sprechen, die Tränen flossen ungehindert.

Er hob seinen Rucksack auf. »Zum Glück habe ich dir ein paar Geschenke mitgebracht.«

36

———

Beatrice drückte auf *Gespräch beenden* und setzte sich gähnend in ihren Sitz zurück.

»Alles in Ordnung?«, fragte Grant.

»Ja, sie hatte es nur vergessen, das ist alles. Anscheinend ist Paranoia in diesen Tagen mein ständiger Begleiter.«

»Das ist verständlich, Ma'am. Wohin jetzt?«

Das ist verständlich? Wieder so ein Kommentar. Beatrice beschloss, dass dies ihre Gelegenheit war, Grant genau zu fragen, was er wusste. Er hatte zu viele Anspielungen auf ihren Zustand gemacht, was auf eine Vertrautheit mit dem Thema hinwies. Sie würde ihn unter Druck setzen, bis sie herausfand, wie weit verbreitet das Wissen über ihren Zusammenbruch war.

»Wo sind wir?«

»Clissold Park. Wer ist Scaramanga?«

»Lass uns noch mal Green Lanes abklappern. Es ist der Name ihrer Katze. Du kennst Scaramanga nicht? Er ist ein Bond-Bösewicht, gespielt von Christopher ... oh mein Gott.«

Beatrice reagierte, als wäre sie in eiskaltes Wasser gesprungen; ihre Haut spannte sich, ihr Magen zog sich zusammen und sie schnappte in kurzen Atemzügen nach Luft.

Grant bremste instinktiv und suchte die Straße nach Gefahren ab. »Was?«

»Bennett ist dort! Nachdem ich gesagt hatte: ›Grüß mir Scaramanga‹, antwortete sie mit: ›Grüß mir Robert‹. Verdammt, Grant, das ist unser Alarmsignal, ich habe es ihr heute Abend erzählt. Er ist dort! Er hat sie. Fahr nach Hackney! Sofort! Ich muss ihre Adresse finden.«

Er machte eine schnelle Kehrtwende und fuhr mit hoher Geschwindigkeit die Green Lanes hinunter und auf die Balls Pond Road. Jedes Gefühl von Müdigkeit war verflogen, als Beatrice eine Reihe von Notrufen tätigte. Nachdem sie die Bestätigung von Kalpanas Adresse von der Leitstelle bekommen hatte, rief Beatrice das Team an. »Wir brauchen alle Beamten in der 91 Sutton Square, abseits der Urswick Road. Nähert euch unauffällig, wir wollen nicht, dass er weiß, dass wir da sind.«

Sie informierte Virginia, die versprach, sie am Tatort zu treffen. Ihre Frage erschreckte Beatrice. *Warum Kalpana?* Warum eigentlich? War sie die Letzte in der Reihe? Falls ja, was plante er für seinen finalen Angriff? Als sie die Dalston Lane hinauffuhren, fühlte sich Beatrice verdammt ohnmächtig. Wie sollte sie Kalpana da rausholen, ohne dass sie verletzt wurde?

»Was würden Sie in dieser Situation tun, Grant?«

Sein Gesicht wirkte im gelegentlichen entgegenkommenden Scheinwerferlicht blass. »Den Ort auskundschaften und schnell eine Entscheidung treffen. Jede Sekunde, die wir verschwenden …«

Beatrice knirschte mit den Zähnen, unfähig, sich vorzustellen, was eine Verzögerung für Kalpana bedeuten würde. Sie musste das Richtige machen, gleich beim ersten Mal. Sie nahm den Hörer wieder in die Hand und bat um die Genehmigung für den Einsatz von Körperschutzausstattung und Schusswaffen.

Obwohl das Hereinplatzen mit schwerem Geschütz eine unverhältnismäßige Reaktion provozieren konnte, wusste sie, dass er wahrscheinblich Waffen bei sich trug. Verhandlungsversuche setzten voraus, dass er überhaupt mit ihnen reden würde. Im Idealfall würden sie lautlos in das Haus eindringen, ihren Moment abwarten und Bennett ohne Gefahr für Kalpana unschädlich machen. Aber wie sollten sie hineingelangen, wenn nicht durch die Katzenklappe?

Die Katze.

Kalpana hatte gesagt, dass ihre Nachbarin sich um ihn kümmerte, wenn sie lange arbeitete. Etwas schottisches ... Moira! Um die Katze zu holen, musste Moira einen Schlüssel haben.

»Wie weit ist es noch?«

»Es ist dort drüben, Ma'am. Das ist die Urswick Road, und das auf der rechten Seite ist der Sutton Square. Ich werde hier parken.«

Beatrice fummelte an ihrem Gürtel und kletterte heraus. »Wir müssen ihre Nachbarin kontaktieren, die einen Schlüssel hat, aber lassen Sie uns zuerst Nummer 91 finden.«

Kaum hatten sie den Platz betreten, erkannte Grant das Nummernmuster und deutete an, dass das zweite Haus auf der gegenüberliegenden Seite die Nummer 91 war. Sie fanden ihren Weg um den Zierteich herum und behielten das moderne Reihenhaus im Auge. Unten brannte ein Licht, aber die Vorhänge waren zugezogen. Eine Bewegung zu ihrer Rechten zeigte die Ankunft der Beamten Fitzgerald und Hyen an. Beatrice gesellte sich zu ihnen unter den Goldregenbusch, der sie vor Blicken schützte.

»Überprüfen Sie die Häuser auf beiden Seiten und einige mehr weiter unten. Sie hat eine Nachbarin, Moira irgendwas, die auf ihre Katze aufpasst und einen Schlüssel hat. Seien Sie nicht alarmistisch, erklären Sie nur, dass wir Zugang zum Haus von Inspector Joshi brauchen, und zwar sofort. Grant wird versuchen zu sehen, was da drinnen vor sich geht, und ich warte hier auf die anderen.« Ihre Stimme überraschte sie. Sie klang ruhig und beherrscht und vermittelte keinen Eindruck von den hektischen Krämpfen in ihrem Magen.

Grant nickte und quetschte sich an Kalpanas Toyota vorbei, wobei er darauf achtete, auf den Pflastersteinen zu bleiben und nicht auf den Kies zu treten. Er bewegte sich mit beeindruckender Geschwindigkeit und Anmut für einen derartigen Brocken von einem Mann und Beatrices Bewunderung blitzte über der kaum kontrollierbaren Panik auf. Oben ging ein Licht an und sie erstarrte.

»Ma'am?«

Zwei weitere Teams waren eingetroffen und warteten in der Dunkelheit. Beatrice hob einen Finger, um für Geduld zu bitten, und richtete ihre Aufmerksamkeit wieder auf das Haus. Grant stand auf der Veranda und spähte durch den Vorhang in das beleuchtete vordere Zimmer. Niemand bewegte sich. Die Minuten tickten vorbei. Er bewegte sich zur Eingangstür, hob die Briefkastenklappe an und beugte sich vor, um zu lauschen. Das Licht im Obergeschoss ging wieder aus und die Vorhänge bewegten sich einen Hauch, als ob ein Luftzug sie erfasst hätte. Grant schob sich am Fahrzeug vorbei zurück zum Team. Beatrice blickte zu Virginia und den restlichen vier Beamten, die sich der Gruppe angeschlossen hatten. Hinter dem Busch winkte Virginia zurück. Noch keine Spur von Fitzgerald und Hyen.

Grant grüßte seine Kollegen mit einem Nicken. »Sieht so aus, als wäre er im vorderen Zimmer. Er hat sie nach oben geschickt, um etwas zu holen. Ich verstand, wie er rief: ›Ich warte‹, konnte aber nichts von ihr hören.«

Virginia zuckte zusammen. »Warum stehen wir dann alle

hier rum? Lasst uns da reingehen und ihn verhaften, bevor er noch weiter geht.«

»DI Lowe, ich habe zwei Beamte geschickt, um einen Schlüssel vom Nachbarn zu holen. Ich würde lieber nicht mit gezogenen Waffen reingehen, nur für den Fall, dass ihn das erschreckt und provoziert. Wir müssen das Haus komplett umstellen. Einige von euch müssen die Seitengasse finden, die hinter diesen Gärten verlaufen muss. Grant, können Sie sechs Plätze zuweisen, falls er versucht zu fliehen?«

Beatrice nahm Virginia zur Seite. »Wenn wir den Schlüssel haben, schlage ich vor, dass wir Grant und Fitzgerald in Schutzwesten hineinschicken, um ihn zu überwältigen. Wir werden direkt dahinter folgen, unterstützt von vier weiteren Beamten. Alle anderen bleiben vorsichtshalber hier draußen ... da kommt Fitzgerald.«

Fitch hielt einen Schlüssel hoch. »Moira Hilliard. Drei Türen weiter. Hyen ist bei der Dame geblieben, sie ist zu aufgeregt. Aber das ist der Schlüssel für die Eingangstür.«

Virginia schien aufzuwachen. »Gut. Ty, Fitch, zieht eure Ausrüstung an. Ihr geht zuerst rein.«

Das Team hielt seine Position, Beatrice folgte Virginia und den beiden Männern zu den Fahrzeugen. Trotz ihrer Abneigung gegen Schusswaffen war sie erstaunlich routiniert mit der Vorbereitung. Virginia sprach zum Team: »Hört zu, wir machen die Einsatzbesprechung, während ihr euch bereitmacht. Wir haben nicht viel Zeit. DI Stubbs?«

Beatrice schluckte ihre Überraschung hinunter und zog ihr Holster an. Es war an der Zeit, Nägel mit Köpfen zu machen.

»Geht kein Risiko ein. Wartet auf den Moment, in dem ihr schneller bei ihm seid als er bei ihr. Entwaffnet ihn und legt ihm Handschellen an, mehr nicht. Wir sind direkt hinter euch, bereit, euch zu unterstützen. Waffengebrauch, wie immer, nur unter extremen Umständen. Verletzungen sind bei dieser

Aktion inakzeptabel, und das schließt neben euch selbst und Inspector Joshi selbst ihn mit ein.«

Zwei Köpfe nickten und Beatrice reichte Grant den Schlüssel. Während sie zurück zum Haus huschten, gab Virginia leise die Reihenfolge der Beamten vor. Beatrice und Virginia waren zwei und drei. Das Team bezog Position. Grant und Fitzgerald standen bereits an der Tür. Grant drehte lautlos den Schlüssel und lauschte. Die Türe öffnete sich und die beiden Männer schlichen hinein. Beatrice und Virginia schoben sich neben das Auto und lauschten angestrengt nach dem geringsten Geräusch.

Als Beatrice den Flur betrat, sah sie die Umrisse von Grant und Fitzgerald, auf beiden Seiten der Wohnzimmertür an die Wand gepresst. Eine schwache Stimme, fast wie Gesang, war zu hören. Grants Hand bewegte den Türknauf millimeterweise, und Beatrices Atem war so flach geworden, dass er kaum noch ihre Lungen erreichte. Grant öffnete die Tür vorsichtig einen spaltbreit. Die Stimme fuhr fort.

»... ich habe dir gesagt, mach es langsam. Jetzt dreh dich um. Gut. Und jetzt beug dich vor. Beug dich vor und berühre deine Zehen. Schau mich an. Sieh mich zwischen deinen Beinen hindurch an.«

Sie hörte Virginia ausatmen und ein rauer Schauer kroch ihr über die Haut. Grant spähte in den Raum, dann trat er die Tür auf und rief: »Nimm die Hände hoch! Polizei! Keine Bewegung!«

Fitzgerald sprang ihm hinterher und Beatrice hörte das Lösen seiner Waffensicherung. Beatrice, Virginia und ihre Rückendeckung stürmten ebenfalls herein und sahen Grant und Fitzgerald mit nach vorne gerichteten Pistolen; Kalpana Joshi stand in Unterwäsche auf dem Couchtisch auf einem zusammengeknüllten Nadelstreifenanzug, und Nathan Bennett, im Sessel sitzend, hielt beide Hände in die Höhe, mit heruntergelassener Hose und einem rasch erschlaffenden Penis. Ein fauliger Geruch nach Käsefüßen erfüllte die Luft.

Virginia steckte ihre Waffe in den Halfter und näherte sich Bennett, wobei sie das Messer am Boden wegkickte. Die Bewegung schien ihn zurück in die Realität zu holen. Er verengte seine Augen und blickte auf Kalpana.

»Wie zum Teufel hast du das gemacht? Wie konntest du sie anrufen, du dreckige Schlampe? Ich habe dein Handy genommen, verdammt noch mal! Wie hast du das gemacht? Du verlogenes, mieses kleines Miststück!«

Kalpana stand da, halbnackt, und starrte ihn mit tiefster Verachtung an.

Während Bennett seine Rechte vorgelesen und die Handschellen angelegt wurden, hob Beatrice die Sofadecke auf, um sie Kalpana umzuwerfen. Virginia informierte die draußen wartenden Beamten über die erfolgreiche Verhaftung. Bennetts Stimme erhob sich, eindringlich und hässlich. Als sie Kalpana vom Glastisch runterhalf, konnte Beatrice das Zittern der Frau durch die dicke Decke spüren. Bennett schrie Fitzgerald an, als Grant ihn auf die Füße stellte und seine Hose hochzog.

»Ihr könnt mich nicht verhaften! Sie hat mich verdammt noch mal eingeladen, die Schwanzlutscherin! Fragt sie doch!«

Kalpana drehte sich zu ihm um, ihr Gesicht glühte vor Wut. Beatrice erkannte ihre Fehleinschätzung: diese Frau hatte nicht aus Angst gezittert, sondern aus kaum kontrollierbarem Zorn.

»Verschwinde aus meinem Haus, Bennett. Du ekelst mich an. Und du stinkst wie ein Schwein.«

Grant und Fitzgerald führten ihn aus dem Raum, während die Schimpftiraden gegen seine Vorgesetzte unablässig weiterprasselten. Virginia zog sich Handschuhe an, hob das Messer auf und tütete es ein, wobei sie einen mitfühlenden Blick auf Kalpanas zierliche Gestalt warf.

»Kalpana? Können wir jemanden für dich anrufen? PC Hyen sagt, deine Nachbarin sei draußen.«

»Danke, Virginia. Könntest du Moira hereinlassen? Sie soll sich vergewissern, dass alles okay ist.«

Virginia ging mit den Beweisen hinaus. Kalpana sah Beatrice an.

»Gott sei Dank gibt es Beatrice Stubbs. Ich war mir nicht sicher, ob du es verstanden hattest.«

Beatrice schüttelte den Kopf. »Es dauerte einen Moment lang. Ich bin immer noch schockiert, dass er es auf dich abgesehen hatte.«

»Es scheint, dass ich sein ultimatives Ziel war. Und die anderen? Anscheinend hat er nur seine Frustration ausgelebt. In seiner dysfunktionalen Logik ist es also meine Schuld, dass diese Frauen ungewollte Aufmerksamkeit erhalten haben.«

Beatrice blinzelte und versuchte, sich vorzustellen, in Bennetts Kopf zu sein. Es musste sich ungefähr so anfühlen wie in einem Roman von William Burroughs.

»Ist dir sein Fußgeruch nie aufgefallen?«

Kalpana schüttelte mit Nachdruck den Kopf. »Er trägt bei der Arbeit eine Uniform und ich bin streng, was das Erscheinungsbild angeht. Ich nehme an, es waren diese ekelhaften Turnschuhe. Und weißt du was? Er war derjenige, der sich über den Mundgeruch von Paul Avery beschwert hat.«

Virginia kam mit Grant und einer älteren Frau im gesteppten Morgenmantel zurück.

»Oh, Kalpana, ich bin so froh, dich zu sehen! Ich war zu Tode beunruhigt, die Polizei verlangt in den frühen Morgenstunden deinen Schlüssel, niemand sagt mir, was passiert ist oder lässt mich zu dir, Scaramanga hat sich unter meinem Bett versteckt ...«

Während Moira sprach, griff Grant hinter den Sessel und holte den Rucksack von Bennett hervor. Als er den Inhalt sah, zog sein Gesichtsausdruck Virginias Aufmerksamkeit auf sich.

Sie warf einen Blick in die Tasche und Beatrice bemerkte, wie sich ihre Augen verfinsterten.

Die aufgeladene Atmosphäre ließ Kalpana aufblicken. Ihr Blick huschte zwischen den Beamten her und zurück zum Rucksack.

»Was ist es? Was hatte er da drin? Sagt es mir, ich will wissen, was er vorhatte ...«

Virginia unterbrach und griff nach dem Rucksack. »Nein, das willst du nicht, Kalpana. Nicht jetzt. Vertrau mir.« Sie winkte Grant zu sich und sie verließen mit dem Rucksack den Raum.

Kalpana legte ihre Hand über die Augen.

»Wie wäre es mit einer heißen Tasse Tee?« Moira setzte sich neben sie und tätschelte ihr das Knie.

Beatrice stand auf. »Wir müssen zurück und mit der Vernehmung von Bennett beginnen. Meinst du, du fühlst dich morgen in der Lage, eine Aussage zu machen?«

Mit einem bitteren Ausatmen blickte Kalpana auf. »Soll jemand versuchen, mich aufzuhalten.«

37

Am schlimmsten war sein Knöchel. Der Kiefer pochte immer noch, seine Schultern waren steif und schmerzten vom langen Sitzen mit auf dem Rücken gefesselten Händen, und er konnte sich nicht erinnern, je so gefroren zu haben. Das anfängliche Erbrechen, das durch das ständige Schwanken des Bootes verursacht wurde, war zwar vorüber, hatte ihn aber sehr geschwächt. Und der Schmerz in Adrians verstauchtem Knöchel pulsierte ununterbrochen. Mehrmals überkam ihn die Erschöpfung und er wäre ein- oder zweimal fast eingeschlafen, besonders nachdem Pferde-schwanz-Mann – Eoin – ihm eine Decke über die Schultern gelegt hatte. Er wusste jetzt, wie man es ausspricht. ›Owen‹, wie bei *Clive Owen*. Und der andere hieß Sammy.

Er hatte ihre Namen aus der wütenden, geflüsterten Unterhaltung hinter den Fülltrichtern des Steinbruchs von Porthgain erfahren.

Dort hatten sie, außer Sichtweite des Pubs, seine Tasche durchsucht und die Fotos, die Kamera, Adrians Notizbuch und, was am schlimmsten war, auch den Schlüssel zum B&B gefunden. Ob sie auch hinter Matthew her sein würden? Aber der Schlüssel schien sie nicht zu interessieren. Was ihre Aufmerksamkeit am meisten erregte, waren die Bilder auf der Pentax. Der Strand, die Pakete, Maries Fahrzeug in der Sackgasse. Sammy stand über ihm und wollte wissen, wer er sei. Adrian wunderte sich, warum sie denn nicht seine Jeans überprüften – neben der Brieftasche samt Ausweis würden sie dabei auch sein Handy entdecken. Das war der Moment, an dem Sammy ihm das erste Mal eine verpasste.

Vom Schock des Schlages völlig verwirrt, wurde es Adrian vom Geschmack des Bluts übel. Sammy packte seinen Pullover und zog ihn nahe zu seinem Gesicht heran.

»Ich frage dich noch einmal. Wer zum Teufel bist du?«

Er musste lügen, war aber hoffnungslos darin, sich unter Druck etwas auszudenken. Er griff auf die einzige vorgefertigte Geschichte zurück, die er hatte.

»Andrew Ramos. Ich bin ein Privatdetektiv. Ich wurde gebeten, diesen Strand auf Anzeichen von illegalen Aktivitäten zu beobachten und darüber zu berichten.«

»Wer hat dich beauftragt?« Sammy versetzte ihm einen Tritt. Sein harter Stiefel traf den Oberschenkel, der Schmerz strahlte in den ganzen Körper aus, Adrian drückte seine Augen für einige Sekunden zu.

Als er sie wieder öffnete, traf ihn der nächste Faustschlag.

Eoin, dessen Gesicht in der Dunkelheit verborgen war, gab einen leisen Laut der Verzweiflung von sich. »Sammy, würdest du bitte mal mit den Fäusten und Füßen aufhören? Lass den Mann reden.«

Adrian atmete kurz durch, bis der Schmerz etwas nachließ. »Professor Michael Bryant. Er und seine Frau waren am letzten verlängerten Wochenende hier. Nachdem die Tasche seiner Frau gestohlen und in ihr Ferienheim eingebrochen worden war, vermutete er etwas Dubioses dahinter. Er bat mich, das zu überprüfen. Deshalb bin ich hier.«

Das Schweigen dehnte sich aus. Sammy starrte Adrian an, Eoin starrte Sammy an.

Schließlich ergriff Eoin das Wort. »Was habe ich dir gesagt? Was habe ich gesagt? Der Versuch, die verdammten Fotos zurückzubekommen, ist es, was das Problem verursacht hat. Nicht die Fotos selbst. Herrgott, Sammy, sieh nur, was deine Paranoia angerichtet hat.«

Sammy blickte wortlos in die Dunkelheit, bis Geräusche von heimkehrenden Pub-Gästen zu ihnen herüberschwappten. Sammy schüttelte den Kopf, wie ein Hund mit Flöhen, und griff in seine Jeanstasche. Er zog sein Handy heraus und öffnete die Klappe. Das blassblaue Leuchten unterstrich seinen säuerlichen Gesichtsausdruck.

Eoins Stimme, tief und nervös, kam aus dem Schwarz. »Wen rufst du an?«

»Wir müssen eine Entscheidung treffen. Was machen wir mit dem Mann?« Sammy richtete das Telefon wie eine Waffe auf Adrian.

»Ruf Marie an. Sie wird in ein paar Stunden hier sein.«

»Vergiss es. Ich will mit jemandem reden, der Verstand hat. Ich rufe die Mammy an.«

Eoin pfiff durch die Zähne. Sammy drückte einige Knöpfe und schritt den Hang hinauf. Für einige Sekunden lang fühlte Adrian einen Blick auf sich gerichtet. Wie auch immer man es betrachtete, er war eine massive Unannehmlichkeit für diese Männer. Diese stille Beobachtung aus den Schatten war eine Einschätzung. Was genau sollten sie mit ihm machen? Adrian hörte Schritte, die sich in Richtung Sammy entfernten. Wenn sie seine Brieftasche finden würden, wäre er verloren. Name, Adresse, ganz zu schweigen von der Sexualität, die auf verschiedenen Mitgliedskarten angegeben war, und nichts würde mit dem übereinstimmen, was er ihnen gesagt hatte. Es blieb ihm keine andere Wahl, als die Brieftasche hier in diesen Industrieruinen zurückzulassen, in der Hoffnung, so auch Beatrice aus der Sache herauszuhalten. Und wenn er Glück hatte, würde vielleicht sogar jemand die Brieftasche finden und Alarm schlagen. Er beugte sich vor, klaubte das flache Lederportemonnaie aus seiner Gesäßtasche und warf es so weit weg, wie es seine gefesselten Handgelenke zuließen. Jetzt hatte er nur noch sein Handy, das seit der Textnachricht an Beatrice auf lautlos gestellt war. Er ließ seinen Kopf rückwärts auf die Backsteinmauer fallen. Er hatte alles vermasselt.

Es tut mir leid, Beatrice, Matthew, Lyndon.

Was auch immer ›die Mammy‹ gesagt hatte, es musste Sammys Wut noch mehr provoziert haben. Er zerrte Adrian auf die Beine und durchsuchte ihn so grob wie möglich. In Sekundenschnelle fand er das Telefon, warf es mit einem unverständlichen Fluch auf den Boden und zerschmetterte es mit seinem Stiefel. Als es im Dorf ruhig war, wurde Adrian von Eoin hinunter zum Hafen geleitet, angeführt von Sammy. Allerdings gestaltete es sich alles andere als einfach, Adrian an Bord des kleinen Bootes zu bringen, was Sammy an den Rand der Verzweiflung brachte. Er fluchte, dieses Mal auf Englisch, und hievte ihn wie einen Sack Kohle vom Steg. Adrians Oberschenkel knallten auf die Seite des Bootes, und er keuchte noch immer vor Schmerz, als Sammy ihn hart die Stufen zur Kajüte hinunterstieß. Sein Fuß blieb hängen und er verstauchte sich beim harten Sturz auf die Seite den Knöchel. Er wand sich vor Schmerzen auf dem Boden, dann wurde er ohnmächtig.

Als er wieder zu sich kam, musste er sich übergeben. Adrians Mitpassagierin im winzigen Bereich unter Deck war eine schlanke, dunkelhaarige junge Frau mit hartem Blick, deren Ankunft er verpasst haben musste. Die Jugendliche saß ihm mit verschränkten Armen gegenüber und schaute ihn gelegentlich misstrauisch an. Eoin kam herunter und bot ihm nach all dem Kotzen etwas Wasser an. Er hatte kommentarlos sauber gemacht, ihm die Decke gegeben und das Seil mit genügend Freiraum für einen Toilettenbesuch festgebunden. Die Hoffnung auf eine verschließbare Tür, die ihm ein paar Minuten zur Begutachtung seiner Verletzungen gewähren würde, zerschlug sich. Zudem musste Adrian mit Schrecken feststellen, dass man von ihm erwartete, in einen Eimer zu pissen. Nach getätigtem Geschäft fesselte Eoin seine Hände wieder hinter seinem Rücken, was die Glieder in die gleiche quälende Position brachte wie zuvor. Adrian hatte vor Schmerz gewimmert, und Eoin war ohne ein Wort zu sagen zurückgekommen, um das Seil zu lockern.

Eoins Akte der Fürsorge waren diskret, als ob sie nicht auf Sammys Zustimmung stoßen würden. Ebenso wortlos bot er der Frau eine Flasche Wasser an und beeilte sich danach, zurück an Deck zu gehen.

Adrian versuchte, mit seiner Mitgefangenen zu sprechen. »Geht es dir gut?«

Sie wandte den Blick ab.

»Sie haben dir doch nichts getan, oder?«

Sie drehte den Kopf in eine andere Richtung.

»Mein Name ist Adrian.«

Dies schien eine gewisse Vertrautheit zu vermitteln. Ihre Miene erhellte sich und sie schaute ihm in die Augen. »Mein Name ist Katya.«

»Hallo, Katya. Weißt du, wo sie uns hinbringen?«

Sie schüttelte den Kopf und machte mit den Händen eine ›keine Fotos, bitte‹-Geste. Dann wickelte sie ihre Decke um sich und rollte sich auf der Bank zusammen.

Alles, was Adrian blieb, war stumm vor sich hin zu zittern. Würde es einen Ausweg geben?

Die unerträgliche Nacht der Schmerzen, der Kälte und des Elends musste irgendwann zu Ende gehen. Endlich wurde der

Himmel durch die Bullaugen heller. Die Geräusche über Deck nahmen zu und die Bewegung des Bootes verlangsamte sich. Dumpfer Schmerz und ein unterschwelliges Gefühl der Angst wechselten sich ab und Adrians Verzweiflung schmeckte so real wie der kupferne Geschmack seines Blutes. Sein Magen drehte sich erneut um, aber da war nichts mehr zu erbrechen.

Eoin kam die Stufen hinunter und winkte Katya zu, die die Decke aufschlug und sich auf ihre Füße hievte. Die vorsichtigen Bewegungen und unmissverständliche Körperhaltung verrieten, dass sie in anderen Umständen war, noch bevor sie sich zur Seite drehte und Adrian einen deutlichen Blick auf den Babybauch gewährte. Eoin half ihr die Stufen hinauf, was einige Zeit in Anspruch nahm. Nachdem er sie aufs Deck gehievt hatte, sprang Eoin wieder hinunter und gab Adrian ein Zeichen, ihm zu folgen. Adrian versuchte sich aufzurichten, aber die ungünstige Position und der verstauchte Knöchel machten das Unterfangen unmöglich. Er fiel nach hinten, ein quälendes Brennen schoss über seine Schultern, als ob ein Muskel gezerrt wäre.

Eoin bückte sich, um ihn zu stützen, indem er seinen Oberarm anhob, aber Adrians Knöchel konnte sein Gewicht nicht tragen. Schiebend, lehnend, kämpfend und mit zusammengebissenen Zähnen bewältigten die beiden Männer die steilen Stufen und erreichten das Deck. Sammy wartete neben der jungen Frau und schüttelte ungläubig den Kopf.

»Eoin, du Idiot, wie lange dauert das denn?«

Trotz seiner Schmerzen bemerkte Adrian den Akzent. Ein Hauch von Russisch in diesen dunklen Vokalen?

Eoin vergewisserte sich, dass Adrian stabil gegen das Geländer gelehnt war, bevor er seinen Arm zurückzog, um sich den Schweiß von der Lippe zu wischen. »Es wäre verdammt viel schneller gegangen, wenn du ihm nicht den Knöchel verstaucht hättest. Ich nehme ihm jetzt das Seil ab. Der

Scheißer kann nicht mal mehr gehen, geschweige denn rennen. Also halts Maul, Schwachkopf, und lass uns zum Auto gehen.«

Das Losbinden seiner Arme trieb Adrian die Tränen in die Augen. Als das Gefühl zurückkehrte, wie in eiskalte Finger, wechselten Erleichterung und Schmerz sich ab. Sammy sprang ins Wasser, half Katya die Leiter hinunter und begleitete sie zum Ufer, ohne einen einzigen Blick zurückzuwerfen. Das Licht wurde heller und für Adrians Augen schien sich der Strand kaum von dem zu unterscheiden, den er am vorherigen Morgen gesehen hatte.

Eoin schaute seinem Kumpel nach, wie er sich entfernte, und blickte dann Adrian an. Ein Abwärtszucken seines Mundes deutete eine Entschuldigung an, als er Adrian anhob, über die Schulter warf und sich die Leiter hinunterkämpfte. Es tat höllisch weh. *Erinnere dich an die Details*, hatte Beatrice gesagt. Kopfüber über Eoins Schulter hängend, beschrieb er gedanklich den Geruch. Eine Feuchtigkeit, leicht fleischig, mit etwas künstlichem übertönt, wie ein derber Lufterfrischer. Und wofür sollte das jetzt gut sein? Tränen der Verzweiflung, der Frustration und des Schmerzes kullerten über Adrians Stirn in sein Haar.

Als sie ihr Ziel erreichten, musste ihn Eoin wieder hochheben. Keine angenehme Aufgabe. Auf dem Rücksitz eines Jeeps herumwackelnd, die Hände vor sich gefesselt und auf Sammys Drängen hin mit einer Art Augenbinde versehen, war Adrians Magen doch noch fündig geworden. Als er dann wieder über Eoins Schulter gehievt wurde, nahm sein Geruchssinn nichts weiter als sein eigenes Erbrochenes wahr. Katya konnte er gar nicht mehr ausmachen.

Eoin riss ihm den Stoff vom Kopf und Adrians Augen passten sich schnell an. Er war auf einen Haufen Stroh in einer Art Stall geworfen worden. Wände und Boden aus Stein, eine feuchte Kühle und kaum Licht. Durch die offene Tür sah Adrian einen zerfurchten Feldweg und weitere Nebengebäude. Eoin machte seine Hände los, holte ein Handtuch von draußen und warf es auf Adrians Schoß. Die große Holztür knallte zu, Riegel wurden vorgeschoben und Adrian war allein. Er rieb sich das Gesicht und legte sich auf die Seite, fröstelnd und wund, wissend, dass er früher oder später anfangen musste zu denken. Einfach nicht jetzt. Noch nicht.

Während er döste, öffnete sich die obere Hälfte der Tür mehrere Male. Er blinzelte gegen das Sonnenlicht an und sah im Gegenlicht Silhouetten, die hinein starrten. Die Tür schloss sich wieder. Adrian hielt seine Augen geschlossen und konzentrierte sich auf seine Schmerzen und den Geruch von Übelkeit, der ihn umgab. Aber jedes Mal, wenn jemand kam, um nachzuschauen, sickerte ein anderer Gestank durch die offene Tür herein. Es roch faulig und verrottet mit chemischen Untertönen. So etwas hatte er noch nie gerochen, aber irgendwie erkannte er den Gestank des Todes.

Als er das nächste Mal aufwachte, spürte er eine Präsenz. Er schaute sich im Raum um. Abgesehen von einer Art Heuhalter und einem Metalleimer war der Raum leer. Das Geräusch von jemandem, der an seinen Zähnen saugt, kam von oben. Die Wand zu seiner Linken reichte nicht ganz bis zur Decke. Sie endete etwa drei Fuß tiefer, und in der Lücke saß ein fülliges Mädchen, die Beine zu beiden Seiten, als ob sie rittlings auf einem Pferd säße.

Sie presste ihre Finger an ihre Lippen und flüsterte: »Ich darf nicht hier sein.«

Adrian starrte sie an, unfähig zu sprechen.

»Aber sie streiten sich alle in der Küche, also wer soll es schon merken?« Ihre Hand verschwand in ihrer Schürzentasche und zog eine Packung Ribena hervor.

»Ich habe dir etwas Fruchtsaft mitgebracht. Und ein Sandwich. Na ja, es ist noch nicht wirklich eines, du musst es dir selbst zusammenstellen. Aber ich habe Brot mit Butter drauf eingepackt und ein paar Krapfen. Die Mammy sieht normalerweise alles, aber heute ist ihr Kopf woanders, also hast du Glück gehabt. Willst du mal ein bisschen hier herüberkommen, oder was?«

Adrians Mund war trocken und säuerlich und er sehnte sich nach Flüssigkeit. Seine Stimme klang brüchig. »Ich danke dir. Das ist sehr nett. Aber ich glaube, ich kann mich nicht bewegen. Ich habe mir den Knöchel verletzt.«

»Tatsächlich? Ich habe mir vor einer Weile das Handgelenk kaputt gemacht. Hatte einen Verband und so eine Schlaufe um den Hals. Vielleicht kann ich dir einen machen. Also gut, wenn du nicht laufen kannst, musst du dich halt hierhin schleppen. Ich kann das Essen nicht einfach auf den Boden schmeißen, da ist bestimmt noch Pferdescheiße da unten. Komm rüber zu mir, mach es so ...«

Sie demonstrierte auf ihrem Hintern eine Art Robben der Wand entlang und sah dabei sehr instabil aus.

Adrian hob seinen geschwollenen Knöchel vom Boden und schlurfte über die sechs Fuß Steinboden, um unter sie zu gelangen.

»Gut gemacht! Bist du bereit? Ich werfe dir zuerst deinen Saft hinunter und wenn du fertig bist, wirf ihn wieder hier hoch, sonst finden sie die Packung und wissen, dass ich es war.«

Sie ließ die Packung in seinen Schoß fallen, gefolgt von zwei großen Scheiben Speck, eingewickelt in Küchenpapier, und zwei dicken Scheiben Brot. Letztere waren in gar nichts eingewickelt, sondern sie hatte sie einfach in ihre Schürzentasche gestopft. Glücklicherweise klebten die gebutterten Seiten zusammen, aber sie waren immer noch mit grauen Fusseln bedeckt. Trotz des ekelerregenden Geruchs, der durch die Luft sickerte, war es das köstlichste Essen, das Adrian je gegessen hatte. Das Mädchen hielt einen fröhlichen Monolog, während er sein Sandwich aß und den Johannisbeersaft hinunterschluckte.

»... so oft im Krankenhaus gewesen, dass sie meinten, ich sollte eine Dauerkarte kriegen. Schussel ist mein zweiter Vorname, das sagt jedenfalls die Mammy. Bist du schon fertig? Jesses, du musst hungrig gewesen sein. Ich kenne deinen Namen nicht, also nenne ich dich wohl Tölpelchen. Wie die lustigen Vögel. Passt gut zu dir.«

»Mein Name ist ... du kannst mich Tölpelchen nennen, wenn du willst. Vielen Dank, dass du mir etwas zu essen und zu trinken gebracht hast. Darf ich fragen, wie du heißt?«

»Sicher darfst du das, Tölpelchen. Ich bin Teagan. Freut mich, dich kennenzulernen. Würdest du jetzt den leeren Karton wieder zu mir hochwerfen? Ich muss los, bevor man mich vermisst. Ich komme vielleicht nach dem Essen wieder. Und bringe dir was mit.«

Adrian geriet in Panik, weil er Angst hatte, allein gelassen zu werden. »Teagan, kann ich dich etwas fragen?«

»Du stellst jetzt Ansprüche, oder? Ich bringe, was ich kann. Das können Steak und Pommes sein, das können Hundekuchen sein. Aber ich verspreche, dass ich keinen Fisch mitbringe, ich verstehe, dass du davon die Nase voll hast.«

Adrian blickte in das offene Gesicht, nahm die Rundungen, die dicken Waden, die Arbeitsstiefel und die Arbeitsschürze in Augenschein. Dies war kein Kind. Sie hatte Krähenfüße, ausgeprägte Wangen und ein verräterisches Falten-Delta über ihrem Dekolleté. Dies war eine großbrüstige Frau mittleren Alters, die redete und sich kleidete wie ein Kind.

»Fisch? Warum sollte ich Fisch satt haben?«

Sie lachte schallend und schlug sich beide Hände vor den Mund. »Goldig! Ich hatte vergessen, dass ich schweigen sollte. Fische!«, zischte sie, etwas leiser. »Samir und Eoin haben dich eben aus dem Meer gezogen, also musst du sie satt haben. Es ist das erste Mal, dass sie von einem ihrer Ausflüge mit einem Fang wie dir zurückkommen. Jede Menge Mädchen und heute zum ersten Mal einen gutaussehenden Kerl. Aber nie einen einzigen Fisch.«

Samir? Was war das denn für ein Name?

»Teagan, kannst du mir sagen, wo wir sind?« Adrian flehte.

Sie warf einen besorgten Blick über ihre Schulter. »Okay, Tölpelchen. Ich werde dir sagen, wo wir sind. Aber dann muss ich gehen. Lauf nicht weg, ich bin wieder da, bevor du es merkst.«

Ein weiterer Blick hinter sich und sie beugte sich weiter vor, als es sicher war.

»Wir sind auf der Farm.«

Sie schwang ihr Bein über die Mauer, landete mit einem dumpfen Aufprall auf der anderen Seite und war weg.

38

Beatrice stieg aus der Dusche, wickelte sich in den Bademantel und gähnte. Vier Stunden Schlaf. Die durchschnittliche Frau gönnte sich normalerweise mindestens acht. Es sei denn, es handelte sich um Margaret Thatcher. Nun, eine *normale* Frau gönnte sich normalerweise mindestens acht. Beatrice runzelte die Stirn. Sie war zu alt für all das, und das Einzige, was sie wahrscheinlich durch den Morgen bringen würde, war ein vollwertiger Espresso.

Die Maschine blubberte und spuckte, als sie sich anzog und es aufgab, ihr Haar in irgendeine Form zu bringen. Sie goss den Kaffee ein, schon vom Geruch gestärkt, und fügte einen Tropfen kalte Milch hinzu. Das Telefon klingelte. Während sie einen ersten Schluck nahm, kehrte sie ins Wohnzimmer zurück und entdeckte das blinkende Licht, das aufgezeichnete Nachrichten anzeigte. Hatte sie so tief geschlafen? Die Nummer des eingehenden Anrufs war ihr nicht bekannt.

»Hallo?«

»Beatrice, ich bin's, Matthew. Wie geht es dir?«

»Matthew. Endlich, verdammt. Mir geht es prächtig. Ich habe mir Sorgen um euch beide gemacht, deshalb ist es eine

Erleichterung, deine Stimme zu hören. Aber die gute Nachricht ist, dass wir ihn letzte Nacht erwischt haben! Er ist jetzt in Gewahrsam. Das Schlimme daran ist ...«

»Entschuldige, dass ich dich unterbreche, Beatrice, aber es ist so, dass ich Adrian verloren habe.«

»Was in aller Welt meinst du damit? Wie hast du ihn verloren?«

»Er ist gestern Abend alleine in den Pub gegangen und nicht mehr ins B&B zurückgekommen. Ich habe bis nach Mitternacht gewartet, und nahm dann an, dass er mit dem Barmann heimgegangen war. Da schien eine gewisse Chemie zwischen den beiden zu bestehen, weißt du. Aber der besagte junge Mann kam heute Morgen hier vorbei, entschlossen, Adrian die Meinung zu geigen. Laut Lyndon hatten sie verabredet, sich nach der Schließung des Pubs zu treffen. Aber als er unten am Hafen ankam, war von Adrian keine Spur.«

Der kalte Schauer des Entsetzens zog Beatrices Kopfhaut zusammen. »Du hast in seinem Zimmer nachgesehen?«

»Ich bin ein Amateur, Beatrice, kein Idiot. Er ist nicht da und wir haben überall nachgeschaut, wo wir nur konnten. Lyndon ist besorgt. Das bin ich auch. Anscheinend hat Adrian gestern Abend die Brieftasche unseres Schmugglers mit dem Pferdeschwanz geklaut. Lyndon glaubt, er könnte ins Meer gefallen sein, aber ich befürchte etwas anderes.«

Beatrice ließ den Kopf in ihre Handfläche sinken. »Er hat eine Brieftasche geklaut? Das darf doch nicht wahr sein. Ist er denn von allen guten Geistern verlassen? Hatte ich es ihm nicht gesagt? Was für eine schlechte Idee. Warum bist du nicht zur Polizei gegangen? Ich hätte dich zwingen müssen. Matthew, wir müssen ihn finden, und zwar schnell. Wenn ihn die Männer vom Boot haben, wissen sie auch, dass ihnen jemand nachstellt. Das könnte für uns alle unangenehm werden, aber Adrian als Schnüffler ist in echter physischer Gefahr. Bleib im B&B, behalte Lyndon bei dir. Ich werde die örtliche Polizei mobilisieren, die dich zuerst befragen wird. Sag die Wahrheit, Matthew, und mach Lyndon klar, wie wichtig es ist, dass er dasselbe tut. Ich werde so schnell wie möglich zu euch kommen. Ist das die Nummer des B&B?«

»Nein. Wir sind im Pub. Der Wirt war sehr hilfsbereit, jetzt wo er von unserer Verbindung weiß. Gary lässt grüßen.«

»Wenn das so ist, bleibt dort. Die Polizei wird bald da sein. Hast du es auf Adrians Handy versucht?«

»Natürlich. Lyndon hat die ganze Nacht angerufen. Es sagt, dass die Nummer nicht erreichbar ist.«

»Verdammter Mist! Bleib da, wo ich dich erreichen kann, und ich melde mich, sobald ich mehr weiß.«

Die Mobilisierung von Metropolitan Police sowie der walisischen und irischen Lokalpolizei brauchte eine Genehmigung von ganz oben. Hamilton. Mit zitternden Fingern wählte sie die Notrufnummer, ihre andere Hand zu einer Faust geballt. Schon unter normalen Umständen etwas von ihm zu erbitten, war vergleichbar mit dem Versuch, einem Stein die Zähne zu ziehen. Sie hatte ihre Trumpfkarte – Bennett in einer Zelle mit einem vollständigen Geständnis. Hamilton folgte seinem Regelbuch – ein Job nach dem anderen. Aber er musste ihr helfen. Bei einem normalen Menschen würde die persönliche Beteiligung den Ausschlag geben, aber Hamiltons Blick auf Emotionen war ähnlich wie seine Einstellung zu Fremdsprachen. Hochgradig misstrauisch. Das Telefon klickte und surrte und begann zu klingeln. Wenn er nicht zustimmte, ihr zu helfen, würde sie es alleine tun. So einfach war das. Und dann würde sie eine offizielle Beschwerde gegen ihn einreichen, wenn sie zurückkam, ohne Rücksicht auf die Konsequenzen.

»Metropolitan Police, DI Rangarajan am Apparat. Wie kann ich helfen?«

»Ranga? Wo ist Hamilton?«

»Hallo Beatrice! Schön, deine Stimme zu hören. Und gut gemacht mit der Verhaftung. Das war eine fiese Nummer.

Hamilton ist im Krankenhaus. Der törichte Kauz wollte nicht zum Zahnarzt gehen und jetzt hat er einen eiternden Weisheitszahn. Sie nehmen ihn heute raus. Also bin ich sein Ersatz.«

»Gott sei Dank. Oh, das sind wunderbare Nachrichten. Ranga, hör zu. Ich brauche einen Gefallen.«

Auf dem Weg ins Büro rasten Beatrices Gedanken so sehr, dass sie ihre Angst fast ignorieren konnte. Aber sie hatte vergessen, dass sie an Adrians Wohnung vorbei musste. Der Schmerz, nicht zu wissen, wo er war, nicht zu wissen, was sie ihm antaten, nicht zu wissen, wie er sich fühlte, nicht einmal zu wissen, ob er noch lebte, schnitt in sie ein wie ein Stanley-Messer. Die Erinnerung an seine stolze Nachricht *Elementar, meine liebe Stubbs* in Bezug auf die irische Adresse drehte die Klinge in der Wunde. Sie rannte praktisch zur U-Bahn-Station und ging dabei ihre Punkte durch. Sie hatte alle fotografischen Beweise, die Adrian geschickt hatte, gespeichert. Klare Bilder von diesen Männern und dieser Frau, die irgendwie identifizierbar sein mussten. Ranga hatte nicht nur die Beteiligung der Met an dem Fall genehmigt, sondern auch einen erfahrenen Detective zur Unterstützung angeboten – Dawn Whittaker. Beatrice hätte vor Erleichterung weinen können. Inspector Howells, ganz kooperativ, hatte die Dyfed-Powys Polizei mobilisiert, die gerade die Gegend um Porthgain absuchte. Ihr entschuldigender Anruf bei der British Transport Police hatte dazu geführt, dass sowohl Virginia als auch Grant ihre Dienste anboten und keine Absage akzeptierten. Sie war unglaublich dankbar und gab sich selbst einen leichten Klaps auf die Wange. Emotionale Erschöpfung war keine Entschuldigung. Das nächste Mal, so warnte sie sich selbst, würde es eine Ohrfeige sein.

. . .

Ranga übernahm die Rolle des Koordinators mit Diplomatie und Intelligenz. Mit typischer Effizienz nannte er schnell Namen und Rollen des versammelten Personals, bevor er mit seiner Präsentation begann.

»Ich möchte festhalten, wie sehr ich es zu schätzen weiß, dass Sie hier sind, besonders da ich weiß, dass einige von Ihnen letzte Nacht sehr wenig Schlaf hatten. Wie Sie sicher schon von Beatrice gehört haben, scheinen zwei Männer Pakete an einen abgelegenen Strand in Südwales zu schmuggeln. Wir haben allen Grund zu der Annahme, dass der Inhalt dieser Pakete Kinder sein könnten. Babys, um genau zu sein. Nach dem, was wir wissen, müssen vier Orte untersucht werden.

»An einem Ort ist dies bereits im Gang. Die walisische Polizei durchsucht die Gegend um den Strand und das Dorf Porthgain, unterstützt von Professor Bailey und den letzten Personen, die Adrian Harvey gesehen haben. Die nächsten beiden stehen in Verbindung. Marie Fisher, wohnhaft in Cardiff, ist die Frau, die die ›Ware‹ in Empfang nimmt. Und das Paar auf diesem Foto scheinen die Endkunden zu sein. Ihr Nummernschild führt uns zu einer Adresse in Chepstow. Das selbe Team könnte beide abdecken. Schließlich die Farm in Irland, die vermutlich das Zuhause eines der mutmaßlichen Schmuggler ist. Es ist sehr wahrscheinlich, dass Mr Harvey dorthin gebracht wurde. Meiner Meinung nach ist die irische Farm potentiell am gefährlichsten. Ich würde empfehlen, dass DI Stubbs von DS Grant auf ihrem Flug nach Cork begleitet wird.«

Vier Köpfe nickten.

Virginia zog die logische Konsequenz: »Verbleibt für DI Whittaker und mich die Ermittlungsarbeit in Chepstow und Cardiff. Das macht absolut Sinn. Dawn hat einen hervorragenden Ruf bei sensiblen Situationen wie dieser. Ich bin gerne bereit zu assistieren.«

Dawn blinzelte überrascht und brauchte einen Moment,

bevor sie zustimmte. »Klingt vernünftig, Ranga. Ich nehme an, du wirst die Garda am irischen Standort mit einbeziehen? Ich meine, ich bin froh, dass DS Grant an der Seite von Beatrice sein wird, aber sie werden Unterstützung von der örtlichen Polizei brauchen.«

Ranga lächelte. »Kein Grund zur Sorge, Dawn. Ich stelle sicher, dass jegliche Art von Unterstützung verfügbar ist. Vergessen wir nicht, dass ich einer von euch bin.«

In dem Bemühen, den Kloß in ihrem Hals hinunterzuschlucken, presste Beatrice ihre Augen zusammen und schwor sich, die Ohrfeige später in der Privatsphäre des Badezimmers nachzuholen.

39

»Tölpelchen? Bist du wach?«

Adrian zuckte zusammen. Für eine derart kräftig gebaute Perle konnte sich Teagan unerhört gut anschleichen. Er spitzte die Ohren nach einem Geräusch und hörte nichts.

»Ja«, flüsterte er. »Ich habe keine Ahnung, wie viel Uhr es ist.«

»Ich auch nicht. Ich weiß es nie. Es ist entweder vor dem Frühstück oder nach dem Frühstück, vor dem Mittagessen oder nach dem Mittagessen, vor dem Abend...«

»Was ist es jetzt?«

»Vor dem Mittagessen. Deshalb kann ich nicht lange bleiben, aber ich habe dir ein paar Reste von gestern Abend mitgebracht. Schauen wir mal, was wir haben. Einen Apfel, zwei feine mehlige Kartoffeln, ein Stück Schweinefleisch und etwas Saft. Erbsen sind etwas mühsam zum Rausschmuggeln. Verstehst du, was ich meine?«

Adrian hatte trotz ihrer letzten Ration inzwischen Magenkrämpfe gehabt, und sein Grad der Dehydrierung erreichte ein ernstes Stadium.

»Teagan, du bist eine Wucht. Ich danke dir so sehr. Nur eine Frage, könntest du mir etwas Wasser besorgen? Eine Flasche, einen Krug, oder sogar einen Eimer. Ich bin so durstig.«

Sie verschränkte die Arme und stützte sich darauf, um zu ihm hinunterzuschauen. »Wasser? Überhaupt kein Problem. Wir haben einen Wasserhahn gleich hier draußen. Willst du es jetzt? Aber sicher, ich hole es dir jetzt, nur für den Fall.«

Er schaffte es, sich in eine stehende Position an der Wand zu hieven und hielt seinen verletzten Fuß hinter sich hoch, als wäre er ein Pferd, das beschlagen werden sollte. *Vor dem Mittagessen.* Also war es später Vormittag, nahm er an. Er war seit dem Morgengrauen hier, also musste Matthew inzwischen Alarm geschlagen haben. Aber niemand wusste, wo er zu finden war. Seine Brieftasche könnte im Gestrüpp hinter den Fülltrichtern des Steinbruchs gefunden werden, die Überreste seines Handys könnten Verdacht erregen, aber wie sollte man selbst dann Rückschlüsse auf diese ›Farm‹ ziehen? Denk nach, Adrian, denk nach.

»Hier, den Eimer konnte ich nicht aufheben, aber ich habe eine alte Flasche gefüllt. Danach wirst du pissen wie ein Pferd.«

»Ich danke dir so sehr. Ich kann dir gar nicht sagen, wie dankbar ich bin, Teagan. Wenn ich hier rauskomme, werde ich dir ein ganz tolles Geschenk kaufen ... was möchtest du denn?«

»Ein Geschenk?« Sie verschränkte wieder die Arme, lehnte sich mit dem Rücken an den Balken und schwang die Beine, mit einem verträumten Lächeln im Gesicht. Er war kein Experte, aber diese Frau hatte irgendeine Entwicklungsstörung, das war klar. Aber was auch immer ihre Probleme sein mochten, sie war seine einzige Hoffnung. Er trank tief aus der Plastikflasche und ignorierte den aufgewirbelten Bodensatz.

»Ein Geschenk, das in einer Schachtel kommt, oder auch etwas anderes?«, fragte sie und kratzte sich an ihren gekrausten Haarfransen.

»Was immer es ist. Was würdest du dir am meisten auf der Welt wünschen?«

Sie antwortete, bevor er zu Ende gesprochen hatte. »Ein Babby. Aber eines, das ich behalten darf. Diesmal möchte ich ihn behalten. Oder sie. Eines war ein kleines Mädchen. Ich hätte gerne ein Mädchen.«

Adrians Atemzüge kamen kurz und flach. »Du konntest sie nicht behalten?«

Ihr niedergeschlagenes Gesicht wurde ungeduldig. »Natürlich nicht! Niemand von uns kann das, das ist die Regel. Und du weißt es von Anfang an, also gibt es keinen Grund zu jammern. Die Babbys gehen an einen besseren Ort, das wissen wir und es ist das Beste. Die Mammy hat es uns gesagt. Die Kleinen gehen später alle auf die Universität und nach Oxford und London und ins Ausland. Sie kriegen dauernd Geschenke.«

Er stellte die Flasche ab und spürte, auf welchem schmalen Grat er sich bewegte. »Das Beste für die ... Babbys, aber für dich muss es schwer sein. Für die Mütter.«

Teagan wiegte sich sanft von einer Seite zur anderen. »Manche nehmen es schwerer. Aber wenn du nach Lannagh kommst, weißt du, was dich erwartet.« Sie platzte in eine überraschend gute Interpretation von Abbas *The Name of the Game*. »Alle wissen, worum es in diesem Spiel geht. Oder wenn nicht, finden sie es bald heraus. Willst du dein Essen nicht?«

Lannagh. Der Name auf Eoins Visitenkarte. Es bestand also die Möglichkeit, dass Beatrice tatsächlich wusste, wo er war. Adrian biss in eine kalte Kartoffel, genoss den trockenen, krümeligen Happen. »Köstlich. Du bist eine gute Sängerin. Ich höre das.«

»Ich kann nicht nur Abba ...

Wenn dein Mann nett ist, befolge meinen Rat.
Umarme ihn am Morgen, küss ihn in der Nacht
Schenk ihm deine Liebe, die Leidenschaft entfacht

Einen guten Mann zu finden ist nicht leicht ...«

»Sssh, Teagan, das ist brillant, aber ich denke, wir sollten leise sein. Du hast wirklich eine beeindruckende Stimme. Von wem war das? Ella Fitzgerald?«

»Keine Ahnung, Tölpelchen. Es ist von einer Schallplatte, mehr weiß ich nicht. Du bist dran.«

»Okay, aber leise.« Er blätterte durch sein Repertoire und wählte etwas aus, das zu Zeit, Ort und Publikum passte.

»Ich träume von Teagan mit dem hellbraunen Haar.

Wie aus Dunst, schwebt sie in der Sommerluft so klar

Ich sehe sie tanzen, wo die grünen Bäche singen

Glücklich wie die Blumen, und die Fische springen.«

Teagan legte ihren Kopf auf die Schulter und schaute ihn an, während er leise sang. Als er fertig war, klatschte sie begeistert, obwohl sich ihre Handflächen nie ganz trafen.

»Ist das ein echtes Lied oder hast du es dir ausgedacht?«

»Es ist ein echtes Lied, aber ich habe den Namen geändert. Nur für dich.«

Ihre Wangen, die sich durch ihr Lächeln hoben, leuchteten wie ein Gala-Apfel. »Du hast eine tolle Stimme, du Geschöpf. Oh, es ist zum Heulen. Ich würde dich gerne behalten. Aber nein. Sie nehmen sie mir alle weg. Es ist die Regel.«

Die Kartoffel wollte nicht runtergehen. Adrian nahm einen weiteren Schluck Wasser.

»Mich wegnehmen? Das würden sie doch nicht tun, oder?«

Teagans Gesichtsausdruck war voller Bedauern. »Ach, das würden sie. Das war als erstes beschlossen, weißt du. Der Streit, der den ganzen Vormittag andauerte, drehte sich nur darum, wie sie dich loswerden, wenn es erledigt ist. Du bist nicht gerade das, was sie gewohnt sind. Aber Samir hat die Mammy überredet.« Ihre Imitation der rauen Stimme war präzise. *»Wir haben hier alles, was wir brauchen, und bisher hat es keine Probleme gegeben. Ich erledige es nach dem Essen.* Ach ja, Tölpelchen, sie werden dich mir wegnehmen.«

Adrian schluckte das Stück Kartoffel herunter, das sich wie ein Ziegelstein anfühlte. »Wenn du sagst ›nicht das, was sie gewohnt sind‹ – warum bin ich anders?«

»Komm schon, du weißt doch selbst, dass die meisten Geschöpfe schon tot sind, wenn sie hier ankommen.«

Adrian konnte nicht sprechen, konnte nicht denken und konzentrierte seine ganze Aufmerksamkeit auf das Atmen. Ein. Aus. Ein. Aus. Es musste einen Ausweg aus dieser Situation geben.

»Teagan, ich kenne jemanden, der helfen kann. Uns beiden helfen. Alles was ich tun muss, ist sie anzurufen. Oder vielleicht kannst du sie für mich anrufen. Ich glaube, du würdest sie mögen.«

Ihr offenes Gesicht verzog sich zu einem Schmollmund. »Deine Freundin?«

»Nein, meine ... Chefin. Sie ist viel älter als ich, aber eine sehr nette Person. Ich glaube, sie würde sich freuen, von dir zu hören. Wäre es schwierig für dich, eine Nummer anzurufen und eine Nachricht zu hinterlassen? Ich möchte nicht, dass du in Schwierigkeiten gerätst.«

»Ich weiß nicht, Tölpelchen. Ich bin nicht gut mit dem Telefon. Aber ich werde es versuchen. Was muss ich tun? Wenn du das Schweinefleisch nicht willst, dann nehme ich es. Ich habe immer Platz für mehr.«

»Ich will es schon. Ich bin am Verhungern und mein Magen knurrt wie ein tollwütiger Hund. Aber das hier ist viel wichtiger, Teagan. Was du tun musst, ist die 999 zu wählen und nach Ms Stubbs von der Metropolitan Police zu fragen. Sag ihr, dass ich hier bin und gib ihr diese Adresse. Kannst du dich erinnern ...?«

»Polizei, Tölpelchen? Du hast wohl nicht alle Tassen im Schrank. Wir können die Garda hier nicht gebrauchen! Habe ich dir nicht die Regeln erklärt? Ich bringe dir nach dem Essen etwas mit, wenn du noch hier bist.« Sie sprang von der Wand und landete mit einem dumpfen Aufprall auf der anderen Seite der Trennwand.

»Teagan!«

Er hörte sie missbilligend mit der Zunge schnalzen und seufzen, bevor die angrenzende Stalltür knarrend aufging. Die männliche Stimme ließ ihn zusammenzucken.

»Teagan! Was zum Teufel hast du da drinnen gemacht?«

»Jesses, Eoin, du hast mich fast zu Tode erschreckt! Ich wollte nur einen Blick auf deinen Mann werfen. Nur neugierig, sonst nichts.«

»Geh zurück ins Haus. Das Mittagessen ist fast fertig. Und wenn ich dich noch einmal dabei erwische, wie du hier herumhängst, werde ich es der Mammy sagen. Du weißt, was dann passieren wird.«

»Ach, bitte nicht, Eoin. Ich werde es nicht wieder tun. Versprochen. Ich gehe jetzt rein und helfe beim Abwaschen, ja? Was hast du da? Bringst du ihm etwas zu essen?« Teagans Stimme wechselte in einer Sekunde von demütig zu neugierig.

»Was habe ich dir gerade gesagt? Sollst du deine Nase überall reinstecken? Und jetzt mach 'ne Fliege, los, zurück ins Haus.«

Adrian bedeckte Wasserflasche und Essensreste mit Stroh und setzte sich mit ausgestrecktem verletzten Knöchel hin. Die Tür knarrte, und die helle Nachmittagssonne erhellte den Stall, bis Eoin hineinschlüpfte und die Tür hinter sich schloss, was eine neue Welle des unerträglichen Gestanks mit sich brachte.

»Ich habe dir etwas mitgebracht. Du wirst durstig genug sein, nach der ganzen Kotzerei, würde ich sagen. Und ein paar Sandwiches, wenn dein Magen es verträgt. Käse und Gurke, und Schweinefleisch mit Apfelmus. Ich habe dir eine Jacke mitgebracht. Nachts wird es ziemlich kalt.«

Adrian nahm das in Folie verpackte Paket und die Flasche Wasser. Eoin legte die Jacke über seine Knie.

»Danke. Es ist nett von dir, dass du mir etwas zu essen bringst, aber ich würde gerne wissen, wann ich gehen kann.«

»Es wird nicht lange dauern. Aber wann genau, nun ja, das hängt von Samir ab. Aber ich denke, du wirst schon bald wieder weg sein. So, ich muss jetzt wieder zurück. Wie geht es deinem Knöchel?«

»Tut weh.«

»Gut. Du wirst also nicht versuchen, irgendwohin abzuhauen.«

»Unwahrscheinlich. Mein Knöchel ist verstaucht.«

»Teagan hatte genau dasselbe. Meine Schwester, die es nicht lassen konnte, über die Mauer zu spähen. Aber sobald sie eine Krücke in die Hand bekam, konnte man sie gar nicht mehr aufhalten. Sie war wieder ziemlich gut zu Fuß.«

Adrian konnte den Mann nicht einordnen. Smalltalk, wenn sie bereits beschlossen hatten, ihn zu entsorgen. »Ich bin so froh, dass es ihr besser geht. Danke für die Sandwiches.«

»Mach kurzen Prozess mit ihnen. Und was immer Teagan dir mitgebracht hat. Du wirst deine Kraft brauchen.« Seine Miene war finster, als er die Tür hinter sich schloss.

Adrian hörte, wie der Riegel zurückfiel und sich der Schlüssel im Vorhängeschloss drehte. Schwere Schritte entfernten sich knirschend.

Also wusste er, dass Teagan ihm Essen gebracht hatte. Er nahm einen Schluck Wasser und hob das Essenspaket auf. Natürlich könnte es mit einem Betäubungsmittel versetzt sein. Vielleicht sollte er sich an Teagans Rationen halten. Komisch, dass er ihren Knöchel erwähnte. Sie hatte ihm gesagt, es sei ihr Handgelenk gewesen. Ein Lichtstrahl spielte durch den mit Stroh bedeckten Stall. Licht von der Türöffnung. Eoin hatte den Riegel zugeschoben und das Vorhängeschloss verriegelt, aber die Tür war nicht geschlossen. Er konnte heraus!

Adrian kämpfte sich auf die Beine. Wie sollte er in einem solchen Zustand entkommen? Er schlüpfte in die Jacke, schob die Sandwiches und das Wasser in seine Tasche und hüpfte auf das Licht zu. Die Tür schwang bei seiner Berührung knarrend auf. Er begutachtete den Weg hinunter zum Haus. Niemand zu sehen. Er drehte sich um, um den bergauf führenden Abschnitt zu überprüfen und sah ihn sofort. Ein umgedrehter Besen an der Wand. Er sah noch einmal nach.

Eoin hatte ihm Essen, Trinken und Kleidung gebracht, die Idee einer Krücke in den Kopf gesetzt und die Tür offengelassen. Er wollte ihm zur Flucht verhelfen. Der Geruch ließ ihn innehalten, aber er wusste, dass er weg musste.

Er war weit genug vom Haus entfernt, so dass ihn wahrscheinlich niemand sehen würde, vor allem, wenn sie alle gerade zu Mittag aßen. Er griff nach dem Besen, schob das borstige Ende unter seine Achselhöhle und humpelte hinter das Stallgebäude. Jede einzelne Bewegung schoss ihm schmerzhaft ins Bein, aber er sprach sich selbst Mut zu. Mach weiter, du schaffst das, noch einen Schritt, bleib nicht stehen. Alles, was er tun musste, war, die Straße zu erreichen, ein Fahrzeug anzuhalten und auf die nächste Polizeistation zu fahren.

Er bog um die Ecke der Ställe und spähte in den Wald nach einem Weg. Ein Schatten tauchte in seinem Sichtfeld auf. Adrian hatte sich erst halb umgedreht, als der Schlag ihn am Hinterkopf erwischte, seine Knie einknickten und der Besen zerbrach. Sein Gesicht schlug auf dem Boden auf, matschig und mit Tannennadeln bedeckt, und sein letzter bewusster Gedanke war die Würdigung des angenehmen Geruchs.

40
___

Und nun die *Eine-Million-Pfund-Frage, Dawn Whittaker, was glaubst du, wo du am Sonntagmorgen um neun Uhr sein wirst?*

A: Im Bett mit Toast und einer Tasse Tee

B: Ein paar halbherzige Yogaübungen absolvieren

C: Hinter den Kindern herräumen

D: Unterwegs auf der M4, zusammen mit der Frau, die meine Ehe zerstört hat, um ein paar Babyhändler festzunehmen.

Virginia hätte nicht zuvorkommender sein können.
»Möchtest du lieber fahren, Dawn?«

327

»Sag mir Bescheid, wenn du für einen Kaffee oder so anhalten möchtest.«

»Ist die Klimaanlage ein bisschen zu stark? Ich schalte sie eine Weile aus.«

Dawn gab einsilbige Antworten und überdachte die Situation mehrmals. Es war nicht in Ordnung, dass Virginia sie wie eine altjüngferliche Tante behandelte. Sie war keine Invalidin und auch keine Witwe, sondern eine Geschiedene. Eine Frau, deren Mann untreu gewesen war. Nach dreizehn Jahren glücklicher Ehe war Ian bei der Zeremonie, bei der sie ihre erste polizeiliche Auszeichnung erhalten sollte, mit dieser Frau auf die Toilette gegangen und hatte den Namen Dawn Whittaker bei Polizeikräften im ganzen Land zum Gespött gemacht.

Nach einer Stunde des Schweigens sprach Virginia. »Willst du über das Offensichtliche reden, oder lieber nicht?«

»Mit dem Offensichtlichen meinst du den Penis meines Mannes in deinem Mund?«

»Ja, genau. Ich bin gerne bereit, mich zu entschuldigen, mir die Schimpfwörter anzuhören, oder du kannst mir eine Ohrfeige verpassen, wenn du willst. Lass mich nur vorher auf dem Seitenstreifen anhalten.«

Dawn starrte vor sich hin und fragte sich, was sie eigentlich wollte. »Ich glaube nicht, dass ich mich rächen will. Es ist eher so, dass ich verstehen will. Warum hast du das getan? Du hast eine Familie, eine Ehe, vier Leben zerstört und zwei Kinder mit kaputtem Zuhause zurückgelassen.«

Virginia fuhr einige Kilometer, ohne zu sprechen. Schließlich räusperte sie sich.

»Ich glaube nicht, dass ich das alles getan habe. Das ist passiert, das leugne ich nicht, als Folge des ›Vorfalls‹. Aber nichts davon war meine Absicht. Ich wusste nicht, dass er verheiratet ist.«

»Hätte es einen Unterschied gemacht, wenn du es gewusst hättest?« Dawn sah sie an.

»Wahrscheinlich nicht, wenn ich ehrlich bin. Ich bin mir bewusst, dass mein egoistischer Opportunismus eure Ehe aus der Bahn geworfen hat. Das tut mir leid. Aber die Unfähigkeit, damit umzugehen, die Scheidung und die daraus resultierenden Traumata? Ich kann nur ein bestimmtes Maß an Verantwortung übernehmen.«

Dawn drehte sich zum Fenster und kämpfte gegen die Wahrheit der Aussage an. Ian hatte versucht, ihr Vertrauen zurückzuerlangen; er hatte daran arbeiten wollen, die Krise zu überwinden. Das tat er immer noch. Sie hatte sich stets geweigert. Einmal ein Schürzenjäger ... es war nur eine Frage der Zeit, bis er sie wieder demütigen würde. Und die Schande, dass alle ihre Kollegen davon wussten, über sie lachten; sie hatte keine andere Wahl, als zu handeln. Ihn zurückzunehmen wäre die schlimmste Demonstration von Schwäche gewesen. Sie verachtete diese Art von ›Politikergattin-Verhalten‹: vergeben und vergessen. Wie könnte sie jemals vergessen?

Virginias Stimme war gedämpft und versöhnlich. »Dawn? Es auszusprechen ist sinnlos, aber es tut mir wirklich leid. Ich wünschte, es wäre nicht passiert. Ich bin jetzt älter und ganz und gar nicht stolz darauf, wie ich mich früher verhalten habe. Denkst du, wir können trotz deiner Meinung über mich zusammenarbeiten?«

Dawn knirschte mit den Zähnen. »Beatrice zuliebe müssen wir das wohl. Und unter diesen Umständen, was ist die Alternative? Also, soll ich die Führung in Chepstow übernehmen und du kümmerst dich um Ms Fisher aus Cardiff?«

»Hört sich gut an. Wie wäre es, wenn du Ranga anrufst und fragst, ob er herausgefunden hat, welche Autovermietung sie benutzt?«

»Okay. Und ich will auch wissen, wann uns das Sozialamt trifft. Ich muss vorher noch mit dem Paar reden.«

Dawn wählte die Nummer, überrascht, wie leicht sie diese Ehezerstörerin vom Haken ließ. Nicht einmal einen abwertenden Namen hatte sie im Zorn benutzt. Vielleicht war es an der Zeit, einen Strich unter die Angelegenheit zu ziehen. Vielleicht war es an der Zeit, wieder mit Ian zu reden. Sie hatte sich in den letzten drei Jahren standhaft geweigert, direkt mit ihm zu reden. Es würde nicht schaden, sich nächste Woche an einer versöhnlichen Geste zu versuchen. Nur ein Anruf. Oder vielleicht eine Hallo-wie-geht's-E-Mail. Den Kindern zuliebe. Das Problem, einen Groll zu hegen, war die Zeit und Energie, die es kostete, ihn aufrechtzuerhalten. Und wer weiß, wenn sie aufhörte, sich als Opfer zu sehen, würden andere vielleicht nachziehen.

Sie wollte die Verbindung gerade trennen, als Ranga antwortete.

Das Reihenhaus lag an einem steilen Abhang in einer wie aus dem Ei gepellten Siedlung. Virginia parkte den Volvo auf der gegenüberliegenden Straßenseite und überprüfte noch einmal die Namen.

»Yvonne und Gerry Nicholls. Was soll ich tun? Im Hintergrund rumlungern, Nachbarn befragen oder aktiv teilnehmen und dich unterstützen?«

Dawn überlegte einen Moment lang. »Warum schaust du nicht, was du bei den Nachbarn herausfinden kannst, wartest auf das Sozialamt und vertröstest sie für eine halbe Stunde. Dann klingelst du. Wenn ich mehr Zeit brauche, sage ich Bescheid. Sollten sie sich dann immer noch querstellen, kannst du die großen Geschütze auffahren.«

»Wird gemacht. Viel Glück.«

Die Tür öffnete sich. Dawn schenkte der Frau ein beruhigendes Lächeln, während sie jedes Detail in sich aufnahm. Ende dreißig, müde und ungeschminkt, permanente Sorgenfalten, Velours-Freizeithose und fleckiges graues T-Shirt. Jeder Zentimeter die neue Mutter.

»Ja?«

»Mrs Yvonne Nicholls? Ich bin Detective Inspector Dawn Whittaker von der Metropolitan Police. Es tut mir leid, Sie an einem Sonntag zu stören, aber ich würde Ihnen gerne ein paar Fragen stellen. Darf ich reinkommen?«

Als Yvonne ›eine Beamtin von der Polizei‹ ankündigte, drehte sich Gerry Nicholls von seiner Position am Fenster um, sein Mund in Besorgnis angespannt, während er sanft den Rücken des winzigen Säuglings rieb, den er an seiner Brust hielt. Dawn lächelte und bewegte sich hinter ihn, um das zerknautschte schlafende Gesicht zu betrachten. Ein blauer Strampelanzug.

»Wie alt ist er?«, fragte sie mit sanfter Stimme. Er war zweifelsohne eine Frühgeburt, hatte wahrscheinlich Gelbsucht und sollte ins Krankenhaus gebracht werden.

»Drei Wochen«, antwortete Gerry, sein Blick huschte von seiner Frau zu Dawn. »Er ist eingeschlafen, ich lege ihn hin.«

Dawns Ziel war es, ein Minimum an Peinlichkeit zu verursachen. Die Anspannung, die von Yvonne Nicholls ausging, sagte Dawn, dass es nicht viel brauchen würde, um eine vollständige Enthüllung zu bekommen. Also nahm sie den Tee entgegen und wartete darauf, dass Gerry Nicholls sich wieder zu ihnen gesellte.

»Wie heißt Ihr Baby, Mrs Nicholls?«

»Liam. Wir mochten den Namen, weil er irgendwie alt und modern zugleich ist, und er hat einen soliden Klang. Wir haben über Edward nachgedacht, nach Gerrys Vater, aber das ist jetzt ein bisschen gewöhnlich geworden, also ...« Ihr Mann kam zurück und sie verstummte.

Er schüttelte ihr mit gezwungener Leichtigkeit die Hand. »Also, Detective, können Sie uns sagen, was sie zu uns bringt?« Er setzte sich Dawn gegenüber an den Esstisch, neben seine Frau. Noch jemand, der zum Bersten angespannt war.

Taten sprachen lauter als Worte. Dawn breitete die 8x4 Bilder der walisischen Sackgasse auf dem Couchtisch aus und nippte an ihrem Tee. Bilder, wie sie das Haus betraten, Bilder, wie sie es mit dem Korb verließen. Sie brauchte kein Wort zu sagen. Yvonne brach augenblicklich auseinander.

»Oh Gott, Gerry, oh Gott. Sie werden ihn mitnehmen, ich kann das nicht ertragen, ich kann es nicht.«

Mit bleichem Gesicht rieb er seiner Frau den Rücken, wiederholte unbewusst seine frühere Geste des Trostes und starrte Dawn in tiefem Elend an.

»Mr Nicholls, ich würde es vorziehen, Ihre Seite der Geschichte zu hören. Die Beweise zeigen uns nur einen bestimmten Blickwinkel.«

»Ich hätte es wissen müssen. Nichts klappt jemals für uns. Alles, was wir versuchen und tun, verwandelt sich in Scheiße. Verdammt nochmal alles.« Sein Gesicht verzerrte sich zu einem gequälten Lächeln, er bedeckte seine Augen mit seiner Handfläche und seine Schultern zitterten leicht. Dawn saß dem weinenden Paar gegenüber und griff nach einer Packung Feuchttücher von der Anrichte. Er kam wieder zu sich und wischte die Tränen mit dem Handballen weg.

»Wir können keine Kinder kriegen. Es gibt keinen Grund, warum nicht, nichts, was mit uns beiden nicht stimmen würde, aber es funktioniert einfach nicht. Wir haben es mit Hormons- pritzen, Zinktabletten, Fruchtbarkeitszyklen, Ovulationstests und drei künstlichen Befruchtungen versucht. Alles, was wir erreicht haben, war eine große, fette Enttäuschung nach der anderen, jedes Mal. Also haben wir uns den Tatsachen gestellt und eine Adoption beantragt.«

Yvonne tupfte sich mit einem Feuchttuch das Gesicht ab und sah Dawn mit roten Augen verzweifelt an. »Wir wollten es auf die korrekte Art und Weise machen. Wir haben es versucht.«

Gerry fuhr mit einem Nicken fort. »Sie hat recht. Wir sind keine Kriminellen, Detective. Aber ich bin selbstständig. Immergrün – Innengrün. Ich besorge und pflege Pflanzen in Büros. Oder ich habe es getan. Nach der Finanzkrise haben mich viele Firmen fallen gelassen und einige große Rechnungen sind unbezahlt geblieben. Ich habe 2009 Konkurs angemeldet. Also haben wir jede Chance auf eine offizielle Adoption aufgegeben.«

»Es tut mir leid, das zu hören. Sie hatten also das Gefühl, dass es keine andere Möglichkeit mehr gab, als über andere Kanäle zu adoptieren?«

Yvonnes Stimme war rau. »Es gab keinen anderen Weg! Sagen Sie mir, was wir sonst hätten tun können?«

Dawn schüttelte den Kopf. »Ich weiß es nicht, Mrs Nicholls. Aber ich möchte, dass Sie wissen, dass ich nicht hier bin, um über Sie zu urteilen. Ich möchte nur die Umstände verstehen, die Sie in diese Situation gebracht haben, und wenn möglich, versuchen zu helfen. Können Sie mir sagen, wie Sie mit den Leuten, die Ihnen Liam besorgt haben, in Kontakt getreten sind?«

»Die haben uns kontaktiert!« Gerrys Stimme war entrüstet. »Sie haben sich nach unserem ersten künstlichen Befruchtungs-Zyklus gemeldet. Diese Frau kam eines Tages vorbei, erklärte uns ihren Service und gab uns ihre Karte. Wir sagten nein danke. Wir wollten es richtig machen. Ich habe die Karte hier.«

Er zog eine mit Eselsohren versehene Visitenkarte aus seiner Brieftasche.

Lebensträume: Wir machen sie wahr. Sienna Smith. Nicht einmal eine Website. Nur eine Handynummer.

»Ich verstehe. Als Sie also am Ende ihrer Kräfte waren, haben sie Sienna Smith angerufen.«

Yvonne nickte. »Genau. Sie erzählte uns von all diesen ungewollten Babys aus Osteuropa und wie die Leute ihre Kinder ins Waisenhaus geben, wenn sie es sich nicht leisten können, sie zu behalten. Und Gerry und ich, na ja, wir haben nicht viel, aber wir kommen gerade wieder auf die Beine und würden uns mehr als alles andere über ein Kind freuen.«

»Ich kann mir nicht vorstellen, dass dieser Service billig war.«

Yvonne sah ihren Mann an und blickte dann auf das zerknüllte Feuchttuch in ihren Händen hinunter.

Gerry zuckte mit den Schultern. »Fünfzehntausend. Und er ist jeden Penny wert.«

»Ich muss fragen, Mr Nicholls. Wie kommt ein kürzlich bankrott gegangener, arbeitsloser Mann an fünfzehntausend Pfund?«

»Ich bin nicht arbeitslos. Ich habe zwei Jobs. Auslieferungen für eine Luxus-Supermarktkette und Gartenbauarbeiten für die Gemeinde.«

»Das ist immer noch ...«

Yvonne unterbrach. »Wir haben es uns geliehen. Meine Eltern und sein Bruder haben uns das Geld gegeben. Wir werden es ihnen zurückzahlen.«

Dawn nickte. »Also haben sie das Geld an Sienna Smith übergeben und ...?«

»Nein, ganz so blauäugig sind wir nicht. Das Geld übergaben wir erst, als wir Liam erhielten. Aber es war vereinbart, ihr eine Anzahlung zu machen und uns darauf vorzubereiten, ein Baby zu bekommen. Wir zogen hierher, wo uns niemand kannte. Yvonne trug monatelang Schwangerschaftsattrappen unter ihrer Kleidung. Wir wiegelten alle Besucher ab und sagten den Nachbarn, dass wir lieber bei unserem Hausarzt in Salisbury bleiben wollten. Wir mussten nur darauf achten, dass sie nicht tatsächlich krank wurde. Einen Arztbesuch konnten wir nicht riskieren. Dann bekamen wir die Zusage. Sienna hat uns mitgeteilt, wohin wir wann fahren sollten.«

Dawn stützte ihr Kinn auf ihre verschränkten Hände. »Und gestern Morgen haben Sie ihren kleinen Jungen bekommen. Wussten Sie den Namen der Frau, die ihn übergeben hat?«

»Nein, wir kannten sie nur als Scarlett«, sagte Yvonne. »Wir haben uns Sorgen gemacht, weil Liam so viel geweint hat. Sie war so unhöflich, nicht wahr, Gerry?«

»Geradezu widerlich. Zum Glück hatten wir die ganze Ausrüstung dabei. Trockene Windeln, Babynahrung, was es so braucht. Der arme kleine Kerl war in einem schlimmen Zustand. Wie können die ein Kleinkind nur so behandeln? Aber sie hatten uns in der Zange. Wer soll sie denn anzeigen?«

»Sie, fürchte ich. Mr und Mrs Nicholls, Ihr Kind ist ein Fall von illegaler Adoption. Das Sozialamt ist auf dem Weg und wird Ihnen helfen, die Sache via offizieller Kanäle zu klären. Liam wird in Obhut genommen werden müssen, bis eine offizielle Untersuchung stattgefunden hat. Wenn die Eltern des Kindes bereit sind und die Behörden keinen Grund haben, sie abzulehnen, besteht die Chance, dass sie Liam adoptieren können. Die Tatsache, dass sie sich gut um ihn gekümmert haben, wird ihnen zugutekommen. Aber die korrekte Verfahrensweise muss eingehalten werden. Ich verspreche, dass ich alles in meiner Macht Stehende tun werde, um ihnen zu helfen.«

Yvonne begann leise zu schluchzen, aber Gerry verengte seine Augen. »Warum sollten Sie das tun? Wir haben ein Verbrechen begangen.«

»In der Tat sehe ich Sie als Opfer, nicht als Täter. Nicht nur das, aber wenn Sie mir helfen, diese Menschenhändler zu fangen, wird das einen positiven Eindruck auf jene machen, die Entscheidungen treffen. Hören Sie zu, Mr und Mrs Nicholls. Sie scheinen gute Eltern zu sein. Warum sollte ich das zerstören wollen? Wir müssen nur sicher sein, dass die leibliche Mutter ihn freiwillig abgegeben hat, dass keine Nötigung, keine Vergewaltigung und keine damit verbundenen Straftaten wie Erpressung im Spiel waren.«

Es klingelte an der Tür.

»Oh mein Gott!« Yvonnes Schluchzen setzte wieder ein. Gerry umarmte seine Frau, während Dawn aufstand, um die Türe zu öffnen.

Virginia, nach dem Sommerregen leicht zerzaust, stand mit einem kleinen glatzköpfigen Mann in Jeans und Windjacke vor dem Hauseingang. »Mr Reizman, das ist DI Whittaker. Dawn, das ist Jason Reizman vom Sozialamt, Berater für Adoptionen. Können wir reinkommen? Es ist nass hier draußen.«

Nachdem sie das Haus der Nicholls verlassen hatte, zog sich Dawn auf der Fahrt nach Cardiff in die Stille zurück, aber dieses Mal aus weniger egoistischen Gründen. Vertieft in Gedanken an das, was das Paar und der arme kleine Liam durchgemacht hatten, füllten Wut und Mitleid ihren Brustkorb. Sie würde sie nächste Woche anrufen und ihre weitere Unterstützung anbieten. Die Idee, dass dieser winzig kleine Mensch über das Meer geschafft wurde, kalt, nass und hungrig, obwohl er in einem Brutkasten hätte liegen sollen, war verstörend. Wer auch immer dafür verantwortlich war, sollte dafür geradestehen.

Sie spürte, wie Virginia einen Blick auf sie warf, als sie die M4 hinunter rasten. »Hey, der Sozialarbeiter wird sich um sie kümmern. Vielleicht bekommen sie ihn ja zurück, wenn die Ermittlungen keine Verwicklungen des Paars in andere kriminelle Machenschaften oder Zwielichtiges hervorbringen.«

»Ich weiß. Ich habe nur versucht, mir vorzustellen, was sie durchgemacht haben. Was das Baby durchgemacht hat. Nein, ich stimme dir zu. Sie sind in fähigen Händen und der Sozialarbeiter schien erfahren zu sein. Auch wenn er seinem Namen nicht gerecht wird.«

Virginia nahm ihren Blick von der Fahrbahn und schaute sie mit einem verwunderten Stirnrunzeln an.

Dawn lächelte stumm. »Ich hätte schwören können, dass du ihn als Reizman vorgestellt hast. Nun, meiner Meinung nach ist er es nicht.«

Virginia lachte laut auf und schüttelte den Kopf. »Für mich auch nicht.«

Das reichte als Olivenzweig für den Moment. Zeit, zur Sache zu kommen.

»Gut. Nun zu Ms Marie, oder sollte ich sagen Scarlett, Fisher. Fahren wir zu Docklands Rentals oder holen wir sie Zuhause ab?«

Virginias Augen blickten auf die Uhr. »Die Autovermietungsfirma informierte Ranga, dass die Rückgabe zwischen zwölf und eins erfolgen soll. Das schaffen wir locker, inklusive Sandwich-Stopp. Dies wird eine Verhaftung, richtig?«

»Richtig. Das ist offensichtlich ein hartgesottenes Weibsbild und wir haben reichlich Beweise. Wir nehmen sie fest, üben Druck aus und finden heraus, wohin sie Adrian Harvey gebracht haben.« Dawn kramte ihre Tasche aus dem Fußraum hervor. »Ich werde Beatrice auf den neuesten Stand bringen und dann sehen, wie die walisischen Kollegen von Heddlu de Cymru vorgehen wollen.«

»Und ich halte die Augen nach Essen und Koffein offen.«

Docklands Rentals war in einem Bürocontainer untergebracht. Virginia fuhr auf den Vorplatz und positionierte das Fahrzeug parallel zum Zaun, mit Blick auf die Schlange der zurückkehrenden Autos, und ging hinein, um ihre Anwesenheit anzukündigen. Dawn trank ihr Wasser aus und beobachtete den Verkehr, der sich zum Supermarkt auf der anderen Seite der

Newport Road schlängelte. Sie wählte erneut die Nummer. Er musste inzwischen zurück sein.

»Hallo. DI Whittaker mal wieder. Ich frage mich nur, ob Ihr diensthabender Sergeant wieder an seinem Schreibtisch ist? Ich danke Ihnen. Hallo, Detective Sergeant Harris, DI Whittaker hier. Ich habe vorhin angerufen, aber Sie waren in der Mittagspause.«

»Guten Tag, DI Whittaker. Nein, ich fürchte, das Mittagessen ist auf Eis gelegt. Ich habe gerade mit DI Rangarajan und DI Stubbs gesprochen. Wir sind froh, dass Sie die Führung bei dieser Verhaftung übernehmen und ich habe bereits die nötigen Einsatzkräfte bereitstellen lassen, um Sie zu unterstützen, falls nötig.«

»Oh, ich verstehe. Sehr gut, aber wir erwarten keinen großen Ärger. Wenn es Ihnen recht ist, nehmen wir die Verhaftung vor und bringen sie nach Cardiff Bay. Wäre dort ein Verhörraum verfügbar?«

»Selbstverständlich. Wie gesagt, rufen Sie uns, wenn Sie Hilfe brauchen.«

»Danke, DS Harris. Und ich denke, dass es jetzt sicher genug für das Mittagessen ist.«

»Das Wasser ist schon gekocht, DI Whittaker. Heute gibt es Instant Nudelsuppe mit Rindfleisch und Tomaten. Wie Sie sehen, bin ich im Herzen ein Traditionalist. Ich freue mich darauf, Sie später zu treffen.«

Dawn beendete das Gespräch mit einem Lächeln und stellte gerade das Funkgerät auf die Cardiff-Ost Frequenz ein, als Virginia zurückkam.

»Also, wie ich erwartet habe. Das Büro ist mit zwei Halbwüchsigen besetzt, die ihre Klappe halten werden, aber ich denke, wir sollten sie in Gewahrsam nehmen, sobald sie aus dem Auto gestiegen ist.«

»Sehe ich auch so. Die Cardiff-Truppe steht mit Verstärkung bereit.«

Virginia ruhte ihren Kopf auf der Rückenlehne des Sitzes aus. »Ich bin so müde, dass ich mich nicht traue, die Augen zu schließen. Nicht einmal für eine Sekunde. Hast du Verstärkung gesagt? Meinst du, das ist nötig?«

»Man kann nicht vorsichtig genug sein. Alles in Ordnung? Möchtest du meinen Kaffee?«

Virginia gähnte und streckte ihre langen, schlanken Arme über das Lenkrad. »Ich brauche eine Art Kick. Adrenalin, Amphetamin, ich bin nicht wählerisch. Bitte sag nichts. Weißt du was?« Sie deutete mit dem Kopf zum Bürocontainer. »Hinter dem Empfangstresen ist einer dieser Einwegspiegel und als ich hineinschaute, weißt du, was ich da sah? Einen Tattergreis in Frauenkleidern.«

Dawn lachte und wollte ihr gerade ein Kompliment machen, als ein Geländewagen vorbeifuhr, um die Ecke bog und auf einem leeren Platz parkte, hundert Meter entfernt. Die Fahrertür öffnete sich und eine schlanke, dunkelhaarige Frau schlüpfte heraus.

Als Dawn ihre Sonnenbrille aufsetzte, bemerkte sie, dass Virginia das Gleiche tat. »Na dann komm, Opi. Schnappen wir sie uns.«

Sie öffneten gleichzeitig die Türen und der Kopf der Frau wirbelte herum. Ihr Blick wanderte zwischen ihnen hin und her, als sie sich näherten. Ruhig und ohne plötzliche Bewegungen drehte sich Marie Fisher um und stieg wieder in den Wagen ein. Dawn blieb stehen und sah Virginia an.

»Sie wird doch nicht ...«

Ein Motor heulte auf und Kies spritzte unter den Rädern hervor.

»Doch, sie haut ab, verdammt. Zurück ins Auto!«

Der SUV war bereits aus der Einfahrt geschossen, als Dawn sich anschnallte und die Sirene startete. Sie schnappte sich das Funkgerät und alarmierte das Cardiff Hauptquartier mit der Beschreibung von Marie Fishers Fahrzeug, dem Kennzeichen und der Fahrtrichtung, während Virginia den Volvo in den Verkehr einfädelte. Armer Sergeant Harris und seine Nudelsuppe.

»Sie biegt links ab, und wieder ohne Blinker, dumme Kuh, denkt wohl, sie könne mich abhängen ...« Virginia hielt einen gemurmelten Monolog, während sie hinter ihrem Zielobjekt hinterherraste. Marie wusste, wo sie hinwollte, so viel war klar. Sie schoss auf eine Kreuzung zu, schnitt andere Fahrzeuge ab, wechselte mehrmals ohne Vorwarnung die Spur. Sie machte auf jeden Fall den Eindruck, als würde sie versuchen, ihre Verfolgerinnen loszuwerden.

Dawn umklammerte ihr Sprechfunkgerät, drückte sich gegen den Sitz, als ob er ihr Schutz bieten würde, und gab so viele Informationen wie möglich an die Funkzentrale weiter.

»Broadway, Richtung Südwesten, vorbei am Pub The Royal Oak.«

Autos, Busse, Lastwagen und sogar Fahrräder verlangsamten sich und machten Platz, als sie die Sirene hörten, was Marie Fisher leider auch dabei half, sich einen zielgerichteten Weg durch die Seitenstraßen zu bahnen. Das rote Licht an einem Übergang signalisierte den Vorrang für Fußgänger, und eine Mutter trat mit ihrem Kinderwagen heraus. Beide Füße von Dawn gruben sich in den Teppich, doch Virginia schlug mit der Hand auf die Hupe, wodurch die erschrockene Frau nach hinten sprang.

Als sie die Cyril Street auf der rechten Seite passierten, gesellte sich eine weitere Sirene zu ihnen. Ein Streifenwagen schloss hinter ihnen auf und Virginias kurzer Blick weg von der Straße bedeutete, dass sie Fishers Handbremskehre verpasste.

»Links! Hier links! Sofort!« Dawn kreischte.

Virginia trat auf die Bremse, rammte den Schaltknüppel nach oben und drehte das Lenkrad um einen vollen Kreis herum, bevor sie in den zweiten Gang schaltete und noch einmal beschleunigte. Gegen die Tür geschleudert, fühlte

Dawn Übelkeit in sich hochsteigen, aber sie kommentierte weiter.

»Wir sind links abgebogen, ich kenne den Namen nicht, aber wir passieren die Sapphire Street, die Emerald Street, die Copper Street ... soll das ein Scherz sein? Wir biegen links ab. Die nächste ist ... oh Scheiße!«

Die Fahrgäste eines Busses hatten gerade die Straße überquert, als dieser aus der Haltestelle fuhr. Marie überholte im letzten Moment, wechselte auf den Bürgersteig und raste gefährlich nahe an einem Paar älterer Damen vorbei. Virginia schwenkte nach links in die Bushaltestelle, trat aufs Gaspedal, bretterte über den Bordstein und überholte den Bus auf der Innenseite. Der Busfahrer bremste und hupte, aber der Volvo schwang sich bereits wieder in Position und schloss zu Marie Fisher auf. Dawns Pobacken waren so fest zusammengepresst, ihr Hintern nahm nur noch die Hälfte seines üblichen Platzes ein.

Virginia schaltete einen Gang runter und der Motor heulte auf, als sie sich an Fishers Heck hefteten. Sie beugte sich vor, Nackenmuskeln und Unterarme gespannt wie Drahtseile, und tastete mit ihrem Blick den Bereich direkt vor ihnen pausenlos ab. Dawn verglich ihre eigene Haltung: Die Hände umklammerten das Funkmikrofon, der ganze Körper war steif und so weit wie physisch möglich nach hinten gedrückt. Sie bemerkte, dass das Funkgerät quietschte und nahm ihren Rapport wieder auf.

»Tut mir leid für die kurze Unterbrechung. Jetzt auf der Splott Road, Richtung Süden. Sie fährt mit fünfzig, fünfundfünfzig auf einer Wohnstraße.«

»Mehr Verstärkung ist unterwegs.«

»Verdächtige auf der South Park Road, nein, rechts abgebogen, Seawall Road, Richtung Süd-Ost. Wir sind in einem Industriegebiet und sie nimmt an Geschwindigkeit zu. Tacho bei fünfundsechzig. Sie ist scharf darauf, wegzukommen.

Gibt es einen anderen Weg hierher? Vielleicht können wir ja
...«

Das schwarze Fahrzeug brach in der Kurve aus und
schwankte wie wild von einer Seite auf die andere, doch Marie
schaffte es irgendwie, den Wagen zu stabilisieren und raste
weiter. Virginia meisterte die Kurve weitaus besser, bremste,
lenkte ein und beschleunigte im perfekten Moment, sodass sie
aus der Kurve herausgeschossen kamen. Sie gewannen einige
Sekunden und konnten fast die Umrisse von Fishers Kopf
sehen. Virginia betätigte die Lichthupe und gab das Zeichen
zum links ranfahren. Marie setzte den Blinker und verlangsamte, Dawn atmete tief und erleichtert ein. Dann wurde das
Gaspedal des SUV durchgetreten, Steine regneten auf ihre
Windschutzscheibe, alles was blieb, war eine Staubwolke.
Virginia brüllte vor Wut, schaltete in den zweiten Gang und
Dawns Kopf prallte gegen die Rückenlehne des Sitzes.

Die Seawall Road wurde gerade und als sie an der Schule
vorbeifuhren, war Dawn dankbar, dass es ein Sonntag war. Am
Ende der Straße war ein Kreisverkehr, mit zwei möglichen
Ausfahrten. Virginia schloss die Lücke und Maries Möglichkeiten wurden immer kleiner. Eine weitere Sirene mischte sich
in die Kakophonie. Ein zweiter Streifenwagen näherte sich von
der rechten Ausfahrt mit blinkenden Lichtern. Marie zögerte
nicht und bog mit kreischenden Reifen nach links ab.

»Links. Ich wiederhole. Der Verdächtige ist am Ende der
Seawall Road im Kreisverkehr nach links abgebogen. Zweites
Polizeifahrzeug zu uns gestoßen.«

Virginia riss das Lenkrad nach links und Dawns Kopf
schlug erneut gegen das Fenster, bevor sie nach vorne in ihren
Sicherheitsgurt gedrückt wurde, als Virginia mit voller Kraft
auf die Bremsen trat. Maries Geländewagen stand still, die
Bremslichter waren an. Die Straße war nichts weiter als ein
Weg zu einer Industriebrache. Vor ihr: eine Sackgasse. Marie
Fisher waren die Möglichkeiten ausgegangen.

Sie warteten mehrere Sekunden lang. Virginia zuckte zusammen, als die Rückfahrscheinwerfer aufleuchteten, aber Fisher stellte den Motor ab. Polizeibeamte aus Südwales schwärmten um sie herum aus, Dawn und Virginia stiegen aus dem Auto. Dawns Beine waren unzuverlässig, also lehnte sie sich lässig gegen die Motorhaube.

Die Tür des Geländewagens öffnete sich und Virginia trat vor, um die Verhaftung vorzunehmen. Marie zeigte keine Reaktion. Dawn beobachtete, wie zwei Beamte ihr Handschellen anlegten und sie zum Streifenwagen führten.

Virginia schritt mit einem breiten Grinsen auf Dawn zu. »Na, da bin ich aber wieder wach geworden. Aufs Revier für ein kleines Verhör?«

Dawn schüttelte den Kopf und seufzte. »Wenn ich daran denke, dass ich dabei sein könnte, mir irgend einen Schwachsinn im Fernsehen anzuschauen.«

41

Beatrice und Inspector Crean schützten sich vor einem Platzregen unter dem Dachvorsprung des Flughafenterminals von Cork, bis Grant sein Telefonat beendet hatte und zu ihnen auf das Rollfeld gekommen war.

Er sah furchtbar aus; unter seinen Augen lagen dunkle Schatten und er hatte eindeutig schlechte Nachrichten.

»Die Polizei von Dyfed-Powys hat die Brieftasche von Adrian Harvey in der Nähe des Hafens von Porthgain gefunden. Sie haben das ganze Gebiet, ein stillgelegtes Industriegelände, abgesucht, aber sonst nichts gefunden.«

Beatrices letzter Rest an Hoffnung verblasste: dass sich Adrian verlaufen oder jemand anderen getroffen hatte, dass er eingeschlafen war, einfach *irgendetwas anderes* als von mutmaßlichen Kinderhändlern entführt worden zu sein.

»Ich verstehe. Inspector Crean, darf ich Ihnen DS Ty Grant vorstellen. Wir gehen zusammen zur Farm. Ein Team ist bereits dort und hat mit der Durchsuchung begonnen.«

»Wie geht es Ihnen, Ty?« Inspector Crean streckte ihm seine große Hand entgegen und schenkte ihm ein freigebiges

Lächeln. »Wir werden etwa vierzig Minuten brauchen, um dorthin zu gelangen, und ich versorge Sie unterwegs mit allen Hintergrundinfos.«

Beatrice nickte und verbarg ihre Ungeduld. Sie hatte das Gefühl, dass dieser sanfte, langsam sprechende Hüne wie eine Oma fahren würde. Während Adrian sich in den Händen von Menschenhändlern befand, die Menschen wie Tiere behandelten.

Zum Glück hatte Crean einen Fahrer, der effizient und schnell war, wenn auch etwas einsilbig. Der Inspector saß auf dem Beifahrersitz und drehte sich um, um sich an Grant zu wenden.

»Nun denn, Lannagh Farm. Das erste, was sie wissen sollten, ist, dass es nicht wirklich eine Farm ist. Es ist eine Tierkörperverwertungsanlage.«

Beatrice warf Grant einen fragenden Blick zu, aber er schüttelte den Kopf.

»Mir war nicht bewusst, dass man selbst Kadaver verwerten kann«, sagte sie.

Der Inspector hatte seine Aufmerksamkeit auf die Straße gerichtet. Transparente, Fahrräder und eine beträchtliche Anzahl von Zuschauern kündigten ein Radrennen an. Beatrice grub ihre Nägel in ihre Oberarme und registrierte die Uhrzeit auf dem Armaturenbrett: zwölf Uhr fünfzehn. Crean beendete seine Anweisung an den Fahrer bezüglich einer alternativen Route und wandte sich wieder an sie.

»Also, Tierkörperverwertung. Nicht gerade eine der angenehmsten Arbeiten, die man machen kann. Deshalb ist die Farm auch so abgelegen. Schrecklicher Gestank. Sie nehmen die Abfälle von Schlachthöfen und Farmen; eingegangene Tiere, oder jene Teile, die nicht für den menschlichen Verzehr geeignet sind und so weiter. Eine Tierkörperverwertungsanlage trennt sie in Sachen, die sicher entsorgt werden müssen, und den Rest verarbeitet sie.«

Beatrices Kiefer spannte sich an. »Verarbeitet zu was?«

»Düngemittel, Seife, Tierfutter und so weiter.«

Grant begegnete ihrem Blick und Beatrice schloss die Augen.

Der Geruch nahm zu, als sie den langen, holprigen Weg hinauffuhren, der zur Lannagh Farm führte. Crean hatte nicht übertrieben; der Gestank war widerlich. Ein junger Sergeant wartete außerhalb der Farmgebäude und ein Krankenwagen stand mit offenen Türen auf der gegenüberliegenden Seite der Anlage.

Beatrices Herz hämmerte vor Angst. Sie löste ihren Sicherheitsgurt und öffnete die Tür, bevor der Wagen zum Stehen gekommen war, und eilte zum jungen Beamten hinüber.

»DI Stubbs von der Met. Ist der Krankenwagen für Adrian Harvey?«

»Sergeant Sullivan. Nein, Ma'am. Wir haben Mr Harvey noch nicht gefunden. Meine Kollegen sind noch auf der Suche. Es ist leider sehr weiträumig. Wir haben Brigid Connor, ihre Familie und drei Angestellte mit aufs Revier genommen. Darunter auch Eoin Connor, der Mann mit dem Pferdeschwanz von ihren Fotos.«

»Hat er Ihnen irgendwelche Informationen über Harveys Verbleib gegeben?«

»Nein, Ma'am. Brigid Connor hat alle angewiesen, nichts zu sagen, bis sie mit einem Anwalt gesprochen haben.«

Inspector Crean und Grant traten zu ihnen.

»Guten Tag, Sir. Ich habe gerade erklärt, dass wir den Großteil der Familie und des Hofpersonals zum Verhör mitgenommen haben. Aber Ms Connors Ehemann, Samir Lasku, ist noch irgendwo auf der Farm. Keiner scheint zu wissen, was er macht oder wo er ist. Bis jetzt haben wir Adrian Harvey noch nicht finden können.«

Grant nickte zum Krankenwagen. »Also nur eine Vorsichtsmaßnahme?«

»Nein, es ist für eine der Frauen. Hören Sie, das ist ein bisschen kompliziert. Wollen Sie hier durchkommen?«

Grant gab Beatrice ein Zeichen. »Gehen Sie vor, ich schaue mich hier um.«

Während Beatrice und Inspector Crean saßen, stand der junge Sergeant am Ende des Küchentisches, als wäre er ein Schulsprecher, der gerade eine Versammlung abhalten wollte.

»Wir haben den Hof und die meisten Nebengebäude durchsucht, aber mit der Anlage haben wir noch nicht angefangen. Es ist ein riesiges Gebiet, voll mit Teilen toter Tiere, also wird es eine Weile dauern. Der Inspector hat sie angewiesen, die Arbeiten anzuhalten, aber das können sie nicht, also werden wir um sie herum arbeiten müssen. Sie sind gerade in der Mittagspause, aber die Maschinen werden in etwa einer halben Stunde wieder anlaufen.«

Crean lächelte und nickte. »Gute Arbeit, Sullivan. Was gibt es sonst noch?«

»Oben in diesem Haus haben wir vier junge Frauen gefunden, alle in unterschiedlichen Stadien der Schwangerschaft. Brigid Connor sagt, dass sie alle hier arbeiten. Drei von ihnen sind auf dem Revier, aber eine ist noch oben und blutet stark. Es sieht so aus, als ob sie eine Fehlgeburt hatte. Ich habe einen Krankenwagen gerufen, der sie ins Krankenhaus bringen soll, aber sie spricht kaum Englisch, so dass die Sanitäter einige Schwierigkeiten haben, sie zu überzeugen, mitzukommen.«

Der Inspector schüttelte erstaunt den Kopf. »Wissen wir, wo sie herkommt?«

»Keinen Schimmer, Sir, tut mir leid. Wir erkennen ihre Sprache nicht und wir konnten keine Ausweispapiere bei ihr finden.«

»Waren die anderen schwangeren Frauen auch Ausländerinnen?«, fragte Beatrice.

Sergeant Sullivan sah auf seinem Notizblock nach. «Nein, Ma'am. Alles irische Mädchen, aber keine aus der Gegend.«

Grant duckte sich unter der niedrigen Tür hindurch, dunkle Furchen überschatteten sein Gesicht.

»Irgendetwas?«, fragte er.

Beatrice schüttelte den Kopf. »Noch keine Spur von Adrian. Die örtlichen Beamten beginnen mit der Durchsuchung der Anlage.«

Grant stand mit dem Rücken zum Fenster, so dass sein Gesichtsausdruck schwer zu lesen war. Aber seine Stimme war hart und wütend. »Lassen Sie uns realistisch sein. Warum haben sie ihn hierhergebracht? Weil er Beweise hatte und sie ihn loswerden wollten. Der logischste Ort, um eine Leiche loszuwerden, ist unter all den anderen toten Körpern. Wir müssen den Verwertungsbereich durchsuchen, aber es kommen immer noch LKWs an. Warum wurde die Anlage nicht abgeschaltet?«

Inspector Crean lehnte sich zurück und bedachte sie mit einem geduldigen Lächeln. »Wir haben es versucht, Sergeant Grant. Um die Anlage zu schließen, bräuchten wir einen Gerichtsbeschluss. Nach den Vorschriften des Landwirtschaftsministeriums läuft sie ununterbrochen, um eine Kontamination zu verhindern.«

Seine lockere Art machte Beatrice rasend. »Inspector, wenn eine Leiche in der Fabrik liegt, wen kümmert dann Kontamination? Ich muss Sie bitten, bis auf Weiteres keine weiteren Fahrzeuge in die Fabrik zu lassen.«

Sergeant Sullivan räusperte sich. »Inspector, wir könnten den ersten Abschnitt eigentlich schließen. Er ist bereits inaktiv, während die Mannschaft ihr Mittagessen einnimmt. Die ersten beiden Abschnitte werden nur in Bewegung gehalten, um die Verwesung zu minimieren. Der einzige Abschnitt, für den es einen Gerichtsbeschluss braucht, ist die Tierkörperverwertungsanlage, wo das Rohmaterial erhitzt und sterilisiert wird. Die Lieferungen können wir sofort stoppen.«

Beatrice drehte sich um, um Grant den Befehl zu geben, aber er war bereits zur Tür hinaus.

»Inspector, wenn Sergeant Sullivan den Beamten Grant und mich zur Anlage begleitet, könnten Sie Ihre Männer anweisen, dass sie weiteren Lastwagen die Zufahrt verweigern. Ist das für Sie akzeptabel?«

Seine Augenbrauen wanderten nach oben, aber er lächelte leicht. »Das ist es, DI Stubbs. Da würden mich keine zehn Pferde hochkriegen. Ich überlasse dem besten Mann den Job. Sullivan, lassen Sie den Rest wissen, dass DI Stubbs meine volle Unterstützung hat.«

»Sergeant Sullivan, könnten Sie mit mir gehen? Ich würde Ihnen gerne ein paar Fragen stellen.«

Nach einem wohlwollenden Nicken von Crean nahm der Sergeant sein Notizbuch zur Hand und folgte Beatrice nach draußen. Er deutete auf einen Pfad, der nach rechts abbog, und sie begannen in Richtung des Ursprungs des alles durchdringenden Gestanks zu marschieren.

»Sie scheinen sich mit diesem Tierkörperverwertungsgeschäft gut auszukennen«, begann sie.

»Ein bisschen. Mein Onkel hat einen Schlachthof und brachte früher seine Abfälle hierher. Ich habe bei ihm ein Praktikum gemacht, nur für ein paar Monate, aber ich habe gelernt, was mit den Teilen passiert, die wir nicht essen.« Dass der Sergeant ein so rotes Gesicht hatte, konnte an Verlegenheit, Begeisterung oder der Genetik liegen. Beatrice war es egal.

»Können Sie es mir erklären? Ich bin nicht zimperlich.«

»Klar kann ich das. Lassen Sie uns hier links abbiegen und schon sind wir auf dem Hauptweg zur Anlage. Dies ist eine Anlage der Kategorie drei. Tierische Nebenprodukte werden in drei Kategorien eingeteilt; die ersten beiden sind die kranken oder giftigen Kadaver, die man aus der Nahrungskette heraushalten muss, oder sie müssen korrekt verwertet werden, wie Sie sicher wissen. Die dritte Kategorie beinhaltet jene Teile des Tieres, die wir nicht essen: Hufe, Schnauzen, Schwänze, Ohren, Eingeweide, all diese Sachen. Schlachthäuser können nur etwa die Hälfte einer Kuh verwenden. Der Rest wird hierhergeschickt. In diese Kategorie fällt auch das vergammelte Fleisch aus Geschäften, eingeschläferte Tiere von Tierärzten und Tierheimen sowie verendete Tiere von lokalen Bauernhöfen.«

Beatrice beschloss, dass sie doch etwas zimperlich war. »Zusammenfassend kann man also sagen, dass dies eine der weniger gefährlichen Einrichtungen ist.«

»Richtig. Alles, was gefährlich ist, wird in einer anderen Anlage separiert und behandelt. Sie haben hier nicht die Ausrüstung, um mit ansteckenden Krankheiten umzugehen. Also liefern Lastwagen hier Fleischstücke, Katzenkadaver, Geflügelfedern und so weiter an; alles, was sie ›roh‹ nennen. Es wird auf den Fabrikboden gekippt, um vor der Verarbeitung zerkleinert zu werden.«

»Und das wären die ersten beiden Stufen? Anlieferung und Zerkleinerung. Ich glaube nicht, dass ich das wirklich wissen will, aber können Sie mir das erklären?«

»Ach, das ist gar nicht so kompliziert. Zwei massive Walzen zerkleinern alles zu einem Brei. Danach wird es mit sterilisierenden Chemikalien behandelt, getrocknet und in Fett beziehungsweise Knochenmehl getrennt. Geht es Ihnen gut, Ma'am?«

Der Geruch, die Bilder und ihre geschwächten Nerven ließen Beatrice innehalten. Hitze breitete sich über ihrem Hals aus und Blut rauschte in ihren Ohren. Für einen Augenblick geriet ihr Gleichgewicht ins Wanken. Sullivan hielt sie am Ellbogen fest und schaute ihr ins Gesicht.

Adrian.

Sie öffnete die Augen und konzentrierte sich auf ihre Aufgabe.

»Danke, Sergeant. Wir können jetzt weitermachen. Sagen Sie mir, leben Sie schon lange in dieser Gegend?«

42

Guter Bulle, böser Bulle. Darüber brauchte man nicht zu diskutieren.

Dawn nahm ihren einstudierten Du-kannst-mir-alles-erzählen-Gesichtsausdruck an und setzte ihr freundlichstes Lächeln auf. Virginias Müdigkeit und Ungeduld lud die Atmosphäre merklich auf, wie die Spannung vor einem Gewitter. Ihre höhnischen Salven zuckten wie Blitze durch den Raum, verglichen mit Dawns ruhiger, freundlicher Geduld.

Doch Marie Fisher, oder Mairead Connor, wie in ihrem Pass vermerkt, blieb ungerührt. Eine Polizeibeamtin stand in der Ecke des Verhörzimmers und beobachtete das Geschehen. Ihre protokollarisch vorgeschriebene Anwesenheit erlaubte es Virginia, immer wieder mal hinauszugehen. Der Anwalt war noch nicht eingetroffen, also saßen Dawn und Mairead schweigend da. Dawn ließ ihren Blick auf dem grauen Tisch ruhen und atmete sich sanft in einen halb-meditativen Zustand. Innerlich sprach sie jedes Unbehagen der Reihe nach an, erkannte ihre eigenen Spannungen, ihre Ängste um Beatrice und Adrian, ihr Bedürfnis nach Ruhe und emotionaler Verarbeitungszeit, ihren Hunger und ihre Ungeduld mit dieser

Zeugin. Jedes Thema würde zu gegebener Zeit an die Reihe kommen.

Die Tür schwang auf und Virginia war zurück. Sie drückte den Aufnahmeknopf am Aufnahmegerät und lächelte.

»DI Lowe ist zurück. Also Mairead, Sie können jetzt anfangen. Ihr Anwalt ist noch auf dem Weg, aber Ihre Familie hat die Geschichte bereits ausgeplaudert. Es ist eine Schande, aber die Anschuldigungen stapeln sich immer weiter, jetzt, wo die junge ausländische Frau im Krankenhaus ist. Im besten Fall Fahrlässigkeit, aber ich tendiere auf versuchten Mord.«

Maireads absichtlich unbeeindruckter Blick zu Virginia glitt zur Wand und erinnerte Dawn an ihren eigenen jugendlichen Sohn.

Virginias Augen leuchteten. »Wollen Sie uns nicht Ihre Seite der Geschichte erzählen? Die anderen verschonen Sie auch nicht, soviel kann ich Ihnen verraten. Die ganze Baby-farm war Ihre Idee, Sie haben das Netzwerk aus Anwerbern organisiert und es war auch Ihre Idee, die schwachsinnige Schwester als Versuchskaninchen zu benutzen.«

Maireads Kopf schleuderte herum. »Fick dich! Sie ist nicht schwachsinnig. Leichte Lernschwierigkeiten, das ist alles. Und sie war nie Versuchskaninchen.«

Dawn warf Virginia einen Blick zu und sprach in leiserem, weniger provokativem Ton. »Wie lautet der Name Ihrer Schwester?«

»Teagan. Sie ist fünfundvierzig, benimmt sich aber immer noch wie ein Kind. Sie hat sich nicht so entwickelt wie der Rest von uns. Aber wir haben die Tatsache, dass sie ein biss-chen naiv ist, nie ausgenutzt. Weiß Gott, andere haben es getan. Mehr als einmal. Aber wir sind ihre Familie, also haben wir ihr immer geholfen. Nicht, dass wir eine Wahl gehabt hätten.«

»Sie wollen mir sagen, dass sie aus Versehen schwanger wurde?«, zischte Virginia.

Maireads verächtlicher Blick huschte zu Virginia und wieder weg. Dawn versuchte es mit einem sanfteren Ansatz.

»Das muss ein Schock für alle gewesen sein. Und ich nehme an, es kam ziemlich spät heraus.«

Mairead nickte kurz. »Die Mammy hat es vor ihr selbst bemerkt. Aber Ceana, das ist meine andere Schwester, sie ist Krankenschwester. Sie hat damals in Birmingham gearbeitet. Sie kannte ein Paar, das unfruchtbar war und sich dringend Kinder wünschte, da lag es nahe. Teagan konnte sich nicht einmal um sich selbst kümmern, geschweige denn um ein Baby. Was wir getan haben, war ein Akt der Güte.«

Virginia hob die Augenbrauen. »Wie viel habt ihr denn für diesen ›Akt der Güte‹ verrechnet?«

Mairead sah sie nicht einmal an, sondern sprach weiter mit Dawn. »Es war eine einmalige Sache. Aber unsere älteste Schwester ...«

»Darf ich unterbrechen, Mairead? Ich muss nur die Fakten klar im Kopf haben. Wann haben Sie Teagans Baby weggegeben?«, fragte Dawn.

»Vierundneunzig. Mein Vater ist in jenem Jahr gestorben, bevor wir das mit Teagan erfahren haben, Gott sei Dank.«

»Das muss hart für Ihre Mutter gewesen sein, den Hof alleine zu führen.«

»Sie hatte Samir. Und Eoin könnte nützlich sein, wenn er sich nur zusammenreißen würde. Er ist faul, weichherzig und nicht für die Farmarbeit geschaffen. Aber Samir hat keine Angst vor harter Arbeit. Er kam als Flüchtling aus Albanien mit seiner Tochter. Einer der ersten, die das Land verließen, als die Grenzen geöffnet wurden. Er hat den Laden ganz gut am Laufen gehalten. Wir haben ihm viel zu verdanken.«

Virginia schob sich hinter Mairead, deutete mit ihrer Hand auf die Uhr und gab ein Zeichen, schneller vorwärtszumachen. Dawn nickte einmal.

»Ich denke, Ihre Geschichte wird für diesen Fall sehr

wichtig sein, deshalb möchte ich, dass Sie sich Zeit nehmen. Das Problem ist, dass wir Adrian Harvey finden müssen, den Mann, den Eoin und Samir aus Pembrokeshire entführt haben. Und zwar dringend. Falls Sie uns helfen können, Mr Harvey ausfindig zu machen, wird das sicher positiv gewichtet, wenn die Sache vor Gericht kommt. Eine Jury ist normalerweise geneigt, kooperatives Verhalten anzurechnen. Können Sie uns helfen, Mairead?«

Mairead verschränkte ihre Hände und presste sie an ihre Stirn, als würde sie beten. Die Minuten vergingen. Virginia wechselte von einem Fuß auf den anderen und blickte die stumme Frau an. Dawn hob eine Hand und bat um Geduld.

Mairead blickte auf. »Der Typ hatte Fotos. Bilder von mir, dem letzten Deal, den wir gemacht haben, dem Boot ... er sagte ihnen, dass er ein Privatdetektiv sei, also dachten wir, er würde alleine arbeiten. Wir konnten ihn nicht gehen lassen, er hätte die ganze Sache auffliegen lassen können. Also beschloss Samir, sich darum zu kümmern. Ihn verschwinden zu lassen.«

Virginia setzte sich neben Dawn, ihre Stimme war hart. »Mit ›ihn verschwinden lassen‹ meinen Sie, dass der Plan war, ihn zu töten.«

Mairead starrte Virginia mit nackter Abneigung an. »Wie ich eben sagte, Samir hat das beschlossen. Er wollte es tun und ihn mit dem Rest der Kadaver in der Fabrik entsorgen.«

»Wie konntet ihr sicher sein, dass eine menschliche Leiche zwischen den Tieren nicht entdeckt wird?«, fragte Dawn.

Mairead lehnte sich seufzend zurück. »Weil wir es schon mal gemacht haben.«

Als Dawn von der Toilette zurückkkam, telefonierte Virginia immer noch mit der Polizei von Cork. Sie blickte auf und deutete auf den Vernehmungsraum, wobei sie das Wort ›Anwalt‹ lautlos mit den Lippen formte.

»Danke für Ihre Hilfe. Ich rufe Sie innerhalb der nächsten Stunde zurück. Auf Wiederhören.« Sie legte den Hörer auf. »Sie haben Adrian nicht gefunden. Und auch keine Spur von Samir Lasku, was nicht gerade beruhigend ist. Aber anscheinend hat Eoin Connor ein volles Geständnis abgelegt und behauptet, dass er versucht hat, Adrian zur Flucht zu verhelfen. Die jungen Frauen und Teagan plaudern alles aus, aber Brigid hält dicht. Anderweitig bekannt als *Die Mammy*. Sie durchsuchen gerade die Fabrik. Lieber sie als ich.« Sie hob die Schultern und rollte ihren Nacken von einer Seite zur anderen.

Dawn schnitt eine Grimasse. »Wenn er in der Fabrik ist, ist er bereits tot.«

Virginia stoppte ihre Dehnübung und sah auf. »Du hast recht. Oh Gott, arme Beatrice.«

»Komm, lass uns gehen und Maireads Version hören.«

Dawns Kopfschmerzen verschlimmerten sich. »Gehen wir nochmals zurück. Ich kann verstehen, wie ihr die Abnehmer gefunden habt, durch Ceanas Stelle in der Fruchtbarkeitsklinik. Aber das Rekrutieren der Mütter ...«

Virginia sah wie eine zum Leben erweckte Tote aus und der Anwalt knibbelte an seinen Fingernägeln herum.

Mairead seufzte vor Ungeduld. »Wie ich schon sagte, das kommt auf zwei verschiedene Wege zustande. Niamh, sie ist die Älteste, hat gute Kontakte zur IFPA, der irischen Organisation für Familienplanung. Die geben ihr die Namen von Frauen, die eine Abtreibung wünschen. Sie recherchiert ein wenig und geht mit einem Vorschlag auf sie zu. Ihr Codename ist Sandy. Alle beginnen mit einem S. Scarlett, Sienna, Saffron. Einprägsame Namen.«

»Also war der eine Rekrutierungsweg über Ihre ältere Schwester in Irland. Und der andere?«, fragte Dawn.

»Der andere Weg lief über Elira. Ich habe Ihnen erzählt,

dass Samir und Elira als albanische Flüchtlinge zu uns gekommen sind. Jetzt arbeitet Elira mit Asylsuchenden in London und hat ein Auge für junge Frauen in Schwierigkeiten. Sie bietet ihnen sechs Monate Arbeit und eine Lösung für ihr Problem. Es ist wie ich immer wieder sage. Wir tun den Menschen einen Gefallen. Die Mütter, die Kinder, die neuen Eltern; alle sind glücklich.« Maireads fromme Miene war alles andere als überzeugend.

Dawns Instinkt sagte ihr, dass es an der Zeit war, diese selbstgefällige Oberfläche zu durchstoßen. »War Teagan glücklich, als ihre Zwillinge von euch verkauft wurden?«

Maireads Rücken schlug gegen den Stuhl und sie legte ihre Handflächen auf die Tischkante. »Muss ich alles wiederholen? Teagan ist zurückgeblieben. Sie kann sich um nichts kümmern. Wir mussten ihr die Zwillinge wegnehmen und ihnen eine richtige Familie geben. Natürlich hat es ihr nicht gefallen, sie wird leicht anhänglich. Aber zum Wohle aller war es besser so.«

Ihr Gesichtsausdruck hatte sich verändert. Defensiv, im Gegensatz zu entrüstet. Da war noch etwas anderes. »Wer hat sie geschwängert, Mairead?«, fragte Dawn.

»Jesus, Maria und Josef, woher soll ich das wissen? Ich lebe in Cardiff, ich laufe meiner kleinen Schwester nicht den ganzen Tag hinterher und passe auf, dass sie von niemandem ausgenutzt wird. Wie soll man denn ...?«

Virginias Stimme, tief und bedächtig, unterbrach sie. »Was glauben Sie, wer es war? Es gibt einen begrenzten Pool an Samenspendern auf der Farm.«

»Ich weiß es nicht! Ich habe keine Ahnung! Es kommen bis zu siebzig Lastwagen am Tag auf der Anlage an, es hätte jeder sein können. Als ob ich das wüsste.« Auf ihren Wangen zeigten sich rote und weiße Flecken.

Die Skepsis in Virginias Augen war deutlich, als sie sich zu Dawn umdrehte. Innerlich stimmte Dawn zu. Wer auch immer es gewesen war, Mairead wusste es. Die Stille schwoll bedeutungsvoll an.

Maireads Ton wechselte von schrill zu bestechend. »Wir wollten diesen Menschen helfen. Ungewollte Kinder, kinderlose Eltern. Wir haben nur ein passendes Angebot für eine bestehende Nachfrage gefunden.«

»Tatsache ist, dass ihr trotz eurer altruistischen Motive Kinder verkauft habt. Zu welchem Preis, Mairead? Für wie viel wurde Teagans erstes Baby verkauft?«, fragte Virginia.

»Ich habe schon Mal gesagt, dass das ein Einzelfall war.«

»Abgesehen von den Zwillingen, die ihr später verhökert habt. Wie viel?«

»Fünf Riesen. Aber das war 1994. Es gab noch eine Mutter 1996, das war mehr ein Gefallen als etwas anderes. Aber 1998 hatte die Fabrik wegen des Rinderwahnsinns zu kämpfen und wir bekamen Liquiditätsprobleme. Aber wir hatten auch eine Möglichkeit, Geld aufzutreiben. Also haben wir den Preis erhöht.«

Dawn legte den Kopf schief und lächelte, bemüht, sympathisch zu bleiben. Virginia verschränkte die Arme und schloss die Augen.

»Ja. Ich habe gehört, dass fünfzehntausend heutzutage der Marktpreis ist. Und das war der Zeitpunkt, an dem das ›Geschäft‹ ernsthaft angefangen hat?«, fragte Dawn.

Mairead zuckte mit den Schultern. »Ja. Im Jahr 2000 hatten wir eine Warteliste von Eltern. Es war kompliziert, aber wir waren sehr, sehr vorsichtig. Die Eltern würden nie etwas sagen, weil sie das Kind verlieren könnten. Die Frauen haben einen Job für sechs Monate, eine Lösung für ihr Problem und eine Barauszahlung am Ende. Keiner weiß, was sie getan haben, und solange sie schweigen, wird es auch niemand je erfahren.«

Virginia riss die Augen auf. »Wie viel habt ihr ›den Frauen‹ bezahlt? Wie viel von den fünfzehn Riesen?«

»Wir tragen das Risiko, also behalten wir den Großteil. Sie bekommen fünfhundert Euro und sollten dankbar sein. Das ist genug für einen Neuanfang.«

Keiner sprach. Dawn atmete tief durch und starrte wieder auf die graue Oberfläche, um sich zu beruhigen. Kommunikation mit Virginia erübrigte sich, da diese ihren Stuhl zurückschob und den Raum verließ. Dawn diktierte den Personenwechsel ins Aufnahmegerät und richtete ihre Aufmerksamkeit wieder auf Mairead.

»Sie haben vorhin erwähnt, dass in der Fabrik menschliche Kadaver entsorgt worden sind. Könnten Sie das erklären?«

Mairead blickte den Anwalt an, der etwas für sie auf seinen Notizblock kritzelte.

»Im Sinne der Kooperation und der vollen Offenlegung werde ich es sagen. Wir haben drei Babys verloren, und eine der Mütter ist bei der Geburt gestorben. All diese Leichen kamen in die Zerkleinerungsmaschine.«

»Und niemand hat es bemerkt? Keiner Ihrer Mitarbeiter hat eine menschliche Leiche gesehen? Keiner hat die Verstorbene vermisst?«

»Sie war ein Flüchtling. Niemand wusste wirklich, woher sie kam, also gab es auch niemanden, der sie vermisste. Es war eine Schande, eine traurige Situation, aber es war das Einfachste für alle, jede Spur zu beseitigen. Und was die Fabrikarbeiter anging, nein. Wenn die Kadaver auf die Tierkörperbeseitigungsanlage abgeladen werden, zielen sie auf das Förderband in der Mitte. Zwei Maschinen schieben das Rohmaterial von den Rändern auf das Förderband. Wenn etwas Seltsames an den äußeren Rändern liegt, wäre es möglich, dass es jemand sieht. Aber wenn du darauf achtest, dass dein Abfall in der Mitte liegt, führt das Förderband ihn direkt zur Zerkleinerungsmaschine.«

»Detective Inspector Whittaker verlässt den Raum. Befragung um zwölf Uhr fünfzig beendet.«

43

Grant ging auf den Mann zu, die Geste direkt und deutlich. Seine Drohgebärden gegenüber einer Gruppe von Angestellten lösten in Kombination mit Dawns eindringlichen Worten am Telefon einen dünnen Hauch von Panik in Beatrice aus. Sie klappte ihr Handy zu und näherte sich Grant und der Schar von verärgerten LKW-Fahrern, uniformierten Fabrikangestellten und ihrem stur dreinblickenden Chef.

»DI Stubbs, wir haben ein Problem. Mr Donelly hier ist der Vorarbeiter und er weigert sich, den Betrieb der Fabrik einzustellen ...«

Ohne zu warten, bis Grant zu Ende gesprochen hatte, begann sie, Befehle zu erteilen. »Detective Sergeant Grant, dies hat oberste Priorität. Stellen Sie sicher, dass das Förderband in der Verwertungsanlage inaktiv bleibt, bis ich andere Anweisungen gebe. Das Personal hat die Verwertungsanlage samt Zerkleinerungsmaschine zu räumen. Mr Donelly wird Ihnen zeigen, wie es geht, oder er wird verhaftet und wegen Behinderung der Justiz angeklagt. Los, jetzt! Sergeant Sullivan, bitte entfernen Sie all diese Leute von hier und sichern Sie den

Bereich ab. Alle Arbeiter in den Phasen eins und zwei des Verwertungsprozesses werden gebeten, das Gelände bis auf weiteres zu verlassen, da dies nun ein möglicher Tatort ist. Sie können alle als Zeugen aufgerufen werden.«

Donelly spuckte hinter sich auf den Boden, mehrere Arbeiter murmelten Beschimpfungen, aber Beatrice war mehr als bereit für einen Kampf. Mit steinerner Miene musterte sie jedes Gesicht, schaute in jedes Augenpaar, und viele blickten weg. Sie hatte ihr Revier markiert. Mit einem zügigen Nicken entfernte sie sich und marschierte hinter Grant und Donelly in Richtung der riesigen Rampen, über die die LKWs ihren Abfall abluden. Die Gestankwellen von verrottendem Fleisch, faulenden Substanzen und Verwesung wurden stärker, bis sie fast greifbar wurden. Jede Zelle in ihrem Körper schrie, dass sie fliehen solle, ihr Magen protestierte und wand sich, aber sie schritt, mit gesenktem Kopf, weiter zur Grube.

Donellys Haltung verbesserte sich in einem direkten Verhältnis dazu, wie übel es ihr und Grant ging. Als sie ihre Schutzkleidung anzogen, zusammen mit Gummistiefeln, Handschuhen und Masken, wusste Beatrice, dass ihr Gesicht die gleiche grüne Blässe widerspiegeln musste wie jenes von Grant. Er versuchte ein Lächeln, riss sich aber sofort die Maske herunter und erbrach sich in die Toilette der Personalumkleide. Donelly schien erfreut. Beatrice schwor sich, ihr Frühstück nicht herzugeben, sollte es jedoch nicht anders gehen, würde sie sicherstellen, dass Donelly den Löwenanteil abkriegte.

Sullivan und Hegarty, in ähnlicher Aufmachung, erwarteten sie, als sie die Steinstufen zur Verwertungsanlage hochstiegen.

»Sobald wir auf dem Areal sind, will ich Grant und Sullivan auf der rechten Seite des Förderbands haben, jeder nimmt sich eine Hälfte. Hegarty kommt mit mir auf die andere

Seite. Grant, wir fangen ganz hinten bei der Zerkleinerungsmaschine an. Zu viel Zeit wurde vergeudet, also ist dieses Ende unsere erste Suchzone. Sullivan, behalten Sie ihn im Auge. Okay, das wird unangenehm werden, aber geben wir unser Bestes.«

Donelly öffnete die Tür zur Aufbereitungsanlage und Beatrice stieß kurze Atemzüge durch ihre Nase aus, ein vergeblicher Versuch, den Gestank zu vertreiben. Sie stapfte die Betonstufen hinter Grant hoch und folgte ihm durch die Schiebetüren. Der Gestank der Verwesung verursachte bei ihr sofort einen Würgreflex, der auch Grant überkam. Hegarty konnte den Raum nicht einmal betreten und übergab sich auf der obersten Treppenstufe. Sie beorderte ihn zurück in die Umkleidekabinen. Er würde keine Hilfe sein.

Beatrice wandte ihren Blick von den Haufen um sich ab und drängte weiter in die Mitte der riesigen Halle. Grants Würgen und Schütteln am Eingang ging weiter. Als sie sein krampfhaftes Erbrechen beobachtete, wurde ihr klar, dass sie und Sullivan allein arbeiten mussten. Sie winkte Grant zu und deutete mit ihrem Daumen auf den Ausgang, um ihn von einer Aufgabe zu entbinden, die er schlicht nicht erfüllen konnte. Er hielt eine behandschuhte Hand hoch, hilflos, und taumelte davon.

Die Orientierung war einfach. Der riesige Schlund am anderen Ende klaffte über den Hügeln aus Tierfleisch. Beatrice, die gegen ihre Magenkrämpfe ankämpfte, indem sie das Wort *Adrian* wie ein Mantra wiederholte, machte sich auf den Weg zur gegenüberliegenden Seite. Sullivan schlug einen parallelen Weg zu ihrer Rechten ein, scheinbar unbeeindruckt von der Umgebung. Beatrice starrte auf das, was vor ihr lag. Fell, Schwänze, Augen, Ohren mit Anhängern, Zähne, Knochen, Federn, Fleisch, Hufe, Blut, Supermarktverpackungen, Pfoten mit Krallen, Eingeweide und von Maden bevölkerte Bereiche gipfelten in einer Szenerie des absoluten

Grauens. Der Raum war gespenstisch still, aber sie musste sich nur den Lärm des unerbittlichen Förderbandes, das Dröhnen kleiner Planierraupen und das kakophonische Knirschen unerbittlicher Zermalmungswalzen vorstellen, um sich in einem von Dantes inneren Kreisen der Hölle zu wähnen.

Sie näherten sich dem Mittelteil, bückten sich, hoben an, traten und durchsuchten. Beatrice konnte nichts sehen. Tränen überfluteten ihre Augen, als sie die Tatsache akzeptierte, dass sie nach Adrians Leiche suchten. Niemand konnte das überleben. Der Geschmack der Tränen vermochte den Gestank des verrottenden Todes leider nicht zu vertreiben. Wie auch immer. Es gab Arbeit zu erledigen.

Sie begann am Ende des Förderbandes, das der trägen Zermalmungsmaschine am nächsten lag, und lagerte eine Schicht toter Schafe um, wobei sie unter jedem Kadaver nachsah und nichts als weitere tote Schafe fand. Der nächste Abschnitt war abwechslungsreicher. Geflügel. Füße, Schnäbel, Köpfe und Federn. Pure Willenskraft zwang ihre Galle hinunter, als sie sich an Adrians Hühnchen Cacciatore erinnerte. Nach einem Bereich mit nicht identifizierbaren Innereien stieß sie auf die Hunde. Ein Haufen Jack Russells, ein Deutscher Schäferhund, der sich mit mehreren Collies verheddert hatte, zwei Westies, einer mit vor der Brust verschränkten Pfoten. Er hatte sein Halsband noch an. Beatrices Brust hob sich bereits, als sie nach der Hundemarke griff. In diesem Moment sah sie den Arm.

Sie stieg über die Hunde hinweg und wischte vorsichtig einen Haufen Federn beiseite, um Adrians Gesicht zu enthüllen. Blutverschmiert, die Augen geschlossen und die Haut weiß, lag er auf der Seite, Erbrochenes lief aus seinem Mund.

»Er ist hier! Sullivan, er ist hier drunter!«

Sullivan kraxelte über die Landschaft aus Leichen und Körperteilen in ihre Richtung und kramte unter seinem Overall nach seinem Handy.

Beatrices Tränen flossen über ihre Maske, als sie zwei Finger an seinen Hals drückte.

»Er hat einen Puls!« Ihr Schrei hallte durch den Raum. »Ich spüre einen Puls. Krankenwagen, Sullivan, sofort! Wir haben ihn gefunden!«

»Schon auf dem Weg. Er ist immer noch unten auf der Farm. Bewegen Sie ihn nicht, Ma'am, wir wissen nicht, wie schwer er verletzt ist.«

Sie senkte ihr Gesicht zu Adrians hinunter und lauschte auf jedes Zeichen von Atem. In der fetthaltigen, fauligen Luft wehte ihr der beste Ton von allen ins Ohr. Er atmete noch!

Sullivan trat neben sie und begann, mit pragmatischer Leichtigkeit die blutigen Überreste von Adrians liegender Form zu räumen. Sie untersuchten ihn auf Verletzungen. Adrian zeigte keine Reaktion, als Hände seine Gelenke drückten und bewegten. Beatrice strich sich über das Gesicht und griff nach Adrians Hand.

»Adrian, wir haben dich gefunden. Du wirst wieder gesund. Ein Krankenwagen ist unterwegs. Wir sind hier, wir werden uns um dich kümmern, aber du musst stark sein. Adrian, hör mir zu, du musst für mich stark sein.«

Der irische Beamte arbeitete sich an Adrians Beinen hinunter, während Beatrice ihm sanft das Gesicht tätschelte. Als Sullivan die Knöchel erreichte, zuckte Adrians Körper zusammen und seine Augen öffneten sich für eine Sekunde.

»Adrian? Adrian! Er ist wieder weg. Es muss sein Bein sein. Sullivan? Der Krankenwagen?«

»Er wird in weniger als einer Minute hier sein, Ma'am. Er kommt von der Farm, verstehen Sie? Die junge Frau hat sich geweigert, mitzufahren, also ist heute unser Glückstag.«

Beatrice konnte sich an glücklichere Tage erinnern.

· · ·

In der Anlage waren Gemeinschaftsduschen, also beschloss Beatrice, das Feld für die Männer zu räumen und begleitete Adrian ins Krankenhaus. Ob jetzt eine oder zwei Personen nach toten Tieren stanken, machte auch keinen großen Unterschied mehr. Der Rettungsdienst diagnostizierte bei Adrian einen Schock, Dehydrierung, eine Kopfwunde und einen verstauchten Knöchel, zusammen mit kleineren Platzwunden und Prellungen. Nichts davon gab ihnen ernsthaften Anlass zur Sorge. Nachdem er in die Notaufnahme gebracht worden war, brachte die Sanitäterin Beatrice freundlicherweise zu den Duschen des Krankenhauses und versorgte sie mit einer Pflegerinnenuniform.

Sie schrubbte sich eine Ewigkeit lang. Der klebrige Gestank des Todes schien sich in ihre Poren, ihre Haare und unter ihre Nägel gewoben zu haben. Schließlich drehte sie das Wasser ab und stand da, dampfend. Adrian war am Leben. Die meisten der Menschenhändler waren in Gewahrsam. Matthew war wieder in London und wartete auf ihre Rückkehr. Nathan Bennett konnte keine Frauen mehr belästigen. Dawn und Virginia redeten miteinander. Alles war in Ordnung. Außer, dass Adrian in diesen Kadaverhaufen geworfen worden war, um bei lebendigem Leib zermalmt zu werden. Sie setzte sich auf den Boden der Duschkabine, so entsetzt über die Abgründe der menschlichen Natur, dass sie nicht einmal weinen konnte.

44

Das Rasseln von Schlüsseln an der Tür holte Beatrice in die Gegenwart zurück. Mit einem ungläubigen Blick auf die Uhr stellte sie fest, dass vierzig Minuten vergangen waren, während sie aus dem Fenster gestarrt und in der Vergangenheit gelebt hatte. Die Haustür schloss sich und Matthew rief ihr zu.

»Ich bin zurück!«

»Das ist erfreulich. Was hat dich so lange aufgehalten?« Beatrice zwang ihre Aufmerksamkeit zurück zum Computer. Sie war fast fertig.

»Ach, wir haben nur geplaudert, du weißt ja, wie Adrian so ist. Ich glaube, er hatte nicht mal Zeit, zwischen dem Sprechen zu atmen. Jetzt verlangt er nach einem feierlichen Glas von irgendetwas, weil er keine Schmerzmittel mehr nehmen muss. Ich sagte, dass wir in einer Weile mit etwas Besonderem runterkommen würden.«

»In einer Weile. Ja, das ist ein schöner, vager Begriff. Ich bin hier fast fertig, also lass uns den Champagner mitnehmen, den du in Reims gekauft hast.«

Beatrice las das Dokument ein letztes Mal, seufzte und

drückte auf Senden. Das war's. Sie streckte die Arme über den Kopf. »Wie geht es seinem Bein heute?«

»Gut. Er liegt in seinem Pyjama auf der Chaiselongue, das Bein hochgelagert, und sieht genauso aus wie Noel Coward.«

Die Septemberwolken lösten sich auf und erlaubten der Herbstsonne, den Raum zu fluten. Das warme Licht warf einen rosafarbenen Schimmer in den Raum, der die grüne Tischdecke in einen juwelenhellen Smaragd verwandelte und jedes Staubkorn hervorhob. Matthew klapperte im Badezimmer herum und versuchte, seine Stimme über das Rauschen der Wasserhähne zu heben.

»Wie ist es dir heute Nachmittag ergangen?«, rief er.

So ein lauter Mann. Beatrice stand in der Badezimmertür und beobachtete, wie er sich den Rasierschaum über den Kiefer rieb.

»Ich habe es geschafft, trotz des Lärms von unten, fertig zu werden. Was in aller Welt hast du da unten gemacht? Es hörte sich an, als würdest du eine Partie Bowling mit Betonkegeln spielen.«

»Jared und ich haben die Wohnung so umgeräumt, dass Adrian sich so wenig wie möglich bewegen muss. Fernbedienungen, Bücher, Telefon und eine Schüssel voll Bio-Obst sind alle in seiner Reichweite.«

Beatrice stellte sich den verwöhnten Patienten vor und verdrängte mit aller Kraft die Erinnerung an Adrians blasse, blut- und federverschmierte Haut im Neonlicht. Der Drang, nach unten zu eilen und nach ihm zu sehen, zerrte zum hundertsten Mal in dieser Woche an ihr.

»Warum machst du dir die Mühe, dich zu rasieren?«, fragte sie.

»Manchmal muss es einfach sein. Ich habe auch vor, mich umzuziehen, aber keine Angst. Ich werde kein Schwarz tragen.«

Beatrice lächelte. Matthews Gentleman-Einbrecher-Look war inzwischen durch die vertraute ockerbraune Cordhose, das cremefarbene Hemd und die salbeigrüne Strickjacke ersetzt worden. Und seine Haare würden ja wieder nachwachsen, irgendwann.

»So viel Aufhebens für einen Drink bei Adrian und Jared. Bist du sicher, dass du nicht das Ufer wechseln willst?«

Matthew lachte. »Will ich nicht, aber ich frage mich, ob er es sich überlegt. Weißt du, ich glaube, er wird zu einem richtigen Grandseigneur. Er benutzt Begriffe wie ›verdammt feine Idee‹, ›scharfsinnig ‹ und ›tipptopp‹. Denkst du, das ist gesund in seinem zarten Alter?« Er nahm sein Rasiermesser in die Hand und schabte eine saubere Bahn durch den Schaum vom Wangenknochen bis zum Kinn.

»Ich meine, du wirst feststellen, dass der Grandseigneur nachlassen wird, sobald er seiner Agatha-Christie-Persona überdrüssig wird. Was gibt es zum Abendessen?«

»Weiß der Himmel. Ich werde etwas zusammenschustern, wenn wir zurück sind.«

Er hatte es schon wieder vergessen. Aber irgendwie beruhigte es sie. Matthew lebte in der Gegenwart. Und das würde sie von nun an auch tun. Die Vergangenheit roch schlecht.

»Willst du dich nicht umziehen, altes Ding?«, fragte er. »Auf dem Pullover ist noch Tomatensoße vom Mittagessen drauf.«

Sie murmelte und brummelte, fügte sich aber schlussendlich. Im Kleiderschrank hing das Oberteil, das sie letztes Jahr um diese Zeit getragen hatte. Dunkelblau mit einem silbernen Faden durchzogen. Es könnte sogar seine Erinnerung wachrütteln. Ein schmeichelhafter Schnitt, aber vor allem passend für ihr Alter. Sie hatte nie den Wunsch gehabt, auf jung zu machen.

Als sie zurückkam, wartete Matthew mit einer Flasche Heidsieck Monopole Gold Top.

»Besser?«, fragte sie. »Ich frage mich, ob wir ein paar Snacks mitnehmen sollten. Ich werde vielleicht hungrig.«

»Jared hat sich um alles gekümmert. Ähm, Beatrice?«

»Ja, ich weiß. Ich erledige es, sobald ich meine Haarbürste gefunden habe.«

»Das wollte ich eigentlich nicht sagen.«

Beatrice schaute in den Spiegel über dem Kamin und wünschte, sie hätte es nicht getan. Ihr Haar sah aus, als hätte jemand einen elektrischen Schneebesen auf ihrem Kopf benutzt.

»Ach, na ja. Es ist ja nur Adrian. Was wolltest du denn sagen?«

»Nichts. Du siehst perfekt aus, meine Liebe. Lass uns gehen.«

Kaum hatte sie Adrians Tür geöffnet, meldete ihr Instinkt, dass etwas nicht stimmte.

»Happy Birthday!!!«

Beatrice blieb im Hausflur stehen. Luftballons. Musik. Menschen. Ein Plastikbanner, das die Botschaft wiederholte. Sie drehte sich zu Matthew um, um eine Erklärung zu erhalten, aber er war an ihr vorbeigeschlüpft, um sich der Menge anzuschließen.

Adrian, der in einem Sessel saß und an einem Partyknaller zog. Virginia, die ein Glas erhob. Ty Grant, der applaudierte. Dawn, die nach vorne kam, um ihr ein Glas zu reichen. Jared, der ihr Küsse zuwarf. Cooper und Ranga, die Dosen mit Lagerbier erhoben. Lyndon, der einen Sektkorken poppte. Kalpana, die ein Tablett mit Muffins nach vorne brachte. Und Matthew, lachend.

»Eine Rede!«

»Eine Rede, Beatrice, komm schon!«

»Rede, Geburtstagskind!«

Beatrice blinzelte. Das würde niemals funktionieren. Wer hatte Dawn *und* Virginia eingeladen? Was hatte sich Adrian dabei gedacht, Jared und Lyndon in denselben Raum zu stecken? Kalpana war viel zu zerbrechlich, um auf irgendeiner Party zu sein. Warum zur Hölle hatte Matthew bei einem solch lächerlichen Plan mitgemacht? Er wusste, dass sie Überraschungen verabscheute. Und was um alles in der Welt ließ sie alle so glücklich aussehen? Sie hatte die Wahl. Zu lachen oder zu weinen, und Ersteres war weitaus gesellschaftsfähiger.

»Danke. Grundsätzlich hasse ich Überraschungen. Und dies ist keine Ausnahme. Aber ihr alle habt mir geholfen, Adrian zurückzubekommen. Allein aus diesem Grund sei euch verziehen. Matthew, um dich kümmere ich mich später. Prost!«

Grant und Cooper sahen sich amüsiert um, während Virginia und Kalpana vor Lachen johlten. Jared grinste, zufrieden mit seiner Pointe. Der Anblick von Kalpana, die sich die Lachtränen wegwischte, rief bei Beatrice unwillkürliches Lächeln hervor. Matthew und Ranga waren in der Küche und diskutierten vermutlich immer noch über die Kerala-Küche, während Dawn und Lyndon gegangen waren, um mehr Champagner zu öffnen.

Adrian rutschte auf seinem Kissen herum und Beatrice machte ihm etwas Platz.

»Schon in Ordnung, bleib wo du bist. Es juckt nur, das ist alles. Matthew sagt, du hast deinen Bericht heute Nachmittag fertiggestellt.«

»Ja, das habe ich.« Die graue Schwermut, die sie den ganzen Tag über begleitet hatte, machte sich kurz bemerkbar.

»Warum das lange Gesicht? Ist das nicht eine gute Nachricht? Sieben Kinderhändler hinter Gittern. Jared hält mich für verrückt, dass ich für Eoin aussage, aber ich bin fest entschlossen. Und ich habe bereits meine Aussage zu Teagans Gunsten gemacht. Sie haben beide versucht, mir zu helfen, das glaube ich ihnen wirklich.«

»Wenn du es so sehen willst.«

»Beatrice, du warst nicht dabei. Wie auch immer, ich weigere mich, das wieder aufzuwärmen. Besonders heute Abend. Du solltest dich amüsieren und auf deinen Erfolg anstoßen. Deshalb sind wir ja hier. Ich war noch auf Tabletten, als ich hörte, dass sie Samir geschnappt haben. Trotzdem habe ich mir heimlich ein Glas Prosecco gegönnt, um es zu feiern.«

Beatrice stimmte zu. »Ging mir ebenso. Seine Gewalttätigkeit und Grausamkeit und Paranoia mögen ihm und Brigid Connor über die Jahre gut gedient haben, aber seine Dummheit ließ ihn am Ende ins Verderben laufen. Wie Inspector Crean sagte, kam er mit einem Boot herein und es war anzunehmen, dass er versuchen würde, auf demselben Weg wieder herauszukommen. Sie brauchten nur zu warten.«

»Crean ist eine klassische Schildkröte, nicht wahr? Nichts Auffälliges, aber am Ende bekommt er seinen Mann. Ähnlich wie Inspector Morse.«

»Adrian, das Gesicht kenne ich. Sag mir nicht, dass du eine weitere Detektiv-Persona erfindest.«

»Nein. Trotz meines natürlichen Spürsinns akzeptiere ich, dass ein wenig Training den Unterschied macht. Hörst du jetzt auf, dir Sorgen um mich zu machen und fängst an zu feiern?«

»Ich feiere bereits. Oder werde es tun, sobald Dawn mit meinem Champagner zurück ist. Aber einen solchen Bericht zu schreiben, zwingt dich dazu, deine Fehler einzugestehen. Das tut weh.«

»Gut, dass ich keinen schreiben muss. Wie gesagt, ich gehe nicht mehr darauf ein. Ich habe es satt. Und wenn du auch nur eine Sekunde lang versuchst, dir wieder Vorwürfe zu machen, schwöre ich dir, dass ich dich aus der Wohnung schmeißen lasse.«

»Das kannst du nicht tun. Ich bin das Geburtstagskind.«

»Und eine königliche Nervensäge. Hier kommt der Sprudel. Jetzt trink und sei fröhlich. Ich bestehe darauf.«

»Gut. Ich werde mit Dawn plaudern und dich und Lyndon in Ruhe lassen, damit ihr eure Debatte über Sherlock Holmes abschließen könnt. Warst du dabei zu gewinnen?«

»Nein. Die Waliser sind berüchtigte Dickköpfe. Geben nie auf, bis zum bitteren Ende.«

Beatrice gab ihm einen Kuss auf die Stirn. »Viel Glück.«

Sie stand auf, um sich mit Dawn zu unterhalten und bedeutete ihr, sich ans Fenster zu setzen.

Beatrice nahm ihr Glas mit einem Lächeln entgegen. »Du bist zu gut zu mir. Aber andererseits bin ich ja auch das Geburtstagskind.«

»Für jemanden, der Geburtstagsüberraschungen hasst, erwähnst du es ziemlich oft. Willst du wirklich keinen Kuchen mehr? Es ist noch genug da.«

Beatrice schüttelte den Kopf, ihre Aufmerksamkeit wurde von den beiden Männern, die am Esstisch saßen, abgelenkt. »Er war wirklich köstlich, aber ich kenne meine Grenzen. Zumindest bei Kuchen. Ich danke dir dafür. Ich wusste gar nicht, dass du backen kannst.«

»Sag Hamilton nichts davon. Er hasst Multitasking. He, was glotzt du denn so?«

»Bin nur neugierig. Ty Grant scheint sich mit Cooper angefreundet zu haben. Ich frage mich, was die beiden gemeinsam haben?«

Dawn schnaubte vor Lachen. »Abgesehen davon, dass sie Anfang dreißig sind, heterosexuelle, alleinstehende weiße Männer, die Rugby spielen? Nur die Tatsache, dass Grant sich um eine Versetzung zur Met bemüht. Ich würde sagen, Cooper wird für Infos ausgequetscht. Er hat es bereits mit mir und Ranga gemacht.«

»Aha. Wie stehen seine Chancen?«

»Als Sergeant, sehr wahrscheinlich, es sei denn, Hamilton blockt es. Aber als Inspector, keine Chance. Es gibt eine Warteliste und niemand wird in nächster Zeit in den Ruhestand gehen.«

Beatrice antwortete nicht, sondern betrachtete Grants breite Schultern und Coopers Kurzhaarschnitt. Ein klassisches Paar britischer Bulldoggen.

»Werden du und Matthew jetzt Urlaub machen?«, fragte Dawn. »Es ist längst überfällig.«

Beatrice rümpfte die Nase. »Sein Semester fängt in zwei Wochen an, also muss er zurück und Vorlesungen planen. Ich werde vielleicht für eine Woche oder so irgendwohin fahren und dann mit ihm eine richtige Pause einlegen.«

»Beatrice?« Dawns Augen waren sanft und besorgt. »Wie fühlst du dich?«

»Müde. Ausgelaugt. Trotz James und einer ganzen Stunde Therapie. Du könntest recht haben, weißt du. Ich brauche wirklich Urlaub. Und lustigerweise glaube ich, dass ich noch etwas Kuchen brauche. Sollen wir?«

Oben erwachte Beatrices Laptop zum Leben und sandte ein bläuliches Licht in dem leeren Raum. Ein Pop-up-Fenster erschien auf dem Bildschirm für dreißig Sekunden.

Eine Nachricht wurde empfangen.

Die Box schrumpfte zu einem kleinen Umschlag, der in der rechten unteren Ecke blinkte und den Blick auf das letzte Dokument freigab.

Sehr geehrter Superintendent Hamilton,

mit Bedauern kündige ich hiermit meine Stelle.

Nach vielen erfüllten Jahren, die ich bei der Polizei verbringen durfte, ist es meine Pflicht, die hohen Standards, nach denen wir streben, aufrecht-zuerhalten.

Nach sorgfältiger Abwägung meiner Leistungen in den beiden letzten mir anvertrauten Fällen glaube ich, dass ich schwerwiegende Fehler gemacht habe, die sowohl Kollegen als auch Teile der Bevölkerung gefährdet haben.

Ich sehe mich inzwischen mehr als Belastung denn als Bereicherung und entscheide mich daher, meine Position als Detective Inspector nach Ablauf der offiziellen Kündigungsfrist zu verlassen.

Persönlich möchte ich mich bei Ihnen für Ihre unermüdliche Unterstützung und Ihr geduldiges Interesse an meiner Entwicklung bedanken.

Ich wünsche Ihnen, meinen Kollegen und der Metropolitan Police viel Erfolg für die Zukunft.

Mit freundlichen Grüßen
Beatrice Stubbs

MITTEILUNG VON JJ MARSH

Liebe Leser,

Beatrice verlässt ihre Stelle bei der Metropolitan Police?

Als ob ihr Chef sie so einfach gehen lassen würde.

Hamilton schlägt einen Kompromiss vor. Eine sechsmonatige Pause, um sich auszuruhen und neu zu orientieren, bevor Beatrice zur Arbeit zurückkehrt.

In FEHLTRITT erkundet Beatrice das Rioja-Land auf eigene Faust, um das beste Essen und Trinken zu entdecken, das die Region zu bieten hat. Bei ihrer Ankunft in Vitoria trifft sie auf eine Bekannte. Ana ist eine junge Journalistin und braucht Hilfe. Ihr Kollege ist unter verdächtigen Umständen verschwunden, aber die Polizei will davon nichts wissen. Neugierig geworden, bietet Beatrice an, sie zu beraten und zu unterstützen, wo sie kann.

Schnell werden die beiden Frauen in Korruption und Mord verwickelt und drohen zum Spielball einer Weindynastie zu werden, die gut vernetzt ist und mit brutalen Methoden sicherstellt, dass niemand hinter ihr Geheimnis kommt.

Können die beiden inoffiziellen Ermittler der Polizei vertrauen? Wie verlässlich sind ihre Freunde? Nur zwei Männer auf der Welt sind immer auf Beatrices Seite. Und so sind Matthew und Adrian sofort zur Stelle. Schließlich geht es um Wein.

Wenn Ihnen ROHMATERIAL gefallen hat, werden Sie auch FEHLTRITT lieben.

DANKSAGUNG

Mit herzlichem Dank an die Leser, die diesen Roman mitgestaltet haben: Sheila Bugler, Jane Dixon-Smith, Gillian Hamer, Liza Perrat und Catriona Troth (Triskele Books); Sue Carver, Sharon Hutt, Geves Lafosse, Jane Hicks, Amanda Hodgkinson, Lorraine Mace, Jo Reed, Michelle Romaine und Barbara Scott Emmett (Writing Asylum); und Libby O'Loghlin (Nuance Words). Ich möchte auch Martin Horler und Sue Carver für ihre professionelle Expertise danken; Jane Dixon-Smith und James Lane für ihr künstlerisches Gespür; und Dominic Murcott dafür, dass er mich mit Porthgain bekanntgemacht hat. Für die deutsche Ausgabe meinen aufrichtigen Dank an Beatrice Türler.